U0123901

广视角·全方位·多品种

权威·前沿·原创

北京蓝皮书

BLUE BOOK
OF BEIJING

北京市社会科学院／编　　谭维克／总编　戚本超／副总编

北京社会发展报告
（2010~2011）

主　编／戴建中
副主编／高　勇　冯晓英　朱　敏

ANNUAL REPORT ON SOCIAL DEVELOPMENT
OF BEIJING (2010-2011)

社会科学文献出版社
SOCIAL SCIENCES ACADEMIC PRESS (CHINA)

法律声明

　　"皮书系列"（含蓝皮书、绿皮书、黄皮书）为社会科学文献出版社按年份出版的品牌图书。社会科学文献出版社拥有该系列图书的专有出版权和网络传播权，其LOGO（▉）与"经济蓝皮书"、"社会蓝皮书"等皮书名称已在中华人民共和国工商行政管理总局商标局登记注册，社会科学文献出版社合法拥有其商标专用权，任何复制、模仿或以其他方式侵害（▉）和"经济蓝皮书"、"社会蓝皮书"等皮书名称商标专有权及其外观设计的行为均属于侵权行为，社会科学文献出版社将采取法律手段追究其法律责任，维护合法权益。

　　欢迎社会各界人士对侵犯社会科学文献出版社上述权利的违法行为进行举报。电话：010-59367121。

社会科学文献出版社

法律顾问：北京市大成律师事务所

摘　要

本报告是以北京市社会科学院研究人员为主,并邀请了北京市党政机关和大学的专家学者参加,经过深入调查研究后撰写出来的。

在 2010 ~ 2011 年北京社会发展形势和趋势的主报告以及专家调查数据分析报告中,都充分肯定了北京市在克服国际金融危机的影响后,2010 年社会平稳健康发展,出台多项涉及民生的政策措施,医疗、教育改革继续推进,社会保障制度不断落实,就业形势较好,社会治安稳定,但是人口与管理、资源、环境的矛盾突出,解决收入分配等社会公正问题的成效尚不明显,日常生活消费品和服务价格上涨较快,房价在国家一系列相关调控政策出台后仍然飙升不止。2011年社会管理与创新需要继续加强。

本报告中的研究文章分列为"社会结构"、"社会发展"、"社会建设"三个部分。

2010 年北京明确提出了人口调控管理问题。本报告中的文章建议从人与经济、社会、资源、环境协调发展高度有序调控人口。北京认真落实中央关于"大城市要加强和改进人口管理"的要求,有利于发挥北京的首都功能,也必将对其他大城市的人口管理产生广泛影响。北京市户籍人口的自然增长率不高,城乡育龄独生子女的生育意愿都以只生一孩为主。调查表明,已婚外来务工女性中约有一半是和家人一起居住在北京,她们最希望的是工作稳定和能够把孩子接到身边,目前郊区城镇化步伐加快和房屋价格和租金的上涨,使她们越来越感到"京城居,大不易"。在人口总量控制的同时,还要不断提高人口质量,增加人才数量,做到人尽其才。北京女性高层次人才在发挥作用方面,特别提出男女同龄退休等建议。另一个严峻的人口问题是大城市人口老龄化日益突出,北京市提出的市民居家养老(助残)服务("九养")办法,是积极应对的政策和措施,需要进一步完善。家庭和谐是社会和谐的基石,报告中专文介绍了北京和谐家庭建设的现状。

2010 年是"十一五"最后一年，在这个五年计划期间，北京城镇居民收入增长较快，但收入差距进一步扩大；消费结构发生变化，私人汽车快速普及、居住成本大大提高，成为影响居民生活的最大因素。职工工资虽有增长，但长期低于 GDP 增速，职工对收入感到满意的仅为四分之一，尤其是餐饮、服务、家政和建筑行业，工资收入有限、社会保障不足，使这些行业职工认为自己生活在城市社会的最底层。建议最低工资标准定期调整，达到本市职工平均工资的 40%，与世界各国 40% ~ 60% 的普遍标准接轨。

如果对社会发展水平主要特征做定量化比较，以 100 为今天世界城市的最好得分，北京得分约为 40。因此在世界城市建设中，北京需要较长时间提高市民素质，增加居民收入，加强文化设施建设，改进公共服务。此外，本报告中专文论述要以更为开放的心态，改善对外籍人口的管理服务，欢迎更多的外籍人士来北京工作生活。

在城乡社会一体化建设中，需要探索农民用土地置换资本、房产、职业、社会保障带来的一系列制度变迁，需要解决新城区拆迁建设中的实际问题，需要研究行之有效的思想观念引导宣传方法。北京的社会建设中，已经在社会组织管理、新社会组织与新经济组织党建方面有所创新。

此外，本报告中还反映了北京市的反腐倡廉工作；针对预防刑事犯罪和未成年人违法工作的现状、问题提出建议；从少数民族聚居状况反映北京市民族关系总体稳定，很有见地地提出了注意民族特性嵌入社会分层空间等新情况；以 798 艺术区的发展与城市建设的互动为例，探讨北京市创意文化空间的发展问题。

本报告最后是"北京市社会大事记"，为 2010 年北京社会的发展在历史上留下记录。

Abstract

The researchers of Beijing Academy of Social Science are the largest contributors to this report, alongside with Party, government and university scholars. The report has come to light after extensive in-depth review and study.

Both the main report as well as the survey data analyses have evidently attested that after conquered the negative effects of the global financial crisis, Beijing enjoyed a smooth, healthy developing in society, with the newly established civic policies, public health and education reformation, social security improvement, lower unemployment rates and better public security. However the contradiction between population size with resources, management and environment is still obvious. Inflation, real estate prices are still at high level even after the state control and reversion policies. We are in need for better social management and creativity.

The report includes three sections, namely "Social Structure", "Social Development", and "Social Construction".

In 2010 Beijing has clearly stated the problem for population control. The reports have suggested controlling the population at a level harmonious with economical, social, resource and environmental status. Beijing has focused on the demand by Chinese central government about "Regulation and control of population of Metabolizes", in order to better serving Beijing as the capital, and to establish herself as an example of other large cities in China. Registered population has experienced a lower growing curve; most of the couples at maternal ages prefer one child. Surveys have shown that about half of the married women who worked in Beijing but not registered in Beijing are living with their family members. Their biggest wish is to stable the work and to reunite with their children in Beijing. The faster pace of urbanization around the suburb and fast climb of real estate price has make them feeling more and more difficulty to stay in Beijing. At the same time of controlling population size, it's also equally important to increase the quality of population. Highly educated females in Beijing are suggesting same retirement ages for both men and women. Population aging might also pose a severe problem. The government has established "Nine policies for the elderly and disabled", which is a positive response to this challenge and needs to be improved.

Harmonious is the cornerstone of harmonious society and this report has suggested the current status of harmonious families in Beijing.

2010 is the last year of the "Eleventh Five-Year Plan". In this period Beijing has seen large increase in income, but larger inequality as well. Consuming structure varies greatly: privately owned automobiles has soon become common among citizens, living expense greatly increased and is now the single largest factor affecting living quality. Income is growing but for years at a lower speed than the GDP growth, and only 25% of the worker is satisfactory with their current income, especially in restaurant, service, home service and construction areas. The limits resources from income and a lack of social security have make them feel like living at the bottom stratum of the society. We suggest adjusting the minimum wage level accordingly to 40% of the average wage of the city, which is a common practice globally, usually set around 40% – 60%.

If one would quantify the social development level, Beijing would score 40 in a 0 – 100 scale with 100 being the best city in the world. She still has a long way to go to improve quality of the population, increase income, emphasize on cultural construction and improve infrastructure. There is a paper in this report argues that Beijing needs to treat non-registered population with an open mind, better the service towards them, and welcome to come and live and work in Beijing.

In the process of urban-rural merging new methods need to be discovered on how to trade rural land to money, real estate, job and social security. Urban rejuvenation problems need to be solved in newly built urban area, and new ideas and propaganda need to be studied. Creativity has shown its way around the social construction including management, social organization and new economy Party building.

Anti-corruption is also discussed in the report exclusively. The current status of crime prevention and adolescent working call for new suggestions. Ethnic clusters are also studied and it has shown that ethnicity has been relatively stable in Beijing. Ethnic characteristics interwoven with social strata have been proposed unconventionally. The creative cultural space has been researched in the example of the interaction between Beijing 798 Art Zone and the surrounding urban development.

The last chapter is the Chronicle of Social Events in Beijing, aiming at leaving traces in the history for Beijing's social development.

目录

B I 总报告

B II 社会结构篇

B III 社会发展篇

B Ⅳ 社会建设篇

B Ⅴ 大事记

皮书数据库阅读**使用指南**

CONTENTS

B I General Reports

B II Social Structure

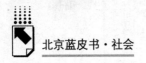
B Ⅲ　Social Development

B Ⅳ Social Construction

B Ⅴ Chronicle of Events

总 报 告

General Reports

B.1

2010 年北京社会形势分析

戴建中*

2010 年的北京，与 2008 年热火朝天办奥运、2009 年全社会动员迎国庆相比较，是在相对平静的常态化状况下度过的。一方面，社会建设扎扎实实向前推进；另一方面，一些久拖未决的社会问题引起各级领导和广大人民群众的进一步关注，这使解决问题的条件更加成熟，有望在 2011 年出现关键性的转机。

一　2010 年北京的社会建设与发展

（一）人民生活稳步提高，收入与消费差距继续拉大

2010 年是"十一五"的最后一年，回顾这五年，人民生活水平得到了明显的提高。

　*　戴建中，北京市社会科学院。

从 2006 年到 2009 年，北京城镇居民的人均可支配收入从 17653 元提高到 26738 元，年均增幅 10.03%；2010 年又增加到 29073 元，比上年增长 8.7%，工资性收入和转移性收入分别增长 9.4% 和 7%，如果扣除价格因素，实际增长 6.2%。城镇居民恩格尔系数为 32.1%，比上年下降 1.1 个百分点。2010 年，农村居民人均纯收入 13262 元，比上年增长 10.6%，其中工资性收入和财产性收入分别增长 10.1% 和 13.4%，扣除价格因素后，实际增长 8.1%。在这个五年计划期间，2010 年农村居民人均纯收入的实际增长率第一次超过了城镇居民的人均可支配收入增长率。农村居民恩格尔系数为 30.9%，比上年下降 1.5 个百分点。

但是，不论是城乡之间还是不同群体之间的收入差距仍在继续扩大。"十一五"期间，北京城镇居民最高收入组和最低收入组的收入差距从 2006 年的 26818 元扩大到 2009 年的 39087 元，最高收入组与最低收入组的收入比从 3.74∶1 上升到 2009 年的 4.33∶1。2010 年，这一收入差距问题没有明显改善。

"十一五"期间，北京城镇居民在收入增加的同时，消费水平也有较多增加，2006 年人均消费支出 14825 元，2009 年增长到 17893 元，2010 年为 19934 元，2010 年比 2006 年增长了 5109 元，五年之中平均每年人均消费名义增长幅度是 6.10%，低于 GDP 的增速，也低于收入增长的速度，考虑到物价上涨的因素，实际增长率要更低一些。高、低收入组人均消费支出水平的差距从 2006 年的 14609 元扩大到 2009 年的 18532 元，二者之比从 2.64∶1 扩大到 2.85∶1。

2010 年政协调查发现，44% 的职工工资不足 2000 元，其中一线职工月平均工资（包括加班费和提成）只有 1670 元，仅为全市城镇单位在岗职工平均工资水平的 35.6%；12.8% 的一线职工 5 年没涨工资；目前已建立工资集体协商制度的企业仅有 1.7 万家。

从 2010 年北京市总工会的调查结果可以看到，相当一部分职工对收入及福利待遇满意度低，感到个人的职业发展缺乏物质基础，工作的价值仅仅被看做为了"生存"；生活上最大的压力是家庭必备的日常消费支出增加，而生活的压力影响着身心健康。

2009 年北京市劳动仲裁部门受理各类劳动争议案件 73463 件，同比增长 48%，其中因劳动报酬引发的争议约占案件总数的 60%。

为了使大多数职工工作、生活能有更多改善，建议适当提高最低工资标准。

2009 年北京市最低工资与本市人均 GDP 的比率为 14%，目前世界平均水平为 58%，中国各省市平均比率是 25%，在世界上排第 158 位；北京市由于人均 GDP 较高，最低工资与本市人均 GDP 的比率又低于全国平均水平。而北京市最低工资与本市职工平均工资的比率也低于世界平均水平。就国际通行做法而言，当前大部分国家的最低工资相当于社会平均工资的 40% ~ 60%，中国是 21%。北京市 2010 年最低工资与城镇单位职工平均工资的比率为 23.8%，这与北京作为国家首都的地位和建设世界城市的目标不相符合。更严重的是部分企业将最低工资标准当做职工"标准工资"；还有企业将职工自缴社会保险费算入最低工资，或将福利待遇等并入最低工资，更使职工可支配工资收入低于最低工资标准。

2010 年北京市最低工资标准从 2009 年的 800 元提高到 960 元，增长了 20%。

建议政府有关部门考虑修改《北京市最低工资规定》，明确最低工资标准应当每年上调一次，每次调整不低于 GDP 和职工平均工资增长率，建立最低工资标准与消费价格指数联动的调整机制，同时调整最低工资标准应当经过劳动关系三方协商，充分听取工会和职工群众的意见。

（二）进一步加强以改善民生为主的社会建设

1. 就业形势平稳

2010 年全市城镇新增就业 44.6 万人，比上年增加 2.2 万人，同比增长 5.1%；失业人员再就业 21.2 万人，就业率达到 68.2%；年末城镇登记失业人员 7.73 万人，比上年末减少 0.43 万人，城镇登记失业率为 1.37%，同比下降 0.21%。帮助和安排大学生就业是这两年缓解就业问题的重点之一，2010 年 9.7 万名北京生源高校毕业生实现就业，就业率达到 97.6%；随着高校毕业生就业服务体系的不断完备，本市大学毕业生初次就业率达到 95.9%。加大农村劳动力转移就业帮扶力度，促进 9.6 万人实现就业，使 82% 的"纯农就业家庭"实现至少一人转移就业。帮助 16 万名城乡就业困难人员就业，实现了城乡"无零就业家庭"的目标。

为了扩大就业面，开放了社区就业岗位 15.3 万个，安置失业人员 9.97 万人。加强就业培训和职业培训工作，培训了失业人员、农村转移劳动力、在职职工 22.3 万人，其中培训社会需求量大的家政服务员、医院护理员和养老护理员

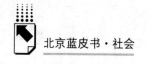

2.4 万人。

2. 教育事业又有新发展

2010 年，北京市幼儿园在园幼儿 27.7 万人，中小学在校生 116.2 万人，中等职业学校在校生 21.9 万人。在校硕士研究生 16.3 万人、博士研究生 6.2 万人，分别比 2009 年增加了 8.7% 和 5.1%。全市高考录取率在 80% 以上。

北京市人口平均受教育年限已达 11.1 年，新增劳动力平均受教育年限达到 14 年，平均每 10 万人口中有 6700 名在校大学生。

全年政府投入基础教育经费 49.7 亿元。教育经费投入继续向农村地区、向薄弱学校倾斜，市级财政对远郊区县转移支付 26.7 亿元。投入 10 亿元改善来京务工人员子弟就学条件，使他们在公办学校就读比例达到 67%。随本市外来务工人员来京的儿童有 42 万名，2010 年北京小学入学新生中有 43% 是外来人员子弟。

2010 年实现了农村与城市、公办与民办、本市户籍与非本市户籍的全体学生"两免一补"：免除杂费、外来人口子女义务教育阶段学生免借读费和义务教育阶段免教科书费，对家庭经济困难学生给予生活学习补助。同时也资助高等院校家庭经济困难学生，他们之中有 477 名获得国家奖学金，8645 名获得国家励志奖学金，41827 名获得国家助学金，10 万名获得伙食补助。

2010 年改扩建 30 所幼儿园，增加学位 12000 个，一定程度上缓解了学前教育入园难问题。

北京市教育事业的发展位居全国前列，但是仍然不能轻言"教育基本实现现代化"。自 2009 年 3 月 1 日起施行的《北京市实施〈中华人民共和国义务教育法〉办法》规定，本市实行的是九年义务教育制度，虽然本市适龄户籍人口几乎全部进入高中学习，但是部分来京务工人员子女在京读高中，仍需要自己联系学校，同时缴纳一定数额的借读费，没有享受义务教育，甚至还有许多人在打工。北京市计划要到 2012 年基本实现外来务工人员随迁子女在京接受义务教育。另外，北京学前教育相对薄弱，幼儿师资缺乏，幼儿园和学位数量远远不能满足需求。国外现代化程度较高的国家义务教育阶段一般为 12～15 年，有的年数更多，国内一些教育事业先进城市，如宁波鄞州区 2008 年起实行 12 年免费义务教育，因此北京市为实现教育基本现代化还需要踏踏实实付出许多努力。

3. 医疗卫生事业再现改革成效

2010 年加快区域医疗中心建设：按每 30 万～50 万规划人口区域设立一个由政府举办的非营利性医疗中心，重点支持房山区良乡医院、门头沟区医院、平谷区医院等 8 个区域医疗中心购置医疗设备。全市已有 322 个社区卫生服务中心和 1640 个社区卫生服务站正式运行，共建立了 2648 个以医生、护士、预防保健人员为骨干的社区卫生服务团队。

促进基本公共卫生服务均等化：按照向农村医疗卫生倾斜的原则，对东城、西城、朝阳、海淀 4 个城区人均补助 8 元，对丰台、石景山、通州、顺义、大兴 5 个区人均补助 10 元，对门头沟、房山、昌平、怀柔、密云、平谷、延庆 7 个山区、半山区区县人均补助 12 元。

为 60 岁以上老年人和在校中小学生共 162 万人免费接种流感疫苗，为 160 万 8 月龄至 14 岁儿童接种麻疹强化免疫疫苗。

2010 年全市孕产妇死亡率为 12.1/10 万，比 2009 年下降 16.8%；婴儿死亡率为 3.29‰，下降 5.7%，均达到了"十一五"末的控制目标。

为了进一步减轻市民"看病贵"的困难，医疗卫生主管部门实行药品集中采购，使全市医保定点医疗机构 2 万多个药品价格较市场价格平均下降 16%，全年可以为患者节省约 36 亿元。

4. 社会福利事业稳步推进

北京市实行国家统一制定的社会保障制度，包括社会保险、社会救济、社会福利、优抚安置等内容，其中社会保险是核心内容。我国的社会保障制度是由政府管理，由国家、单位（企业）、个人三方共同出资运行的。社会保障体系的特点：一是普惠性，全体社会成员是社会保障的对象；二是有重点，社会困难群体是保障的重点，这是由社会保障的国民收入再分配性质决定的；三是循序渐进，支付标准与经济发展水平相适应。

2010 年末全市参加基本养老、基本医疗、失业和工伤保险人数分别为 982.5 万人、1063.7 万人、774.2 万人和 823.8 万人，分别比上年末净增 154.8 万人、125.3 万人、98.5 万人和 76.7 万人。年末农村居民参加养老保险人数为 159.3 万人，参保率为 92%。参加农村新型合作医疗的人数达到 278.5 万人，比上年末净增 3.5 万人，参合率为 96.7%，高于上年末 1 个百分点。全市享受城市最低生活保障的居民为 13.7 万人，享受农村最低生活保障的农民为 8.2 万人。

随着经济社会的发展，北京市的社会保障制度使北京市民得到越来越多的实惠。

2010 年，北京市提高了养老金标准：每月每人平均提高 200 元，从 2009 年平均 1832 元/（月·人）调整到 2032 元/（月·人），增长 10.9%。最低养老金提高到 1000 元/（月·人），惠及 185 万企业退休人员。

提高失业保险金标准：在 2009 年标准基础上平均每档上调 70 元，农民合同工一次性生活补助由 398 元提高到 468 元。

提高工伤保险待遇标准：伤残津贴按照人均每月 237 元标准提高，供养亲属抚恤金按照人均每月 135 元提高。

医疗保险：整合"一老一小"、无业居民大病医疗保险制度，制定统一的城镇居民基本医疗保险办法，区县公费医疗与职工基本医疗保险并轨。实施提高门诊报销比例等 8 项医保惠民政策，减轻群众负担 25 亿元。在职职工在大医院看病报销从 50% 提高到 70%，在社区看病，无论是在职职工还是退休人员都能报销 90%。职工医保住院最高封顶线，从一个年度 17 万元提高到 30 万元；在职职工住院报销比例从 70% 调整为 85%，退休人员报销比例由 85% 提至 90%。完成社保卡整体工程建设，1779 家定点医疗机构实现就医即时结算。

提高最低生活保障标准：城市低保从 410 元/月提高到 430 元/月，农村低保从 170 元/月提高到 210 元/月，进一步缩小了城乡低保的差别。

为应对物价上涨，保障城乡困难群众基本生活，向城乡 22.3 万低保人员、2.36 万优抚对象发放一次性临时生活补贴 100 元。

北京市的人口老龄化趋势在加快，截至 2009 年底，本市户籍人口中 60 岁及以上老年人为 226.6 万人，占户籍人口总数的 18.2%，其中百岁老人 417 人。因此，老年人的社会保障和社会福利问题愈益突出。2010 年北京市向 80 岁及以上老年人每人每月发放 100 元养老券；市级财政投入 1.67 亿元，用于老年饭桌、托老所、发放养老服务券和奖励万名"孝星"①。2010 年新建、扩建养老院，增加了 1.5 万张床位。

---

① 北京市老龄办按照《北京市人民政府办公厅转发市民政局市残联关于北京市市民居家养老（助残）服务（"九养"）办法的通知》（京政办发〔2009〕104 号）要求，从 2010 年开始，在城乡社区（村）开展推荐评选"孝星"活动，重阳节期间在全市命名表彰 10000 名"孝星"。

对于发展社会保障事业，确实应该吸取一些"福利国家"社会保障支出日益膨胀、财政不堪重负，以及一部分人工作欲望减弱对政府依赖心理加重等教训。但是，更要看到社会保障对社会稳定的重要作用，北欧福利主义国家在这次国际金融危机中社会相对稳定，尤其 2011 年 3 月日本地震、海啸发生后，社会基本平静，政府有应对失措之处而百姓无慌张绝望之举，是与政府"花钱买人心"不无关系的。

（三）创新社会组织管理与服务

胡锦涛总书记2011 年 2 月 19 日在省部级主要领导干部社会管理及其创新专题研讨班上发表讲话提出，要引导各类社会组织加强自身建设、增强服务社会能力，支持人民团体参与社会管理和公共服务，发挥群众参与社会管理的基础作用；进一步加强和完善社会组织管理，推动社会组织健康有序发展。

社会组织的快速发展是工业化、信息化、城镇化、市场化、国际化深入发展的产物，展现了"扩大群众参与、反映群众诉求"，"增强社会自治功能"，"加快推进以改善民生为重点的社会建设"的积极功能。

截至 2009 年底，北京市已在民政部门登记的社会组织共有 6853 家。其中，社会团体3165 家，民办非企业单位3568 家，基金会 120 家。民政部门对社会组织实行分级登记管理，基金会全部在市民政局社会团体管理办公室登记，社会团体和民办非企业单位少部分在市社团办登记，大部分在各区县民政部门登记。还有一些社会组织在社区、学校内部备案活动，其中在社区居委会或者街道备案的约有 12000 家，分布在 18 区县的 2500 多个社区中；据市青联摸底，在大中学校中的社团组织约有 30000 个。另有 8000 家以上民间组织以企业形式在工商局注册。北京市社会组织成员整体素质较高，已登记社会组织从业人数约 95000 人，其中具有大专及以上文化水平的占65%，比例之高在全国各省区市名列前茅。

由于一些规范、管理社会组织的法规已经落后于新的形势，例如对社会组织实行政府业务主管部门和民政部门双重管理，大量的社会组织由于没有业务主管单位而不能登记，据估计这类实际上在活动的组织比已经合法登记的社会组织数量上要多几倍。一方面社会管理出现了大量空白；另一方面部分社会组织由于民办性质，得不到非营利公益事业单位税收等方面的政策支持，存在经费、人才及内部管理方面的困难。

北京市各级党组织和政府正在探索创新社会组织管理方法。2009年以来，北京市社会建设工作领导小组认定了22家"枢纽型"社会组织，使80%同性质、同类别、同领域的社会组织纳入"枢纽型"社会组织服务、引导和管理范围。从2011年起，北京市工商经济、公益慈善、社会福利和社会服务四类社会组织可以直接到民政部门登记。2010年市政府拨款1500万元资金，购买300个社会组织提供的公益项目，其中直接由民办非营利性组织承担的项目约90项，占总数近30%；另有130余项通过枢纽型社会组织实施。各区县也出台政策，扶持社会组织，其中东城、西城、海淀3个区购买民生服务的资金达3160万元。市财政购买的公益服务项目，共吸引各种相关投入超过22亿元，发挥了财政的导向、激励作用，建立了政府和社会组织良性互动的合作关系，促进了社会组织自身建设。

由北京市社会建设工作办公室建立的北京社会组织孵化中心，在2010年12月30日正式揭牌，为初创期的民间公益组织提供前期孵化、能力建设、发展指导等关键性支持，其中，"孵化"的主要方向和领域为社会需求度高、影响力大、品牌效果突出的公益性组织。

（四）社会治安稳定

北京市已经初步形成了刑事犯罪综合预防体系，主要由治安预防体系、群众预防体系、心理预防体系、科技预防体系、刑罚预防体系和再犯罪预防体系六大子体系构成。经过多年的实践，北京市刑事犯罪综合预防体系取得了骄人的成绩：刑事案件发案数量呈逐年下降趋势，发案趋势总体稳定，群众安全感逐年攀升。

2010年，北京警方共破获各类刑事案件79600件，同比提升11.7%；抓获犯罪嫌疑人48500余名，同比提升7.8%；打掉各类犯罪团伙3500余个，抓获团伙成员12400余名。公安机关共破获八类危害严重刑事案件7500余起，抓获犯罪嫌疑人8600余名。全年命案破案率达到92.48%，绑架案件及枪击、爆炸案件破案率达到100%。警方共破获各类侵财案件5万余起，抓获犯罪嫌疑人17300余名，打掉侵财犯罪团伙800余个。警方破获电信诈骗案件5700余起，抓获犯罪嫌疑人490余名。2010年八类严重危害社会治安案件、侵财类案件同比分别下降4.4%、2.1%。

城市推行网格化社会管理。加强了中学、小学、幼儿园重点时段看守，全力维护校园安全，有效防范了涉刀个人极端行为的发生。443 个村庄已实行社区化管理，城乡结合部治安情况好转。

当前违法犯罪现象也出现一些新特点：涉众型犯罪有抬头趋势；智能型犯罪增多，违法犯罪人反预防、反侦查能力有所提高；社会流动性大，给犯罪预防工作带来了很大压力。这些都对犯罪预防工作提出了新的挑战，需要事前预防与事后犯罪打击工作更好地形成有机衔接；提高刑满释放人员安置帮教水平，加强社会服刑人员监管；在城市规划设计中增加预防刑事犯罪因素的考虑。预防犯罪工作是社会管理的重要方面，维护良好的社会秩序是改善民生的必要内容，在这方面需要加强创新，不留社会管理的空白点。

（五）明确世界城市建设目标

2009 年末，北京市提出建设"世界城市"的长远目标，郭金龙市长在 2010 年 1 月北京市人代会上所作的《政府工作报告》中，重申了未来要把北京建设成为"世界城市"的美好愿景。2010 年 8 月 23 日，中共中央政治局常委、国家副主席习近平在北京调研时把建设世界城市明确为：北京建设世界城市，要按照科学发展观的要求，立足于首都的功能定位，着眼于提高"四个服务"水平，既开放包容、善于借鉴，又发挥自身优势、突出中国特色，努力把北京打造成国际活动聚集之都、世界高端企业总部聚集之都、世界高端人才聚集之都、中国特色社会主义先进文化之都、和谐宜居之都，充分体现人文北京、科技北京、绿色北京的要求。

今天提到世界城市时，不能简单地以纽约、伦敦、东京为样板设计若干社会经济发展指标，如 GDP 占全国的百分比，在经济、金融方面的影响，城市规模和现代化水平，等等，我们要借鉴但不模仿，有比较但不迷失重点。北京确实要集聚世界高端企业总部、集聚世界高端经济管理和研究人才，但不是单纯追求提高 GDP 占全国甚至占世界总量的比例。北京建设世界城市，从自身条件和基础出发，重要的是在全球经济、政治、文化等方面发挥重要影响力，引领世界的发展潮流。

北京要追求的是社会和谐与文化繁荣，对外更具亲和力与辐射力。但是今天在公共服务与社会保障体系的发达、完善方面，在城市对外开放方面，北京离世界城市目标还有较大差距。2010 年北京市社会科学院的研究人员选用家庭年可支配收入、城镇居民家庭月最低生活保障标准、城镇居民人均住宅建筑面积、标志收入差距的基尼系数、常住外籍居民比例、公共文化设施等几项有关生活水准、社会公平、社会开放度的最基本的指标，衡量北京和纽约、伦敦、东京，结果差距是明显的。而且在"北京与世界城市发展阶段性特征分析"研究中发现，在经济、社会、城市发展几个部分的比较中，社会部分的差距是最大的，对于建设世界城市，相比经济等其他几个方面的建设，北京进行社会建设的任务更加繁重。

建设一个世界城市需要经过起步阶段、腾飞阶段和成熟阶段，虽然北京社会发展进步迅速，但如果与已经进入成熟阶段的世界城市进行量化指标方面的比较，就可以看到我们还处在世界城市建设的起步阶段，任重而道远。

二　2011 年需要着力解决的重大问题

（一）对人口总量实施有序管理

2009 年末北京市户籍人口 1246 万人，登记流动人口在京居住半年以上的 726 万人，实际常住人口中 1972 万人，《北京城市总体规划（2004～2020 年)》所确定的到 2020 年常住人口总量控制在 1800 万人的目标已经提前十年被突破。如果将驻京部队、在社会上散居未登记的和短期来京办事、探亲、旅游、就医的流动人口估算在内，北京的流动人口总量已超过 1000 万。北京户籍人口的自然增长率并不高，调查显示无论城市还是农村，适龄人口生育意愿都以一孩为多，因此未来的人口自然增长率也不会显著增高。人口数量快速上升的原因在于进入北京的人口机械增长过快。北京市登记流动人口 763.8 万人，其中在京居住半年以上的有 726.4 万人，占 95.1%；居住五年以上的有 123.2 万人，占 16.1%；举家迁移的比例逐年提高，达到 41.2%。

北京的人口问题不仅是数量庞大，而且分布不平衡。目前北京 61.5% 的常住人口集中在城六区，城六区人口密度为每平方公里 7837 人，超过了世界上以人口密集著称的大伦敦（每平方公里 5437 人）和东京（每平方公里 5984 人）。而在首都功能核心区，人口密度更高达每平方公里 2.2 万人。在北京城乡结合部的行政村内，流动人口超过户籍人口数倍的情况比比皆是，仅在朝阳、海淀、丰台、石景山四区中心城边缘地带以及与大兴、昌平接壤地区的 227 个行政村内，就有流动人口 280 万人，是户籍人口 62 万人的 4.5 倍。

北京的人口过快增加，已经造成严重的社会问题。有关统计表明，北京是严重缺水的城市。人均水资源量不足 300 立方米，仅为世界人均水平的 4%、全国人均水平的 15%；在世界 120 多个国家首都中，排在 100 位之后，在国内也是 40 个严重缺水的城市之一，这显然无法满足北京城市人口的正常生活需要。

人口过多也给城市交通和城市管理带来极大困难。截至 2010 年 12 月 19 日，北京市机动车保有量已达 476 万余辆，市区内主要道路交通流量已呈现超饱和状态。2010 年 9 月 17 日，一场小雨让偌大的北京从下午一直堵车到深夜，最多时拥堵路段超过 140 条，引起国内外舆论的注意。全市流动人口涉案数由 2001 年的 35314 件增加到 2008 年的 56098 件，占全市案件的比重由 71.4% 上升到 89.5%。

2010 年中央提出"大城市要加强和改进人口管理"的要求。以往北京市提出调控人口的设想，总会引起争论，这次要抓住时机，认真落实中央要求，树立起严格控制人口增长的理念，强化控制人口在首都经济社会发展中的基础性作用，对人口总量实施有序管理。

调控人口规模，需要有一定的行政措施，如建立健全人口管理体制，严格落实目标责任制；加强人防工程使用管理，规范房屋出租行为，推广农民出租房屋集中管理新模式，实现居住人口和出租房屋管理信息化；研究实施居住证制度，提高流动人口服务水平；优化配置公共服务资源，推动中心城区功能疏解，引导人口合理分布。

但更重要和更有效的办法是发挥产业发展对人口规模的调控作用，制定行业准入标准，提升传统产业组织化程度和现代化水平。到 2009 年底，流动人口中已登记就业的占 57.4%，其中从事第三产业的有 305 万人。今后要把控制人口过快增长作为首都产业发展的一条重要原则。

人口有序调控不是要通过剥夺流动人口合法权益的方式将他们"挤出"京城，而是要通过产业结构调整，使那些符合首都产业发展需要的流动人口能够稳定下来，以便政府根据他们的就业和生活需求，尽可能给他们提供与北京市民同等的公共服务。同时，通过社会管理创新，使他们能够享有与北京市民同等的公

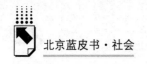

共服务管理的知情权和参与权，这种建立在平等基础上的社会关系只会促进社会和谐，不会加剧户籍人口与流动人口之间的疏离和矛盾。

中国像北京这样的特大城市社会经济发展水平高于周边地区，对于流动人口具有很大的吸引力，因此必须加强与周边省区市协作，探索区域经济社会共同发展，为建立人口调控综合协调机制创造条件，促进人口有序流动。特大城市受到资源、环境、土地承载能力的种种限制，吸纳人口终有限度，流动的"自由"不能以最终拖垮大城市为代价。北京严格控制人口增长的理念和措施，必将影响和带动其他特大城市，对有序的城市化产生深远影响。

（二）促使房价理性回归

说起房价，实在是老生常谈，但是围绕房价，集中了今日城市诸多社会矛盾，成为多种社会力量博弈的舞台。

2010 年北京的房价真是一波三折。年初房价延续了 2009 年持续暴涨趋势，2 月、4 月国家和北京市连续出台了第一波调控政策，形成市场观望状况，5 月、6 月房价稍有下降，但 9 月份以后又调头向上。12 月预售房均价达到每平方米26599 元，环比上涨了 12.6%，又创新高；现房价格更是每平方米比 10 月上涨了近 5000 元。

2011 年 2 月 16 日，北京市发布了《关于贯彻落实国务院办公厅文件精神进一步加强本市房地产市场调控工作的通知》，规定要求，对已拥有 1 套住房的本市户籍居民家庭、持有本市有效暂住证在本市没有住房且在本市缴纳社会保险或个人所得税连续 5 年以上的非本市户籍居民家庭，限购 1 套住房；对已拥有 2 套及以上住房的本市户籍居民家庭、拥有 1 套及以上住房的非本市户籍居民家庭、无法提供本市有效暂住证和连续 5 年以上在本市缴纳社会保险或个人所得税缴纳证明的非本市户籍居民家庭，在本市暂停向其售房。各金融机构和北京住房公积金管理中心对贷款购买第二套住房的家庭，要切实执行"首付款比例不低于60%，贷款利率不低于基准利率的 1.1 倍"的政策。这一规定被一些媒体称做"有史以来最严厉的限购令"。

中央政府完全知道，居高不下的房价和社会腐败现象、收入分配不公是广大城市居民最愤恨、对建设城市的和谐社会最具破坏性的三个因素。从代表中国最广大人民的根本利益、维护社会稳定的大局出发，中央政府是一定要使房价回归理性的。

北京市政府面临两重角色。一方面作为地方政府守土有责，要使北京市民安居乐业，就必须逐步解决广大市民的住房问题。2010 年初北京市政府提出：政策性住房建设用地占全市住宅供地的 50% 以上；新开工建设和收购各类政策性住房 13.6 万套以上，占全市新开工住宅套数的 50% 以上；加快在建项目建设进度，年底竣工交用 4.6 万套以上。年终统计，政策性住房实际供地 1332 公顷，同比增长 1 倍，占全市住宅用地供应量的 52.8%；新建和收购政策性住房 22.5 万套，占全市住宅新开工套数的 61.5%；竣工各类政策性住房 5 万套，完成年度计划的 108.7%；公共租赁住房落实房源 2.6 万套，廉租住房基本实现了实物配租应保尽保，2300 户配租了廉租房，24000 户得到了租金补贴。全市完成政策性住房投资 412.7 亿元。年末政策性住房施工面积 4023.4 万平方米，其中，新开工面积 1958.5 万平方米。全年政策性住房竣工面积 495.1 万平方米，政策性住房销售面积 203.5 万平方米。另一方面，土地出让金是政府的重要收入。2009 年，北京土地成交价款约 928 亿元，其中实际收入 494 亿元；而 2010 年土地成交价款 1639.4 亿元，土地出让金实际收入 1319.1 亿元，是上一年的 2.67 倍。2010 年北京市地方财政一般性收入是 2353.9 亿元，土地出让金相当于一般性财政收入的 56%。在房地产开发投资中，建安工程投资占全市房地产开发投资的比重为 31.4%，土地购置费用占全市房地产开发投资的比重为 44.6%。以规划建筑面积折算，土地出让金摊入楼面价平均每平方米 7000 元以上。很明显，土地出让金大大推高了房价。

土地出让金纳入政府基金收入管理，收入一旦取得，必须专款专用，不能用于非指定用途。2006 年 12 月下发的《国务院办公厅关于规范国有土地使用权出让收支管理的通知》规定，土地出让收入应用于征地和拆迁补偿支出、土地开发支出、支农支出、城市建设支出和其他支出，如政府每年要拿出土地收益至少 10% 用于廉租房建设。问题是目前土地出让金的支出不够透明，没有向人大代表和全体市民做出详细说明，以致产生许多说法。

在 2011 年 1 月人代会上，副市长陈刚表态："住房的基本属性是居住，而不是投资和投机"，"政府已经意识到，房地产行业应该首先满足居民的居住需求，这更应该算是一个民生领域，而并非投资者的乐土"。

购房者的情况也很复杂，有购房自己居住者，有把房产作为投资对象的，还有投机者。国家统计局北京调查总队 2010 年 4 月、5 月对 800 户城镇居民家庭进行住房需求及满意情况调查,72.8% 的家庭拥有房产,其中拥有政策性住房的 35.1%、商品房的 32.6%、旧有私房及自建房的 5.1%;租房的 24.4%,借住的 2.8%。有 45.8% 的家庭准备买房,收入 4 万元以下的家庭购房意愿最多 (36.9%),但准备在 1 年内购房的比例最低 (13.3%);15 万元以上收入家庭有 1 年内购房意愿的高达 31.3%。从调查结果可以分析:虽然拥有房产的家庭比例较高,但其中至少有 18% 仍然有购房意愿;收入少的家庭购房意愿强但购房能力差,显然是居住困难户;反之,收入多的家庭更有可能是投资者和投机者。据市相关主管部门统计,2005~2009 年全市成交的商品住宅中,外埠个人购买的 26.6 万套,占总量的 32.3%。北京市社情民意调查中心进行的调查显示,北京户籍人口占租房者的 45%。显然,北京市的房产相当一部分被外地人买走用做投资或投机,而又有相当一部分北京人买不起房。2010 年房屋销售价格比上年上涨 11.5%,其中新建住宅上涨 18%,二手住宅上涨 5%。同年北京城镇居民的人均可支配收入比上年增长 8.7%,居民收入在与房价的赛跑中再次败北,原已畸高的房价收入比变得更加不合理。

房价的涨落,早已不仅仅是经济问题,还是一个社会问题,现在更成为一个带有政治性的问题。2010 年 12 月 26 日,国务院总理温家宝讲:"在去年访谈当中曾经向广大群众承诺过,在我的任期内,一定要使房价能够保持在一个合理的水平,我还要为实现这个目标而努力,绝不会退缩。今年我们采取十条措施和五条措施,现在看落实得还不够好,我们将从两个方面继续加大力度,第一,就是加大保障性住房的建设力度……第二就是要抑制投机……我相信,经过我们一段的努力,房价会回到合理的价位,我有这个信心。"房价是否回落,事关政府执政能力,事关政府公信力,不但考验本届政府,还要考验下届政府怎样继续为民谋利。

话说多年的房价,终于要到理性回归的"拐点"了。

(三) 解决城乡结合部城市化中出现的社会问题

2009 年北京市政府工作报告提出要着力抓好城乡结合部地区建设,2010 年继续实施城乡结合部城市化工程,完成了 50 个重点村中 24 个村的拆迁任务。在 2010 年安排新增土地储备开发 8000 公顷中,在城乡结合部重点村整治 3000 公顷。2010 年安排土地储备开发投资 1000 亿元，继续实施政府主导土地储备开发的模式。土地储备作为加速推进城市化的工程，其实质是通过用土地出让收益及相关保障和福利政策来置换城郊农民的土地所有权。对于农民家庭而言，土地储备拆迁后，将失去原有耕地和宅基地，如何维持家庭可持续发展，是每家每户都必须慎重思考的问题。

对相当一部分农民家庭来说，土储拆迁可能意味着"一夜暴富"，例如朝阳区大望京村拆迁补偿总额 50 亿元，村里 1700 户，平均每户 300 万元，补偿六七百万元的达 20%。再如 2010 年丰台区启动 8 个村城市化工程，拆迁资金 200 多亿元。有的拿了巨额拆迁补偿金的村民，陷入了"暴富的困惑和陷阱"，除了买车、买房，不知怎样用这笔钱来开创家庭可持续发展的事业；还有的因为财富分配等原因引发了一些家庭危机，出现了不少令人费解的行为和现象。让农民把货币资金转向创业投资和长期稳定就业，是地区和家庭可持续发展的核心问题，是农村、农民加速城市化的必经途径。政府和社会组织应该为农民的投资创业提供咨询、策划和指导，统筹解决好产业发展、农民就业和社会保障等问题。

一是北京市政府应当调查研究，出台政策或制定法规，由市、区、乡三级政府出资，同时引导散在千家万户的大量拆迁补偿款，共同筹划创立"转居"农民创业风险基金，扶持"转居"创业先行者走好前几步。

二是推进农村集体资产股份制改造，创办新型合作社或股份制公司，形成资产共筹、风险共担、收益共享的新型城市社区股份制经济，使地区经济和"转居"家庭获得可持续发展的新生机。

三是积极引导农民融入市场经济和城市化大潮，把农民、农村原有的各种资源转变为市场交易的资本。

2011 年是中国共产党成立 90 周年，也是"十二五"开局之年，党中央、国务院对北京发展寄予厚望，要求在加快转变经济发展方式上走在全国最前面。北京社会发展面临着难得的机遇，要在社会建设方面积极创新，努力实现"十二五"时期的良好开局，推动建设中国特色世界城市迈出坚实步伐。

B.2
2010 年度北京社会形势及发展趋势

——对专家调查数据的分析报告

李 洋*

2010 年 11~12 月，北京市社会科学院"社会形势分析与预测"课题组组织相关专家，通过电子邮件问卷调查和邮寄问卷调查的方式，就 2010 年度北京市社会形势中若干重要问题进行了评估和预测。该研究旨在通过专家的综合性意见梳理社会发展的关键议题与突出矛盾，为北京市的进一步发展提供参考依据。在资料收集过程中，课题组与专家保持了紧密联系，大多数专家都给予了积极配合，最终共取得了 68 位专家的反馈意见。在组织机构上，这些专家分别来自在京高校、党校、社会科学院、政府机构研究部门等；在专业背景上，他们涵盖了社会学、经济学、管理学、教育学、哲学等多个学科领域，我们还特别征询了自然科学研究者和技术专家的意见；在学术成就上，他们在自己的领域内都具有一定影响力。除此之外，大多数专家的研究范围与北京都较为相关，对于北京市的情况较为熟悉。专家中男性占 67.6%，女性占 32.4%；年龄为 45 岁及以下者占 20.3%，46~60 岁者占 59.4%，60 岁以上者占 20.3%；专业领域以社会学居多，占 31.7%。

一 对 2010 年北京市社会形势的总体评价

对于 2010 年北京市社会形势的总体评价，我们采用了 9 级量表，其中 1 代表"很不好"，9 代表"很好"，然后要求专家给出其评分。调查数据显示，专家评分的中位数为 6 分。从分布上来看，有 13.4% 的专家给了 5 分以下，26.9%

---

* 李洋，北京市社会科学院。

的专家给了 5 分，22.4% 的专家给了 6 分，28.4% 的专家给了 7 分，4.5% 的专家给了 8 分及以上。① 大部分专家的评分集中在 5 ~ 7 分（共占到了 77.7%），这相当于一个"中等偏上"的评价，这一结果与往年的统计情况基本一致。

具体来看，有专家认为 2010 年北京市"就业形势有好的趋势，出台多项涉及民生的政策措施，交通、居住环境改善，医疗、教育改革推进，社会治安形势良好，社会保障制度不断落实，社会和谐，人心稳定，经济社会平稳健康发展"；"北京作为首善之区，社会治安较好，社会保障比其他地方也较好。虽然也存在一些社会问题，如房价过高、收入差距较大、就业压力大等，但总的形势平稳，政府也在尽力解决，因此总体评价应在中等偏上"。但也有专家提出"虽然采取了很多措施，做出了很大努力，但有些问题解决起来难度大，成效不明显，甚至有进一步加剧的趋势，如人口、资源、环境问题、交通问题、住房问题等"；"社会建设总体形势向好，但与北京经济、文化发展的差距依然明显，社会组织建设与管理不够灵活，社会服务功能的发挥没有充分显现，影响社会稳定的矛盾依然存在"等。

2010 年，北京市社会领域的发展出现了很多新的情况和趋势，从数据来看，50.0% 的专家认为"政府对社会领域的财政投入有所增加"；52.9% 的专家认为"民生问题上出台和采取很多新的政策法规和措施"。北京市统计局最新数据显示，2010 年北京市实现地区生产总值 13777.9 亿元，比上年增长 10.2%，完成了 GDP"保十"的目标，经济的持续稳定增长给社会领域的发展创造了更好的条件。从专家的回答中不难看到，近几年北京市在社会领域建设上投入了较多的人力、物力和财力，产生了良好的社会效果。

二 政府在社会建设方面的成绩受到专家充分肯定

2010 年，北京市的社会保障体系建设取得了较大进展，已经初步建成完善的社会保障体系，医保制度已经覆盖城乡 1400 多万人，低保制度保证了城乡困难群体的应保尽保，养老保障制度实现了职工和居民相互衔接，参保人员达到 1163.9 万人，在全国率先实现了养老保障制度城乡全覆盖，各类社会保障待遇

---

① 因有人未答，故各项之和小于 100%。以下数据同。

水平有所提高。在我们的调查中，2.0%的专家认为北京市社会保障体系"非常完善"，44.1%的专家认为"比较完善"，42.6%的专家认为"不太完善"，只有8.8%的专家认为"非常不完善"。在社会保障体系建设方面，专家们反映最为强烈的两大问题是"机构养老设施欠缺，社区、居家养老社会服务不足"（91.2%[①]）、"社会保障的覆盖面上仍然有空白，弱势群体得不到充分保障"（75%）。

2010年北京市在解决群众医疗服务方面采取多项惠民措施，如医疗保险职工住院最高封顶线从每年17万元调整为30万元，在职职工住院报销比例从70%调整为85%，退休人员报销比例由85%提至90%。门诊报销比例也得到提高，在职职工在大医院看病报销从50%提高到70%，在社区看病，无论是在职职工还是退休人员都能报销90%。规定本市县及县以上医疗机构销售药品，将严格执行以实际购进价为基础，顺加不超过15%加价率的作价原则。在2010年初颁布的《北京市基本医疗保险药品、医院制剂报销范围变更内容（五）》[②]中，进一步对67种基本医疗保险药品的剂型、报销范围等进行了调整。在此次调查中，2.9%的专家认为北京市在解决群众医疗服务方面做得"非常好"，45.6%的专家认为"比较好"，35.3%的专家认为"不太好"，14.7%的专家认为"非常不好"。与两年前相比，专家对北京市医疗服务的认可程度有较大提升，大多数专家对医德医风、医疗市场化改革以及政府对公共卫生投入等方面提出了正面评价。同时，专家也提出了仍旧存在的一些问题，如"医疗保障体系仍不健全"（64.7%）、"公立医疗机构改革滞后"（55.9%）、"药品价格太贵，以药养医现象仍未根本改变"（54.4%）、"医疗资源过度集中"（54.4%）等。

在社区管理和服务上，2010年，北京市将非公经济退休人员纳入社区管理，与企业退休人员一道享受养老、日常生活照料等社会化服务。在社区服务站中逐渐加载心理辅导功能，在全市招聘2000个养老员，为社区老人提供更优质的养老服务。截至2010年底，全市已建成2000余个社区托老（助残）所，除少数偏远山区外，已经实现托老所、老年餐桌覆盖全部社区的目标。[③] 专家们对北京市

---

① 括号内数字表示选择此项的专家的比例，下同。
② 《北京市基本医疗保险药品、医院制剂报销范围变更内容（五）》，北京市人力资源和社会保障局京人社医发〔2010〕1号文件，2010年1月4日发布，自2010年3月1日起执行。
③ 杜军玲：《社区居家养老，能走多远？》，2010年5月6日《人民政协报》。

社区管理与服务工作也给予了充分肯定，52.2%的专家认为北京市社区管理与服务工作做得"比较好"，只有29.9%的专家认为"不太好"。大多数专家对社区各类硬件设施的状况持肯定态度。专家也对社区建设提出了需要改进的一些问题，主要包括"社区民主自治的功能未能充分发挥"（72.1%）、"社区公共参与精神欠缺"（55.9%）、"社区服务不能够充分满足社区居民的实际需求"（52.9%）、"社区工作者队伍建设滞后"（52.9%）等。

三　社会领域中一些难题仍然需要破解

近年来，政府针对群众反映较为强烈的教育、住房等问题做了许多工作，下了不少力气，但是专家们感到这些工作仍然任重而道远。有1.5%的专家认为最近一年里北京市在解决"教育公平"方面做得"非常好"，有36.8%的专家认为做得"比较好"，另有44.1%的专家认为做得"不太好"，11.8%的专家认为做得"非常不好"。在解决"教育公平"问题上，政府最应着力解决的问题包括："提高优质教育资源共享程度"（77.9%）、"调整教育资源配置"（72.1%）、"加大对教育的财政投入"（50.0%）、"提高农村地区整体教育水平"（42.6%）、"采取措施，取消择校费"（38.2%）等。

人口问题是一个基础性问题，1.5%的专家认为北京在"人口规模调控"方面做得"非常好"，2.9%的专家认为做得"比较好"，48.5%的专家认为做得"不太好"，38.2%的专家认为做得"非常不好"。总体而言，专家认为北京在这一重大问题上做得较差、成效不大，但也有7.4%的专家认为"北京市人口规模不需要调控"。专家认为北京市在人口调控方面主要存在的问题包括："人口控制的目标难以实现"（55.9%）、"对流动人口的管理手段缺乏"（54.4%）、"尚未能够通过调整产业结构来控制人口规模"（44.1%）、"对流动人口的便民措施和人文关怀不够"（35.3%）、"流动人口的合法权益得不到保护"（29.4%）等。

近期日常生活用品和消费品价格上涨较快，专家们认为，北京市在解决物价问题上还需加强一些关键性的措施："加强和改善物资流通环节"（69.1%）、"加强市场监管，维护市场秩序"（66.2%）、"保障重要消费品的生产和供应"（55.9%）、"妥善安排低收入家庭和困难群众生活"（54.4%）、"努力抓好蔬菜生产基地建设"（44.1%）、"充分利用国内国外两个市场"（32.4%）等。

住房问题历来是社会热点，有10.3%的专家认为最近一年里北京市在解决城市住房问题方面做得"非常好"或"比较好"，有51.5%的专家认为做得"不太好"，有27.9%的专家认为做得"非常不好"，总体评价不高。专家们认为，北京市在解决城市住房问题上，最为关键性的措施有："加大保障性住房建设力度"（66.2%）、"加大廉租房供应"（60.3%）、"抑制房地产投机"（55.9%）、"加强对房地产市场的调控和监管，平抑房价"（48.5%）、"政府降低土地出让金"（39.7%）、"增加商品房供应，保证房地产市场平稳健康发展"（23.5%）等。

几年来，促进就业一直是北京市面临的重要任务。14.7%的专家认为目前北京市的就业形势非常严峻，58.8%的专家认为比较严峻，只有19.1%的专家认为形势还不太严峻或形势良好。认为就业形势非常严峻和比较严峻的专家比例相加，超过了70%。在促进和扩大就业的具体措施方面，专家们建议要"创造公平的就业环境和条件"（75.0%）、"鼓励创业，把创业作为解决就业矛盾的根本出路"（58.8%）、"特别重视大学生和青年就业问题"（57.4%）、"引导大学生到西部就业、到基层就业"（48.5%）、"对残疾人和大龄女工等群体实行特殊帮扶措施"（27.9%）。

社会管理体制的改革同样是未来社会建设中的难点问题。以社会组织管理体系为例，有19.1%的专家认为北京市在"社会组织培育和支持"方面做得"非常好"或"比较好"，有44.1%的专家认为做得"不太好"，有13.2%的专家认为做得"非常不好"，有23.5%的专家认为"说不清"。这反映出，北京市在社会组织管理体系改革上仍然有许多工作需要去做。专家们认为，在社会组织培育方面北京市面临的主要问题是："社会组织的活动空间还很有限，功能发挥不充分"（67.2%）、"政府对社会组织的认识还不到位"（65.7%）、"社会组织管理体制太僵化，政社不分"（56.7%）、"社会组织注册成立困难"（52.2%）、"社会组织缺少运行资金"（35.8%）等。由此看来，目前在社会组织管理方面的工作，首先还是要充分认识到社会组织的重要性，充分保障社会组织发挥作用的政策空间；其次，从体制机制上下工夫，包括通过政府职能转移给社会组织、购买社会组织服务等，为社会组织生存造就更多空间，建立社会组织与政府的沟通渠道，确立社会组织人才队伍的培养机制等。

交通拥堵问题成为2010年的社会热点。专家们认为，缓解北京市交通拥堵是一项长期的系统工程,在城市空间、人口和产业科学规划的基础上,要重视"加快轨道交通道路建设"(73.5%)、"坚持公交优先的交通发展战略"(70.6%)、"加强城市道路系统规划建设"(58.8%)、"控制公车的数量和使用"(52.9%)、"控制汽车数量增长"(42.6%)、"继续机动车辆限行措施"(22.1%)等,通过大力发展城市公共交通系统缓解交通拥堵问题成为专家们的共识。

政府的自身建设也同样受到专家们的普遍关注。专家们认为,要确保北京市安全稳定,最重要的措施是:"加强廉政建设和反腐败斗争"(64.7%)、"提高各级政府依法行政的能力和水平"(61.7%)、"提升食品安全工作水平"(52.9%)、"增强政府工作的透明度"(47.1%)、"建立健全人民内部矛盾协调化解机制"(47.1%)、"积极预防和妥善处理群体性事件"(47.1%)。专家们在政府自身建设上最关注的问题与两年前基本一致。同时,经过多次食品公共安全事件,专家们对食品安全问题的重视程度有所上升。因此,加强政府执政能力的建设仍是确保北京市安全稳定的根本之道。

四 对 2011 年北京市社会形势的总体预测

对 2011 年北京市社会形势进行预测,同样采用的是 9 级量表,其中 1 代表"很不乐观",9 代表"非常乐观"。调查显示,专家评分的中位数为 6 分。从分布上来看,有 10.6% 的专家给了 5 分以下,30.3% 的专家给了 5 分,16.7% 的专家给了 6 分,27.3% 的专家给了 7 分,15.2% 的专家给了 8 分及以上。大部分专家的评分仍然集中在 5~9 分(共占到了 89.4%)。从中可以看出他们的总体判断基本上是挑战与机遇并存,只要政府继续提升其管理服务水平,应当可以保持大局稳定,实现经济社会平稳发展。

谈到在 2011 年北京市最需要下大力气解决的社会问题,专家们认为最迫切需要解决的社会问题有"居民收入差距"、"官员腐败"、"群体性事件"等,比较迫切需要解决的社会问题有"生活必需品价格"、"医疗费用"、"社会保障体系"、"就业问题"、"教育资源配置"等。

相当一部分专家具体指出了 2011 年北京市社会形势中面临的问题和挑战。有的专家提出在经济发展模式上,过去的几年,北京市的发展很大程度上依靠举办重大活动的投资来牵引和带动，要着力探索后奥运时代持续的、稳定的城市经济增长模式，尤其是提升现代服务业、装备制造业、高科技产业等发展水平；有的专家认为城乡一体化还有较长的路要走，城乡经济、社会发展差距较大；有的专家认为低收入群体的各类问题将更为突出，低收入群体将逐渐囊括低收入中老年人、本地低端劳动力以及郊区农民，这一群体面临就业、收入、住房、医疗、养老、物价等各方面问题；有的专家认为社会建设水平落后，社会保障体系尚未健全，社会组织发育有待完善，社会资源过于集中，教育、医疗、就业等不公平、不均衡现象没有得到有效的改善；有的专家认为政府公共服务职能仍未充分发挥，服务型政府建设仍有待加强等。

2011 年是"十二五"开局之年，专家们也提出了在"十二五"期间，北京市最需要关注的社会发展趋势和政策建议：应继续关注民生问题，加大对社会保障、教育、医疗、社区建设等社会领域的投入；着力解决人口过度膨胀等所带来的住房、交通、医疗、教育等问题，在发展经济、社会、文化等各项事业的同时，加强宜居城市建设；通过产业结构和空间布局的调整，有效的人口管理手段等综合性措施，从京津冀大区域的角度调控人口规模，逐步缓解人口、资源、环境之间的矛盾；在典型社区建设和示范的基础上，普遍提高社区建设水平；在提高政府执政能力、提高城市管理水平上下工夫。同时，专家们普遍认为，随着经济社会发展水平的提高和日趋理性化，社会公正问题将日益成为影响北京各项事业发展的重要内容。

社会结构篇
Social Structure

B.3

北京市职工发展调查报告

北京市总工会课题组 *

北京市总工会 2010 年对首都各产业职工群体发展现状展开了调查，全面了解职工职业发展环境，包括工作环境、学习发展权、假期权等劳动权益、工资收入水平和职业满意度；了解职工对生活环境的感受与评价，分析职工的基本素质以及发展能力；了解职工的思想动态，并在调查的坚实基础上，提出具有前瞻性的政策建议。

一 调查简介

本次调查的北京市职工，是在北京市辖区内单位工作 1 年以上，平均每周工作多于 20 小时，单位为其工作支付相应报酬的员工，不对职工的户口所在地进行限制；以在企业一线工作的普通职工为主，兼顾部分中层管理人员，但不含高层管理人员；不包含在中央所属企业、市属党政机关及事业单位、国家级别的党

* 课题组成员：何广亮、高媛、孙越、郭维荣、穆超、向德行。

政机关及事业单位、国家级别的协会等管理部门工作的职工。同时，本次调查重点关注了安保人员、家政服务工、餐饮服务员、建筑工人等四类人群。其中安保人员群体包括隶属安保公司或者单位的安保部门（不含队长）人员，不包括退休人员、非单位的安保内勤人员；家政服务工群体包括隶属家政服务公司人员，不包括个体家政服务人员、主管人员、高端或专业的家政服务人员（如金牌月嫂等）；餐饮服务员群体包括在高、中、低档餐厅为客人提供下单、上菜等服务的一般工作人员；建筑工人群体包括隶属建筑公司或者家装公司的一线建筑工人，不包括队长，也不包括个体建筑工人。

本次调研以问卷调查为主要收集资料方法，同时还与职工代表、一般职工、专家等进行了多场座谈。

表1和表2为本次调查的基本数据。

表1　问卷调查样本区县分布

单位：人，%

区　县	普通职工		特殊群体职工										中层管理	
			安保人员		家政服务工		餐饮服务员		建筑工人					
	人数	比例	人数	比例	人数	比例	人数	比例	人数	比例			人数	比例
东　城	97	3.9	6	5.6	6	5.6	6	5.6	6	5.4			4	0.7
西　城	126	5.1	6	5.6	6	5.6	6	5.6	6	5.4			37	6.9
崇　文	54	2.2	6	5.6	6	5.6	6	5.6	6	5.4			13	2.4
宣　武	76	3.1	7	6.5	6	5.6	6	5.6	7	6.3			15	2.8
朝　阳	524	21.2	5	4.7	6	5.6	6	5.6	6	5.4			154	28.8
海　淀	670	27.1	6	5.6	6	5.6	7	6.5	7	6.3			149	27.9
丰　台	250	10.1	6	5.6	6	5.6	6	5.6	6	5.4			35	6.6
石景山	44	1.8	6	5.6	6	5.6	6	5.6	7	6.3			8	1.5
昌　平	78	3.2	6	5.6	7	6.5	6	5.6	6	5.4			21	3.9
怀　柔	56	2.3	6	5.6	6	5.6	6	5.6	6	5.4			11	2.1
密　云	30	1.2	6	5.6	6	5.6	6	5.6	6	5.4			1	0.2
平　谷	42	1.7	6	5.6	6	5.6	6	5.6	6	5.4			5	0.9
大　兴	129	5.2	6	5.6	6	5.6	6	5.6	6	5.4			17	3.2
房　山	87	3.5	6	5.6	5	4.7	6	5.6	6	5.4			8	1.5
门头沟	33	1.3	6	5.6	6	5.6	6	5.6	6	5.4			13	2.4
通　州	98	4.0	6	5.6	5	4.7	5	4.7	6	5.4			32	6.0
顺　义	63	2.6	6	5.6	7	6.5	5	4.7	6	5.4			6	1.1
延　庆	10	0.4	5	4.7	5	4.7	6	5.6	6	5.4			5	0.9
开发区	1	0.0												
合　计	2468	100.0	107	100.0	107	100.0	107	100.0	111	100.0			534	100.0

说明：在本次调查结束后，2010年7月，北京市行政区划做了调整：原西城、宣武两区合并为西城区，原东城、崇文两区合并为东城区。

表2　问卷调查样本年龄分布

单位：人，%

| 年　　龄 | 普通职工 | | 特殊群体职工 | | | | | | | | 中层管理 | |
| | | | 安保人员 | | 家政服务工 | | 餐饮服务员 | | 建筑工人 | | | |
	人数	比例	人数	比例	人数	比例	人数	比例	人数	比例	人数	比例
18～25 岁	684	27.7	51	47.7	11	10.3	59	55.1	20	18.0	63	11.8
26～35 岁	890	36.1	36	33.6	22	20.6	36	33.6	36	32.4	172	32.2
36～45 岁	521	21.1	9	8.4	48	44.9	10	9.3	38	34.2	156	29.2
46～55 岁	335	13.6	9	8.4	25	23.4	2	1.9	13	11.7	124	23.2
56～60 岁	38	1.5	2	1.9	1	0.9	0	0.0	4	3.6	19	3.6
合　　计	2468	100.0	107	100.0	107	100.0	107	100.0	111	100.0	534	100.0

二　调查的主要发现与结论

（一）职工基本需求满足程度低，个人发展能力有限，发展状况并不乐观

北京职工发展道路上，积极的因素是：比较认可单位和行业的发展前景，在单位内能够获得较多的情感支持，包括人际关系比较和谐、对单位有归属感、个人感到比较受尊重、生活上的压力不是很大。目前限制北京职工发展的问题可以归结为几个方面：待遇不高、权益缺乏保障、晋升空间有限、个人素质落后于时代需要、缺乏接触新资源和认识新领域的渠道，四个重点关注的群体普遍缺乏城市归属感。

1. 职工对收入及福利待遇满意度低，个人发展缺乏物质基础

（1）对基本需求总体满足程度较低，对个人福利待遇的满意度最低

北京市总工会 2010 年对本市职工工资进行的调查显示，北京职工 2009 年工资年收入约 2.68 万元，约合每月 2233 元。① 在楼市火爆、物价连续上涨的社会背景下，北京职工近两年的收入增长幅度不足 2%，远远低于同期 GDP 增幅。北京职工感到生活上最大的压力来源于家庭必备日常消费支出的增加，对此反

---

① 关于这项调查和调查详细结果，见本书北京市总工会课题组《2010 年北京市职工工资调查报告》。

应甚至大于住房、医疗和教育等社会热点问题。当然，这并不意味着职工的住房压力得到缓解，调查结果显示，有26.1%的受访职工是租房居住，住房问题对"无房户"而言仍然是大问题。北京职工对个人发展投入的金钱和精力相当有限，平均每年用在个人教育与培训方面的仅为285.5元，仅占家庭年收入的0.5%。收入问题不仅是北京职工压力感的重要来源，也拖了职工发展的"后腿"。

（2）在收入有限的情况下，工作价值更多被定义为"生存价值"

我们将职工对工作价值的认知分为四大类：生存价值、道德价值、发展价值和交际价值。总体来看，职工更多地将工作定义为生存价值，认为工作的意义在于养家糊口，其中75.7%的职工认为工作是个人/家庭收入的来源（见图1），这是工作最主要的价值体现。而工作的道德价值，特别是发展价值和交际价值的认同度不高。

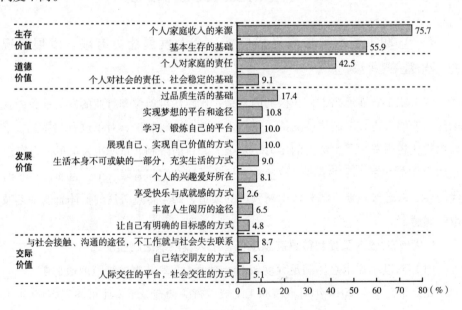

图1　职工对工作价值的认知情况（多选）

（3）部分职工感到"分配不合理"

"仓廪食而知礼节，衣食足而知荣辱"，在贫富差距较大的社会背景和基本需求不能得到很好满足的情况下，33.6%的职工认为自己付出多于所得、43.3%的职工认为内部收入待遇分配不合理。

（4）部分职工感到生活压力影响身心健康

调查也发现，生活压力感比较大的职工，对自己身体和心理健康状况的评价也较低（见图2）。

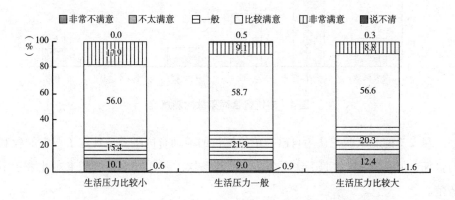

图 2　不同生活压力下的北京职工对自己近期身体心理健康状态的评价

2. 部分职工权益被侵害值得关注，个人发展缺乏足够的权益保障

（1）多数职工对劳动合同满意，但要注意产生负面评价的原因

58.3％的职工对与企业签订的劳动合同表示满意，但也有四成以上职工没有签合同，或者合同条款不平等（见图3）；60.9％的北京职工对企业执行合同情况表示满意，但也有近40％的职工认为合同对企业的约束力不足，企业并未完全履行合同条款（见图4）。

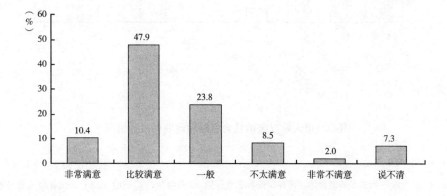

图 3　对个人签订的劳动合同满意度

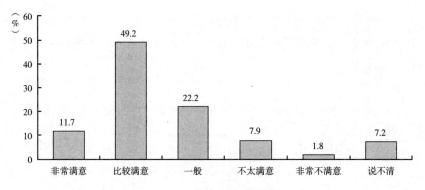

图4 对执行合同条款的满意度

74.2%的北京职工认为自己与单位签订的劳动合同平等地规定了双方的权利与责任，但是有7%的职工认为存在不平等条款，还有15.4%的职工对此表示不清楚。

（2）社会保险没有覆盖全体职工，存在就业歧视

调查显示（见图5），25.6%的职工没有获得企业应缴纳的完整的社会保险①（三险），3.8%的职工有商业保险没有社会保险，甚至14.4%的职工没有缴纳任何保险，处于无保险状态。还有11.7%的职工对于用人单位有没有为自己缴纳

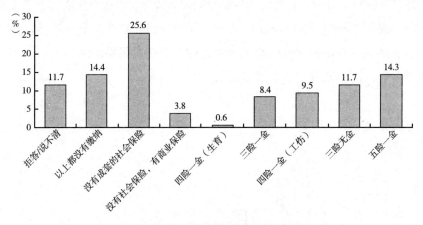

图5 用人单位缴纳社会保险和商业保险的情况

---

① "三险"指的是养老保险、医疗保险和失业保险，"四险"指"三险"加上工伤保险或生育保险，"五险"是指所有这些险种。"一金"指的是住房公积金。养老保险、医疗保险和失业保险由企业和个人共同缴纳保费，工伤保险和生育保险保费由企业缴纳。

保险、缴纳了何种保险不清楚。目前来看，各个行业中均有职工未获得法定的社会保障，社会保险普及情况令人担忧。

就业歧视的问题同样值得关注。学历歧视最为普遍（见图6），8.7%的职工反映单位存在学历歧视，其次是户籍地域歧视（4.9%）和年龄歧视（4.4%）。除了以上三类歧视外，就业歧视的表现还有因用工制度不同而产生的歧视、外观形象歧视、性别歧视、对部分疾病患者的歧视，甚至身高歧视等。调查中合计有18.3%的职工认为在本企业中存在就业歧视现象。

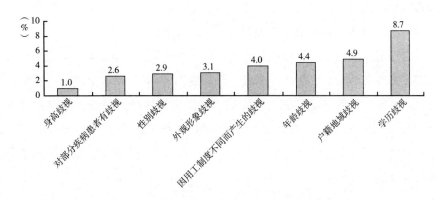

图6　用人单位存在的就业歧视现象及歧视类别（多选）

（3）职工信任劳动仲裁委员会和政府有关部门能够维护权益

在权益受到侵害需要维权时，54.6%的职工知道劳动仲裁委员会可以维权，而且40.5%的职工对劳动仲裁委员会表示信任（见图7）。同时，法院、单位的

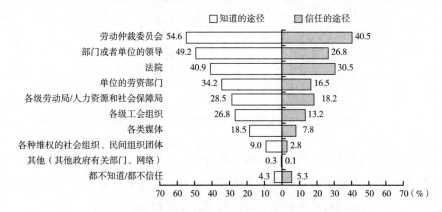

图7　职工认可的维权途径和对其信任程度（多选）

劳资部门、各级劳动局/人力资源和社会保障局都是职工们所知道和信任的维权途径。这也表明，传统意义上的"大政府"仍然是北京职工认同度较高的组织，"有问题找政府"、"通过法律问题解决争议"是北京职工朴素的认识。

值得一提的是，49.2%的职工觉得也可以向部门或单位领导反映问题，但只有26.8%的职工相信领导的作用。此外，26.8%的职工知道各级工会组织可以维权，但只有13.2%的职工表示信任工会这个途径。同时，媒体是近年来新兴的维权途径，18.5%的职工认为各类媒体能起到维权作用，但只有7.8%的职工觉得媒体途径值得信任。

（4）遇到困难普遍依靠私人救助

从责任划分来看，政府是社会救助的第一责任主体，但是职工如果出现家庭生活困难需要帮助时，更加认可亲戚、亲密的朋友/同学和单位同事或领导这些私人救助方式。其中亲戚是职工认知最多和最可能选择的途径，分别占76.8%和59.8%（见图8）。这一方面源于传统习惯，"在家靠父母，出门靠朋友"，但另一方面同时反映出，组织途径并未完全被社会所认知、认可，这也限制了职工的求助选择。

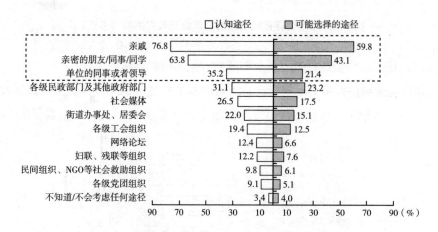

图8　职工对救助的认知途径和可能的选择（多选）

社会媒体和网络论坛近年来亦成为社会救助认知和可能选择的重要途径。

3. 职工知识与能力落后于时代发展需要，缺乏规划和机会

（1）技能培训仍是首要需求，外语需求及学历培训凸显

调查表明（见图9），技术技能培训最受职工欢迎，有89.0%的职工参加过，

有 39.1% 的职工希望参加；外语培训慢慢成为宠儿，有 17.6% 的职工有此需求，只有 10.1% 的职工曾经参加过；学历培训也开始升温，13.2% 的职工对此有所期待。这也反映出在竞争日益激烈、北京国际化进程不断加快的背景下，技术技能、语言能力、学历对于个人发展与晋升至关重要。但是，也有 18.8% 的职工不希望参加任何培训。

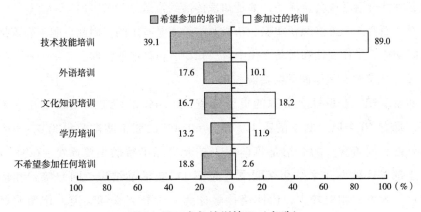

图9　职工参加培训情况（多选）

（2）获取新知识、新技能的渠道狭窄，主要集中在传统媒介

调查显示（见图 10），北京职工目前接触新知识、新技能的主要渠道中，电视节目贡献最大，70.6% 的职工受其影响，其次是各种书籍（64.0%）、网络新闻及论坛（52.6%）和报刊（51.0%），电台节目（11.8%）和各种音像制品及

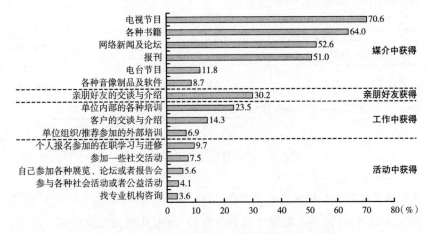

图10　职工接触新知识、新技能的途径（多选）

软件（8.7%）也有部分作用。

除了传播媒介外，还有三大重要渠道，分别是亲朋好友、工作场合和活动场合。在工作场合中，主要是单位内部各种培训担负着传播新知识、新技能的重任，客户的交谈与介绍及单位组织的外部培训也起到部分作用。在活动场合中，主要是个人报名参加的在职学习和进修，此外各种社交活动、展览、论坛或报告会、各种社会活动或公益活动，都是知识传播的渠道。

总体而言，职工接触新知识、新资源的渠道是有限的，因此，职工还需加大在人际交往、工作交往和活动交往中对新知识、新技能的汲取。

（3）职工缺乏足够的社会资源积累

朋友是职工获取社会资源的重要渠道，20.4%的职工朋友数量在3个及以下，拥有10个以上朋友的占19.2%，60.4%的职工朋友数量为4~10个。亲朋好友、同事客户的介绍是目前职工扩充交际半径的主要途径，60%以上的职工都以这种方式来结交新朋友（见图11）。活动结识、网络接触和场合结交这三大方式相对较少，但网络接触作为一种新兴交际渠道，作用明显增加。

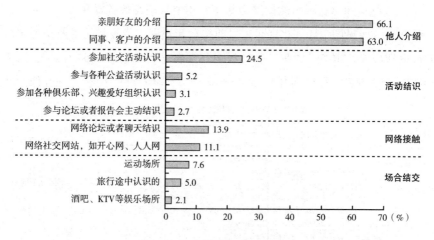

图11　职工社交渠道（多选）

从经常交往的人员构成来看（见图12），88.0%的职工经常与同事交往，其次是亲戚（68.4%），再次是同学（49.1%）。这也从侧面反映出职工缺乏足够的交际机会，这无疑限制了职工的发展机会。

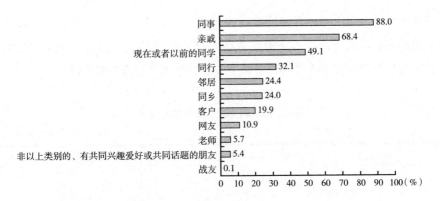

图 12 职工社交对象（多选）

4. 职业晋升空间有限，影响职业忠诚度

（1）缺乏晋升机会

调查显示（见图 13），仅 45.6％ 的职工对个人职业晋升空间表示满意。低年龄职工对晋升空间的满意度要高于高年龄职工。这也表明随着年龄增长，职工晋升的机会越来越少。

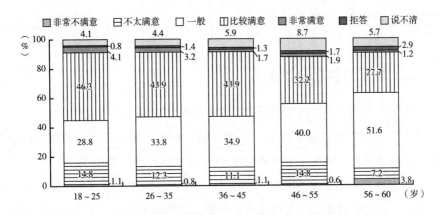

图 13 不同年龄职工对个人晋升空间满意程度

（2）职业忠诚度不高

发展必须有相对的稳定性。对于职场人士而言，频繁跳槽势必会让个人陷入不断适应新环境的过程中，而在新环境里短期内也难以获得晋升机会。然而，如果有重新选择一次工作的机会，仅 32.8％ 的职工选择留在目前的公司，愿意继续在同行业发展的占 51.6％，23.4％ 的职工表示考虑跨行业发展。

具体分析对职工职业忠诚度的影响因素（见表3），个人发展机会直接影响职工的职业忠诚度，而收入及福利状况的影响还在其次；同时，企业的文化建设、制度与管理风格等人文环境对职工的职业忠诚度有重要的影响。

表3　影响职工职业忠诚度的因素

单位：%

因　　素	影响重要性
个人发展空间或者个人晋升的机会	34.7
收入及福利状况	32.3
单位的文化建设	31.7
单位的民主管理	31.4
领导的管理风格与管理能力	30.9
单位的发展前景与潜力	30.9
工作的稳定性	30.5
岗位能够展现自我能力和自我价值	30.5
规章制度的完备程度	28.0
在职学习与相关培训	26.0
必要的安全保障	20.2
单位的人际关系	19.3

（二）职工价值观念多样化

本次调查根据价值取向的差异，将职工的价值观分为如下五类。

（1）阳光理智型：追求平等、乐善好施，有着阳光的心态，对社会的认知积极，但消费理智、保守，主要集中在26～45岁的中青年群体。

（2）理智自我型：消费比较理智、保守，对社会的态度比较冷漠，缺乏足够的爱心，在他们看来，个人的成功更重要。主要代表是高中及以下学历的职工群体。

（3）时尚追新型：消费追新，追求个性，走在时尚前列，对于传统道德不很认同，在社会活动中属于活跃群体，但缺乏宽容平和的心态。新锐追新型的代表主要是18～25岁的女性群体。

（4）新生中产型：具备传统道德，追求平等，虽然不追求新颖个性，但消费和理财观念并不保守，具备了一定的中产阶级价值特征，主要集中在大专及以上的中高学历群体。

（5）传统宽容型：趋于平静宽和，因为传统，对社会平等的追求也并不十分迫切，以年龄较大的职工群体为主。

在五类不同价值观念的职工中，理智自我型的职工最多，占23.6%，其次是阳光理智型（21.6%），再次是新生中产型（19.9%），又次是时尚追新型（19.7%），最后是传统宽容型（15.2%）。这表明随着社会的进步，职工的价值观念更趋于多元化，打破了传统的价值观限制，但理智自我型的职工比例最高，而这类群体更追求自我，往往容易忽视对社会的宽容与关爱。

（三）劳动密集型企业、基础服务业和低学历、36岁以上中高年龄群体的发展状况值得关注

1. 低学历群体

无论对职场现状，还是对未来的发展前景，低学历群体的总体感受均相对较差。例如，高中及以下学历的职工对于劳动安全持积极评价的比例不足70%，低于其他群体，普遍认为单位对员工学习的支持力度有限，对领导的管理风格与水平的评价较低，容易对行业发展持悲观态度；初中及以下学历的职工60%以上对劳动合同签订及执行情况表示不满，而未签订任何形式合同的比例高达41.4%，每周工作时间长达48.5小时，均显著高于其他学历的群体。因为不同学历的职工工作岗位和待遇有很大差异，低学历的职工群体更容易产生负面情绪。

2. 劳动密集行业及基础服务业职工

工业、建筑业、交通运输业、住宿和餐饮业、仓储和邮政服务业等是体力劳动密集型行业和基础服务业，职工对于单位人文环境、晋升空间和发展机会等的评价比脑力劳动密集行业要低，自身素质和发展能力受到更多限制。具体表现如下所述。

交通运输、仓储和邮政业（54.2%），房地产业（51.1%），居民服务和其他服务业（53.1%）等行业对单位归属感的积极评价较低，职工归属感较弱。

住宿和餐饮业（73.9%）、房地产业（74.8%）的职工受尊重感普遍较差。

工业（54.0%），建筑业（55.3%），交通运输、仓储和邮政业（54.6%），批发与零售业（55.9%），住宿和餐饮业（51.3%），科学研究、水利、环境和公共设施管理业（48.9%），居民服务和其他服务业（49.0%）等劳动密集行业

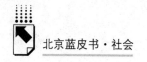

的职工对单位文化建设的积极评价低于总体水平。

工业（42.0%）、住宿和餐饮业（38.7%）、房地产业（45.2%）、文化体育和娱乐业（46.9%）、居民服务和其他服务业（47.6%）的职工对单位的民主管理的积极评价低于平均水平。

工业（40.6%），建筑业（39.0%），交通运输、仓储和邮政业（31.9%），批发与零售业（39.4%）的职工对晋升空间满意度评价低于其他行业。房地产业（45.1%），科学研究、技术服务与地质勘查业（44.7%），教育业（46.4%）等行业的职工随着晋升而境遇会明显改善的比例较高，而交通运输、仓储和邮政业（28.5%），文化体育和娱乐业（28.0%）的晋升所带来的境遇改善并不明显。

建筑业职工在知识水平和基本能力上与其他行业职工相比为最弱。

3. 36岁以上中高年龄职工群体

36岁以上的群体步入职场已有一定时间，又需要面对较多"上有老、下有小"的生活压力。本次调查表明，36~45岁群体生活压力感最大，娱乐时间低于其他年龄群体，朋友数量呈现下降趋势。年龄越大，交际半径就越小。

（四）职工对自身社会地位认同较低

职工对自己在社会中所处的地位和身份总体自我评价较低，44.8%的职工认为自己属于社会中下层，26.2%的职工认为自己属于社会的底层，23.1%的职工认为自己属于社会的中间阶层，而认为自己属于社会中高阶层或顶层的只有1.4%（见图14）。

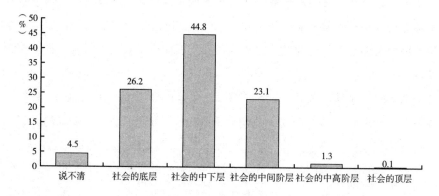

图14　职工的社会地位认同

与其他职业相比较，生产、运输设备操作人员对自己的社会地位评价最低，77.2%认为自己属于社会中下阶层或底层；其次是商业、服务业的服务人员，73.2%认为自己处于社会中下阶层或底层；教师、文体工作者对自己的社会地位评价最高，44.6%认为自己处于社会中间及以上阶层。同时，职工学历与其对自己社会地位的高低认知成正比：职工学历越低，觉得自己属于社会中下层或底层的比例越高；职工学历越高，觉得自己属于社会中间阶层或者社会中高层/顶层的比例越高。

在城市归属感方面，调查结果显示，61.0%的职工对北京有城市归属感，19.6%的职工对北京没有城市归属感。其中，低学历者对"城市归属感"一词理解不很清晰。但总体来看，因其多从事劳动密集或者基础服务业，待遇低、职业环境和生活压力相对较大，所以对于城市的归属感偏弱。

对于社会状况的认知，也是职工社会心态的一个反映。在对常见社会状况的认知中，总体偏向积极的认知。在积极认知层面，职工认为当今社会是更倾向于团结的、有凝聚力的、温暖有爱心的、充满活力的、民主的、高素质的、和谐稳定的、安全的和统筹考虑的，其中对充满活力、和谐稳定和温暖有爱心三个维度评价最高；在消极认知层面，职工认为当今社会更倾向于腐败的、不公平和自私势利的。在社会诚信问题上，职工感觉一般。

学历越高，职工对社会公平、和谐稳定的认可度越低；中高学历的群体，对各项政策评价偏低，对于目前的社会缺乏认同感。

而无论社会归属感还是社会认同感的缺乏，都说明在职工群体的心态中有不稳定因素。

（五）安保人员、餐饮服务员、家政服务工、建筑工人四类群体普遍缺乏发展能力

无论是从职业环境、个人能力，还是从个人的发展来看，本次调查的四个重点关注群体均落后于职工总体。

1. 工资收入有限、社会保障不全

四类重点关注群体对工作待遇的满意度差异显著，其中家政服务工和餐饮服务员两群体的满意度较高，而安保人员和建筑工人的满意度较低（见图15）。根据北京市总工会2010年对职工工资进行的调查显示，安保人员是因为拿到的工

资太低（平均月收入约1200元）而对工作待遇表示不满，而建筑工人是因为虽然拿到相对较高的工资，但却要承受高劳动强度的压力而有相对的被剥夺感（51.4%认为付出多于所得）。

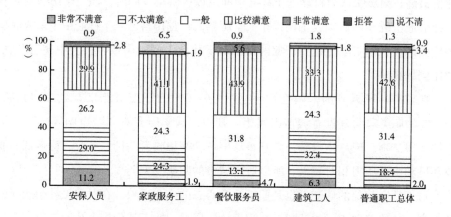

图15　四类重点关注群体对工作待遇的满意度

在社会保障方面，四类重点关注群体多数处于无保障状态，尤其是在家政服务工群体中，没有缴纳任何保险的比例高达69.2%（见表4）。安保人员和建筑工人都有20%以上对社会保障情况"说不清"，餐饮服务员和家政服务工这一比例也分别达到13.1%和16.8%。这些人也有可能没有与用人单位签订任何形式的劳动合同，也没有享受社会保障（见表5）。

表4　四类重点关注群体社会保险的情况

单位：%

项　目	安保人员	家政服务工	餐饮服务员	建筑工人	普通职工总体
三险无金	2.8	—	3.7	—	11.7
三险一金	—	—	0.9	—	8.4
五险一金	0.9	—	—	—	14.3
四险一金（工伤）	0.9	—	—	—	9.5
四险一金（生育）	—	—	—	—	0.6
没有社会保险，有商业保险	16.8	10.3	17.8	21.6	3.8
没有成套的社会保险	23.4	3.7	10.3	18.0	25.6
以上都没有缴纳	32.7	69.2	54.2	39.6	14.4
拒答与"说不清"	22.4	16.8	13.1	20.7	11.7

表5　四类重点关注群体签订合同类型情况

单位：%

项　　目	安保人员	家政服务工	餐饮服务员	建筑工人	普通职工总体
无固定期的劳动合同	15.0	16.8	16.8	19.8	13.2
1年以上期的劳动合同	25.2	11.2	11.2	6.3	32.8
1年期的劳动合同	39.3	32.7	30.8	18.0	35.1
只签了劳务合同（比如按工程签的合同）	5.6	4.7	3.7	14.4	2.2
未签任何形式的合同	14.0	33.6	37.4	39.6	16.3

四类重点关注群体劳动强度大、时间长，平均周工作时间超过国家最高标准10小时以上（见图16）。

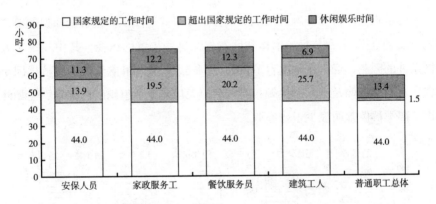

图16　四类群体一周工作与休闲娱乐时间分配

2. 基本能力素质落后于职工总体水平

四类重点关注群体的综合素质得分均低于普通职工。一些具有时代感的应用型知识，诸如电脑与网络应用能力、外语能力以及创新能力等方面的知识水平均不高，限制了他们能力的进一步提升，很难满足新形势提出的能力素养要求。知识和能力不足，与四类重点关注群体的学历偏低是分不开的。55.1%的安保人员、59.8%的家政服务工、51.4%的餐饮服务人员和66.7%的建筑工人都只有初中及以下的学历，并且整体学历偏低，95.0%左右人员学历为高中以下（见图17）。

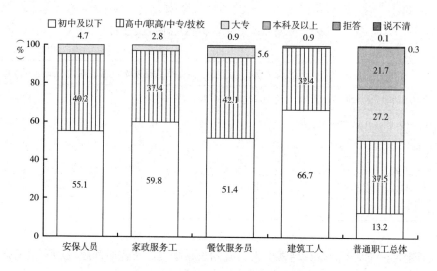

图17 四类重点关注群体的学历分布

四类重点关注群体接触新知识的机会远少于普通职工。接触新知识的渠道类别主要还是电视/电台节目、书籍和朋友告知这些传统的途径，其中建筑工人因工棚条件的限制，经常接触电台节目的比例较大，安保和餐饮服务两群体因年纪较轻，对网络新闻及论坛的接触相对较多。无论是单位组织的内部培训还是外部培训，四类群体都明显少于普通职工。

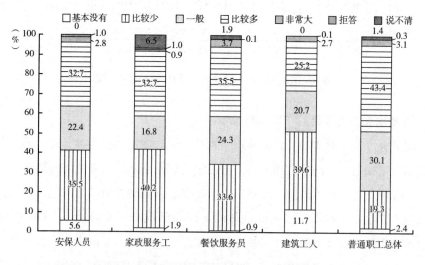

图18 四类重点关注群体接触新知识的机会

表6　四类重点关注群体接触新知识的渠道

单位：%

项　目	安保人员	家政服务工	餐饮服务员	建筑工人	普通职工总体
电视节目	81.3	88.8	81.3	67.6	70.6
各种书籍	60.7	56.1	65.4	62.2	64.0
网络新闻及论坛	35.5	12.1	33.6	13.5	52.6
报刊	48.6	55.1	36.4	46.8	51.0
电台节目	20.6	15.0	17.8	27.0	11.8
各种音像制品及软件	4.7	2.8	9.3	3.6	8.7
朋友的交谈与介绍	27.1	24.3	32.7	22.5	30.2
单位内部的各种培训	13.1	6.5	12.1	9.9	23.5
客户的交谈与介绍	2.8	8.4	6.5	0.9	14.3
单位组织/推荐参加的外部培训	0.9	1.9	4.7	1.8	6.9
个人报名参加的在职学习与进修	4.7	1.9	4.7	0.9	9.7
自己参加各种展览、论坛或者报告会	2.8	0.9	2.8	0.0	5.6
参与各种社会活动或者公益活动	11.2	3.7	8.4	0.9	11.6
找专业机构咨询	1.9	2.8	0.9	0.0	3.6

3. 四类重点关注群体多数认为自己生活在社会底层

四类重点关注群体多数认为自己处于社会的底层，被尊重感和城市归属感相对较弱（见图19、图20和图21）。

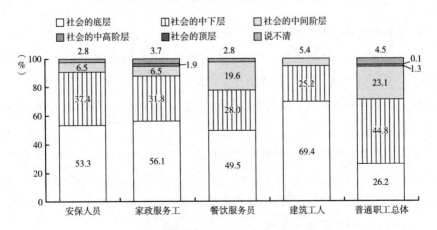

图19　四类重点关注群体的社会地位认同

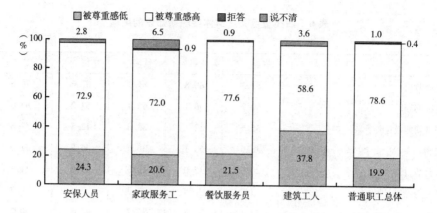

图20　四类重点关注群体的个人被尊重感

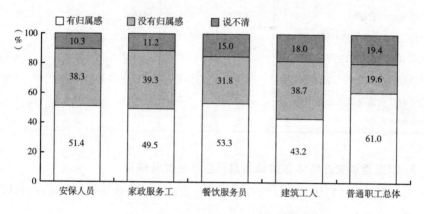

图21　四类重点关注群体的城市归属感

4. 四类重点关注群体中，建筑工人整体状况最为堪忧

虽然从平均收入水平来看，建筑工人群体通过长时间重体力劳动获得相对较高的收入（根据2010年职工工资调查，建筑工人年收入水平约2.69万元，而其他几类重点关注群体年收入最高不过1.7万元），但从本次调查来看，建筑工人整体状况最为堪忧。

建筑工人年龄较大、学历较低最为明显。本次调查显示，26～45岁建筑工人比例达到了66.6%，高于各个群体；99.0%的人学历都在高中及以下（见图17）；建筑工人接触新知识的渠道最为狭窄，有高达51.3%的比例基本没有或只有很少接触新知识的渠道（见图18）。

建筑工人劳动强度最大、时间最长，平均每周工作69.7个小时，比国家最高标准多出 25.7 个小时，每周仅有 6.9 个小时的休闲娱乐时间，平均一天还不到一个小时（见图 16）。他们往往吃住均在工地，活动的半径非常小，因此难以满足他们更高的社会需求。一定比例的建筑工人处于缺乏保障的职业状态，有近40.0% 的人没有与用人单位签订劳动合同，近 40.0% 的人没有任何形式的社会保险和商业保险（见表 4 和表 5）。

此外，69.4% 的建筑工人认为自己生活在社会的底层（见图 19），显著高于其他群体，被尊重感也最弱，这表明虽然有相对较高的收入，但建筑工人对于自身处境的评价仍然不乐观。在城市归属感方面，来京工作时间最长、工资水平最高的建筑工人对北京的城市归属感最弱，仅有 43.2% 的建筑工人表示对北京有归属感。在这样的背景下，建筑工人普遍对社会持较为负面的评价。这种现象应该引起相关部门的重视，让为北京发展作出贡献的职工都能在一定程度上分享发展的成果，对于建设和谐社会首善之区意义十分重大。

（六）调查结论

通过以上分析，我们认为限制职工未来发展的几大问题和成因如下。

1. 收入及福利待遇低

原因包括：企业税负及各种非正常支出比例较高，使得中小企业压缩人力成本，按照国家最低工资标准来支付职工工资；劳动力整体供大于求，尤其是在低端劳动力市场；个税起征点偏低，中低收入群体也在征税对象范围内；物价涨幅远远超过多数一线职工工资涨幅；职工个人能力不高，无法胜任更高薪酬的职位。

2. 个人劳动权益受侵害现象比较严重

原因包括：部分中小企业压缩成本，不上或者少为职工交纳保险费；劳动合同签订率不高，部分合同不规范；对于侵害劳动权益的企业约束不足；职工维权意识淡漠；职工对争议解决的正常途径不了解；劳动争议处理流程长、成本高；维权证据收集较为困难。

3. 个人能力不能满足当前社会的需要

原因包括：一线职工尤其是年龄较大者没有受过较高层次的学历教育；各类培训无法满足目前职工的需求；职工缺乏足够的学习动力，对自身未来的发展没有明确的规划；企业对员工学习、充电必要性缺乏足够认识，或者将素质提升简

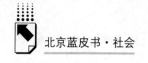

单等同于技术培训。

4. 缺乏足够的晋升空间和路径

原因包括：职工本身缺乏更高的能力和水平，难以胜任高薪职位的岗位；劳动力整体供大于求，部分企业缺乏提升职工发展空间的动力；部分企业的内在激励机制不健全。

5. 缺乏扩充视野的社交平台

原因包括：职工自身缺乏主动交往、扩充社会资源的意识；社会变革中社会信任感有所缺失；职工工作生活中缺乏交往平台；低收入职工群体容易出现负面心理而将自己封闭。

6. 重点关注人群城市归属感不高

原因包括：重点关注人群多属于农民工，长期在农村生活，对城市文化感觉疏远；自身文化水平和自我调节能力不高，短期内无法适应城市文化；自身社交半径小，只与同层次、同背景、同经历的人交往，导致群体同质化；城市主流文化对这些群体有一定排斥；建筑工人属于劳动强度高、自由空间少、娱乐活动少的群体。

三　对策建议

改善职工的发展环境，首先应该从提高收入和保障权益做起，这是职工发展的最基本问题，也是职工最为关注的问题。其次，关注职工的发展要特别体现对弱势群体的关怀，帮助他们提升能力、改善境遇，保持良好的心态。

结合以上限制职工发展的问题、原因，提出具体建议如下。

（一）着力提升一线普通职工的收入水平

根据本次调查，无论是从职业满意度还是从职工生活压力来看，职工的收入问题仍然是限制职工发展的重要因素，在基本需求无法得以满足的情况下，职工也难以谈及未来发展。因此，职工发展，首要的是提高职工的收入水平。

1. 进一步推行工资集体协商

工资集体协商制度，有利于团结职工，形成与资方对话的平台，进而达成双方能够接受的劳动报酬与职工福利，是保护职工基本权益的重要方式。但2000

年《工资集体协商试行办法》① 发布以后的 10 年间，北京仅有 1.7 万家企业建立了工资集体协商制度，非公企业中仅 8% 建立了该制度。因此，应大力推进工资集体协商制度。

2. 进一步提高职工的最低工资标准

按原劳动和社会保障部《最低工资规定》② 中关于最低工资测算方法，最低工资应在该地区月平均工资的 40% 到 60% 之间。而根据北京市统计局公布的数字，2009 年北京职工平均工资收入为 48444 元，按照 40% 的下限计算，北京地区的最低工资标准应为 1615 元/月。2010 年北京市调整的最低工资标准也仅为每小时不低于 5.5 元、每月不低于 960 元，低于规定数额 44%。对于工资本身并不算高的北京普通职工而言，物价上涨意味着生活压力的增加，应当要建立最低工资标准与消费者物价指数（CPI）的联动机制。

3. 努力促成个税起征点的提高

根据 2010 年职工工资状况调查，北京普通职工月均家庭支出 2617 元。考虑到职工家庭为应付突发事件的储蓄，家庭支出应占收入 50% 较为合理。按照每个家庭 2 人有固定收入来计算，每个人月均收入至少要到 2500 元才能基本保持合理的支出比例。按此计算，在北京月收入 2000 元仅够维持基本生活，目前月收入 2000 元的个税起征点明显偏低。

（二）加强职工权益保障，降低职工维权成本

从目前来看，职工的权益保障状况不容乐观，不签订劳动合同、不给职工交社会保险费等现象十分普遍。虽然建立了相应的职工维权渠道，但维权成本高，维权时间长，因维护自身权益而丢掉工作，甚至在本行业难以立足等问题限制了职工维权。

1. 进一步升级维权联动机制

工会、法院、人力社保局等相关维权部门已经建立了职工维权联动机制，由各个单位协调人员组成维权机构，并在处理流程上进行了一定衔接。但从本次调查来看，职工对维权渠道和维权部门的认知和信任程度很分散，出现维权投错

---

① 劳动和社会保障部令〔2000〕第 9 号《工资集体协商试行办法》自 2000 年 11 月 8 日起施行。
② 劳动和社会保障部令〔2003〕第 21 号《最低工资规定》自 2004 年 3 月 1 日起施行。

门、不愿意到受理部门维权等现象。因此应在目前联动机制的基础上，进一步升级，使各个相关部门均可受理职工维权，然后在联动机制内部进行流转和处理，从而降低维权成本。

2. 加大维权宣传教育的力度

以通俗易懂的形式对相关法律法规进行宣传，提高职工维权的自主性；进一步健全匿名举报制度，降低职工维权的心理负担。

3. 加大对侵害职工劳动权益的企业的处罚力度

针对企业违法成本低、惩戒力度小的问题，需要联合有关部门加大相关法律法规的执行力度。同时应建立"企业声誉评价制度"，制订"侵犯劳动者权益企业黑名单"，定期向社会、求职者等公布，增加企业的侵权成本。要积极、透明、彻底地曝光那些有严重侵权行为的雇主形象，通过舆论制止侵权行为。

（三）针对不同职工群体开展职业发展心理疏导

1. 针对不同年龄段职工的具体状态和要求进行心理疏导工作

不同职工群体关注点不同，心理疏导的内容和方向也应有所差异：30岁之前初入职场的年轻群体，从学生状态到工作状态会遇到很多的困扰，往往缺乏足够的职业规划意识和能力，因此应对其进行职业生涯规划指导，解答初入职场所面临的困惑，增加时代紧迫感，提升竞争意识；对于中年职工群体，特别是体力劳动职工，由于入职一段时间得不到足够的晋升机会，容易产生懈怠情绪，因此需要帮助他们重新审视自身价值，增强竞争意识，调整职业目标；45岁以上的职工群体，进入了自身职业生涯的后期，向上发展的动力和机会均较有限，因此对这类职工群体要协助其调整自身心态，使其平稳地从职业生活向退休生活过渡。

2. 建立多领域交流平台，提升职工发展能力

组织跨企业甚至跨行业社会公益活动，增加职工之间的交流机会，丰富其社会资源，有利于职工树立良好的社会心态。

（四）为技术工人提供新的发展机遇和晋升通道

1. 大力开展职业技能竞赛

对技能竞赛的优胜者授予相应的专业技术等级，或授予"技术名师"称号，鼓励企业对优胜者提供物质激励，不仅能够提升一线职工的竞争意识，同时专家指导环节也可以提升职工的技术水平，为职工的晋升开拓了空间。

2. 促进企校合作开展职工培训

选择对口的职业技术学校，为企业与学校进行牵线搭桥，实现订单式培训。鼓励劳动模范、"技术名师"以创新工作室、创新成果交流展示等方式传授自己的技能，不仅可以扩充技能型职工的交际半径，而且可以给他们一个获得满足感的机会。

（五）帮助外来务工群体融入城市社会

安保人员、餐饮服务员、家政服务工、建筑工人等从业人员多是外来务工人员，自身的文化知识水平相对比较低，也感受到被城市排斥所带来的社会压力。不仅需要提升这些群体的基本知识水平，更需要提升其融入社会的能力。

1. 采取灵活方式加强教育培训

针对外来务工人员基本知识水平偏低的现状，应采取灵活的授课及学分方式，保证不同休息时段的职工均可以参加；在内容上除了基本的文化知识之外，还需要加强和权益保护相关的法律法规的学习，加强这些群体的保障意识。

2. 帮助外来务工人员融入北京

针对外来务工人员对北京缺少归属感的现状，需增强其对北京城市规则的熟悉与了解，加强城市文化教育，学习城市生活技能，帮助他们更好地融入城市。

3. 更多关注建筑工人群体

针对建筑工人群体生活半径较小、劳动强度较高、比其他群体更容易出现心理问题的状况，应进行有针对性的安全培训，进一步丰富他们的文化娱乐生活，满足他们较高层次的社会需要，有意识地对其心理健康问题进行疏导，避免心态过度失衡引发的社会问题。

B.4
北京市高教及卫生系统女性高层次
人才职业发展状况调查报告

北京市妇女联合会　北京妇女研究中心

为贯彻落实人才强国战略，加大对女性高层次人才的政策支持力度，2010年1月，全国妇联联合有关部门共同实施了"女性高层次人才成长状况研究与政策推动项目"。北京市妇联承担其中子课题，重点研究北京地区女性高层次人才职业发展状况。所谓高层次人才，一般是指在人才队伍中起骨干和核心作用的人才。根据北京市具体情况，调查选定了女性高层次人才较为密集的市属高校及市级卫生系统作为主要研究领域，调查对象界定为具有副高级职称以上的女性。

本次调查采用定性与定量研究相结合、生命周期和职业生涯研究相结合的方法，运用问卷调查、焦点组访谈等资料收集方式。问卷调查范围为北京市属14所高校523名具有副高级以上职称或科级以上女性以及北京市级卫生系统14家医疗机构262名具有副高级以上职称或科级以上女性。课题组先后召开首都女教授协会、首都女医师协会、北京工业大学、北京儿童医院、北京市卫生局等不同群体的座谈会5次，与60位女性高层次人才及15位男性高层次人才进行了沟通交流。

课题组通过全面了解女性高层次人才的职业发展过程中的现状、存在的问题，客观分析制约因素和原因，提出促进女性高层次人才职业发展的对策建议。

一　女性人才基本情况介绍

近几年来，北京市属高校和市级卫生系统人才队伍建设得到了大力加强，数量和质量都有所提高，女性高层次人才总量也在逐年增加。从女性总量上看，在两系统中女性从业人员均超过一半，其中卫生系统高达四分之三；从女性职称结构来看，金字塔特征表现得十分突出，女性所占比例与职称成反比，即职称越高女性所占比例越低，职称越低女性所占比例越高，杰出人才中男女比例更是相差悬殊。

（一）北京市属高校女性高层次人才分布状况

1. 人才总量分布状况

北京市属高校主要是指北京市教委系统所属的普通高校。根据 2009～2010 学年度北京市教育事业统计资料显示（见图 1），北京市属普通高校 22 所，专任教师 13602 人，其中女性 7879 人，占 57.9%；具有副高级职称 5166 人，女性 2926 人，占 56.6%；具有正高级职称 1743 人，女性 575 人，占 33.0%。

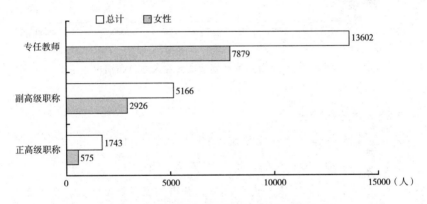

图 1　北京市属高校女性高层次人才分布

2. 杰出人才分布状况

院士等杰出人才是高层次人才中的拔尖人才，处于人才金字塔的顶端。北京市教委系统普通高校中共有院士 3 人，无女性；突出贡献专家 10 人，女性 1 人，占 10.0%；享受国务院津贴 133 人，女性 24 人，占 18.0%；新世纪百千万人才 8 人，女性 1 人，占 12.5%；国家科技奖项负责人 22 人，女性 4 人，占 18.2%；全国宣传文化系统"四个一批"人才 2 人，女性 1 人，占 50.0%。

（二）北京市卫生系统女性高层次人才分布状况

1. 人才总量分布状况

北京市卫生系统主要是指北京市卫生局所属的市级卫生机构。截止到 2009

年底，北京市级卫生系统共有专业技术人员 29840 人，其中女性 22506 人，占 75.4%；具有副高级职称 2913 人，女性 1635 人，占 56.1%；具有正高级职称 1357 人，女性 648 人，占 47.8%（见图 2）。

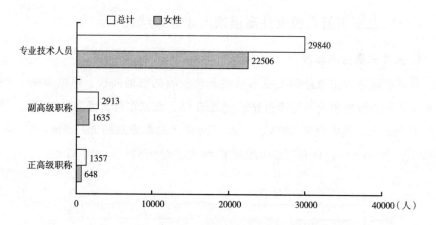

图 2　北京市卫生系统高层次女性人才分布情况

2. 杰出人才分布状况

市级卫生系统中特殊专业技术人才 93 人，女性 21 人，占 22.6%；院士 5 人，女性 1 人，占 20.0%；突出贡献专家 26 人，女性 3 人，占 11.5%；享受政府特殊津贴 79 人，女性 21 人，占 26.6%；获得国家科技奖 4 人，女性 2 人，占 50.0%。

二　实证研究结果

（一）被调查女性人才个人基本信息

本次抽样调查高教系统 523 人、卫生系统 262 人，分别占有效被调查人数的 66.6% 和 33.4%。

被调查者平均年龄为 45 岁。

被调查者中北京籍贯的共 352 人，占全体被调查人数的 44.8%。

在本次调查中，技术岗位的被调查者占 70.7%。

在工作时间上，平时正常上班的被调查者只占 54.5%，偶有加班或经常加班的被调查者占 34.5%。

在收入情况方面，较大比例的女性月收入在 3000～5000 元，占被调查人群的 59.4%；5000～10000 元以及 10000 元以上的收入群体分别占 39.8% 和 0.8%。

在教育背景方面，拥有硕士学位的比例最高，为 39.0%，其次为本科 35.6%，博士 19.4%。其中，多数被调查者通过全日制学习获得最高学位，占样本量的 60.9%。

在职称方面，超过七成的被调查者拥有副高级级别；而在行政级别上的分布较平均，科级与处级的比例分别为 48.1% 与 50.3%，极少数被调查者拥有局级级别。

在政治面貌上，大多数被调查者为党员，占样本量的 60.7%。

在婚姻情况方面，绝大多数被调查者已婚，未婚、离异或丧偶的人数相对很少；平均结婚年龄为 26 岁，平均生育年龄为 29 岁。

（二）工作满意度

本次调查的核心内容是职业发展状况，而工作满意度则是衡量发展状况的最重要指标之一，是当事人对于个体现状和社会期待的综合性认知与判断。本次调查从人际关系、经济收入、劳动强度、工作自主性、工作能力发挥、工作稳定性以及工作中的其他方面等七个角度对被调查者的工作满意度进行分析。调查结果表明，在这七个方面满意的比例从高到低排序以及所占比例分别为：人际关系（81.6%）、工作稳定性（76.3%）、工作能力发挥（68.5%）、工作自主性（65%）、工作中的其他方面（62.2%）、劳动强度（44.3%）以及经济收入（36.4%）。由此可以初步看出，北京市高教及卫生系统女性高层次人才在人际关系及工作的稳定性方面满意程度较高，但是在经济收入以及劳动强度上却不太满意。

1. 不同收入群体、职称级别群体的人际关系满意度

5000～10000 元收入组的女性在人际关系方面的总体满意比例（包括很满意和满意两项）高于 3000～5000 元收入组。正高级职称的被调查者在人际关系方面的满意程度略高于副高级职称群体的人际关系满意度（见表1）。

表1 不同收入、职称群体人际关系满意度

单位：人，%

对周围人际关系满意程度		月收入情况			职称级别	
		3000～5000元	5000～10000元	10000元以上	副高级	正高级
很满意	人数	34	27	2	47	14
	比例	7.5	8.8	40.0	8.4	7.8
比较满意	人数	369	256	2	450	152
	比例	80.9	83.7	40.0	80.6	84.4
不太满意	人数	47	22	0	55	12
	比例	10.3	7.2	0.0	9.9	6.7
不满意	人数	6	1	1	6	2
	比例	1.3	0.3	20.0	1.1	1.1

2. 不同收入群体、职称级别群体的经济收入满意度

从图3可以看出，5000～10000元收入组的女性在收入上的满意度高于3000～5000元收入组的女性。在职称级别方面，正高级职称的被调查者在经济收入的满意程度水平为40.5%，不足一半，但副高级职称群体的经济收入满意度更低。

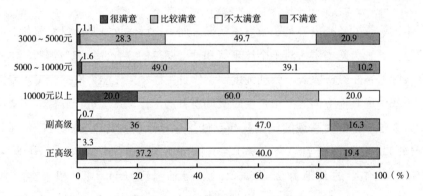

图3 不同收入、职称群体经济收入满意度对比

3. 不同收入群体、职称级别群体的劳动强度满意度

收入水平越高的群体对其劳动强度的满意度越高。3000～5000元收入组对劳动强度表示满意的比例为44.2%，5000～10000元收入组对劳动强度表示满意的比例为47.0%。不同职称群体中，半数以上被调查者在劳动强度上不太满意（见表2）。

表2　不同收入、职称群体劳动强度满意度对比

单位：人，%

对劳动强度满意程度		月收入情况			职称级别	
		3000～5000 元	5000～10000 元	10000 元以上	副高级	正高级
很 满 意	人数	3	3	1	5	1
	比例	0.7	1.0	20.0	0.9	0.6
比较满意	人数	190	138	2	240	78
	比例	43.5	46.0	40.0	44.5	43.8
不太满意	人数	163	110	0	204	61
	比例	37.3	36.7	0.0	37.8	34.3
不 满 意	人数	81	49	2	90	38
	比例	18.5	16.3	40.0	16.7	21.3

4. 不同收入、职称、家庭情况群体的工作能力发挥满意情况

收入水平高的群体对工作能力发挥的满意度较高。5000～10000 元收入群体的工作能力发挥满意度水平稍高于 3000～5000 元收入群体的满意度。职称水平方面，正高级职称的群体在工作能力发挥上的满意度略高于副高级职称群体（见图4）。

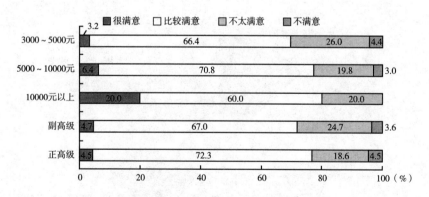

图4　不同收入、职称群体工作能力发挥满意度对比

家庭情况方面，由图5可以看出，未婚群体在工作能力发挥上感到满意的比例高于已婚群体，可能的原因在于婚姻状况在一定程度上影响高层次女性日常的精力分配，进而影响了工作能力的发挥；而未生育的群体在工作能力发挥上的满意度与已生育群体相差不大，基本持平。

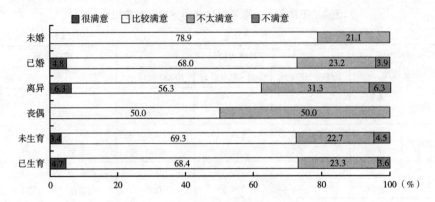

图 5　不同婚姻状况、生育情况群体工作能力发挥满意度对比

（三）对相关政策与观点的态度

1. 对"退休年龄"的看法

768 名被调查者填写了自己对"男性 60 周岁、女性 55 周岁退休"这项政策的看法，占总被调查人数的 97.9%。其中 369 人认为"这一规定应该依据不同的行业特征和个人需求，进行灵活处理"，占 48.0%（见图 6）。

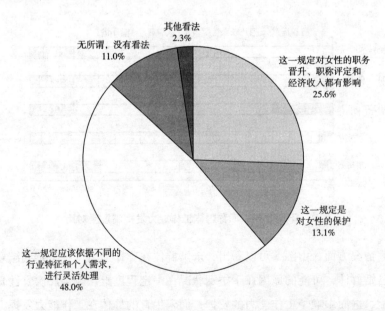

图 6　被调查者对"男性 60 周岁、女性 55 周岁退休"政策的观点分布情况

在持其他看法的 18 人中，主要的观点有三类：第一类认为女性到 50 岁就该退休；第二类认为女性 55 岁退休太早，应该男女平等，尤其是对正高级职称的女性来说，55 岁退休是对人力资源的浪费；第三类认为女性退休年龄应该具有弹性。

781 名被调查者填写了自己对"男女同龄退休"的看法，占总被调查人数的 97.4%。其中 396 人赞成男女同龄退休，占有效回答数的 50.7%（见图 7）。

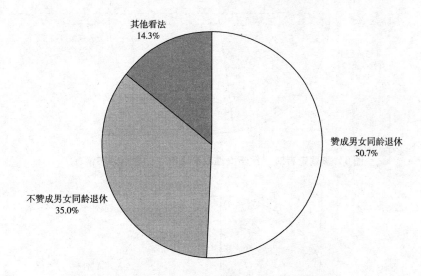

图 7 被调查者对"男女同龄退休"的观点分布情况

2. 对"政策向有利于女性倾斜"的看法

756 名被调查者填写了自己对"是否赞成在职务晋升、职称评定、科研项目申请等方面给予女性政策倾斜"这个问题的回答，占总被调查人数的 96.3%。其中 395 人赞成给予女性政策倾斜，占有效回答数的 52.2%（见图 8）。

3. 对"性别角色"的看法

769 名被调查者填写了自己对"男性以社会为主，女性以家庭为主"这种观点的看法，占总被调查人数的 98.0%。其中 314 人不太赞同该观点，183 人不赞同该观点，分别占有效回答数的 40.8% 和 23.8%（见图 9）。

（四）个人发展

1. 个人发展与预期

776 名被调查者填写了自己用于"充电"的日均学习时间，占总被调查人数

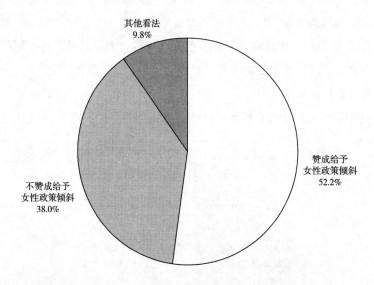

图8 被调查者对"给予女性政策倾斜"的观点分布情况

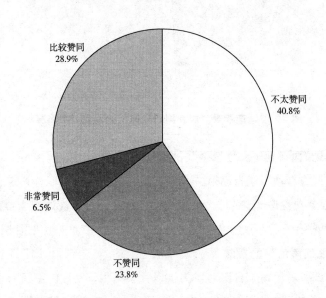

图9 被调查者对"男性以社会为主，女性以家庭为主"的观点分布情况

的98.9%。其中436人日均学习1~2小时，占有效回答数的56.2%（见图10）。

760名被调查者填写了"自己当前的事业现状是否符合自己的发展期望"这个问题的回答，占总被调查人数的96.8%。其中499人认为自己当前的事业现状与自己的发展期望基本一致，占有效回答数的65.7%（见图11）。

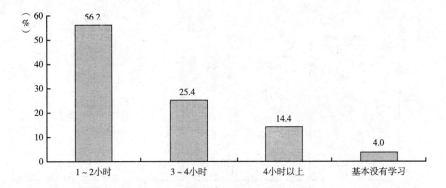

图10　被调查者日均学习时间分布情况

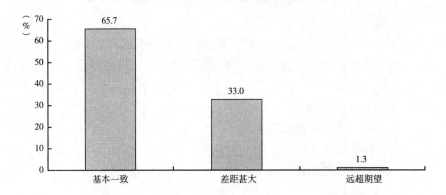

图11　被调查者事业现状与发展期望关系的分布情况

2. 个人发展与影响因素

778 名被调查者填写了自己对"受教育程度对女性职业发展的重要性如何"这个问题的回答,占总被调查人数的 99.1%。其中 413 人认为受教育程度对女性职业发展至关重要,355 人认为受教育程度对女性职业发展比较重要,10 人认为受教育程度与女性职业发展关系不大,分别占有效回答数的 53.1%、45.7% 和 1.3%(见图12)。

760 名被调查者填写了影响自己职业发展的最重要因素,占总被调查人数的 96.8%。其中 264 人认为"相关政策支持"是影响自己职业发展的最重要因素,占有效回答数的 34.7%(见图13)。若让被调查者填写影响自己职业发展最重要的"三项因素",则排名靠前的是"自身情况"、"单位扶持"和"相关政策支持",分别占 24.6%、19.4% 和 19.0%(见图14)。

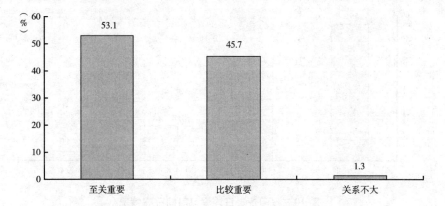

图 12　被调查者对受教育程度与女性职业发展关系的看法

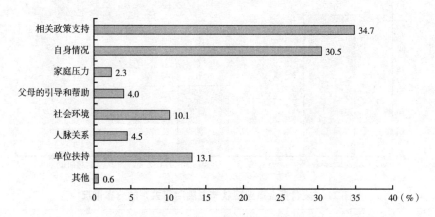

图 13　影响自己职业发展"最重要的"因素分布情况

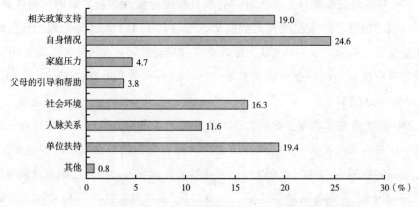

图 14　影响自己职业发展最重要的"三项因素"分布情况

772 名被调查者填写了自己认为女性取得事业成功其自身应具备的"最重要素质"，占总被调查人数的 98.3%。其中 245 人认为"较强的社会责任感"是女性取得事业成功其自身应具备的最重要的素质，占有效回答数的 31.7%（见图15）。若让被调查者填写自己认为女性取得事业成功其自身应具备的最重要的"三项素质"，则排名靠前的三项素质是"良好的人格特征"、"严谨的职业态度"和"较强的社会责任感"，分别占有效问卷数的 21.9%、18.9% 和 15.2%（见图16）。

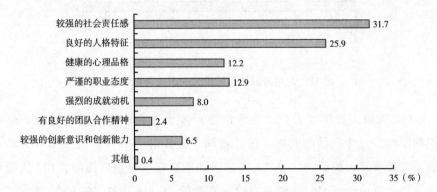

图 15　女性取得事业成功其自身应具备最重要的素质分布情况

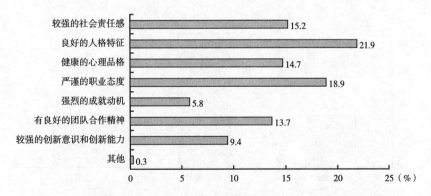

图 16　女性取得事业成功其自身应具备最重要的"三项素质"分布情况

765 名被调查者填写了对自己成功影响最大的因素，占总被调查人数的97.5%。排名相对靠前的三项因素分别为"自身素质与努力"、"所受教育"和"家庭支持"。其中 269 人认为对自己成功影响最大的因素是"自身素质与努力"，201 人认为是自身"所受教育"，176 人认为是"家庭支持"，分别占有效回答数的 35.2%、26.3% 和 23.0%（见图17）。

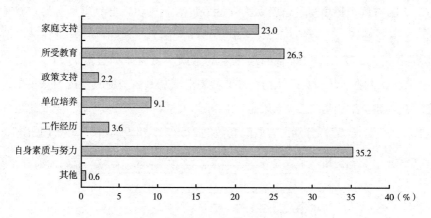

图17 对自身成功影响最大的因素分布情况

776 名被调查者填写了对"在您的事业发展过程中是否遭遇过重男轻女意识的影响"这个问题的回答,占总被调查人数的98.9%。其中166人经常遇到重男轻女意识的影响,432人偶尔遇到重男轻女意识的影响,177人没遇到重男轻女意识的影响,分别占有效回答数的21.4%、55.7%和22.8%(见图18)。

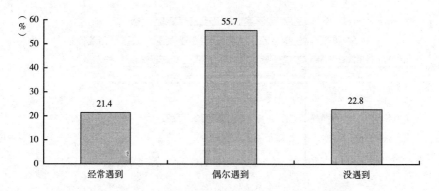

图18 被调查者遭遇重男轻女意识影响的分布情况

713 名被调查者填写了影响自己事业发展的"最重要因素",占总被调查人数的90.8%。其中250人认为影响自己事业发展的最重要因素是"事业压力",占有效回答数的35.1%(见图19)。若让被调查者填写影响自己事业发展最重要的"两项因素",则排名靠前的两项因素是"事业压力"和"家庭(夫妻关系、子女教育等)",分别占有效问卷数的32.7%和19.7%(见图20)。

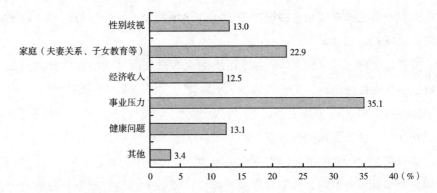

图19　影响自己事业发展"最重要因素"分布情况

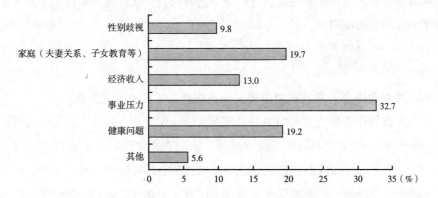

图20　影响自己事业发展最重要的"两项因素"分布情况

三　女性高层次人才发展中存在的问题

　　调查发现，与男性相比，女性高层次人才职业发展与女性个体生命周期密切相关。生命周期的概念与年龄紧密相关，在不同的年龄段，个体在社会生活中具有不同的社会参与结构和参与性质。个体生命周期是通过职业生命周期不断认识自我、设计自我并实现相应社会地位的过程。按照生命周期的概念，可以把女性的职业发展分为四个阶段。

　　一是起点阶段（30岁之前）。这一阶段的女性初入职场，工作热情及工作投入度、发展需求度较高，且未成家或生育，职业发展满意度相对较高。

　　二是发展期（30～40岁）。这一阶段的女性经历结婚、生育和抚养孩子的繁

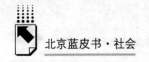

忙期。职业角色和家庭角色冲突严重，工作热情和投入度均下降，职业满意度、发展需求度相对较低。

三是稳定期（40~50岁）。这个阶段的女性已经度过结婚和生育的繁忙期，家庭生活步入良性循环，工作投入度、满意度、发展需求度重新升高。

四是巩固期（50岁以上）。这个阶段的女性子女已经长大成人，家庭负担最轻，女性职业发展进入黄金时期。

受自然的、社会的多元因素影响和制约，女性在不同职业发展阶段，所面临的问题和困境各有不同，其中存在两大冲突，第一个是发展期上升趋势与生育、承担家庭责任的冲突，第二个是巩固期职业发展需求与客观退休制度冲突。这两个阶段都容易造成女性职业发展的低谷，同时社会文化环境对女性职业发展也产生了一定的消极作用。

（一）女性自身问题

1. 生育及事业—家庭冲突阻碍女性高层次人才提升职业发展力

生育造成女性职业发展的中断和延迟。由于受教育时间较长，女性高层次人才普遍在31~40岁进入婚姻及生育阶段。在调查中发现，几乎所有的女性都认为生育对自己的职业发展有影响，认为生育是职业发展的分水岭。生育带来至少两年的职业中断，一方面生育和抚养孩子使自己无法有充足的时间和精力投入工作；另一方面，生育时间也使女性与同等条件男性相比，延长了晋升级别和职称的时间。因此，大多数女性曾经为生育影响事业而苦恼，因为害怕职业发展受影响，晚要或者不要小孩。生育的延迟效应与职业发展期的上升趋势相冲突，造成女性职业发展的第一个低谷。访谈中，有女性谈到，从小受教育过程中没有感觉男女有什么太大的差异，生孩子以后就感觉力不从心了，要保证研究有水平，必须有研究时间，但那时候时间、精力已经消耗在孩子身上了，自己也想"当了副教授也就差不多了吧"，个人不是没有发展的能力，而是现实情况不容许。

2. 事业—家庭冲突是女性高层次人才职业发展的重要阻碍

在调查中发现，女性职业发展无可避免地要与婚姻家庭相交织，并且要在事业—家庭冲突的平衡中寻求职业发展。女性无论主动还是被动，都需要承担更多的家庭责任，在家庭和事业发生矛盾时，大多数女性不得不选择放弃自己的发展机会和权利，这也决定了两性职业发展的巨大差异。大部分女性都曾为照顾家庭、子女或多或少地放弃过培训、出国、进修的机会，她们都力求能两者兼顾，但家庭重担和工作压力使她们不堪重负。调查发现，从外在职业发展要求而言，大多数女性认为没有感受到性别差异，女性和男性一样，是用同一标准衡量，在同等条件下竞争；但是从内在职业发展满意度而言，大多数女性认为，女性受事业—家庭冲突的影响远远大于男性，自我感觉压力很大，生活质量很差。

（二）社会和用人单位存在的问题

1. 社会性别的角色定位降低女性高层次人才职业发展期望值

社会文化环境限制女性高层次人才发展欲求，社会性别的角色定位降低女性职业发展期望值。受传统文化中"男强女弱"观念影响，部分女性比较容易安于现状，竞争意识和成就动机相对较弱，进取心不强，"干得好不如嫁得好"的观念在女性中仍受到相当的认同。传统意义上的"男主外、女主内"的观念，也使女性以家庭稳定为成就目标，在家庭和事业发生矛盾时，大多数女性选择放弃自己的发展机会和权利。在访谈中，有女性谈到，"现在年轻女性生孩子、教育孩子，压力很大，事业上丈夫走在前面"，"学院报项目，女副教授积极性不高，主要就是家庭原因"。这些社会评价标准的导向作用对女性高层次人才职业发展产生的是消极影响。

2. 社会舆论的过分渲染

社会舆论对女性成才的宣传失衡，要么过于宣传"奉献型、牺牲型"女性，认为女性的全部价值就在于奉献家庭，客观上肯定了传统的角色分工；要么过于宣传事业型女性，使"女强人"成为令人望而生畏的典型。访谈中，不少女性认为，很多女性不愿意被说成是女强人，因为当一个女性处于上层时，人们会远离她；为事业付出多、对家庭付出少时，周围世俗的眼光舆论会把她压倒，家庭稳定也成了问题。不是说女性自身不愿意往上走，而是受到文化观念的压力。

3. 女性受到的就业歧视仍然存在

在用人单位眼中，女大学生是高成本劳动力，这成为企业拒绝女生的主要理由。女大学生尤其女研究生在毕业后，可能很快就面临结婚生子问题，用人单位

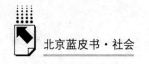

对此颇有顾虑。即使目前我国有一些相关的规定限制企业的这些行为，但是企业还是变着花样，绞尽脑汁在钻法律、法规的空子。

（三）某些现行政策制约女性高层次人才实现发展需求

1. 现行退休政策制约女性向更高层次发展

目前北京市执行的退休政策为不论职称高低，女性均为 55 岁退休。调查中发现，大多数女性认为，女性 55 岁正处于子女长大成人、家务负担减轻、工作经验丰富的黄金时期，有能力也有意愿继续工作，退休是一种人才浪费。以北京市儿童医院为例，该院共有突出贡献专家 3 位，入选时平均年龄 58.7 岁；享受政府津贴 5 位，入选时 56.4 岁。该院有 235 人具有正高、副高职称，其中女性 177 人，占 75.3%。按现行退休政策，医院 37 位中层干部和学科带头人中，有 18 位将在近 5 年内退休，人才将大量流失。同时 55 岁退休的规定，也是一些女性在 50 岁左右就难以得到发展机会，或者受成果周期影响无法向更高层次发展的原因。访谈中，一位 48 岁的女性谈到，评院士需要二级以上科研成果，历时 10～15 年，如果 65 岁退休，她就有可能评院士，但是现在还有 7 年退休，客观上就不具备进取的条件了。职业发展需求的上升趋势与现行政策的消极影响造成女性职业发展的第二个低谷。

2. 现有的人才队伍建设及激励机制缺乏对女性的关注

由于女性受生育、哺乳和子女抚养教育等影响，女性职业发展起点普遍要晚于男性，至少滞后 5 年，40～45 岁女性高层次人才职业发展进入成果期。但是调查显示，大部分女性认为现有的人才队伍建设及激励机制没有关照女性特殊的成长规律和男女两性差异，机械实行"男女平等"，以男性发展规律为标准要求女性，事实上对女性职业发展也造成制约。如某些基金、奖励项目的年龄设定在 40 岁以下，很多优秀女性人才因此得不到更好的发展机会。

四　对策建议

以性别视角关注高层次女性人才的职业发展，充分发挥女性高层次人才对于女性人才队伍建设的示范和带动作用，需要政府、社会、用人单位、个人共同做出努力。

（一）将性别意识纳入我国政策制定的考量

将性别意识纳入我国政策制定的考量，这是指既要考虑到男女不同的生理条件和心理特点，又要考虑不同的家庭责任及不同的观念影响，还要承认女性事业发展中的特殊困难，对女性事业发展给予特别关注和专门支持，给予女性群体政策倾斜和扶持。

（二）制定促进女性高层次人才发展的长期战略与规划，增强前瞻性和科学性

应以增加女性高层次人才数量、提高素质、优化结构、开发潜能、人文关怀为目标和重点，制定具有前瞻性的长期发展战略。我国的女性人才发展政策，应该建立在科学的规划基础上，避免政策的盲目性和短暂性。此外，促进女性高层次人才发展并非一朝一夕的事，"运动式"的扶持行动并不能产生实质影响，因此需要决策者具有长远眼光，持续推动政策的稳定执行。

（三）尊重女性生命周期，减少生育及事业—家庭冲突对女性高层次人才职业发展带来的不利影响

1. 完善现有的生育保障制度

女性承担的再生产责任，不仅是个人义务也是家庭义务、社会义务，理应体现出社会价值，女性因生育造成的职业发展损失，应当由个人、单位、社会共同承担。有学者研究表明，生育已经成为影响知识女性职业发展的重要因素，甚至成为女性职业发展的分水岭。女性生育哺乳期是女性高层次人才发展低谷期，也是影响女性高层次人才成长和女性价值主体实现的障碍。单位要关注女性高层次人才的个人生活和家庭生活，采取措施，如增加其工作的灵活性，生育期与培训相结合，等等，帮助其减少生育期对职业发展的影响。政府及相关部门要完善现有的生育保障制度，单位、社会不仅要从生育的经济成本上予以承担，还要从人力资源成本角度，从法律和政策上保障女性职业发展的权利和机会。同时，建设和完善公共托育机构和服务，为女性生育解决后顾之忧。

2. 提高家务劳动的社会化程度

一方面要继续倡导家庭成员共同分担家务，另一方面要继续发展和完善家政服务业，提高家务劳动的现代化和社会化程度。

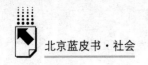

（四）完善现有政策，为女性高层次人才职业发展搭建平台

1. 实现男女同龄退休

目前北京市女性高层次人才55岁退休的基本依据为1978年五届人大二次会议通过的《国务院关于安置老弱病残干部的暂行办法》（国发〔1978〕104号）。就当时情况来看，女干部早于男干部5年退休，被看做一种照顾性的优待措施，反映了对妇女权益的特殊保护。但是，就目前现状来看，55岁对于女性高层次人才而言，无论是智力还是竞争力与同龄男性并没有明显的差异，实现男女同龄退休有利于延长女性高层次人才的社会价值实现期。同时，实现男女同龄退休，有利于缓解当前我国人口结构压力。我国目前面临着人均寿命提高和人口老龄化的压力，同时人口受教育年限上升、工作年限下降矛盾突出，从长远看，实现男女同龄退休，能够满足社会发展的需要。

逐步推行弹性退休政策。弹性退休政策是指允许劳动者在退休年龄、退休方式和退休收入方面较具某种弹性。弹性退休政策已成为许多欧美发达国家结构调整的重要政策。在我国经济社会和人口态势发展相当不平衡的国情约束下，逐步改革传统的一刀切式退休制度，实施弹性退休政策是较为明智的决策。

2. 建立女性人才激励机制

根据女性人才成长规律，专门制订针对女性人才的激励措施，以激发女性人才的工作积极性和创造性。要考虑在培训、提拔和职称评聘等各个环节和方面给予女性一定程度的倾斜和照顾，如关注女性生育对职业发展造成的延迟，在男女职称评聘标准统一的基础上给女性一定的优惠和照顾。

（1）设立女科技工作者基金等，为女性高层次人才提供更多的发展潜能的机会。

（2）放宽女性参评各类奖项的年龄限制。

（3）在各种奖项、课题评审中，适当增加女性评委的比例。

（4）完善评价体系。男性一般从事开创性工作，而女性则擅长在既有领域里做持续的开发工作。这两种工作都属于创新，都很重要，但现有的评价体系是倾向于填补空白。我们建议进一步完善评价体系，将女性从事得比较多的工作也能纳入。

（五）关注女性成长规律，为女性高层次人才成长创造良好氛围

1. 坚持倡导先进的性别文化

政府及相关部门要积极引导正确的舆论导向，宣传先进的性别文化，抵制腐朽落后的思想观念，为女性人才成长创造有利条件。鼓励女性树立自尊、自信、自立、自强意识；勇于更新观念，增强竞争意识和进取意识，勇于突破传统陈旧观念的禁锢；奋发有为，彰显作为。妇联组织作为妇女的"娘家"，要更多地关注女性人才队伍建设和女性高层次人才发展需要，为女性高层次人才发展创造良好的条件和氛围。

2. 重视对女性高层次人才的人文关怀和心理疏导

根据女性生命周期的特点，在女性职业发展与生命周期存在冲突的发展期，要特别注重对女性的人文关怀，给予女性特殊的照顾和扶助，建立灵活、有效的管理制度，比如弹性工作制等，充分发挥女性的主观能动性。同时还要关注女性高层次人才职业发展中不同年龄阶段所面临的问题，做好心理疏导工作，如 30 岁左右的生育特殊期问题，35 岁左右的重新起飞与再发展问题，40 岁左右的事业突破与更上一层楼问题，49 岁左右的克服更年期并进一步向高层次迈进问题等，确保女性高层次人才在职业发展的同时也能保持身心的健康。

B.5
北京市拆迁改造后少数民族
新聚居状况调查报告*

良警宇**

随着北京市城市建设及老旧地区拆迁改造工作的逐步加快，城乡一体化进程的不断推进，北京市原有少数民族聚居状况发生了很大变化，一些少数民族聚居区被保留下来，许多则消失了，一些新的少数民族聚居区逐渐形成。为了解北京市拆迁改造后少数民族新聚居情况，研究和分析城市少数民族的分布规律，建设和谐的民族关系，2009～2010年本课题组对北京市拆迁改造后少数民族新聚居情况进行了调查研究。调查分两个部分展开：一是对少数民族人口占社区人口比例情况的统计（包括未经历拆迁改造的社区/村，在下文中城市社区以及农村村落均统称为社区）；二是对经历了拆迁改造的少数民族各类新聚居区进行实地调研。

对少数民族人口占社区人口比例情况的统计主要包括三方面内容：①少数民族人口占社区人口比例21%～50%的社区；②少数民族人口占社区人口比例51%及以上社区；③社区内少数民族相对聚居的楼宇（即：一个社区内少数民族人口比例不高，但在该社区内一个或几个楼宇内，少数民族人口比例高于50%）。对目前全市社区少数民族人口占比情况的统计结果显示：占比51%及以上的有43个社区，占比21%～50%的有49个社区，楼宇内少数民族比例占50%以上的有5个。其中，占比51%及以上的主要是农村社区，城镇社区只有2个；占比21%～50%的也主要是农村社区，只有17个为城镇社区。①

---

* 本文是北京市哲学社会科学规划项目《北京市拆迁改造后少数民族新聚居情况调查研究》和中央民族大学"211"工程项目的成果之一。

** 良警宇，中央民族大学。

① 惯例上，政府将少数民族人口比例达20%的城市行政地区确定为少数民族相对聚居的民族工作重点地区，将少数民族人口比例达30%的乡村确定为民族乡村，在经济和社会（转下页注）

实地调查部分，课题组在东城区、西城区、宣武区、崇文、朝阳区、海淀区、顺义区、大兴区、通州区、怀柔区、昌平区、丰台区、密云县等 13 个区县的 27 个街道/镇/乡的 53 个经历了拆迁改造的社区（在调查过程中，常营 8 个回族村合并为 1 个社区，因此最终的统计数字为 46 个社区）进行了社区和居民调查，完成社区问卷 41 份，居民问卷 872 份。居民样本的选取为非概率抽样，方法是每个社区访谈 20 名左右的社区积极分子，了解社区基本情况，并对其个人和家庭情况进行问卷调查。居民样本中，其民族分布状况为：回族 583 人，占 67.0%；满族 98 人，占 11.3%；蒙古族 5 人，占 0.6%；汉族 181 人，占 20.8%；其他民族 3 人，占 0.3%；另有 2 人信息不明。户籍分布状况为：北京市城镇居民 641 人，占 74.7%；北京市农村居民 211 人，占 24.2%；外省市人员 6 人，占 0.7%；另有 14 人信息不明。区县分布状况为：东城区 57 人，占 6.6%；西城区 42 人，占 4.9%；宣武区 97 人，占 11.2%；崇文区 70 人，占 8.1%；海淀区 77 人，占 8.9%；朝阳区 210 人，占 24.3%；丰台区 58 人，占 6.7%；大兴区 25 人，占 2.9%；顺义区 64 人，占 7.4%；昌平区 20 人，占 2.3%；密云县 37 人，占 4.3%；通州区 52 人，占 6.0%；怀柔区 54 人，占 6.3%。

一 新聚居社区形成原因、类型及其分布

1. 新聚居社区形成原因及其类型

根据拆迁原因、安置方式和社区少数民族人口状况，本研究将所调查的 46 个样本社区划分为：回迁、外迁、市政征地、旧村改造、流动人口、杂居社区（少数民族人口比例少于 5%）、人户分离等七种类型，详见表 1。其中，前四类为拆迁改造后形成的少数民族新聚居社区类型。

（接上页注①）发展方面制定了优惠政策。本研究中的社区是指行政划分的社区。另外，在现实意义上，由于各项社会服务和活动都是依托于社区开展的，因此从认同和居民的社会活动角度看，这种调查单位也符合社会运行的实际情况。本调查为了描述少数民族在社区层次上的相对聚居状况，所调查的少数民族新聚居社区是指经历了拆迁改造后，少数民族占社区人口比例相对高于平均水平的社区。

表1 调查样本新聚居类型情况汇总表

单位：个

类 型	区 县	街道乡镇	社 区	备 注
回 迁	6	16	18	城市社区
外 迁	2	2	2	城市社区
市政征地	7	9	9	涉及农转居的社区
旧村改造	3	3	4	农村社区,不涉及农转居
流动人口	1	1	2	少数民族流动人口相对聚居社区
杂居社区	2	3	10	这类社区的实际数目很多,本研究调查了8个社区以供比较研究
人户分离	1	1	1	城市社区中少数民族户在人不在

2. 新聚居社区规模及其分布

总体而言，经过拆迁改造，少数民族人口杂居状况日趋明显，原城区少数民族聚居地区的聚居规模大幅度降低，但城市化进程中一些原民族乡村转制为城市社区，又形成了规模较大的新的城市民族聚居社区。

44个社区调查样本中（样本中的两个少数民族流动人口聚居社区不在本统计描述中），少数民族人口占社区人口比例在50%及以上的有6个社区，主要是旧村改造和市政征地的农村社区，原城区中只有牛街的一个社区其少数民族人口比例在51.01%。少数民族占比在20%~49%的有10个，主要分布在牛街、马甸、东四和上地等城市地区，以及经历了旧村改造和市政征地的农村地区，其中后者占5个。少数民族占比在10%~19%的有13个，主要分布在德外、月坛、朝外、世纪城、东四、牛街、马甸等地区。少数民族占比在5%~9%的有2个社区。本次调查涉及的少数民族人口比例占5%以下的社区有13个，这类社区是北京市大多数社区中少数民族人口杂居状况的反映，虽然不能认为这些社区是少数民族聚居社区，但有助于更细致地对照描述少数民族聚居情况，因此本研究也将其列为调查对象（见表2）。

总之，样本中经历拆迁改造后城镇少数民族聚居社区人口比例能达到20%以上的有16个，其中市政征地形成的新社区有6个，显示农村城市化过程中转制民族社区成为城镇民族工作的重要领域，随着住房制度的改革以及社区建设的推进，原城镇少数民族聚居规模缩小或被"稀释"。但如果仅以少数民族占社区人口比例作为确定民族工作重点社区则存在一定的问题，因为有的社区少数民族人口比例虽然低，但却相对聚居，形成了社区中的民族聚居部分。

表2　调查样本中少数民族人口占社区人口比例汇总表

单位：个

少数民族比例	50%及以上	20%~49%	10%~19%	5%~9%	5%以下	合　计
回　迁	1	5	9	1	2	18
外　迁			1		1	2
旧村改造	1	3				4
市政征地	4	2	2		1	9
杂居社区					10	10
人户分离			1			1
合　计	6	10	13	2	13	44

说明：两个流动人口社区未列入本表统计。

二　新聚居社区环境、服务及少数民族需求情况

本课题从新聚居社区拆迁前后居住条件变化状况、社区服务状况（涉及老病残特殊服务、育婴托儿服务、社区便民服务、体育健身设施和场所、文化娱乐活动设施和场所、健康医疗服务、民族宗教活动设施和场所）、社区环境状况（环境卫生、绿化、治安、市政公共设施、交通）、社会关系（邻里关系、民族关系）、社区活动及居民参与情况、清真饮食服务、政府应加强哪方面的民族工作等7个方面对少数民族新聚居社区环境、服务及少数民族需求情况进行了调查与分析。

1. 居住条件变化状况

（1）人均居住面积

总体而言，拆迁改造地区少数民族的人均居住面积有了提高，从人均24.7平方米提升到人均29.0平方米。考虑到人均居住面积个体之间的差距很大（尤其是拆迁前人均居住面积从1平方米到250平方米不等），中值和众数更能反映总体状况，分别为中值从15.5平方米提高到26平方米，众数从4平方米提高到30平方米。

从城镇和农村居民（包括农转居居民）的比较来看，城镇居民住房面积和住房质量总体改善较大，农村居民的平均居住面积减少，但住房质量提高。

具体而言，城镇居民的居住面积从人均 17.4 平方米提高为 25.7 平方米，农村居民的居住面积从 45.3 平方米下降为 38.9 平方米。城镇居民的住房面积中值从 7.9 平方米上升为 23.6 平方米，农村居民的住房面积中值从 35 平方米上升为 36.7 平方米；城镇居民的住房面积众数从 4 平方米变为 30 平方米，农村居民的住房面积众数从 40.0 平方米变为 30.2 平方米。结合离散程度的指标进行分析，可以看出，经过拆迁改造，居民的平均住房面积趋同，这种结果与这些地区的拆迁安置和住房分配是按照家庭人口进行分配的政策有直接的关系。即使在 1998 年实施货币化补偿之后，低于市场价的安置住房的购买仍然考虑到家庭的人口因素，只是提高了原有住房的评估价格。居民购买安置住房的价格也同时上升，但低于市场价格。

城镇居民平均住房面积提高而农村居民住房面积下降，与两个因素有关，即统计和住房安置政策因素。村民拆迁前多为独家院落，有的还建有独家低层楼房，在反映拆迁前居住面积时，许多被访人填写的数据中包括宅基地或者自建住房面积；拆迁后上楼多按照人均标准统一购买和安置，人均居住面积计算简单而且明确，因此反映在统计数字上往往是人均居住面积减少。客观而言，农村居民集中上楼后家庭可以自由使用的面积减少，但是否意味着住房水平的总体状况变差，还必须结合住房满意度等其他指标进行分析。

（2）住房满意度

如表 3 所示，对于目前住房的满意度，55.4% 的少数民族居民对住房表示满意，18.1% 的人表示不满意。城镇和农村居民比较，城镇居民的满意度低于农村居民，城镇居民中只有 47.7% 的人表示满意，22.3% 的表示不满意；而农村居民中高达 80.1% 的人表示满意，不满意的只有 4.5%。这一结果与我们实地调查的感受相同。为什么农村居民的平均住房面积较之前下降了，但对住房的满意度却很高呢？主要原因有三个。一是居住环境改善，住房质量提高。原来村民居住村落的公共基础设施较差，上楼后虽然空间没有更多的变化，但水电煤暖气等公共设施方便，居住环境与生活条件得到改善和提高。二是拆迁安置发生的时间因素及补偿标准的提高。农村居民经历的拆迁安置项目多发生在 1998 年以后，也就是货币化补偿政策实施之后，样本中被调查农村居民的住房补偿标准提高，并且安置住房的设计和建设质量也有了改善和提高。在调查样本中，被调查农村户共计 159 户，其迁居时间均发生于 1998 年之后。1998 年前迁居的城镇少数民族居民对住房条件表示满意的有 25.9%，不满意的有 46.3%；2000 年前迁居的城镇少数民族居民对住房条件表示满意的有 27.8%，不满意的有 41.8%；2000 年及以后迁居的城镇少数民族居民对住房条件表示满意的有 60.1%，不满意的有 8.8%（见表 4）。因此，总体而言，随着住房市场化程度的提高，安置政策的改善，居民的住房满意度在不断提高。另外，农村居民在住房安置过程中，大家庭安置多套住房的比例也比较高，城镇户及农村户有 2 套及以上安置房的分别占 29.7% 和 57.2%（见表 5）。

表 3　少数民族居民住房满意度

单位：人，%

满意度	总体		城镇居民		农村居民	
	回答人数	有效百分比	回答人数	有效百分比	回答人数	有效百分比
满　　意	367	55.4	242	47.7	125	80.1
一　　般	173	26.1	150	29.6	23	14.7
不 满 意	120	18.1	113	22.3	7	4.5
不 知 道	3	0.5	2	0.4	1	0.6
回答合计	663	100.0	507	100.0	156	100.0
未 回 答	14		11		3	
总　　计	677		518		159	

说明：本文中各表均指调查样本中北京少数民族居民的资料。

表 4　迁居时间与城镇少数民族住房满意度

单位：人，%

满意度	1998 年前迁居		2000 年前迁居		2000 年及以后迁居	
	回答人数	有效百分比	回答人数	有效百分比	回答人数	有效百分比
满　　意	38	25.9	54	27.8	178	60.1
一　　般	41	27.9	58	29.9	91	30.7
不 满 意	68	46.3	81	41.8	26	8.8
不 知 道	0	0.0	1	0.5	1	0.3
回答合计	147	100.0	194	100.0	296	100.0
未 回 答	1		1		5	
总　　计	148		195		301	

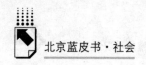

表5　少数民族城镇户和农村户住房安置情况比较

单位：户，%

项　目	总体	2 套及以上		3 套及以上		4 套及以上	
	总户数	户数	百分比	户数	百分比	户数	百分比
城镇户	518	154	29.7	40	7.7	10	1.9
农村户	159	91	57.2	26	16.4	3	1.9

2. 社区服务状况

本研究从老病残特殊服务、育婴托儿服务（就近入托）、社区便民服务（买菜、早点、停车等）、体育健身设施和场所、文化娱乐活动设施和场所（图书馆和文化娱乐场地）、健康医疗服务（社区医院或就近就医）、民族宗教活动设施和场所（清真寺）以及法律咨询服务等8个方面对所调查社区的社区服务状况进行了分析（见表6）。

表6　社区服务状况评价

单位：%，人

满意度	老病残服务	育婴托儿服务	便民服务	体育健身设施场所	文娱设施场所	健康医疗服务	民族宗教设施场所	法律咨询服务
满　意	44.3	22.8	52.5	50.9	39.7	52.0	57.3	29.6
一　般	20.2	14.2	27.0	25.9	24.4	23.8	18.0	18.8
不满意	7.6	22.0	17.0	17.6	15.8	12.2	7.5	6.8
不知道	27.9	40.9	3.5	5.6	20.2	12.1	17.3	44.7
未回答人数	5	27	19	8	98	10	0	22

总体而言，居民对于民族宗教活动设施和场所的满意度最高，评价满意的占57.3%，不满意的仅占7.5%。对于健康医疗服务、体育健身设施场所、便民服务的评价，一半以上的人表示满意。满意度最低的是幼儿入托服务，仅有22.8%的调查对象表示满意，22.0%的人表示不满意，是8个评价项目中回答满意比例最低、不满意比例最高的项目。另外，据我们了解，大多数社区都定期开展了法律咨询服务，但很多居民都不清楚，因此44.7%的人选择了"不知道"。

3. 社区环境状况

本研究从环境卫生、绿化、治安、市政公共设施（水、电、燃气、暖气）

和交通等5个方面对样本社区的环境状况进行了调查。

总体而言，绝大多数居民对社区的公共交通和市政设施状况很满意，选择满意的分别为78.5%和71.8%，只有7.2%和10.4%的人提出不满意。但对于社区的环境卫生、绿化和治安的评价不高，选择满意的都不到50%，不满意的都在20%左右（见表7）。这方面的抱怨主要集中在遛狗的居民不及时清理犬粪、绿化面积少或者管理不善，以及社区普遍存在丢自行车的现象。

表7　社区环境状况满意度

单位：%，人

满意度	环境卫生	社区绿化	社区治安	市政公共设施	公共交通设施
满　意	42.1	44.4	41.9	71.8	78.5
一　般	34.3	33.4	34.1	17.2	13.4
不满意	22.8	21.4	23.2	10.4	7.2
不知道	0.8	0.8	0.8	0.6	0.9
未回答人数	4	5	5	10	8

4. 社会关系

本研究主要从邻里关系和民族关系两个方面进行了调查。总体而言，居民对于邻里关系和民族关系的满意度都很高，分别是80.0%和84.9%（见表8），说明被调查社区居民之间的关系总体状况很好。

表8　社区社会关系状况满意度

单位：%，人

满意度	邻里关系	民族关系	满意度	邻里关系	民族关系
满　意	80.0	84.9	不知道	0.5	1.7
一　般	18.1	12.5	未回答人数	4	5
不满意	1.5	0.9			

为了更深入地分析不同民族之间的交往差异状况，本研究还从异族通婚、孩子民族成分选择、对本民族习惯的了解、参加民族节日活动以及对于租户是否有要求等几个方面对民族关系进行了考察。研究的基本假设是通过通婚、孩子民族成分的选择（但这种选择往往容易受民族照顾政策的影响）、出租户民族背景的选择来探讨民族交往差异状况，通过是否参加节日和对本民族风俗习惯的了解探

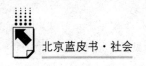

讨受访人对本民族文化的认知程度。

对异族通婚的态度：有31.2%的回族选择"不赞成"和"无奈"，其他少数民族这样的选择比例仅有4.9%。考虑到36.7的回族选择"汉族顺随少数民族"，其他少数民族仅有11.8%，可以大致推论，回族有约50%的受访人在婚姻问题上是在乎选择民族背景的。而其他少数民族有43.1%的人认为"无所谓"，开放程度远远大于回族的18.6%（见表9）。

表9　少数民族通婚态度比较

单位：人，%

项　目	回　族		其他少数民族	
	回答人数	有效百分比	回答人数	有效百分比
赞成，女方顺随男方	24	4.1	7	6.9
赞成，男方顺随女方	4	0.7	4	3.9
赞成，无论随谁	48	8.3	29	28.4
赞成，汉族顺随少数民族	213	36.7	12	11.8
无所谓	108	18.6	44	43.1
不赞成	122	21.0	4	3.9
无奈	59	10.2	1	1.0
不知道	3	0.5	1	1.0
回答合计	581	100.0	102	100.0
未　回　答	2		4	
总　　计	583		106	

在异族通婚后孩子民族成分的选择问题上，只有6.6%的回族认为"无所谓"，而其他少数民族认为"无所谓"的则有33.0%（见表10）。虽有85.1%的回族和46.6%的其他少数民族愿意为孩子选择"少数民族"成分，但很多受访人认为这种选择的主要原因是少数民族在升学方面会得到加分照顾。

在出租房屋问题方面，回族有33.1%的受访人提出如果出租房屋，会考虑民族背景，40.5%的受访者认为只要"尊重民族习惯"就可以，有24.1%的受访者认为"无所谓"。与此对照，其他少数民族对此项选择的比例分别是：7.4%、23.2%和67.4%（见表11）。由此可以看出，即使拆迁改造后聚居程度规模更小了，回族仍是保留着一种"开而不放、合而不同"的融合形态，其他少数民族的融合程度要更高一些。

表 10　孩子民族成分选择比较

单位：人，%

项　　目	回　族		其他少数民族	
	回答人数	有效百分比	回答人数	有效百分比
少数民族	491	85.1	48	46.6
汉　　族	3	0.5	4	3.9
随 父 亲	36	6.2	17	16.5
无 所 谓	38	6.6	34	33.0
不 知 道	9	1.6	0	0.0
合　　计	577	100.0	103	100.0
未 回 答	6		3	
总　　计	583		106	

表 11　租房是否考虑民族背景比较

单位：人，%

项　　目	回　族		其他少数民族	
	回答人数	有效百分比	回答人数	有效百分比
有考虑	147	33.1	7	7.4
没有,但必须尊重民族习惯	180	40.5	22	23.2
无所谓	107	24.1	64	67.4
不知道	10	2.3	2	2.1
合计	444	100.0	95	100.0
未 回 答	139		11	
总　　计	583		106	

　　对本民族文化的认知程度：50.8%的受访回族认为对于本民族风俗习惯"十分了解"，只有3.2%的人认为"不太了解"或"不知道"。而非回族的少数民族只有15.4%的人选择"十分了解"，有33.7%的人选择"不太了解"和"不知道"（见表12）。对于民族节日活动，表示积极参加的回族有58.2%，其他少数民族有32.7%；明确表示不参加的回族有3.6%，而其他少数民族则有32.7%（见表13）。调查显示，受访回族对于本民族文化特征的认知程度远远高于其他少数民族。

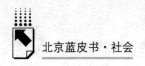
表 12　少数民族风俗习惯了解比较

单位：人，%

项　目	回　族		其他少数民族	
	回答人数	有效百分比	回答人数	有效百分比
十分了解	295	50.8	16	15.4
一　般	267	46.0	53	51.0
不太了解	17	2.9	32	30.8
不 知 道	2	0.3	3	2.9
合　计	581	100.0	104	100.0
未 回 答	2		2	
总　计	583		106	

表 13　少数民族民族节日活动参加情况比较

单位：人，%

项　目	回　族		其他少数民族	
	回答人数	有效百分比	回答人数	有效百分比
都积极参与	274	47.3	29	27.9
积极参加，但不参与宗教活动	63	10.9	5	4.8
区别对待	29	5.0	16	15.4
不参加	21	3.6	34	32.7
没有听说	54	9.3	11	10.6
看时间而定	138	23.8	9	8.7
合计	579	100.0	104	100.0
未 回 答	4		2	
总　计	583		106	

5. 社区活动及居民参与情况

本研究主要询问是否有街道或乡、社区/村组织的活动，是否有居民自发组织的活动，询问居民是否参加这些活动，以此了解社区中的活动开展和居民的社区参与情况。对于社区中的活动开展情况，有 13.6% 的居民回答没有听说过有什么活动。在对自己参加活动情况进行回答的 743 位受访者中，有 40.4% 的人经常参加，26.1% 的人偶尔参加，33.5% 的人从未参加。考虑到这些受访人许多都是社区的积极分子，因此可以估计一般居民社区活动的参加率不会高于这一统计结果。

6. 清真饮食服务

在清真饮食方面，不同社区的回族居民对此的评价和需求不尽相同。总体来说，45.6% 的人提出不方便，需要加强建设；34.3% 的人认为很好；17.2% 的人认为过得去。调查结果说明，有一半左右的回族居民对清真饮食的供给仍有意见和需求。另外，结合关于"清真食品生产经营者必须具备的条件"问题的回答，有 72.5% 的回民提出照主和经营者都应该是回族，说明绝大多数受访的回族有清真食品必须保证"清真"的要求。

7. 希望政府加强的民族工作需求

在有关政府应加强的民族工作问题上，50% 以上的受访人认为政府的民族工作做得很好，显示大多数受访人对政府的民族工作比较满意。希望政府改进和加强民族工作的选项中，在干部培养、政策宣传、饮食服务、风俗尊重、民族教育等几方面没有特别的偏重，分别有 20%~30% 的居民提出应当继续重视和加强。

三 问题与建议

1. 拆迁改造中的历史遗留问题成为影响民族关系的潜在因素

根据本次调查结果，总体而言，拆迁改造后，新聚居社区居民的居住条件得以改善，人均居住面积提高，居民的平均住房面积趋同。随着住房市场化程度的提高和安置政策的逐步完善，居民的住房满意度在不断提高，居民对于目前的住房条件基本满意。但城镇和农村居民比较，城镇居民的满意度低于农村居民，显示城市化进程和拆迁改造过程中，少数民族农村居民的基本住房利益得到了维护。城区居民对住房安置不满意的主要原因，是实施住房安置货币化补偿政策之前涉及的拆迁项目历史遗留问题得不到解决，在市场化不断推进的过程中，这些居民的历史剥夺感也在与其他地区进步和繁荣景象的比较中持续地得到增强，并在个别地区出现过一些群体性事件。随着市场经济的不断推进，这些居民的历史遗留问题得不到解决，甚至有增强趋势，成为影响民族关系和持续困扰目前社区工作与民族工作的难题。其次，拆迁改造中有关民族宗教场所的建设也成为部分少数民族争议的问题。

随着城市化、现代化的快速推进，原少数民族聚居社区正普遍纳入拆迁改造的进程。本次调查显示，在北京市总体城市规划的指导下，各级地方政府根据本地区的发展目标对原民族聚居地区进行了不同程度的改造重建。总体而言，涉及拆迁的这些民族地区的少数民族和汉族分享了同等的被拆迁安置的经历与待遇。

同时政府在拆迁改造的历史过程中，为保留城市民族文化的多样性特征，在一些民族聚居社区采取了一些特定的积极措施（比如对牛街的重建），体现了对历史和文化多样性的尊重，对少数民族权益的保护，以及对民族问题的重视。在本研究的案例中，城区民族聚居社区拆迁改造后因外迁安置形成的少数民族社区只有2个，回迁占到18个，从一定侧面反映了这一历史过程和民族平等团结政策所发挥的作用。另外，许多安置房的建筑形式和装饰采用了民族元素，如在回族聚居的社区中运用拱券、外墙装饰采用绿色等，许多社区在房屋朝向、卫生间设计以及社区的公共设施等设计和建造方面也考虑到民族习惯和需求，得到了居民的肯定。

但在这一过程中也形成了一些由商品楼、回迁安置楼、单位住宅楼等组成的混居社区。由于各种历史因素的积累，这些不同类别的建筑通过建筑形式和外观、服务项目和设施、管理手段等各种方式彰显了居住者的地位差异，如安置楼可能被建成没有电梯的多层楼房或塔楼的形式，而商品楼则被建成有电梯的板楼的形式；安置楼的户型设计考虑出房数目，而商品房和单位房则更多地考虑宽敞、舒适；安置楼的外观设计呆板无趣，商品楼的外观豪华雍容；部分安置楼中至今还未通管道天然气，而相邻的商品房和单位房则早已通气（比如，本研究的一些社区中的安置楼虽地处北京二环、三环的核心区位，但至今仍未通天然气；一些社区虽然最初的建筑设计方案中有天然气管道，但实际并未修建）。另外，安置楼的住房质量也成为我们调查中一些社区居民抱怨最多的问题。这些问题是拆迁改造过程中承建单位施工或规划缺陷所致，并非民族问题，但少数民族多是安置房住户，他们的民族身份与社会分层特征重合在一起，由此引发的社会问题主要是社会阶层群体之间的问题，民族特性恰好嵌入在了社会空间阶层分化的关系中，因此本质上是一个社会分层的问题，但可能会成为民族冲突的引线。普遍存在的安置住房的种种问题以及与安置住房联系在一起的社会身份，使一些少数民族群众产生被剥夺感、不平等感，这些也是需要引起重视的社会问题。城镇民族社区的杂居程度进一步提高，客观的历史过程无疑在促进民族融合，但农村城市化过程和居住集中化过程又客观上形成了新的少数民族聚居空间。

总体而言，所调查社区内的民族关系稳定，调查也显示少数民族居民普遍对社区的民族关系状况（不涉及社会分层）表示满意，但消除社会阶层差异，使嵌入在社会阶层关系中的民族关系不会成为新城市社会运动的引线必须引起重视。

2. 需要重视转制后的少数民族聚居社区的建设和服务工作

随着城乡一体化的推进，以及拆迁改造的进行，北京近郊的许多少数民族农村社区转变为城镇社区，形成了许多介于农村社区和城镇社区之间特殊的社区类型，即转制社区。转制社区建设的好坏直接影响着当地城市化水平及社会稳定，由于少数民族的特殊需求，使得转制民族社区建设又具有特殊的内容。本研究在6个区县对9个此类社区进行的调查发现，这些社区的转制模式、进展情况和存在问题各有差异，居民们最关注的问题集中体现在劳动力人口的就业和养老等基本社会保障方面。从本文前面关于住房满意度的调查分析中可以看出，大多数转制社区的居民对于这些地区在拆迁改造中对居民的住房安置问题都有较高的满意度。但安居之后的乐业，以及未来的社会保障成为居民主要关注和希望解决的最现实问题。另外，转居并且住上楼房后，居民的生活负担加重了，虽然大多数地区目前不同程度地免除了转制居民的物业服务费用，但居民们担心以后如果没有稳定的收入来源，这些优惠取消后，日常生活负担加大会影响到基本的生存问题。从民族工作的角度看，转制社区所在的自治地方如常营、檀营等地区，还存在撤乡后作为民族自治地区的优惠政策会随之取消的可能性，因此转制民族地区的社会发展与民族发展之间的关系必然成为这一过程中需要讨论和重视的议题。根据本研究的观察，旧城拆迁改造地区少数民族聚居规模有所下降，但是转制社区多是整村搬迁上楼，它们成为新的有一定规模的城市民族聚居地区，也成为城市中的新的民族工作重点地区。这些地区的管理模式和居民的生活方式、社会关系都处在急剧的变化中，每个地区的原有基础以及安置和转制政策有一定的差异，因此有不同的诉求，需要各级政府相关部门协同解决。另外，从社会空间关系的视角分析，由于这些社区的民族特性，这些地区会在与周围其他商品房社区的比较中形成新的社会分层关系，民族问题由此会被嵌入这种社会分层之中。政府应当重点在这些地区加强民族团结进步的教育和民族政策的宣传工作，并协调其他部门做好这些社区的建设工作。

3. 继续加强民族特色服务体系建设

民族特色服务体系的建设是涉及少数民族民生和保障少数民族权益的重要方面，应加强民族特色服务体系建设，满足拆迁改造后少数民族居民在教育、清真

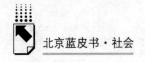

饮食等方面的需求。

（1）协调解决少数民族幼儿入托的困难，保障少数民族的权益

在社区服务和环境状况方面，受访居民提出的问题主要集中在幼儿入托问题上。许多社区居民反映幼儿入托饮食不便，公立幼儿园难进，入托需交高额赞助费，一般幼儿园则都没有回民伙食，已设立的回族幼儿园或者因为路途远不方便入托，或者因为入托难而无法进入，因此希望政府能协调在回民相对聚居社区附近的幼儿园中设立回民伙食，或者增设回族幼儿园，或者能协调回族聚居地区居民的幼儿进入本地区的回民幼儿园。本研究认为，随着少数民族杂散居程度的提高，增设回族幼儿园的难度很大，但是在一些民族相对聚居地区附近，协调和扶持在一般幼儿园中设立清真伙食，满足有特殊饮食和生活习惯的少数民族以及穆斯林的需求的做法具有可行性，也是适应城市开发和社会发展的新变化，加强政府在保障少数民族权利中的社会责任的表现。

（2）进一步完善清真饮食的管理和服务

根据本次调查结果，总体而言，除了少数民族居民比例较大、基础好的聚居地区如牛街、常营外，大多数城镇社区的居民都提出了加强清真饮食服务和管理的要求。政府应当继续加强和协调好这方面的工作，但在少数民族杂居化程度不断提高的社会进程中，如何设置清真饮食和服务网点需要进行更周全的规划和探讨。在调查中发现，许多社区曾经尝试设立过一些服务网点，其中许多网点因不同程度地存在经营困难等问题而很快倒闭。在市场经济的社会环境中，必须探索如何在既要尊重少数民族的特殊饮食习惯，扶持清真饮副食企业的发展，满足少数民族需求的同时，又能遵循市场经济规律的新途径。总体而言，随着居民生活水平的不断提高，居民对于清真饮副食服务的质量和水平的要求也越来越高，虽然由于社会分层的存在，居民对于服务档次的要求各不相同，但基本要求是一致的，就是清真食品要保证清真。这就要求政府相关部门继续做好管理工作，在细节上协调和监督相关机构做好服务工作。另外，应当加强在一些规模较大的聚居地区如牛街、常营等地的清真饮副食业的发展和服务工作，在社会流动和变迁的大背景下，这些地区的清真饮副食业的发展已经不再局限于为本地居民服务，而是承担着全北京市清真饮副食业的服务责任，同时在这些地区扶持相关企业的发展也具有可行性，符合市场经济的发展规律，也能带动这些民族聚居地区的经济发展，为少数民族就业和生活提供机会与便利。

4. 在加强对流动人口（流动的汉族和少数民族人口）的服务和管理的同时，继续加强民族政策和民族团结的宣传教育工作

随着拆迁改造的进行，住房商品化改革的不断推进，以及北京作为全国的政治、经济、文化中心和世界城市建设步伐的加快，流动人口广泛以购房、租房等形式进入少数民族相对聚居社区。本调查显示，本地少数民族居民关于社区环境卫生安全等问题的许多抱怨来自对本社区租房户行为的抱怨，这种抱怨也包括了对于部分流动人口因为对少数民族习惯不了解而表现出的许多不恰当行为的不满。为了消除彼此之间的误解，促进民族间互相尊重，政府应在协调相关部门加强流动人口服务和管理的同时，广泛宣传民族政策，加强民族知识和民族团结内容的宣传与教育。

5. 在新的少数民族常住人口聚居区、聚集楼门以及流动人口聚集地区设立监测点，完善民族关系监测系统

在新的少数民族常住人口聚居区、聚集楼门以及流动人口聚集地区设立监测点，是完善民族关系监测系统的组成部分。根据本次调查，应重点对少数民族人口占社区比例 20% 以上的社区和重点楼宇建立监测点。在平衡未改造聚居区、流动人口聚集地的基础上，对拆迁改造后占比 20% 以上的不同街道和不同类型的新聚居社区考虑设立监测点，有助于全面掌握民族关系变化的新动向。

B.6
北京市居家养老"九养"政策
实施状况的调研

民革北京市委*

　　我国是一个迅速进入老龄化社会的国家。北京老龄化问题更为突出，截至
2009年底，北京市户籍老年人口已达263.3万，占全市总人口的15%，已经超过全
国的平均值。预计到2015年和2020年，北京市老年人口将达到360万和450万，分
别占总人口的17.6%和20%，人口老龄化问题日益突出。为构建具有首都特色的养老
服务体系，市委、市政府结合全市老龄工作的实际情况，在集成历年推出社会保障、
社会救助、社会福利和社会优待等惠民、利民政策的基础上，出台了居家养老（助
残）服务九条政策①（下称"九养"政策），为老年人和残疾人提供了更为方便、
快捷、多样化、人性化的服务，在和谐社会首善之区建设中迈出了坚实的一步。

　　为了解全市推行"九养"政策中出现的困难和问题，更好地完善这一利民
政策，民革北京市委妇女工作委员会针对"九养"政策实施一年来的总体情况
进行了调研。调研主要围绕三类人群：一是区县、街道民政部门工作人员；二是
社区老龄工作者和80岁以上居家老人及其家属；三是为养老（助残）券做支撑
服务的服务商。调研采取三种方式：一是问卷调查；二是收集资料；三是走访座
谈。经过深入调查与研讨，形成了以下报告。

一　"九养"政策实施的基本情况

　　近一年来，全市各区县积极贯彻落实"九养"文件精神，深抓组织建设及
政策宣传工作，细抓申请资格受理审核工作，严抓服务券发放和使用工作，完善
服务设施及配套制度的落实。目前，居家养老（助残）服务制度已经建立并日

---

　　*　课题负责人：李霭君；课题组成员：民革北京市委妇女工作委员会；报告执笔人：许小冬、
　　　程静、冯燕。
　　①　参见《北京市市民居家养老（助残）服务（"九养"）办法》（二〇〇九年十一月）。

渐完善：补贴范围不断扩大，补贴金额明显提高，审批手续相对简化，服务质量逐步加强，居家养老（助残）工作初见成效。

在"九养"政策中，以最先推出的"建立居家养老（助残）券服务制度"为例，这一政策是指在现有补贴保障政策的基础上，建立通过政府购买服务的形式，为满足老年人（残疾人）的生活照料、家政服务、康复护理、心理慰藉等居家养老需求提供服务的制度。服务券是按照年龄层及对其生活状况的评估等标准发放的，起到补助老年人（残疾人）居家生活服务支出的作用，切实提高了老年人（残疾人）的生活质量。从服务券方面看，据报道，截止到 2010 年 7 月，北京市 33.5 万人领取了养老（助残）券，其中高龄老年人 26.5 万人，残疾人 7 万人。① 从服务商方面看，各区县民政部门、各街道、各社区积极组织服务商队伍，尤其在养老（助残）餐桌方面加大宣传力度，鼓励商户积极参与。在实施初期，由于老年餐桌利润少，服务商不愿参与，民政部门积极协调，上下联动改善商户的服务环境，如由社区提供送餐交通工具，街道调拨周转金垫支，各区县协调、调整服务券的使用时间和地区限制等，消除了服务商的后顾之忧。目前，北京市认定的居家养老服务机构达 13000 余家，覆盖社区的各个地段，在很多社区都能看到为老人服务的示意图，通过图上形象化的标志，老人可以轻松地找到服务机构的位置。从使用者方面看，领到服务券的老年人普遍感受到党和政府的关怀，感受到一种温情、幸福和尊重。还有一些老年人因此改变了消费观念，用券吃上了以前想吃却舍不得吃的饭菜，享受到了平时舍不得享用的服务。

事实充分证明，"九养"政策是和谐社会首善之区建设的重要举措，充分体现了以人为本的民生福利，不仅得到了老年人（残疾人）的肯定，也得到了社会各界的拥护和支持。

二 "九养"政策实施过程中存在的问题及分析

（一）对"养老（助残）券服务制度"理解不到位

对"九养"政策中第二条"建立居家养老（助残）券服务制度和百岁老人

---

① 《〈城市零距离〉——关注北京九养政策》，http://fm1073.bjradio.com.cn/html/node/69833-1.htm，2010 年 7 月 2 日。

补助医疗制度"，使用者和服务商的理解不到位，存在差异。服务券使用者认为：用养老（助残）券买东西比用现金买东西贵，不能理解。例如，购买一份饭用现金 10 元，用养老（助残）券却要花费 12 元。服务商则认为：既然提供了特殊服务（诸如不用排队、低消费、送餐等），理应多收一些作为服务费。还有一些老年人抱怨服务券用着比较麻烦，使用吧，需要填写一些个人信息，怕暴露自己的隐私，不用吧，既是浪费，又享受不到政府的福利。出现这种情况的原因主要有以下三点。

1. "购买服务"的本意被曲解

政府发放养老（助残）券的本意是"以政府购买服务的方式，为老年人（残疾人）提供多种方式的养老（助残）服务，以满足他们在生活照料、家政服务、康复护理等方面的基本生活服务需求"，希望通过提供服务，解决老年人由于行动不便带来的生活困难，提高他们的生活质量。一些老年人没有理解政府意图，不是用养老（助残）券购买服务，而是用来购买商品。实际生活中，就把养老（助残）券变成了"购物卡"、"代金券"。

2. "消费服务"的方式不被接受

有的老年人十分节省，不能接受"花钱买服务"的方式；有的老年人不能理解收费服务和服务成本，认为年轻人为老年人服务是应当的，怎么还要收费呢？有的老年人身体健康，尚未达到行动不便的程度，还没有享受"特殊"服务的需求。

3. 服务券的使用形式不被理解

"发券不如发现金"——这样的想法在养老（助残）券使用者中十分普遍。养老（助残）服务使用的是政府对高龄老人和特殊残疾群体"专款专用"的专项资金，如果以现金的形式发放，将背离政府有效提供社会化为老服务的初衷。

（二）服务体系不够完善

1. 服务商户数量不足

养老（助残）券服务商必须是经严格审核，与有关部门签约的服务机构。一些有雄厚服务实力的服务企业不愿加入，原因在于：目前对参与居家养老服务企业（单位）及志愿单位（个人）的激励机制存在空白或流于形式，现行政策对服务商还缺乏足够的吸引力。此外，社会上既愿意为老人提供服务挣取微薄利润，又能确保服务质量的机构较少。和中心城区相比，在远郊区县和农村地区，能够给老人提供服务的商家就更少了。因此，郊区的一些老年人拿到养老（助残）券无处消费，只能去超市购买商品。

2. 服务企业流失，服务质量堪忧

养老（助残）券的社区服务商大多是服务性质的中小企业或个体商户，实际运作中存在企业因经营不善终止服务或服务质量"打折"等现象。这些现象形成的原因主要在于：服务商经济收益不高，养老（助残）券资金结算过程相对复杂，资金回收周期长，小企业资金周转不开等。例如，位于中心城区某地的一家豆汁店至今还挂着"养老（助残）服务商"的牌子，但从 2010 年 6 月起，这家店已经不再接收外区发放的养老（助残）券了。原来，根据 6 月开始实行的新规定，兑换外区养老券须等到年底统一结算，而该店的养老券收入月均 2 万元，占总营业额的 10%，如果这部分外区养老券不能及时兑换成现金，对生意会有不小的影响，豆汁店的两个分店均已停止接收外区养老（助残）券。

3. 服务商为获利，违规经营

有的服务商为了获取利益，私自提供超范围服务，或提供货物替换服务。有个别商户钻政策的空子，进行违规操作，向老年人低价收购养老（助残）券，再兑换成现金，从中赚取差价。结果是老年人没有享受到政府为他们买单的服务，服务商也没有提供为老服务，却从中牟利。

（三）托老所的软件服务欠缺

1. 所内就医未能实现

目前，社区托老所（即老年服务站）在设立过程中主要考虑的还是硬件投入与建设，在软件服务上存在欠缺，突出表现在卫生保健服务跟不上，以及在"托老所"接受日间照料的老年人还无法在托老所内实现就医。

2. 精神文化活动不足

居家老人在日常生活的物质生活条件得到满足的情况下，心理上的空虚难以弥补。他们需要参加社区活动，参与社会活动和享受各类社会服务。与此同时，由于老年人的心理特殊性，对服务的提供者存在一定程度的不信任感，这两者之间的矛盾需要加以协调。

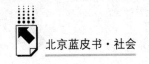

（四）"小帮手"服务器的使用太麻烦

"小帮手"的全称是便携式"小帮手"电子服务器，可以按"一键通"免费拨打"96003"服务热线，依托"小帮手"服务中心，可以提供生活服务、紧急救助、信息咨询。目前，"小帮手"的推行和使用中存在一些问题：一是参数设置麻烦，使用起来不够"傻瓜"；二是功能太多，不够专一，显得华而不实；三是由于收费，老年人购买"小帮手"不太积极。

三 完善和落实"九养"政策的建议

（一）加大宣传力度，使"为老服务"的意识深入人心

"九养"政策利民惠民，充分体现了党和政府对高龄老人和特殊残疾人群体的关怀。社会化养老服务既要以一个新的形式来区别于其他服务，又要让服务和被服务双方接受和适应这个新的服务形式，这需要一个宣传、理解和习惯的过程。为此，相关部门要多想办法，多做努力，加强沟通，广泛宣传。

（1）向社会各界广泛宣传"九养"政策，向高龄老人及其家属解释"九养"政策的内容和细节，帮助他们准确理解政府组织为老服务的用意，让老年人学会保护自己享受公共服务的权益。

（2）适当开展一些赠送服务、体验服务活动，让老年人尝试享受服务的方便、快捷，提高老年人消费服务的意识。

（3）开辟多种服务渠道和方式，提供适合老年人实际需求的服务。

（4）改纸质养老（助残）券为塑封式或卡片式，制作印刷精美、具备宣传功能的"服务卡"，把"服务卡"设计为具有宣传"九养"政策等附加功能的载体。

（二）完善服务体系，提高服务质量

1. 提高服务实体社会化程度

合理扩大政府向社会组织购买服务的范围，根据老年人的多样性、个性化的需求，丰富服务项目，提供多样化、差别化、精致化的服务。进一步明确、公

开、公布各市级、区级、街道级服务机构、服务项目及具体价格，制作服务手册或服务指南，方便持券人选择最适合自身的服务。

2. 为服务商创造良好的市场环境

进一步建立和完善对加盟企业、民间组织、志愿单位（个人）的优惠激励机制，大力培育、扶持和吸引有实力、有意愿投入到公益性事业的社会组织和企事业单位，最大限度地发挥它们的作用和潜力。如由街道民政部门进行协调，街道出资，设立"养老（助残）券"服务奖励基金，定期对提供优质服务的企业进行表彰，帮助服务商在社区树立良好的口碑，以增加其社会效益。改进养老（助残）券兑换环节、简化结算流程、减少结算手续。

（三）加强对服务商的监督和管理

及时调整服务商的准入标准和淘汰标准，实行"年审"制度，成立街道、社区及居民代表组成的评议小组，对服务商进行考核评议，将考核结果上报区（县）民政局，作为服务商能否继续取得资格的依据。建立服务质量反馈机制，对于一些专业化要求高，且居民需求强烈的服务项目，要把好质量关。健全和完善管理监督体系，设立服务监督热线，设置社会监督员。加强检查，对倒卖养老（助残）券的服务商要加大处罚力度。充分利用媒体的监督作用，强化诚信资质管理。

（四）细化托老服务，满足老年人的多种需求

（1）将"老年服务站"与社区卫生服务站对接，可以采取在社区医疗卫生机构建立"老年人医疗服务队"或配备全科医生进驻"老年服务站"提供医疗服务等方式，妥善解决"老年服务站"医疗服务资源不足的问题。

（2）由社区居委会组织开展适合老年人心理及需求的活动，如在社区文化站开辟老年图书角，开办老年知识课堂，邀请公安、银行等专业人员在老年人中普及预防诈骗知识等；由社区居委会联系为老人介绍小时工、保姆等。社区居委会在居民中累积的信誉可以消除老年人的不信任感，更好地为老年人提供服务。

（3）壮大社区工作人员队伍，调整社区人员结构，改善社区功能，强化社区为老服务的平台和载体的作用。

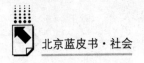

（五）建立互助机制，打造社区"孝星团队"

建立养老（助残）员队伍，充分利用社区现有退休人力资源，建立退休老年志愿者互帮互助机制，打造社区"孝星团队"，倡导和形成邻里互助的风气。如鼓励有能力的老人互帮互助；开展养老助残储蓄活动，建立"时间银行"，积累服务时间日后享受他人相应时间的服务；设立"社区退休专业人员库"，在社区充分发挥退休人员"专业第二春"的作用。

（六）研发"傻瓜式"小帮手服务器

研发更适合老年人使用的，简单、方便、快捷的"傻瓜式"小帮手服务器。推进"小帮手"服务中心平台建设，为居家老人提供足不出户即能享受到的快捷服务。

（七）发挥引导作用，形成联动机制

社会化养老服务是一个复杂的系统工程，需要政府政策扶持到位和社会力量的有效参与。政府一方面要发挥引导作用，培育高质量、专业化的为老服务机构，让它们积极参与为老服务；另一方面要鼓励老人消费和享受服务，逐步推进为老服务向市场化或准市场化运作模式发展。形成政府、企业、社会、家庭等方面多方联动、相互协调的长效机制，实现多赢共享的目标。

通过调研我们发现，"九养"政策实施以来所达到的社会效果基本上实现了政府最初的预期，但现有的社会化养老服务体系与广大群众的需求相比，还有一定的差距。相信在市委、市政府的政策支持下，在社会各界的共同努力下，为老服务的质量会不断提高，社会化养老服务体系会日臻完善，老年人一定会安享自己的晚年。

北京市城乡独生子女生育意愿比较研究

马小红*

一　研究背景

2010 年 9 月 25 日是中共中央《关于控制我国人口增长问题致全体共产党员、共青团员的公开信》（以下简称《公开信》）发表 30 周年，这一具有重要意义的事件意味着两个事实。一是独生子女政策在我国已推行 30 年，第一代独生子女已大规模地进入婚育期，双独家庭①、单独家庭②占到婚育家庭的相当比例，并快速增加。以北京市为例，2005 年 1% 人口抽样调查显示，常住人口中 0～30 岁独生子女累计达 300 余万，占同龄人口比重一半以上，其中，15～30 岁年龄段独生子女占 60%，为 186.4 万。可以说，未来二三十年里，独生子女是我国城镇地区，尤其是北京、上海这样特大城市婚育家庭的主体，是研究生育行为和生育意愿的主要对象。二是《公开信》中指出，提倡一对夫妇生育一个孩子主要是控制一代人的生育率，到了 30 年以后，特别紧张的人口增长问题已经缓解，也就可以考虑人口政策的调整。近年来，调整生育政策的呼声在学界和社会层面不绝于耳。众所周知，我们现行的生育政策已不是单一的"独生子女政策"，而是 1984年后对"一孩"③ 逐步调整为多样化的生育政策，其主要特点是城乡二元的政策，即城镇地区较为普遍的"一孩"政策和农村地区以"一孩半"政策（即第一胎为女孩，可以生育第二个孩子）为主体的格局。近年来，各省市也正在对人口计划生育条例进行修订，提出的生育政策调整方案，如七省市的农村单独政策（夫妇双方都为农村户口，一方为独生子女可以生育两个孩子），也是强化了城乡生育政策的二元性。

---

* 马小红，北京市人口研究所，北京人口发展中心。
① 双独家庭，指夫妻双方都为独生子女的家庭。
② 单独家庭，指夫妻一方为独生子女的家庭。
③ "一孩"政策，指每对夫妇只生一个孩子。

生育政策是为调节人们的生育行为而采取的政府行为。按照美国学者邦加茨的理论，在生育控制技术已经普及的今天，人们的生育行为主要是各种因素对生育意愿影响的结果。生育意愿是人们对生育的综合看法，包括对孩子数量、性别、生育时间方面的期望和偏好。以往的研究表明，在我国二元社会结构下，城乡在社会经济、文化教育、子女与家庭间财富的流向以及计划生育政策与服务等方面存在不同，造成了城乡生育水平有相当大的差异，生育意愿也存在一定的差异。但是，在经济和社会发展速度较快的地区，尤其是像北京这样的城市化水平较高的大城市，农村人口中的婚育主体受到城市生活方式和生活理念强大的冲击。他们的生育意愿呈现什么样的状态？与城市相比仍然存在较大差异还是倾向趋同？影响他们生育意愿的主要是政策因素还是社会发展的影响？这些问题对调整生育政策有重要的参考意义。

本文将对北京市城区和农村地区独生子女生育意愿进行比较分析，为生育政策的调整提出政策建议。

二　数据来源

本文研究数据，来源于北京市人口研究所于 2006 年、2008 年分别对北京市城市与农村独生子女和双独家庭进行的两次生育意愿调查。

2006 年进行的"北京城市独生子女和双独家庭生育意愿调查"[①]，调查对象为拥有城市户口、居住在城区的 20～34 岁青年及共同居住的父母。调查者在东城、海淀两个城区采用等距抽样方法，随机抽取 57 个社区，在每个社区按照年龄、婚姻比例配额，聘请专业的调查公司对调查对象进行了入户调查，同时对与调查对象共同居住的父母也进行了调查。调查的实施时间为 2006 年 8～10 月，共计回收有效问卷 1100 份（其中 1060 份包括父母调查问卷）。

2008 年进行的"北京农村地区独生子女和双独家庭生育意愿研究"[②]，根据

---

① 该课题为北京市人口和计划生育委员会 2006 年委托课题，课题负责人为北京市人口研究所马小红，课题组成员为侯亚非、董桂玲、张长有、黄洁、黄匡时，东城区和海淀区人口计生委给予了大力支持。

② 该课题为北京市人口和计划生育委员会 2007 年委托课题，课题负责人为北京市人口研究所马小红，课题组成员为邱桂玲、谷永洁、张信锋、李鸿，昌平区人口计生委李春菊主任和邱少强副主任给予了大力支持。

昌平区育龄妇女信息系统（WIS 系统）提供的信息，将昌平区 18 个镇农业人口中有双独家庭的村委会作为抽样框，对夫妇双方和单方为农业户口的双独家庭实行普查（双独夫妇只调查其中一人），同时按双独、单独家庭和未婚独生子女1∶1∶0.5 的比例，在抽样框中等距抽取单独家庭和未婚的独生子女。为增大山区镇被调查者的比例，在兴寿、长陵和流村按 1∶2∶1 的比例调查。男女比例按1∶1 配额，抽样人群为 20～34 岁独生子女。抽样结果显示，被调查者分布在 18个镇（街道）101 个行政村，共计 1002 人。调查实施时间为 2008 年 6～8 月，共获得问卷 1001 份，其中有效问卷为 983 份，有效率为 98.2%。

需要说明两点。一是样本的代表性。本文选取了北京中心城区之一的东城区和城市拓展新区的代表区域海淀区，基本可以代表北京城八区的区域特征和人口特征；选取昌平地区的农村作为北京农村代表，地域上既包括平原又包括山区，经济上既有经济较为发达的与城八区接壤的城乡结合部区域，又有经济处于中游的地区，还有经济较为落后的深山区地区，基本上代表了目前北京市农村地区状况。二是两次调查的时间差异性。考虑到 2006～2008 年没有大的社会和政策变动，生育意愿保持了一定的稳定，故将两次调查的结果拿来进行比较分析。

下文中把 2006 年调查称为城市调查（简称城市），2008 年调查称为农村调查（简称农村）。

两次调查中被调查对象的基本情况见表 1。

表 1　两次调查样本情况

单位：人，%

项　　目	分　　类	城　市		农　村	
		被调查人数	百分比	被调查人数	百分比
性　　别	男性	497	45.18	475	48.37
	女性	603	54.82	507	51.63
年龄结构	20～24 岁	328	29.82	309	31.60
	25～29 岁	531	48.27	568	58.08
	30～34 岁	241	21.91	101	10.33
文化程度	初中及以下	29	2.64	155	15.78
	高中(含中专、中技)	251	22.84	463	47.15
	大专	405	36.85	273	27.80
	大学本科及以上	414	37.67	91	9.27

续表1

项　　目	分　　类	城　　市		农　　村	
		被调查人数	百分比	被调查人数	百分比
婚姻状况	未婚	601	54.64	747	76.15
	已婚	499	45.36	234	23.85
月　收　入	无收入	237	21.55	7	0.96
	1~799元	18	1.64	83	11.39
	800~1599元	190	17.27	400	54.87
	1600~2999元	393	35.73	195	26.75
	3000~4999元	196	17.82	32	4.39
	5000元以上	66	6.00	12	1.65
家庭情况	双独家庭	246	49.70	341	45.71
	单独家庭	249	50.30	405	54.29
就业情况	就业	832	75.64	109	11.12
	其他	268	24.36	550	56.12
	务农	—	—	79	8.06
	打零工	—	—	107	10.92
	失业待业	—	—	55	5.61
	家务劳动	—	—	80	8.16

三　主要研究结果

对两次调查的结果进行比较分析，可以得出以下结论。

（一）被调查对象理想子女数城乡接近，以选择"一个孩子"最多

在城市和农村两次调查的问卷中，都设计了"不考虑政策因素，您认为一个家庭生育几个孩子最理想?"这一问题，了解被调查对象的理想子女数。统计结果见表2。

结论：城乡选择理想子女数为1个孩子的比例最高，均为50.40%；其次为2个孩子，城市独生子女选择比例为33.40%，低于农村独生子女选择比例14.20个百分点；城市选择不要孩子的比例为15.20%，远远高于农村的1.40%；选择"3个及以上"的比例很低。可见不论在城市还是在农村，"一孩"生育观成为生育主流。

表2　城乡不同理想子女数比例

单位：人，%

项　目		城　市	农　村
被调查人数		1099	983
理想子女数	0 个	15.20	1.40
	1 个	50.40	50.40
	2 个	33.40	47.60
	3 个及以上	1.00	0.60
	平均值	1.18	1.47

（二）城乡"双独家庭"两孩生育意愿均不强烈

我国绝大部分省市生育政策中一个很重要的内容是双独政策（即两个独生子女组成的家庭可以生育两个孩子），因此他们的生育意愿格外令人关注。然而，调查显示，无论城乡，双独家庭的两孩生育意愿均不强烈（见表3）。城市调查数据显示：城市全部双独样本中，有26.13%选择了愿意生育两孩，44.16%选择了不愿意，有29.71%选择了没想好。农村调查数据显示：农村全部双独样本中，有36.33%选择了愿意生两孩，34.19%选择了不愿意，有29.48%选择了没想好。农村的双独家庭愿意生两孩的比例高于城市10.20个百分点，但都没有超过40%，和非双独家庭相比，并没有显示出强烈的两孩生育意愿。

表3　城乡双独家庭被调查者两孩生育意愿

单位：人，%

项　目		被调查人数	愿意	不愿意	没想好
城市	被调查人数	249	26.13	44.16	29.71
	未育	163	23.89	42.91	33.21
	已育	86	30.21	46.48	23.31
农村	被调查人数	339	36.33	34.19	29.48
	未育	134	38.12	31.29	30.59
	已育	205	35.08	36.11	28.81

两次调查中对已生育的双独家庭在要不要生育第二个孩子这一问题上也做了问卷调查，因为他们生育两孩在政策上没有障碍，是否生育第二个孩子也是他们

近几年必须面对的现实问题。统计结果显示，已生育一个孩子的城市和农村双独家庭选择生育两个孩子的比例分别为 30.21% 和 35.08%，基本接近。选择不打算生育两个孩子都占有相当比重，分别为 46.48% 和 36.11%。

（三）城乡独生子女希望生育两个孩子的选择原因基本一致，主要考虑有利子女成长和天伦之乐等家庭情感需求

理想子女数为两孩的城市被调查者，选择的理由"一个孩子太孤单"最多，其次是"独生子女教育难"，另外，"降低养老风险"也是他们的一个重要选择。而农村独生子女被调查者想要两孩的原因中，选择"家里一个孩子太孤单"、希望"儿女双全"、"充分享受天伦之乐"排在前三位，主要出于家庭情感需求，养老因素排在第四位。

（四）城乡独生子女均不存在男孩偏好

在两次调查的问卷设计中，通过设计"如果只生一个孩子，您想要男孩还是女孩?"这一问题来考察独生子女的生育偏好。从统计结果（见表4）可以看出：认为男孩、女孩都一样的比例最高，城市达 64.80%，农村达 73.10%，城市、农村独生子女均已不存在男孩偏好，农村独生子女的男孩偏好较城市独生子女还要低一些。这说明不论城乡，传统的重男轻女的观念已经淡化。

表4　城乡独生子女生育性别偏好

单位：人，%

项　目		城　市	农　村
样本总体		1067	984
性别偏好	喜欢男孩	16.00	13.00
	喜欢女孩	19.20	13.90
	男女都一样	64.80	73.10

（五）城乡生育模式一致——晚婚晚育、少生优生

在以往研究中发现初婚年龄与生育率明显相关，初婚年龄越晚的妇女希望生育的孩子数越少。调查显示，城市独生子女倾向"在 24 周岁以前结婚"的比例

仅为 1.38%，倾向"25~28 周岁结婚"比例为 47.73%，"29~32 周岁结婚"的比例占 42.21%。农村独生子女倾向"24 周岁以前结婚"的比例为 8.93%，倾向于"25~28 周岁结婚"的比例高达 80.04%，相当集中。不论城市还是农村，选择 25 周岁以上结婚的占绝大多数，晚婚的趋势很明显。

生育时间也呈现同样趋势。城市独生子女倾向于 24 周岁以下生育的比例仅为 0.71%，倾向于 25~30 周岁生育的比例占 55.73%，占到了一半以上，倾向于 31~36 周岁生育的比例达 41.65%，倾向于 37 岁以上的比例占 1.92%；农村独生子女倾向于 24 周岁以下生育的比例仅为 1.21%，倾向于 25~30 周岁生育的比例占 94.42%，倾向于 30 周岁以上生育的比例达 3.38%，倾向于 37 岁以上的比例仅占 1.94%。独生子女比其他人更侧重于对事业、个人发展等方面的考虑，生育年龄的考虑已经不光是一个从医学上最佳生育年龄角度的考虑，而变成一个对各方面综合因素的考虑，表现出更强的社会性。

（六）无论城乡，生育行为均以自主意识为主

独生子女生育意愿，也会受到来自不同方面错综复杂因素的影响。调查问卷中设计了"对您生育行为影响最重要的是谁"这一问题，调查结果显示，70% 的城市独生子女选择了"自己"，远远高于其他选项；"配偶"、"父母"排在第二、三位，分别为 17% 和 11%。农村独生子女也基本相同，58.72% 选择了自己，选择父母的为 18.10%。可以看出，尽管农村地区父母的影响要比城市高出 7.1 个百分点，但"我的生育我做主"的理念无论农村还是城市已成为主流意识。

四　结论与讨论

（一）主要的研究结论

（1）城乡独生子女的理想子女数已很接近，"一孩"生育观成为生育主流。

（2）城乡独生子女已经没有明显的性别偏好，重男轻女观念已淡化，"生男生女都一样"的观念已植根于大多数城乡独生子女心中。

（3）城乡独生子女的初婚和生育年龄段相似，不愿意早婚，也不愿意早育，

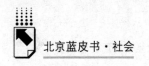

更不会密育，这已是北京市城乡独生子女婚育模式的真实写照。

（4）无论城乡，选择生育两孩的主要原因都是考虑有利子女成长、天伦之乐等家庭情感需求，而不是经济、养老或政策原因。

（5）城乡"双独家庭"的两孩生育意愿均已弱化。

（6）影响生育行为的自主意识已占到最大比重，但和城市独生子女相比，农村独生子女在生育观念上还是更多地受到长辈的影响。

通过比较与分析可以看出，在北京市这样的经济社会比较发达地区，农村独生子女和城市独生子女在生育意愿上趋同性较为明显，都趋于现代型生育意愿，即少生、晚生、没有性别偏好，生育行为更多地由自己而不是长辈支配，政策对人们生育意愿的影响力渐微，经济发展和社会转型带来的作用日趋明显。

（二）城乡生育意愿趋同趋势对生育政策调整的启示

基于以上分析，笔者对目前许多省市在调整生育政策时依然强化城乡区别的政策提出不同看法，认为在稳定低生育水平的前提下，在经济社会比较发达地区，鉴于生育意愿的城乡差别日益缩小，趋同性明显，在计划生育政策调整时，应当推行生育政策城乡一体化，即无论城市还是农村地区，采取无差别的生育政策。主要理由如下所述。

（1）城乡差距和生育意愿差距是二元生育政策出台的背景，但这一背景已出现了变化。20 世纪 70 年代在全国推行的"晚、稀、少"生育政策是城乡统一的，其主要内容贴近人们的生育意愿，使总和生育率由 1970 年的 5.71 降到 1980年的 2.24，成效非常明显。1980 年后在城乡推行的"一孩"政策严重脱离经济发展水平和人们的生育意愿，导致社会矛盾激化。1984 年以来试点、20 世纪 90年代确立的城乡不同的二元计划生育政策缓和了社会矛盾，符合大多数人的意愿。但是 21 世纪第一个十年，和 20 世纪 80 年代相比，情况已大为不同。全国尤其是较为发达的大城市，经济水平已接近中等发达国家，如本研究所显示的，无论城乡，未来家庭生育的主体——独生子女一代显示了普遍的低生育意愿，二元政策出台的历史背景已发生了变化。

（2）从社会发展的大背景来看，城乡一体化是当代社会的发展趋势。户籍制度改革步伐加快，全国许多省市先后取消了城乡二元户口划分，传统的按农业和非农业划分的户籍制度正在由统一的居民户所代替；城乡统一的基本公共服务制度正在建立；医疗、养老、低保的城乡居民全覆盖的模式已形成。如果生育政策调整时依旧强化城乡的二元性，将与社会管理和社会政策发展变革的趋势不相吻合。

（3）北京较高的城市化水平使城乡二元的生育政策实际意义不大。在城市化水平较高的地区，农村生育政策的适用群体已占很小比例。2010 年，北京市的城市化率已高达 77.31%，达到中等发达国家水平，即使是农业户口的婚育青年也大都从事非农职业，生育意愿接近城市青年，现行的二元生育政策在农村涉及面大大缩小，已没有太大的实际意义。

社会发展篇
Social Development

B.8
北京与世界城市的社会特征比较

白志刚*

一 世界城市三个发展阶段的社会特征

这里所说的世界城市，特指纽约、伦敦和东京。它们在成为世界城市的发展过程中，都经历了起步阶段、腾飞阶段和成熟阶段，它们在这三个阶段表现出的社会特征可供北京建设世界城市作为参考。

1. 世界城市发展起步阶段的社会特征

外来移民大量涌入，人口大量增加。城市环境恶化，交通拥堵，住房紧张。开始进行财政制度改革，实行现代公共预算。鼓励竞争，提供人才流动和上升的机会。开始探索对穷困人群给予政府补助、慈善捐助，商业保险等社会保障制度逐步建立。

2. 世界城市发展腾飞阶段的社会特征

人口数量虽然很大，但是人口增加的速度逐渐下降。伴随郊区化发展，市区

---

* 白志刚，北京市社会科学院。

人口向郊区流动，导致郊区人口增加，工作、生活出现通勤模式，交通变得紧张。城乡开始融合，城乡差别逐步缩小。在社会政策方面推动社会进步和民主参与，保障公民的基本权利；鼓励人才发展；救助失业人员和贫困群体。现代科技的发展使生活电器进入寻常百姓家庭，人们日常生活发生了巨大的转变，收入水平提高，生活条件得到改善。

3. 世界城市发展成熟阶段的社会特征

地方公共事务民主参与增强，市民越来越多地参与到城市规划制定和执行中；政府绩效评估全面开展并形成管理制度；市政体制改革，产生了城市委员会和城市经理制两种新的市政体制；开展社区改良运动，服务型政府模式形成。劳动人口中的移民快速增加，广泛分布于各种职业和政府部门，社会流动率大为提高。大力发展社会保障制度，保障标准提高，可以使被保障者过上有尊严的生活。老龄化、少子化倾向日益严重；建设老龄扶助的区域性网络，制定鼓励生育的政策。

二 北京现阶段的社会特征及比较

通过北京与世界城市社会特征的全面比较分析，我们可以看到：北京市目前正处于世界城市的腾飞阶段，而且已经达到腾飞阶段的中高时期。

1. 北京现阶段的社会特征

今天的北京已经具备一些世界城市腾飞阶段的社会特征：城乡居民收入不断增加，生活质量明显提高。政府进一步完善社会保障制度，社会救济、社会保险制度逐步规范，社会慈善事业开始起步。最低保障标准不断小幅度提高，使被保障者温饱无碍，但距离过上有尊严的生活还有很大差距。老龄化社会正在形成。重视社会和谐，注意到社会转型期社会群体间的利益矛盾和贫富差距仍在拉大，开始解决贫富分化问题；注意加强惩处官员腐败，努力协调干群关系和劳资关系，希望缩小地区、城乡和行业之间的过大差距。服务型政府模式正在形成，民间组织有所发展，社会公共事务民主参与增多，市民越来越多地参与城市规划、社会建设和管理，但市民参与的渠道还需增多和更加顺畅。由于社会管理和服务的积极转变，外来人员占城市劳动人口将近一半，而且在政府部门和事业单位中也有广泛分布，促进了社会阶层的流动、融合和社会发展，但新移民数量猛增也使得原本就很紧张的住房、交通和就业问题变得更加严重。

客观地说，从世界城市的社会发展过程来看，北京社会的发展方向和发展速度是相当好的。

2. 北京与世界城市的社会发展比较

虽然北京社会发展进步迅速，但如果与已经进入成熟阶段的世界城市进行量化指标方面的比较（见表1），就可以看到北京社会发展距离达到世界城市的高阶段目标还是任重道远的。

北京市社会科学院外国问题研究所课题组在2010年所做的"北京与世界城市发展阶段性特征分析"研究中发现，在经济、文化、社会、城市发展几个部分的比较中，社会部分的差距是最大的。

表1　城市指标体系社会指标数据[1]

	指标名称	北京[2]	纽约	伦敦	东京
社会类指标	1. 家庭年可支配收入（美元）	9099[3]（2009）	25000[4]（2000）	19714[5]（2008）	46436（2007）
	2. 城镇居民家庭月最低生活保障标准（美元）	139.52[6]（2009）	473.44[7]（2010）	358[8]（2005）	1725.14[9]（2006）
	3. 家庭平均每年教育文化娱乐服务支出（美元）	934.41[10]（2009）	1448[11]（2007）	2928[12]（2009）	5001（2007）
	4. 城镇居民人均住宅建筑面积（平方米）	28.81（2009）	28（2006）	82[13]（2005）	62[14]（2009）
	5. 基尼系数[15]	0.22（2009）	0.41（2008）	0.34（2008）	0.24（2008）
	6. 每万辆机动车死亡人数（人）	2.40（2009）	1.79[16]（2000）	0.86[17]（2008）	1.03（2009）
	7. 常住外籍居民比例(%)[18]	0.63（2010）	20（2010）	30（2010）	3.05（2010）
附:经济	人均地区生产总值（万美元）	1.03（2009）	5.41[19]（2008）	6.66[20]（2004）	6.10[21]（2009）

说明：①此表为北京市社会科学院外国问题研究所课题组《北京与世界城市发展阶段性特征分析》研究报告中"附录1"的社会部分。数据来源和统计年份请参见《北京城乡发展报告（2010~2011）》"附录1"，社会科学文献出版社，2011。

②表中北京指标的数据来源，除了有特别注释的，均来自北京市统计局《北京统计年鉴2010》。

（接上页表下注）

③根据《北京统计年鉴2010》，折算2009年北京市"家庭人均年可支配收入"为3473美元，北京市的家庭户均人口为2.62人，可以推算出北京市"家庭年可支配收入"为9099美元。

④谢芳：《回眸纽约》，中国城市出版社，2002，第106页。

⑤http：//www.london.gov.uk/who－runs－london/mayor/publications/society/facts－and－figures/focus－on－london/focus－2008.

⑥根据《北京统计年鉴2010》，2009年城镇居民家庭每人每月最低生活保障标准折算为53.25美元，北京市的家庭户均人口为2.62人，可以推算出北京市"城镇居民家庭月最低生活保障标准"为139.52美元。

⑦Mayor's Management Report（September 2010），http：//www.nyc.gov.（纽约政府管理报告，2010年9月，纽约政府网。）

⑧ *Annual Report and Accounts 2003－2004*，London Development Agency，June，2004.

⑨〔日〕健康保险组合连合会编《社会保障年鉴》，东洋经济新报社，2006。

⑩根据《北京统计年鉴2010》，2009年北京市"家庭教育文化娱乐服务平均每人年支出"折算为934.41美元。

⑪US.census Bureau，2007 Economic Census.

⑫Gareth Piggott，*Focus on London 2009*，Greater London Authority.

⑬*Annual Report and Accounts 2003－2004*，London Development Agency，June，2004.

⑭〔日〕东京都总务局统计部统计调整课：《东京都统计年鉴2009》。

⑮联合国人居署：《2008/2009年世界城市状况》。

⑯黄序等：《外国家庭汽车化与大城市交通》，中国建材工业出版社，2006，第267页。

⑰http：//www.london.gov.uk/who－runs－london/mayor/publications/society/facts－and－figures/focus－on－london/focus－2008.

⑱刘欣葵、武永春：《试析世界城市环境特点及北京的差距》，载《2010城市国际化论坛文集》，2010年9月，第99页。

⑲美国经济分析局：Personal Income and Per Capita Personal Income by BEA Economic Area 2006－2008。

⑳http：//www.london.gov.uk/who－runs－london/mayor/publications/society/facts－and－figures/focus－on－london/focus－2008.

㉑ようこそ東京へ2008 统计，http：//www.metro.tokyo.jp。

实现社会公正，让更多的人共享改革开放的发展成果，这是建设世界城市最重要的目标和任务。从表1可以看出，北京在城市指标体系中的社会类指标数值与其他3个世界城市差别还是很大的。

"家庭人均可支配收入"是衡量居民生活水平的最重要的指标。如果说，拿"人均地区生产总值"这一重要的经济指标来比较，纽约等3个世界城市的人均地区生产总值平均数是6.06万美元，约是北京人均地区生产总值（1.03万美元）的6倍；但是指标中3个世界城市的家庭人均可支配收入平均数是3.04万美元，约是北京家庭人均可支配收入（0.35万美元）的9倍。因此，按照国家新提出的民富国强的要求，北京还应该适当提高市民的收入比例。

"最低生活保障标准"是衡量贫富差距的一项重要指标。北京的城镇居民最低生活保障标准是每个家庭每月 139.52 美元，折算成每年为 1674.24 美元，只占到平均"家庭年可支配收入"的 18.4%，而 3 个世界城市的平均城镇最低生活保障标准是每月 852.19 美元，折成每年是 10226.32 美元，是 3 个世界城市的平均"家庭年可支配收入"（30383 美元）的 33.66%，比北京的比例高约 15 个百分点。所以，为了缩小贫富差距，北京的"城镇最低生活保障"标准应该有大幅度的提高。

"人均住房面积"是衡量居民生活质量的一个重要指标。北京的"城镇居民人均住宅建筑面积"为 28.81 平方米，纽约等 3 个世界城市的平均"城镇居民人均住宅建筑面积"为 57.33 平方米，北京几乎少了一半。

"每万辆机动车死亡人数"可以反映出一个城市的交通管理状况和市民安全意识。北京的"每万辆机动车死亡人数"为 2.40 人，纽约等 3 个世界城市的平均"每万辆机动车死亡人数"为 1.23 人，北京的此项数据比 3 个世界城市的平均数据要高出 1.17 人，也就是说多出了将近一倍。从这个数据可以看出，北京交通管理状况和市民安全意识还需要大幅度提高。

"基尼系数"是判断收入分配公平程度的指标。北京的基尼系数是 0.22，3 个世界城市的平均基尼系数为 0.33（见表 1）。北京这个指标看上去比 3 个世界城市的这个指标都低，比纽约和伦敦的还低不少，但其可信度仍可商榷。中国社会科学院专家在谈及"城乡居民收入"问题时表示，中国社会的总收入差距一直在扩大，基尼系数目前在 0.5 左右[①]。北京的基尼系数应该比这个数字要低些，但也不会低到 0.22。客观地说，北京的收入分配差距还是相当大的，对此政府应该有清醒的认识，并采取切实有效的措施来进行调节，这样才可以维护社会的公平，维护社会的和谐稳定。

在表 2 中可以看到，指标体系中社会部分的"相对总分"满分为 100.00，北京得分为 38.95，纽约、伦敦、东京 3 个世界城市社会指标部分平均得分为 80.81，比北京高 1 倍还多。由此可见，对于建设世界城市，北京进行社会建设的任务要更加繁重。

---

① 《社科院专家：社会收入差距扩大，基尼系数达 0.5》，中国新闻网，2010 年 12 月 15 日。

表2　世界城市指标体系社会指标相对得分

分　类	指标内容	北京	纽约	伦敦	东京
社会指标	1. 家庭年可支配收入	19.59	53.84	42.45	100.00
	2. 城镇居民每人每月最低生活保障标准	8.09	27.45	20.75	100.00
	3. 家庭平均每年教育文化娱乐服务支出	18.68	28.95	58.54	100.00
	4. 城镇居民人均住宅建筑面积	34.21	34.09	100.00	75.66
	5. 基尼系数	100.00	53.66	64.71	91.67
	6. 每万辆机动车死亡人数/年	35.83	48.05	100.00	83.50
	7. 常住外籍居民比例	2.10	66.67	100.00	10.17
总　分		218.50	312.71	486.45	561.00
相对总分		38.95	55.74	86.71	100.00

得分计算方法:"相对得分"是根据表1中相应内容,指标第1、2、3、4、7项以最高(指标第5、6项以最低)城市为100,其他城市按比例得出;"总分"为7项指标相对分数相加;"相对总分"以总分700为相对总分100,各城市总分按比例折算为相对总分。

三　北京建设世界城市的社会发展措施建议

北京建设世界城市,是新时代的新课题,需要加快推进服务型政府建设,着力保障并改善民生,促进社会公平正义,促进社会的和谐文明。北京作为我国社会建设的样本,就是要"通过体制机制创新,动员全社会的力量,形成政府与社会的良性互动;高度重视社会建设,积极改善民生,让广大民众分享经济发展红利。而这正与'包容性增长'的精神相互呼应,它启示人们:勇于并且善于进行社会建设的城市,才是真正具有博大胸怀的世界城市"[①]。

1. 提高居民收入水平

推进北京社会建设,协调阶层关系是政策调整的重心。在目前阶段,可以继续从深化收入分配制度改革、完善社会保障体系、大力发展社会事业方面来入手进行阶层关系之间的协调。[②]

---

① 詹勇:《建世界城市当善于社会建设》,2010年10月14日《京华时报》。
② 高勇:《协调阶层关系,是社会政策的调整重心》,2009年11月16日《北京日报》。

当前，北京社会阶层利益关系协调的重点是理顺收入分配关系，在初次和再次分配领域中均要注意公平问题。要建立并逐步完善社会公正、公平的利益平衡和协调机制，健全群众利益表达机制，倾听群众呼声，切实维护广大人民群众的根本利益。从这一点来说，社会建设应该是北京建设世界城市的根本目的和主要方向，理所当然应当成为重中之重。

现行的社会保障体系还具有某种程度的收入分配"逆向滑动"。所谓"逆向滑动"，就是在重视不够或措施不得力的情况下，反而会使贫富差距拉大。例如"城镇最低生活保障标准"提高的速度低于"家庭可支配收入"提高的速度，差距自然就拉大了。因此，为了增强社会协调的科学性和公平性，达到社会主义共同富裕的目标，就要不断完善覆盖城乡居民的社会保障政策，努力做到应保尽保，并随着经济发展，不断提高保障水平，进一步完善社会保险、社会福利、社会救助和慈善事业相衔接的社会保障体系，逐步形成多层次全覆盖、标准相对合理的社会保障格局。要发挥社会保障再分配的功能，加大力度实施"顺向调节"，进一步强化对弱势群体的保障力度；参照国际上最低生活保障标准与家庭平均收入的比例，不断提高保障标准。对此，政府在相关政策的设计安排上，应采取切实措施向社会低层倾斜，健全与社会保险、社会救助、社会福利和社会慈善事业相互衔接的社会保障体系，这是化解阶层间的利益冲突与矛盾，减少大量微观层面的利益摩擦，达到社会和谐整合的重要途径。

2. 提供更多文化娱乐服务

由表1可见，北京居民家庭的"教育文化娱乐服务支出"为934.41美元，占"家庭可支配收入"（9099美元）的10.3%；纽约等3个世界城市的平均"教育文化娱乐服务支出"为3125.7美元，占这3个世界城市平均"家庭可支配收入"（30383美元）的10.3%，相对比例持平。北京居民在子女教育方面的支出相对来说是很大的，这与中国的文化传统相一致。但是北京在公众教育、继续教育和文化娱乐的供给和消费方面与世界城市还有较大差距。

表3显示，北京的书店只有纽约、伦敦平均数（712.5）的17.8%，电影院只有3个世界城市平均数（158）的41.1%，大型剧院是纽约、伦敦平均数（47）的91.5%，音乐厅只有纽约、伦敦平均数（10）的40%。由此看来，北京要提高市民文化素质，还需要大力发展文化事业，以满足人们不断增长的精神文化需求。

表3　城市营利性文化设施

单位：个

项　　目	北京	纽约	伦敦	东京
书　　店	127	498	927	N/A
电 影 院	65	264	105	105
大型剧院	43	39	55	N/A
音 乐 厅	4	12	8	N/A

3. 促进公共服务建设

强化社会管理和公共服务职能，进一步完善公共服务体系。要继续加大公共服务投入，更好地发挥公共财政的作用。坚持城乡统筹，加快农村基础设施和公共服务项目建设，缩小城乡差距，努力实现基本公共服务均等化。要加强公共服务资源有效整合，使社会各个方面的积极性、主动性、创造性得到充分发挥。对可由社会组织或机构承接的公共事业项目，政府通过购买、补贴、奖励等多种形式，实行购买服务，逐步实现公共服务专业化、市场化、社会化，逐步扩大公共服务的社会供给，降低服务成本，提高服务质量。在加大公共服务财政投入的同时，还要鼓励民间资本和社会力量向公共服务项目投资。

世界城市的"公共图书馆"这项指标的统计，应该包括学校、研究单位和社区所属的图书馆，而北京这些类型的图书馆是不对社会开放的，所以北京的公共图书馆数量很少，目前只占3个世界城市平均数（373）的6.7%（见表4）。因此，发展公用事业，不仅要建设新的文化设施，还要打破单位体制，资源共享，使人们能够分享更多的社会文化资源。

表4　城市公共图书馆

单位：个

项　　目	北京	纽约	伦敦	东京
公共图书馆	25	255	495	369

积极培育社会组织，要充分发挥群众团体、公益组织的作用，致力建设专业化、职业化的社工队伍。鼓励志愿服务常态化，使北京的社会建设具有充分的公众参与性，形成政府负责、社会协调、公众参与的社会管理和建设新格局。构建枢纽型社会组织体系是北京在支持、培育社会组织方面的创新举措。

纽约拥有非政府和非营利组织 1.05 万家，有力地促进了纽约城市经济社会发展和提升国际影响力，2000 年其非政府和非营利组织收入超过 480 亿美元，远远超过制造业的收入，占纽约 GDP 的 11.5%。同时，2000～2001 年，纽约的非营利性机构雇员为 52.8 万名，为当地市民提供了大量就业机会；1990～2000年，非营利性组织的雇员增长了 25%，而其他行业仅增加 4%，同时非营利性组织的采购还间接为纽约市提供了约 20 万份工作机会。①

站在打造世界城市的高度来探索公民社会的培育措施，建立合理的、有效的制度体系，引导社会组织建立健全工作制度。鼓励发展社会组织，改变全能政府的定位，将一部分职能剥离出来移交社会力量，为社会力量的发展拓展空间和提供机会，支持民间组织参与社会服务。这种城市治理新模式将极大地促进社会组织的数量增长、能力提升和全面发展，也将有效弥补当前公共服务供给不足的欠缺。

北京应该以建设世界城市所具有的包容性来面对社会组织的声音，形成城市治理的新模式。培育宽松的公民社会环境，加大公民社会建设力度，政府应通过举办听证会、座谈会以及其他有效措施，吸取来自民间的智慧，提高公民参与意识，鼓励公民参与市政建设和管理。尽快完成社会工作者职业化、专业化进程。

4. 提升市民素质

城市发展水平最重要的标志就是人口素质。世界城市的市民素质普遍比较高。东京既具有东方历史文化传统，又受西方文明影响。东京市民的公德素质教育从幼儿园抓起，从小就开始培养良好的个人素质和行为礼仪规范。男性出门工作多是西装革履，女性出门梳妆打扮、仪表优雅。人们之间的对话总是彬彬有礼、温文尔雅。东京的交通秩序井然，这与市民的文明素养有直接的关系。例如日本人的习惯是左侧通行，所以在公共场所，文明的行路方式是把右侧留给需要快速通行的人们。在文明生活方式方面，东京政府推行垃圾分类回收，广大市民主动积极配合，使得易降解生物垃圾与电器用具等固体垃圾、电池等有害垃圾分开，大大改善了城市生态环境，还通过再生利用形成了一个环保产业。伦敦市民的"公德"观念比较强，最有名的公德首推排队。伦敦人排队和守规矩的习惯

---

① Michael Barbalas：《发挥国际组织作用，推进世界城市建设》，"2010 年世界城市建设国际论坛"，http：//www.ccgov.net.cn/cityforum/sjcslt/sechtm.aspx? cateid=3&id=6。

从幼年就开始受到训练，甚至可以说凡有英国人在的地方，就有排队的现象。下班高峰时间，地铁车站里人也很多，但没有见过一哄而上的场面。

多年来，北京一直在进行城市文明和市民素质建设，虽然已经取得了很大进步，但是在城市的公共场所，还存在一些不文明现象，如：不遵守公共秩序，公共场合大声喧哗、吐痰吸烟，不爱护公共卫生；不遵守交通法规，汽车随意按喇叭，行人随意穿行马路；养犬伤人，犬粪污染环境等。北京建设世界城市，提高市民素质是一项极其重要的工程，各级党委、政府部门和全社会都应该重视起来，要适当加大宣传和投入力度，设计策划专项活动，有重点、有步骤地逐步推进，使北京市民能够展示出世界城市居民的高素质。

社会建设是一项长期的任务，不可能一蹴而就；也是一个复杂的系统工程，需要深入研究，精心规划，不断实践，任重而道远。与世界城市经济、文化和社会几个方面相比，北京的社会发展水平相对低一些。因此，北京建设世界城市，就要更加重视社会建设，"要在为人民群众提供更多更好的公共产品和公共服务的同时，加快推进社会管理体制创新和工作机制创新，力争用几年的时间，初步建立起具有时代特征、中国特色、首都特点的社会建设新格局的基本框架"①，再用几十年的时间，大力推动社会建设，全面达到世界城市的社会发展水平。

---

① 《北京市加强社会建设实施纲要》，北京社会建设网，http：//shgw.bjtzh.gov.cn/tzsgw/zcfg/webinfo/，2010 年 12 月 15 日。

B.9
北京市外籍人口管理存在的
问题及应对措施

马晓燕*

北京市政府关于《北京城市总体规划（2004～2020年）》将北京城市的发展目标定位为"国家首都、世界城市"。世界城市所具有的优良的经济社会条件，会吸引大量的外国人在此工作与生活。比如，纽约作为世界城市，拥有来自全球180多个国家和地区的移民，外国人口数量占36%；伦敦居民中，出生在欧盟以外地区的人口超过五分之一。北京目前的人口结构中外籍人口的数量和比例与世界城市的标准相比还有较大的差距，但在北京的部分地区，已经出现了外国人相对集中居住的现象。随着全球化进程的加剧和北京建设世界城市步伐的加快，包括国际组织和跨国企业总部的职员、游客、留学生、务工者等在内的外国人数量将大幅度增加，并将逐步呈现出数量大、国籍多、差别大、分布广、流动快的局面。大量外国人在北京的工作与生活，将使城市社会既有的运行方式和社会秩序发生巨大的变化，也对北京外国人管理的传统模式产生巨大冲击，带来前所未有的压力和挑战。

一 外籍人口行为与现行社会管理制度的冲突：
望京"韩国城"的典型案例

随着外籍人口群体的日益增加，相应地出现越来越多的中外混居社区。外籍迁移者为适应移居地社会而采取的行动策略对移居地城市社会及当地居民将产生重要的影响，与移民相关的城市社会秩序与和谐发展问题必将日显突出，下面以

---

* 马晓燕，北京市社会科学院。

北京望京地区为例加以说明。

望京地区位于北京市朝阳区，在中心城区东北方向，四环、五环路之间。从20世纪90年代起，就有韩国人入住这一地区，时至今日，望京地区的几个社区，已有大量韩国人集中居住。从规模上来看，以望京新城①为中心的几个社区聚居了将近3万韩国人②。这些韩国人结构复杂，身份各异。总体看来，他们主要可以分为三个大的群体，即韩国大公司派往中国的"企业住在员"、来京发展事业的"个人事业家"，以及就读于各类大、中、小学校的留学生。围绕他们的生活消费，望京地区已经逐步形成了一个服务于这一群体的社会小"生态圈"，大众和媒体冠其名为望京"韩国城"。

案例1：没有中文的广告牌

数万韩国人在望京落脚生根，韩国文化迅速蔓延到望京的每一个角落。其中最为直观的一个标志就是挂在路边、贴在街头的形形色色的全韩文广告牌，比如美容美发、足疗按摩、房屋招商、公用电话等。商店、街头广告只有韩文而没有中文，几年前就引起了社会和媒体的关注。北京市工商行政管理局朝阳分局广告监管科的工作人员表示："按照《中华人民共和国广告法》的规定，广告牌内容上只有外文属于违规行为。广告内容可以是中外文对照，但必须要以中文为主。"

笔者查询《广告语言文字管理暂行规定》③，其中规定："广告中不得单独使用外国语言文字。"如果发现这种情况，应依据我国法规责令其改正，对于拒不改正的，工商管理部门可以对其处以1万元以下罚款。

部分当地中国居民对这类现象表示不满，认为它对自己的生活造成了不便。但是，面对充满大街小巷、随处可见的广告牌，作为城市秩序的维护者和管理者，工商部门和城管部门的处理工作显得颇为不易。

---

① 望京新城指望京西园四区，周边聚居韩国人较多的社区主要还有望京西园三区、华鼎世家、宝星园、夏都银座、大西洋新城等。

② 数据来自望京街道办事处。由于统计口径等多种原因，政府不同部门对在京外国人的数据信息存在较大差异，对聚居在望京的韩国人数据统计也不一致。在韩国人聚居最多的时候，国内媒体和韩国有关统计机构公布，在京韩国人将近10万，仅望京聚居的韩国人就有至少5万。中国新的《劳动合同法》的实施以及金融危机爆发后，部分韩国人投资受损，生活困难，陆续从中国撤离。2010年望京街道办事处提供的数据是望京仍有2万多韩国人生活。

③ 中华人民共和国国家工商行政管理局令第84号。

案例2：没有办理合法手续的经营行为

在望京，韩国人居住的小区每周有多种定期出版的全韩文刊物，每期杂志都有数十条有关"家庭旅馆"的小广告，上面印着房子图案、房主电话和楼号等，信息翔实。由于韩国人开"家庭旅馆"，居民楼上经常在凌晨的时候还能听到说着韩语的人群上楼，有的韩国人不熟悉环境还容易敲错房门，造成"扰民"，于是就有居民反映到小区物业管理处和社区居民委员会，给社区管理工作带来很多麻烦。当地工商部门也多次接到举报，因为这些经营者大多数都没有合法经营的登记手续。但是由于没有相关的处罚规定和执法权限，工商部门对其只能以教育为主，告诉当事人从事这样的经营业务应该到工商部门登记备案，办理营业执照等相关手续，而且不应该在居民楼开办公司，必须租用商用楼或写字楼。派出所也接到举报，派出所工作人员说："派社区民警前往检查时，他们都说是亲戚借宿，一时也没有证据，管理起来有难度。但不管怎样，就是亲戚借宿，在一定时间内也应该到派出所和居民委员会登记，但很少有人到派出所和居民委员会作登记备案。"

不仅有家庭旅馆，在望京社区的居民楼宇内外，可以看到餐饮外卖、语言培训、家政服务、幼儿教育培训、美容美发等各种类似的服务广告，更多的广告集中刊登在短期发行的专门为韩国人提供信息的刊物和杂志上。由于这其中有相当一部分是一种类似于"地下"经济的经营实体，政府部门包括工商和税务部门也缺乏有关它们的信息。当地工商所发布了一则《关于立即停止在居民楼内从事违法经营活动的通知》，工作人员解释说："由于目前在居民楼内从事这种经营行为的情况多，群众意见也非常大，所以我们决定采取积极措施查处。一方面社区工商管理办公室和社区协管员上门做住户登记，另一方面我们设立了举报电话，居民可以积极投诉，一旦发现举报属实，我们将严肃处理，勒令其停止经营行为，同时还要对其进行经济处罚。到目前为止，我们已经处理了一批。"

而当事人也对他们的行为给了合理性的解释："没有经过合格的法律登记，就不允许经营，这是我们可以理解的。但是中国的法律为什么不允许在家里开公司？在韩国的家庭开公司是没有什么问题的。而且中国台湾也可以。但是中国大陆就不可能。当然，这样做有好处，中国人口多，不然在中国开的公司就太多了，不好管理。但是一般在别的国家，注册的时候用家里的地址是没什么问题的，中国不允许在家里开公司。我想，有一个开发商的问题，因为商用楼、写字楼的租金价格很贵。所以不是没有办法，就是开发商的问题。很简单啊，公司注册的时候家只是一个地址而已，但家里我不是办公，因为我在外面跑业务嘛。只是公司登记注册要一个地址嘛。中国的法律每年都在改，考虑的方面是什么？"

当调查者问起噪音扰民问题时，听到回答："噪音？我又不是在家里开制造公司，而是贸易公司、中介公司，有什么问题啊？这样的公司只要三样机器：一台电脑、一台传真和一部电话就够了，没有问题的。不需要很多的人员来往，因为我要到外面跑业务的。台湾也在做呀，都是中国的地方，台湾可以的。台湾是世界上很大的电子中介市场，我们去台湾人的公司，就是在他们的家里，公司不像公司，家不像家，但他们做很大的项目和业务。是，人来多了周围的人有麻烦，但是开中介公司、贸易公司没什么问题。我想，还是开发商的原因吧。"

不管怎样，没有办理合法的相关手续，没有营业执照和备案登记，这种行为显然是与移居地城市的法律制度相违背的，也影响了移居地城市的社会秩序。当地居民要求宁静的生活空间的权利是不应该被侵害的，当地社会的法律制度也是依据当地社会的文化传统和社会真实生活而制定。韩国人的行动违背了当地社会现行的制度设置，这无可争议地需要调整，但是他们的观念、行动及后果也给城市管理者提出了问题和挑战。

案例3："非法撤资"风波

2008年世界金融危机爆发，中韩两国的经济形势与制度变化对移民的影响很大。特别是中国实施新的《劳动合同法》以及相应的一系列规定，导致企业生产成本大幅上涨，一些韩国在华劳动密集型中小企业经营陷入困境，陆续从中国撤资。撤资和投资一样，本来都是正常的经济现象，但是问题在于，许多韩国企业在尚未支付员工薪金、政府税金和场地、设备租金的情况下，选择了半夜逃逸的方式，撤下工厂，"非法撤离"。自金融危机爆发至2010年初，这类事件在包括北京在内的中国各地不断发生，损害了当地居民的利益，移居地政府为解决这类事件付出了很大成本。同时，非法撤离行为给经营良好的其他韩国公司和企业家带来了消极影响，造成信任危机。这些经营良好的韩国企业家在指责自己同胞"不对的"行为时，也建议当地政府要注意现实中存在的制度原因。比如，有人对中国企业注销制度也提出改进意见。他们认为，中国在吸引外资方面做得很好，措施优惠，制度完善，而且程序也比较便捷，但在外企撤资方面却做得不

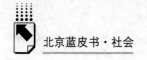

够，各种手续、程序都非常复杂。

中国经过 30 多年的改革开放，经济建设上取得了巨大成就。但中国仍是发展中国家，继续吸引符合中国产业结构调整的外国资金与技术的进入，是对国家有利的，这就要在外资的进入与退出上完善制度。对外国投资者来说，在不遵守当地法律法规的情况下非法撤资，也要对这种行为承担相应的后果。

除了以上案例中体现的问题，在京韩国人中来源多元化，导致违法犯罪行为也有所增加。比如，韩国人在北京从事非法地下钱庄的事件依然存在。这些地下钱庄隐蔽在小型超市、茶行、练歌房、打字复印社等合法店铺的背后，每日成交数额可观，多的可能会达到上百万元人民币。他们的服务对象有在华的韩国人，也有在韩的中国人。钱庄与客户通过跳过美元这一国际硬通货的结算桥梁，降低交易成本，突破金额限制，实现"双赢"。此外，北京市公安机关查处的"三非"（非法入境、非法居留、非法就业）韩国人的数量也不太小。这些负面问题，对北京市外国人管理提出了巨大挑战。

二 北京市外籍人口管理中存在着诸多瓶颈

调研中发现，面对望京韩国人当中存在的以上问题，政府及相关职能部门的管理工作相当被动，主要原因是我国长期以来对外国人的管理从观念到法规都严重滞后，各职能部门、各地政府之间在外国人管理上缺乏有效的协调沟通机制，有关外国人的基础数据失真，缺乏管控需要的准确信息等。

（一）有关外国人管理的法律法规严重滞后

我国现行的有关外籍人员管理的法规主要有三部：一是 1986 年颁布的《中华人民共和国外国人出入境管理办法》；二是 1994 年颁布的《中华人民共和国外国人宗教活动管理规定》；三是 1996 年颁布的《外国人在中国就业管理规定》。这些法规目前已有很多地方与实际不相适应。比如，北京警方会同工商部门按中国相关法规对 16 个国家的企业驻京机构（办事处）进行实地核查，发现有近 200 家外企下落不明，这些企业在停止经营后未作任何注销手续，相关部门缺乏对它们的准确信息。警方后经与国家工商总局协调，获得特批后方才注销那些企业。原因是 20 世纪 80 年代制定的相关法律只规定了外企如何注册，未规定其如何注销，这也成为金融危机爆发后以韩国企业为主的外资企业非法撤资事件的影响因素之一。

又如，现行的法规中只明确了外国人的出入境由公安部门和外交部门管理，但是外国人入境后引发的问题应该由谁来负责，有关法规并没有对政府及其他相关职能部门的外管职责做明确规定；同时，工商、劳动、民政、卫生、人事等部门在行政管理中运用的涉及外国人的法律法规，部分条款也与外管法规相脱节。法律规定不明确，配套制度不健全，使得一些政府职能部门很难履行与外国人管理有关的工作职责，也造成公安机关作为外国人管理的"底线"部门，增加不少负担。比如民政部门的收容救助机构不愿意收容救助流浪外国人，卫生部门对患有艾滋病等严重传染疾病的外国人不愿意收治，这样就迫使公安机关长期看护这些人员，直到遣送出境。

（二）针对外国人的管理体制不健全，缺乏统一的管理部门

按照国际通行的移民事务管理机制，一个国家的移民事务主要分为移民事务决策、签证核发、口岸查证，这三个核心职能都由国家移民局统一管理。而在我国，目前缺乏统一的管理机构。公安部出入境管理局负责制定移民事务的相关政策，各地公安机关的出入境管理部门负责发放证件；地方出入境管理部门由当地公安机关负责；边检的管理体制则更加复杂，北京等 9 个城市的边检属公安部直管，但其他城市的边检都是武警编制，属边防总队管辖。上述三项移民事务的机构、管理体制并不统一，各个部门信息不对称、不共享，不同系统工作对接不顺畅，长期以来这样的体制容易导致外籍人口管理工作出现失序现象，不利于城市对外开放的整体布局。

（三）相关部门有效协调沟通机制不畅，外国人入境后的信息失真，存在管理"真空"现象

涉及外国机构和外国人入境后管理的有公安、宗教、劳动、工商、税务等多个部门。目前多个部门、多个地方机构间沟通协调机制不畅，掌握的信息不共享，工作中经常难以相互支持，甚至还存在着管控"真空"的隐患。比如，外

国人入境签证由驻外使（领）馆核发，但由于缺少沟通和协调，相关数据不能传递给国内相关管理机构，造成部分外国人入境后失去管控，给少数境外不法人员进行违法活动提供了可乘之机。此外，对外国人在劳动、税务、工商、教育等部门的横向管理中也缺乏衔接，工商部门负责外国企业驻京机构的资质审批，但一般情况下工商部门只审核书面材料，不进行实地核查。据有关统计，工商部门注册登记的外商投资企业中有30% ~40%的信息不真实，在京外资企业中虚假投资、异地办公、虚假注册、不注销等现象常见；政府在管理过程中需要掌握外籍人员住宿、税务、就业等方面信息，但由于缺乏协作机制，各职能部门各自为政，很多信息不完整，给外国人管理工作造成困难。

外国人管理工作尤其是对入境外国人日常行动的基层管控存在空白地带。根据《中华人民共和国外国人出入境管理办法》，外籍人员须在抵达后24小时内向公安机关进行住宿登记。但是许多外国人并不知道中国的这一规定，即使知道，由于没有相应的约束机制，他们也不会主动去执行这一规定。在过去外国人数量少、定点居住的情况下可以由民警做入户登记，但现在随着对外国人居住限制的放宽，以及北京房地产市场的快速发展，在京外国人流动日益频繁，逐渐从相对聚居向散居转变，中外混居的特点日益明显，民警很难把辖区内所有新入住的外籍人员查实并登记清楚。这样，只要能进入中国境内，外国人就基本处于无管理状态。可以说，我国对在华外国人的管理过于滞后，也给在华外国人的数据统计带来难度。我国对非法居留、非法就业的外国人只有一般的行政处罚，而且力度偏轻。比如，法律规定外国人在我国非法居留，处罚5000元人民币封顶，但相关法规并没有对非法就业有具体规定。国外对外国人就业的规定一般都比较严格，如在澳大利亚，非法就业被查获将被处以10000美金的处罚，还要偿清政府的工作费用。因此，基层管控存在空白，是造成如上望京的韩国人从事违法经济行为及"三非"问题严重的重要原因。

三 北京市加强外籍人口管理的对策建议

（一）推动立法，制定适应新形势要求的有关外国人管理的法律法规体系

如上所述，我国有关与移民事务相关的法律法规大多是20世纪八九十年代

制定的，当前的情况与法律制定之初的时候相比已经有了非常大的变化，有的法律法规已经严重滞后于我国移民事务的发展。况且，我国目前实施的移民事务规范都是行政法规，并没有专门的立法。与移民事务相关的行政法规，由多部门、不同体制的执法机关去执行，影响执法的效果。随着北京世界城市建设进程的加速，外籍人员入境将呈现快速增长，因此，修订完善相关法规，建立一套完整的有关外国人管理的法律法规体系，是我国对外开放、北京建设世界城市的基础工作。

（二）建议成立移民局，建立健全统一的外籍人口管理体制和多部门协调配合机制

随着我国对外开放程度的不断深入，中国与世界各国、各地区之间的交流将会变得更加频繁，更加多元化。这就延伸出很多与出入境有关的问题（国外一般称之为移民问题），例如，中国公民出入境证件的申领及管理的问题，外国人入出我国国境的相关问题，我国公民移民境外以及境外居民在我国的居留、定居等一系列问题。上述问题在概念上显然是"出入境管理"所不能涵盖的，况且当中很多问题涉及中国公民及外籍人员的基本权利，用传统体制沿袭下来的"外国人出入境管理"一词来表述明显滞后。就国际通行的对上述事务的概念而言，移民①

---

① 理论上和政策上对"移民"有很多不同的界定，主要区别在于究竟是用"永久性定居"还是用"在迁入地居住了一定时间"来界定移民的概念。如果是后者，关注点又落在居住多长时间才能算作移民的问题上。事实上，在全球化背景下，随着各种生产要素流动性的增加，对移民界定的这种"永久性居住"要件的要求已经不合时宜。阿诺德（Fred Arnold）在讨论美国法律对"移民"概念的界定时说，以永久性居住权的获得作为界定移民概念的要件，会忽略对有些社会现象应有的关注。比如说，大量拿到美国绿卡的所谓移民并没有真正迁移到美国来。他们取得在美国的永久居住权只是为了避免将来在经济或政治上的不确定，目前他们还是宁愿居住在他们的家乡工作与生活，但他们想保留将来能够移民美国的权利。相反，很多居住在美国的外国公民并没有取得绿卡，这其中包括一些非法移民或没有取得移民签证的人，他们在美国已经生活了很长时间，必须探讨这些移民给美国社会造成的影响。因此，具有社会学意义的"移民"的界定应当突出其作为一种社会现象所产生的影响。在本文中，"移民"这个概念是个社会性的概念而非法律上的身份标志。它只是一种对既存事实的认定。本文中的"移民"一词具有两层含义：一种含义是指一种行为或社会现象，即一定数量的人口从一个地区向另一个地区的迁移，从而使居住地社会从社会结构到制度、文化都发生变化的一种行动或社会现象；另一种含义是指发生这种迁移或影响的人或人群。中国政府部门长期以来使用的相关概念是"常住外国人口"，北京市公安局的相关规定是：常住北京的外国人口指的是在公安部门登记的，在北京连续停留居住时间达半年以上的外籍人口。虽然城市的相关管理部门并没有明确地将这类人群称为移民，但这样的称呼符合从社会学这一学科视角出发的研究对象。

（移民事务）是最为广泛也是最恰当的表述，因此，应当尽快成立国家移民局及地方各级相应部门。移民局是政府组成部门之一，其主要职能为三项：本国公民出入境的政策制定及管理，外国公民出入境的政策制定及管理，查证等一系列与移民有关事务的刑事侦查权。移民局在业务上包括以往由公安部出入境管理局、边检、各级公安机关出入境管理部门三个核心部门的所有职能，改变以往传统的多头管理为统一管理。

（三）尽快制定外籍人员管理的具体细则，规范入境外国人事务管理的程序

面对驻京外国人数量迅速增加和居住状态多样化的现象和趋势，应尽快研究和建立基层外籍人员管理的具体操作办法，填补管理空白。总体上讲，这一管理细则应当对外国人从入境申请、审核、入境、出境等全过程的各个环节做出明确规定。比如，在审批入境申请时如何把关、如何核发签证；入境后，作为外籍人口应当享有何种权利、承担何种义务；如何调动政府相关管理部门共享资源、共同管控；对外国人及相关当事人和机构的违规行为如何处理；对国内相关机构发放邀请函的规定；等等。

（四）签证共管，信息共享，建立入境外国人实时信息平台

依法把签证、边检、管控工作统一起来，实现信息资源共享，以便掌握外国人相关动态。目前在国家统一的移民事务管理机构成立之前，建议公安部与外交部协商建立重点国家人员联合审批入境许可制度，以及定期工作会商和签证信息共享工作机制，共同研究从源头上减少违法犯罪外国人入境数量等问题。对入境的外国人，建议相关部门共同搭建外国人流动的统一实时信息平台，北京市有关部门的具体操作细节，可以借鉴北京市目前正在全力构建的国内流动人口服务管理及出租屋信息平台的做法。

（五）将在京的外籍人士当做北京的实有人口，纳入国内流动人口管理系统

将在京的外籍人口当做北京的实有人口管理，在操作上可以通过整合利用现有的流动人口和出租屋管理平台，把境外人员管理与出租屋管理相结合，对境外

人员与国内流动人员实施同步管理。除享受外交豁免权的人员外，需要在本市居住 30 日以上的外国人、华侨和港澳台居民，其暂住登记、信息管理、房屋租赁、卫生防疫、劳动用工、权益保障等事项，除法律、法规另有规定外，都可参照北京流动人口服务管理的相关规定执行。把散居外国人纳入流动人员服务管理范畴，按规定其经商必须办理营业执照、租房必须进行登记、就业必须持证（就业许可证）上岗。为了掌握境内外国人最新的信息，应加强外国人暂住登记管理，强化信息采集，将他们的国籍、居住、就业等信息录入派出所境外人员管理子系统。在居住外国人 200 人以上的重点街镇，可以设立外国人管理服务站，对常住和临时居住的外籍人员进行现场登记，并且主动送证上门。警方对登记后的外国居民可以给予短信服务，利用派出所的短信群发平台，在其护照签证到期前 10 天发出提醒短信，解除他们"住宿登记个人资料有侵犯个人隐私嫌疑"的心理戒备，让其感受到警方是在为其提供服务。由于各国各地的风俗习惯、管理方式的不同，如何寓管理于服务之中，消除外籍人员的抵触心理，应当成为城市管理者研究的重要课题。

B.10
关于北京和谐家庭建设的调查

北京市妇女联合会　北京妇女研究中心

家庭和谐是社会和谐的基石，和谐家庭建设是和谐社会建设的重要组成部分。2010 年，北京市妇女联合会和北京妇女研究中心兼顾城乡、职业因素，选择门头沟、房山、通州、顺义、延庆五个郊区县和朝阳、海淀、丰台、石景山四个城区，以及党派团体妇委会、行业女性协会部分家庭作为调研对象，发放问卷 2000 份，开展了世界城市建设进程中的和谐家庭建设的调查。

从调研整体情况上来看，北京城乡八成家庭对和谐状况表示满意，家庭和谐程度良好，家庭精神面貌积极、稳定、向上，对未来抱有积极预期。

一　北京和谐家庭建设的现状

（一）家庭经济收入不断提高，面向家庭的社会服务日趋发达，成为减轻家庭保障压力、促进家庭和谐的物质基础

近年来，首都经济保持了快速发展的良好势头，为和谐家庭建设提供了良好的经济环境。

本次调研发现，城乡居民家庭收入稳步提升，家庭生活水平明显提高。但家庭在医疗、教育、养老等方面开支很大，造成部分家庭经济负担沉重，是制约家庭保障功能、影响家庭和谐的主要因素。2009 年，除了日常生活消费外，教育和医疗支出是城区、郊区县居民家庭共同的最主要的前两项开支。此外，城区被调查者家庭的第三项主要开支为买（供）房、租房，而郊区被调查者家庭的第三项主要开支为养老。教育、医疗、住房、养老支出，可以说是目前城乡家庭，尤其是低收入家庭的沉重负担。

（二）女性综合素质和收入水平不断提高，平等参与家庭重大事项决策，是提升家庭两性关系、促进家庭和谐的核心内容

经济能力在部分程度上决定家庭中的话语权。提高女性经济能力成为改善家庭关系、促进家庭和谐的积极因素。调研发现，目前城区女性收入大幅提升，夫妻收入相当和妻子收入高的家庭，远远多于收入主要靠丈夫的家庭。大部分城市女性倾向于有自己的事业，不仅仅是为了增加一份家庭收入，更多的是为了拥有独立的经济能力。妻子作为家庭收入主要来源不但提升了妻子自身在家庭中的地位，而且对家庭关系的和谐有正面、积极的影响。

由于传统性别观念的束缚，仍有相当多的农村女性受访者在丈夫收入足够供养家庭时，愿意做全职家庭主妇，获得经济独立、摆脱对丈夫的经济依赖的愿望并不强烈。本次调研显示，郊区家庭中，收入主要来源于妻子或夫妻收入相当的家庭少于收入主要来自丈夫的家庭。相对于城区女性，郊区女性在家庭中的经济地位与男性相比还处于较低的地位。

（三）夫妻之间情感交流充分，带动家庭成员间的良性互动，是优化家庭情感寄托、促进家庭和谐的关键因素

随着职业竞争激烈和工作节奏加快，人们就业和工作压力显著增大，在家庭生活方面投入的时间和精力日渐减少。本次调研显示，城乡家庭收入水平与配偶相互信任之间显著负相关，即家庭整体收入水平越高，配偶间相互信任度越低，反映出北京城乡居民家庭随着社会经济的快速发展，和谐家庭的内涵日益丰富，家庭和谐标准日益提高。

在物质生活的质量提高后，家庭不再仅仅是经济共同体，而要更多地满足成员对感情生活、心理支持的需求，尤其是激烈的社会竞争和快节奏的生活方式，使紧张、焦虑成为现代人普遍的心理重负，家庭无疑成为他们暂时远离尘嚣、逃避世俗的宁静港湾。在解决了家庭经济问题之后，夫妻间的情感交流、家庭成员的良性互动则成为直接影响家庭和谐的关键性因素。

（四）夫妻之间合理承担家务，孝敬父母和抚育子女，是维系家庭孝亲伦理、促进家庭和谐的基本形式

家庭责任是构建和谐家庭的根本动因和基础，也是承载社会责任、维系家庭伦理的基本形式。从本次调查结果看，城区、郊区绝大部分被调查者对现有家庭责任承担基本认可。郊区家庭对家务分担方面有更高的认同，基本上延续的还是传统的"男主外、女主内"的家庭模式。

敬老育幼是中华民族的传统美德，也是家庭的基本责任。调查数据显示，被调查者及其家人在养老敬老方面总体做得不错，但更多的是满足老人物质方面的需求，精神及心理方面的需求关注较少。个人和家庭整体收入水平与赡养老人观念和方式上的相关性不显著，表明北京家庭养老观念和方式传统惯性较强，未因收入水平的提高而有太多改变。老人的饮食起居等基本生活需要能够得到满足，但是在精神层面的关怀尚普遍缺失。在抚育子女方面，对子女教育的投入意识较强，普遍认为送孩子接受教育是家庭的天职，对孩子能够保持民主、宽容、沟通的态度，但大多缺乏科学的教育理念和有效的教育方法。

（五）家庭民主氛围浓厚，促进家庭矛盾合理化解，是保障妇女儿童权益、促进家庭和谐的有力保证

家庭虽然是社会中最微小的细胞，结构也很简单，但家庭生活的内容却十分丰富，也相当复杂。如果解决不好，处理不及时，就会造成夫妻乃至家庭成员间的分歧、摩擦和矛盾，会对子女造成极大的伤害，使子女没有安全感、幸福感。这就决定了培育民主的家庭氛围，对和谐家庭建设具有极其重要的意义。

民主平等的家庭关系是和谐家庭的核心要求，平等的家庭关系主要表现为夫妻关系平等、亲子关系民主平等，以及处理好兄弟姐妹、婆媳、姑嫂等其他家庭成员关系，尤其以在家庭重大决策方面的话语权为主要内容。本次调查数据显示，城乡在家庭事项中的决策情况方面，日常开支主要由妻子决定；购买贵重物品、买房买车及上辅导班都主要由家庭成员或夫妻双方共同决定；在子女上学选专业上，城市家庭主要由家庭和父母决定，郊区家庭主要由学生决定，反映出经过多年的建设和发展，城乡家庭具有较高的民主氛围，并在特定问题上积极听取和一定程度上尊重子女的意见。

另外，代沟问题的妥善解决，也离不开民主的、协商的家庭环境。调查显示，在"如何处理家庭成员间的代沟问题"上，城区中60%、郊区中67.5%的被调查者会"通过加强沟通等方式来解决"，反映出无论是郊区还是城区，家庭注重在人格平等、相互关爱的基础上建立和谐的亲子关系。

（六）推动家庭成员学习，倡扬荣辱观和法制观念，是提升家庭文化品质、促进家庭和谐的重要途径

家庭文化氛围与知识传承是家庭文化传承的直接表现。本次调研结果显示，城区家庭文明行为总体较好。做得较好的行为是："不酒后驾车"、"在拥挤的公交车/地铁上给老幼病残孕让座"、"乘坐公交工具时排队上车"；相对来说，做得较差的行为是："陌生人遇到困难时主动伸出援手"和"制止破坏城市环境等不文明行为"。郊区调查数据显示，绝大多数被调查者认为家庭成员能做到"讲文明、有礼貌、行为美"（93.9%）和"乐观豁达、与人为善、适应现实"（89%），而在"合理安排生活、学习和工作"方面表现稍差（76.9%）。这说明北京郊区家庭文化氛围较为和谐，但在技术操作层面还有待引导。

在"家庭成员的学习方面"，城区57.9%、郊区50.7%的被调查者表示"家庭成员能自觉学习，共同进步，不断提高自身素质"，说明城区、郊区学习型家庭创建活动已取得一定进展，但由于仍有近半数的城乡家庭缺乏浓郁的学习氛围，活动需要进一步加强和推进。

（七）推广文明健康的生活模式，践行低碳生活，是促进家庭和谐、促进家庭与自然和谐的有效载体

文明健康的生活方式是指家庭成员民主平等、自强自立、积极进取，有正确的人生观、世界观。一个和谐的家庭，必然具有艰苦朴素、勤俭持家、崇尚科学、爱护环境等健康向上的生活方式。而低碳经济，则是北京构建"科技北京、人文北京、绿色北京"的重要内涵。

调查显示，城区家庭业余时间进行最多的活动是"读书看报"和"看电影电视、听音乐会等"，而"打牌、打麻将"的较少，说明北京城区家庭注重高品位的生活内涵，逐步实现内涵丰富、形式多样的高端业余生活。而在郊区，调查数据显示，家庭成员的业余活动内容主要是"体育锻炼"，其次是"文化娱乐"。低端的"打麻将"比较少，说明北京郊区家庭正在经历从低端业余生活向中高端业余生活跨越，并且形成了以体育锻炼和文化娱乐为主体的健康生活方式。

家庭整洁卫生是健康生活方式的重要组成部分。本次调查数据显示，在家庭整洁卫生方面，北京郊区90%以上的家庭做得都很好，其中做得较好的是"掌握卫生常识，具有良好卫生习惯"，其次是"家里整洁，空气清新，有一定绿化"，说明北京郊区家庭的卫生整洁情况普遍较好。在城区，本次调研主要集中在低碳行为方面。调查数据显示，关于"绿色低碳行为"总体表现较好，其中做得较好的是"使用节能灯、节水龙头"和"合理设定空调温度"，做得较差的是"不用或少用塑料袋"和"垃圾分类"。这表明，在城区居民对低碳生活的重要意义已经有所了解，但在个人责任和践行意识方面还有待强化，需要进一步加强宣传和引导，并积极创造各种有利于低碳行为的便利条件。

（八）和睦家庭邻里关系，倡扬社会公益观念，是构建和谐家庭、促进家庭与社会和谐的更高追求

和谐家庭必然要求建立互相帮助、和睦相处的邻里关系。北京集历史古都与现代都市于一体，历史沉淀的雍容大度、稳重宽容的中国传统文化与现代城市文明在这里兼容并包、相互融合，形成了北京更具有亲和力、包容性、吸引力的城市特点，促成了北京居民热情好客、包容大度、奋发进取、文明时尚的价值取向和性格特征，为首都的和谐家庭建设提供了独具特色的文化氛围。调研资料显示，91.6%的北京家庭具有和睦的邻里相处观念，89.8%的家庭积极参与公益活动。

同时，从城区、郊区邻里和睦程度对比分析来看，郊区样本的邻里关系显著好于城区样本，说明随着城市化的进程，城区居民的邻里关系变得疏远，伴随着城市化进程和社会转型期的到来，居民交往面日渐狭窄，缺少友情，孤独感渐重。这种缺失本来应当在社区中得到补偿，但社区建设长期以来是我国社会建设的薄弱环节。改变这种状况，不仅是社会转型的需要，也是建设新型现代文明城市的需要，必须引起我们的高度重视。

二 对北京和谐家庭建设的建议

通过对城区、郊区和谐家庭建设的比较研究，可以看出，城乡和谐家庭建设方面具有一些自身的规律，几乎涵盖了经济地位、情感联结、责任承担、文化传承等所有方面。尤其值得注意的是，在夫妻关系、邻里关系、亲子关系等和谐家庭建设的诸多重要指标方面，郊区县的家庭和谐程度都要好于城区家

庭。必须高度重视城市化进程对家庭传统功能与和谐关系的冲击和挑战，立足于和谐家庭建设的自身发展规律，科学地、有所重点地采取有针对性的建设举措。

（一）贯彻胡锦涛总书记关于"家庭和谐是社会和谐的基石"重要指示精神，强化思想认识和深化规律研究，找准新时期和谐家庭建设的发展理念和目标定位

胡锦涛总书记在纪念 2010 年"三八"国际劳动妇女节 100 周年大会上的讲话中指出：家庭和谐是社会和谐的基石。在开展和谐家庭建设过程中，必须贯彻胡锦涛总书记的这一重要指示精神。

（1）强化和统一思想认识，明确和谐家庭的工作定位和目标要求

家庭作为社会最基本的细胞组织，联结着个人和社会，关系到国家经济和社会的发展，关系到每个人的生命和生活质量。第一，作为社会规范、道德教育、文化传承、情感满足的基本载体，家庭对社会成员的健康成长具有直接、持久、潜移默化的影响；第二，作为社会保障的重要机制，家庭在养老、疾病、社会扶助等方面具有不可替代的优势，与社会化保障机制一起，构成社会成员经济社会生活的重要安全屏障；第三，作为社会安定团结、稳定发展的有力保障，家庭将个人联结成一个整体，提高了社会的整合程度，增进了社会的和睦稳定，促进了国家的安定与文明。

（2）加大工作宣传力度，形成和谐家庭建设的主体意识和社会氛围

随着经济社会的发展和家庭的转型，家庭的凝聚力不如以前传统的大家庭，三口之家甚至两口之家的增多，使家庭矛盾也趋于分散和隐蔽。相当比例的人越来越看重自身价值的实现，忽视了对家庭的责任。因此，应该加大和谐家庭的宣传力度，使人们在重视事业的同时关注家庭、热爱家庭，使和谐家庭成为和谐社会的基本单元。注重发现、培养、宣传和谐家庭创建工作中涌现的各类先进典型，让广大家庭在创建中学有榜样、赶有目标，以典型引导来推进创建工作深入开展，为创建工作增加生机与活力。通过开展和谐家庭建设和实践活动，倡导关爱他人、关爱社会，"人人参与、人人分享"的社会风尚，培养家庭成员助人为乐、见义勇为、扶弱帮困的社会责任意识，使家庭成员树立诚实守信的意识，实现"知和谐、讲和谐"的家庭建设目标。

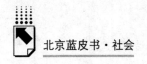

（3）适应形势任务要求，探寻和谐家庭建设的深层问题和发展规律

当前市场经济的深入发展，改革开放的不断推进，使社会思想空前活跃，社会意识出现了多样化的趋势，反映在家庭领域，表现为家庭成员思想意识和文化需求的多样性和复杂性。社会的深刻变革也给婚姻家庭领域带来了不可避免的负面影响，一些家庭出现了价值观念扭曲、道德行为失范、婚姻稳定性下降、家庭暴力加重等问题。调查研究是做好一切工作的基础。围绕和谐家庭建设过程中的热点、难点和瓶颈问题需要展开调研，剖析深层次动因，把握和谐家庭建设的自身发展规律，提出有效的对策和建议，及时调整工作思路、重点和举措，使和谐家庭创建工作充分体现规律性、时代性、创造性。

（二）按照北京构建世界城市的重大战略部署和工作要求，着眼于推动经济社会又好又快发展，推进和谐家庭创建工作，全面提升首都和谐家庭建设的发展层次和工作品质

北京推进和谐家庭建设，要立足世界城市建设的发展战略，着力在实践中探索符合和谐家庭创建规律、行之有效的方式方法，不断扩大和谐家庭建设的影响力和渗透力。

（1）着眼于全球化背景下城市发展的高端形态，紧密围绕世界城市发展战略推进和谐家庭创建工作。

当前，北京推进和谐家庭建设，必须立足于世界城市建设这一重大战略目标，必须自觉服务服从于世界城市建设的工作全局，坚持世界城市的高端标准和严格要求，全面推进和谐家庭建设，努力培育一流的市民素质、一流的人文环境、一流的社会风尚，力争使和谐家庭创建工作走在全国前列。

（2）着眼于首都经济建设和社会发展的工作大局，紧密围绕党和政府的中心工作开展和谐家庭创建工作。

在构建和谐家庭的过程中，要按照党委、政府的总体部署和要求，适应首都经济结构调整、产业结构升级等发展要求，积极引导妇女参加附加值高的生产经营劳动，通过培训和科普增强郊区妇女的创业、就业能力和水平，开辟多种渠道为提高妇女收入提供方便，鼓励其自办企业或从事个体经营，帮助她们科技致富，创家业、创企业、创事业，进而回报社会；通过技术辅导、资金扶持、吸纳就业等途径，带领地区群众一同致富，共创和谐。要针对不同层次、不同类型的

女性群体开展多层面的教育培训，使女性的综合素质逐步提高，直接影响和带动其父母、配偶和子女三代群体，从而以女性的文明进步来带动社会的发展与和谐、稳定。作为家庭的每一位成员，都应自觉树立创业意识，在创家业、创事业、创企业的时代热潮中争先创优、有所作为，为家庭的和谐发展贡献自己的力量。依法维护妇女的合法权益，以有效化解家庭矛盾，消除不和谐因素。

（3）着眼于繁荣社会文化和营造和谐氛围，紧密围绕家庭和社区传统阵地开展和谐家庭创建工作。

家庭成员的思想观念和价值取向是影响社会和谐的重要因素。家庭成员是否进取向上，家庭习惯是否健康文明，家庭氛围是否温馨和睦，不仅关系个人小家的幸福与否，更关系到社会的和谐、进步与稳定。要着眼于繁荣社会文化，营造构建和谐家庭的气氛。普及家庭教育科学知识，以科学的家教促进亲子关系的和谐。应着力于把科学健康的教育理念和教育方法传递给千家万户，在家庭成员中营造"平等尊重、共同成长"的民主氛围，在广大家庭中形成以民主平等为基础的新型亲子关系。要关注未成年人健康成长。未成年人是祖国的未来，是民族的希望。他们能否健康成长，直接关系到家庭的和谐与幸福，关系到国家前途和民族的命运。要积极构筑学校、社会、家庭三位一体教育格局，加强对青少年的人生观和世界观的教育，提高他们辨别是非的能力，预防未成年人犯罪。

（4）着眼于弘扬传统美德、树立文明新风，紧密围绕建立社会主义核心价值体系开展和谐家庭创建工作。

努力在广大妇女中形成与全面建设小康社会、构建和谐社会首善之区的要求相适应的思想观念和精神动力，进一步巩固妇女群众团结奋斗的共同思想基础。开展"生活礼仪进我家"、"美德在农家"、"邻里一家亲"、"以德育人，为国教子"、"争做合格家长，培养合格人才"等品牌活动，将传统文化和时代精神融为一体。和谐家庭、学习型家庭、平安家庭、热心公益家庭、助廉家庭、家庭藏书状元户在弘扬传统美德、提升家庭文明、促进社会和谐中发挥着引领示范作用。积极开展家庭文明建设，以群众性活动为载体促进家庭成员的和谐。把先进文化的理念贯穿在具体的工作之中，坚持以人为本，以美德教育人，以亲情感化人，通过开展"五好文明家庭"、"学习型家庭"、"绿色家庭"等评比表彰活动以及举办家庭文化展演等系列活动，引领广大妇女积极参与家庭文明的创建活动，努力营造诚信友爱、融洽和谐的社会环境。

（5）着眼于优化首都经济、社会和生态环境，紧密围绕"人文、科技、绿色"的理念开展和谐家庭创建工作。

坚持以"人文、科技、绿色"的理念引领和谐家庭创建。"绿色家庭"创建工作与家庭生态文明建设、家庭节能减排社区行动结合起来。开展"低碳生活在我家"等主题宣传活动，广大妇女和家庭通过学习逐步掌握垃圾减量和垃圾分类知识，树立低碳环保的绿色家庭风尚，形成共同维护整洁、优美、和谐、有序的城市环境的良好局面。"学习型家庭"创建工作围绕提高家庭综合素质，开展英语走进百万家庭、百万家庭上网工程等项活动。利用大众读书会、"北京妇女网"读书学习专栏等文化服务平台，开展"送你一缕书香"女性读书主题活动，组织经典诗文诵读、征文演讲等读书活动。引导妇女和家庭读好书用好书，倡导形成科学、文明、和谐的生活理念和良好的社会风尚。大力宣传健康向上、文明科学的生活方式，自觉抵制"黄、赌、毒"等不良行为进家庭，通过深入开展一系列有利于和谐家庭构建的健康活动，引导广大家庭建立崇尚科学、健康文明的生活方式。

（6）坚持"坚强阵地"和"温暖之家"的双重组织属性，强化妇联在家庭领域的传统优势和妇联组织自身建设，为和谐家庭建设提供扎实的活动载体和坚强的组织保障。

胡锦涛总书记提出"把妇联组织建设成为党开展妇女工作的坚强阵地和深受广大妇女信赖和热爱的温暖之家"的新要求，是我们所面临的新形势新任务，是对妇联组织定性、职能定位和发展定向的深刻揭示，具有丰富内涵。

推进和谐社会建设是一项综合的系统工程，既要发挥家庭的主体作用，更要发挥政府的主导作用。妇联作为党联系妇女群众的桥梁和纽带，在构建和谐家庭中具有独特的优势，能够发挥不可替代的作用。一是能为和谐家庭奠定坚实的群众基础。妇联组织从建立之初就与广大妇女有着天然的、不可分割的内在联系，更易于广泛团结妇女群众，凝聚妇女群众，为构建和谐家庭提供广泛而坚实的群众基础。二是能为协调家庭关系、化解家庭矛盾、维护社会稳定发挥重要作用。三是通过发挥民主参与、民主监督职责，通过上传下达，使党和政府的社情民意反馈渠道更加畅通。四是通过健全组织网络，参与基层社会建设和管理，提供社区服务，形成与政府、其他社会组织之间的优势互补、良性互动关系。

全市各级妇联组织要以服务妇女和广大家庭成员为重点。一方面要积极促进妇女创业脱贫，维护弱势妇女群体的合法权益，提升妇女自身素质，确保女性在经济决策、政治参与、社会保障等诸多方面的权利，全面落实男女平等基本国策和纲要目标。另一方面，以全面提升家庭成员的文明素质和城市和谐程度为目标，大力推进各类家庭创建行动。具体说来，主要是：绿色家庭创建行动，引导家庭成员树立绿色生活观，养成自然、健康、节俭、生态的绿色生活方式；学习型家庭创建行动，引导家庭成员秉承"生活学习化、学习生活化"的家庭学习理念，把学习作为一种生活方式，实现家庭成员的全面发展和社会的和谐发展；平安家庭创建行动，引导家庭成员学法守法，依法维权，崇尚科学，健康生活，树立自我防范意识，确保自身及家庭安全；家庭文化倡扬行动，建立以社会主义核心价值观为主导的家庭文化，建设思想健康向上、内涵丰富深刻的家庭文化体系，用先进的文化教化人、涵养人，引导妇女和家庭自觉、坚决地抵制庸俗、低俗、媚俗的现象，营造知荣辱、促和谐的良好风尚，为构建和谐社会首善之区和世界城市提供强大的道德力量；家庭服务推进行动，结合妇联组织的社会服务职能，加大资源整合力度，拓展社会服务平台，立足社区，面向家庭，开展多样化、个性化的家庭服务，在新型社会管理格局中有新作为；实施家庭互助帮扶行动，把握政府委托、妇女需要、市场缺位、妇联所能的结合点，积极推进帮扶工作项目化运作，扩大妇女和家庭的受益面。通过组织以上各类创建行动，建立家庭成员之间、家庭与社会之间、家庭与自然之间和谐共处的新型文明家庭模式，使和谐家庭建设体现中华民族特色，凸显首都北京特点，融合传统文化与时代精神，为将北京建设成为最具人文关怀、文明风采、文化魅力和创造活力的现代化、国际化世界城市贡献力量。

B.11

"十一五"期间北京城镇居民消费结构变化分析

赵卫华[*]

2010年是我国"十一五"计划结束之年,对于北京来说,这五年是经济社会快速发展的五年。这五年间,北京经济社会迅速发展,经济以每年11.7%的速度增长,"十五"计划末的2005年人均地区生产总值刚刚超过5000美元,而到了2009年就已突破了10000美元。社会建设方面取得了巨大成就,社会保障覆盖面大大拓宽,农村新型合作医疗普及,城镇"一老一小"医疗保险全面推行,职工基本医疗保险覆盖面不断拓宽,基本实现了户籍居民医疗保险的全覆盖。最低生活保障制度不断完善,从2011年1月1日起,保障水平从2006年的310元提高到480元。经济社会发展为城镇居民生活水平提高奠定了物质基础,2006~2010年,北京城镇居民生活发生了巨大的变化。

一 城镇居民收入水平的变化

(一)收入增长较快,但增幅较"十五"期间有所减缓

2006~2009年,北京城镇居民的收入增长较快,从人均可支配收入看,从17653元提高到26738元,年均增幅是10.03%,较"十五"期间的实际年均增幅11.6%有所减缓,但仍然继续保持了"十五"以来年均10%以上的高速增长。

(二)收入差距进一步扩大

近年来,我国一直试图缩小收入差距,但是不论是城乡之间还是不同群体之

---

* 赵卫华,北京工业大学。

间的收入差距仍在继续扩大。"十一五"期间，北京城镇居民最高收入组和最低收入组的收入差距从 2006 年的 26818 元扩大到 2009 年的 39087 元，最高收入组与最低收入组的收入比从 3.74∶1 上升到 2009 年的 4.33∶1（见表 1）。2010 年，这一收入差距问题没有明显改善。

表 1   2006～2009 年北京城镇居民人均可支配收入差距状况

单位：元

年份	平均	最低收入户	中低收入户	中等收入户	中高收入户	最高收入户	最高最低收入差距	最高最低收入比
2006	19978	9798	14439	18369	23095	36616	26818	3.74
2007	21989	10435	15650	19883	25353	40656	30221	3.90
2008	24725	10681	16713	21888	28453	47110	36429	4.41
2009	26738	11729	18501	23475	30476	50816	39087	4.33

但是，应该看到，我国收入差距是被严重低估的，实际收入差距要远远大于这个水平。中国改革基金会国民经济研究所副所长王小鲁的研究报告《国民收入分配状况与灰色收入》指出，目前城镇 10% 最高收入组与 10% 最低收入组之间的家庭人均收入差距约 31 倍，而不是统计资料显示的 9 倍。城乡合计，全国 10% 最高与 10% 最低收入家庭间的人均收入差距约 55 倍，而不是按统计数据推算的 21 倍。

北京作为一个国际化的大都市，从北京常住人口的阶层结构看，全国富人的很大部分集中在北京，他们的收入和消费水平已与世界级富豪"接轨"，北京又有数量庞大的比较富裕的中产阶层；同时，北京还有下岗工人、有大量的外来人口，包括"蜗居"的大学生和农民工。这些低收入人口月均收入也就是 2000 元左右，以个人收入计算，年收入也就是 2 万多元了。根据北京的消费水平推算，一个有房、有车、有孩子、有保姆，又能外出旅游的中产阶级三口之家，人均消费水平至少要 5 万元，此类家庭的收入水平至少要在 15 万元。这只是一般收入水平，所以，据此推算，北京高低收入组之间的收入差距也要大于统计局统计的收入差距。

二 城镇居民消费水平的变化

（一）居民消费较快增长，但速度比"十五"有所减缓

"十一五"期间，北京居民消费水平提高速度低于"十五"期间消费水

平提高的速度。2006 年，北京人均消费支出是 14825 元，2009 年增长到 17893 元，2009 年比 2006 年增长了 3068 元，而"十五"期间，2005 年人均消费支出比 2001 年增长了 4322 元，2010 年的数据还没有出来，考虑这两年的通货膨胀率比较高，所以，北京"十一五"期间人均消费支出的增长相对放慢了。

从增幅来看（见表 2），"十五"期间年人均消费的名义增长幅度是 9.34%，而 2006～2009 年，这一增长比例却下降到了 7.86%，低于 GDP 的增速，也低于收入增长的速度，考虑到物价上涨的因素，实际增长率更低。

表2 "十五"、"十一五"期间城镇居民消费支出增长情况

单位：元，%

年份	人均消费性支出	比上年增长	名义增长率
2001	8923	429	5.05
2002	10286	1363	15.28
2003	11124	838	8.15
2004	12200	1077	9.68
2005	13244	1044	8.56
2006	14825	1581	11.94
2007	15330	505	3.41
2008	16460	1130	7.37
2009	17893	1433	8.71

数据来源：根据相关年份《北京统计年鉴》计算。

（二）不同收入群体之间的消费差距继续扩大，高收入组消费增长最快

"十一五"期间，人均消费水平提高的速度慢于"十五"的速度，就不同收入组来看，低收入组消费水平提高的速度慢于高收入组消费水平提高的速度，两者之间的绝对差距还在继续拉大。表 3 中，最高、最低收入组人均消费支出水平的差距从 2006 年的 14609 元提高到 2009 年的 18532 元，二者之比从 2.64∶1 扩大到 2.85∶1。

表3 北京城镇居民人均消费差距状况

单位：元

年份	人均消费支出	最低收入户消费支出	中低收入户消费支出	中等收入户消费支出	中高收入户消费支出	最高收入户消费支出	最高最低收入组消费差距	最高最低收入组消费比
2006	14825	8911	12436	14080	16452	23520	14609	2.64
2007	15330	9183	12196	15094	17747	23415	14232	2.55
2008	16460	8985	12776	15380	19109	26589	17604	2.96
2009	17893	10009	14538	16752	20529	28541	18532	2.85

三 北京城镇居民消费结构的变化

（一）恩格尔系数有所上升，公共服务负担有所减轻

恩格尔系数是国际上衡量居民消费水平的一个重要指标，是指饮食支出占总支出的比例，恩格尔系数在30%以下属于最富裕型，30%～40%属于富裕型，40%～50%属于小康型，50%～60%属于温饱型，60%及以上属于温饱不足型。北京城镇居民的恩格尔系数在改革开放后一直到20世纪90年代初，一直保持在50%以上，如果单纯从国际上恩格尔系数的意义来衡量，北京居民生活水平在这一很长时段内一直在温饱水平上徘徊，而实际情况并非如此。这一阶段，北京城镇居民的生活水平提高很快，已经达到甚至超过了小康水平，如在1992年北京城镇居民恩格尔系数是52.76%，而这时居民家庭消费已经达到了较高的水平，耐用品消费的"新三大件"——彩电、冰箱、洗衣机在城镇居民家庭中已经普及，1992年北京城镇居民家庭每百户彩电拥有量就达到了101.4台。低廉的公共服务和住房等实物福利是这一阶段城市居民的消费结构转型缓慢的最重要原因。虽然城镇居民的恩格尔系数还在50%以上，但其耐用品消费升级换代和普及的速度却非常快。

20世纪90年代中期开始的公共服务市场化改革和住房福利的货币化改革使得城镇居民恩格尔系数迅速下降，特别是1997年以来，城镇居民恩格尔系数迅速下降到40%以下。在"十五"末，从恩格尔系数看，北京居民消费就达到了

富裕型，如 2005 年，北京城镇居民人均饮食支出是 4216 元，恩格尔系数是 31.8%。"十一五"以来，2006 年北京居民的恩格尔系数又继续下降了 1 个百分点，但是在这以后就开始上升了，2008 年和 2009 年的恩格尔系数都在 33% 以上。北京城镇居民恩格尔系数的变化趋势如图 1 所示。

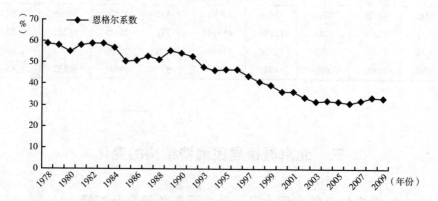

图 1　北京城镇居民恩格尔系数的变化情况

这一变化与恩格尔系数的一般变化规律有所不符，需要进一步分析。20 世纪 90 年代以来，我国城乡居民恩格尔系数下降很快，这种下降一方面反映了居民生活水平的提高，另一方面也与社会负担重有直接关系，其中住房、医疗和教育的市场化使得这些方面的支出大量增加，饮食支出在总支出中相对比重下降，恩格尔系数也随之下降。"十一五"以来，北京相继出台了一系列社会保障和福利制度，加强了社会建设，改善了公共服务，这使得城乡居民的社会负担大大减轻，饮食支出在总支出中比例就相对有所上升。

以 2008 年为例（见表 4），2008 年城镇居民人均饮食（食品）支出比 2007 年上涨了 628 元，上涨了 12.7%，占当年消费增长额的 55.6%，也就是说，从统计局的数据看，这一年居民消费支出增长额的 55.6% 是饮食（食品）支出的增长。同时，城镇居民的服务消费支出却没有大幅度增长，教育文化娱乐服务、交通通信费用的支出额和支出比重都下降了。这也从另一方面造成了恩格尔系数的上升。可以说，2008 年对于北京来说是具有转折点意义的一年。这几年来，北京以举办奥运为契机，加大了公共服务投入，降低了公共交通的价格，公共服务有所加强，这对居民消费产生了积极影响，比较明显的是减轻了城镇居民的一些生活负担，如交通费的支出额和支出比重都有明显下降。

表4 "十五"和"十一五"期间北京城镇居民消费支出变化情况

单位：元

年份	消费支出合计	食品	衣着	居住	家庭设备用品及服务	医疗保健	交通和通信	教育文化娱乐服务	杂项商品与服务
2001	8923	3229	822	588	847	678	768	1429	561
2002	10286	3473	864	926	636	950	1271	1810	357
2003	11124	3523	906	956	704	994	1688	1964	389
2004	12200	3926	1063	1066	824	1183	1562	2116	462
2005	13244	4216	1184	1040	852	1296	1944	2187	527
2006	14825	4561	1442	1213	977	1322	2173	2515	622
2007	15330	4934	1513	1246	981	1294	2328	2384	650
2008	16460	5562	1572	1286	1097	1563	2293	2383	704
2009	17893	5936	1796	1290	1226	1389	2768	2655	833

　　与恩格尔系数下降相关的，还有医疗保健支出和教育支出负担的相对减轻。"十一五"期间，教育、医疗费用过快上涨的情况得到遏制，居民教育、医疗负担相对有所减轻。与"十五"时期相比，"十一五"以来，北京教育和医疗的支出比重也都有所下降（见表5）。在"十五"期间，教育文化娱乐服务支出的比重最高达到了2003年的17.7%；"十一五"以来，教育文化娱乐服务支出的比重连续下降，近两年下降到了15%以下。"十一五"以来，北京加强了城乡居民的医疗保障。在城镇，2007年以来，对城镇居民中没有参加职工基本医疗保险的老人和孩子，推行了"一老一小"医疗保险制度。通过这一系列保险、医疗救助制度以及药品零差率等制度的改进，在一定程度上减轻了居民的医疗负担，居民医疗保健支出比重在达到2005年的9.8%之后，这几年有了明显的下降。2009年居民的医疗保健支出比重下降到7.8%，这是一个很大的成绩。公共服务的加强遏制了城镇居民公共服务支出的过快上涨，是推动恩格尔系数上升的一个重要原因。

　　但是，近两年物价上升，尤其是食品价格的上升，也对恩格尔系数的上升有拉动作用。2008年以来，物价指数连续上升，特别是2009年、2010年这两年，物价上涨很快，特别是食品和日用品价格上升很快，对中低收入阶层家庭有较大影响，造成这些家庭恩格尔系数有所上升。

表5 "十五"和"十一五"期间北京城镇居民消费结构变化情况

单位：%

年份	消费支出合计	食品	衣着	居住	家庭设备用品及服务	医疗保健	交通和通信	教育文化娱乐服务	杂项商品与服务
2001	100	36.2	9.2	6.6	9.5	7.6	8.6	16.0	6.3
2002	100	33.8	8.4	9.0	6.2	9.2	12.4	17.6	3.5
2003	100	31.7	8.1	8.6	6.3	8.9	15.2	17.7	3.5
2004	100	32.2	8.7	8.7	6.8	9.7	12.8	17.3	3.8
2005	100	31.8	8.9	7.9	6.4	9.8	14.7	16.5	4.0
2006	100	30.8	9.7	8.2	6.6	8.9	14.7	17.0	4.2
2007	100	32.2	9.9	8.1	6.4	8.4	15.2	15.6	4.2
2008	100	33.8	9.5	7.8	6.7	9.5	13.9	14.5	4.3
2009	100	33.2	10.0	7.2	6.8	7.6	15.5	14.8	4.7

（二）汽车快速普及，交通通信支出上升很快

"十一五"期间，北京快速向汽车社会迈进。2001年北京私人小轿车才32.1万辆，随着中国加入世界贸易组织，北京人均GDP突破3000美元，北京市的私人汽车增长速度明显加快。2005年，北京市机动车保有量是246.1万辆，其中私人汽车154.0万辆，私人小轿车达到99.2万辆。从2006年起，汽车成为北京消费市场的大热门，私人购车增加是拉动北京汽车市场销售增长的最主要因素。2006年，北京私人汽车增长到181万辆，其中小轿车增加到121万辆，小轿车增长速度非常快。从2009年起，北京汽车消费进入了井喷状况，当年北京汽车销售达到了100多万辆；2010年汽车销售70多万辆，到2010年底，北京机动车保有量接近500万辆。2009年，北京机动车保有量达到了401.9万辆，其中私人汽车达到了300.3万辆，私人小轿车达到了218.1万辆。2009年北京常住人口为1755万人，户数约700万户①，百户私人汽车的普及率近43辆。到2010年，北京机动车又增加了70多万辆，因此，当前北京每百户私人汽车的拥有量将达到

---

① 2009年北京户籍人口488.7万户1245.8万人；常住人口是1755万人，其中外来人口509.2万人，比例占到全市常住人口的29%。由于常住人口没有户数的资料，如果也按照这个30%的口径，假定外来常住人口的户数为常住人口户数的30%，那么，2009年北京常住人口户数约700万户。

60辆。

北京人均交通和通信费用2005年是1944元，到2009年达到了2768元，支出比重从14.7%上升到15.5%。其中汽车消费2005年支出是458元，2009年增长到794元，4年增长了73.4%。在北京公共交通费用大幅度降低的情况下，居民交通、通信费用的大幅上升主要是汽车使用费快速上涨带来的。

（三）居住成本大大提高，住房成为影响居民生活的最大因素

"十一五"是北京住房价格飞涨的几年。根据《北京统计年鉴》数据，2004年，北京住宅平均销售价格是4747.1元/平方米，2005年以后，北京住房价格持续快速上涨，2005年住宅平均销售价格上涨了千余元，达到了5853元/平方米。可惜的是，此后，北京市统计年鉴上就没有了住宅平均销售价格的统计。但是2006年以来房价飞涨的事实却是大家都切身感受到的。以东四环边的某楼盘为例，2004年底2005年初，该楼盘的均价是5500元/平方米，到2010年该楼盘的二手房价格最高已经达到30000元/平方米了，以28000元/平方米的均价（房产中介估计）计算，该楼盘价格上涨了5倍多。根据笔者的调查，北京其他地方的楼盘，2010年二手房价格大致相当于2005年初价格的5倍，也就是说，短短五年间，北京市的房价翻了两番多。

"十一五"期间，北京的房租价格也翻了一番左右。以北京工业大学附近的一居室来说，2005年每月租金是800~1000元，2010年已经达到了2000元以上。在北京其他地方，房租大幅上涨也是一个普遍的现象。对于没有住房的工薪阶层来说，从市场买房已经变得遥不可及，动辄上千元的房租也是一个沉重的负担。在2011年的北京两会上，有人大代表指出："由于买不起房，员工普遍缺乏幸福感，人员流动很大。"①

但是另一方面，从北京市统计局的数据看，"十一五"期间北京市城镇居民住房消费支出的上涨并不大。如表4所示，2005年，北京人均居住支出是1040元，2009年的人均居住支出是1290元，四年只增长了250元，从居住支出的比重看，2009年北京城镇居民居住支出比重是7.2%，比2005年的7.9%下降了0.7个百分点。2010年1~11月份，人居居住支出上涨到1413元，支出比重上

---

① 杜丁：《"员工买不起房 企业欲外迁"》，2011年1月16日《新京报》。

升到 7.78%。在住房日益成为城镇居民的巨大负担的时候，居住支出比重下降与人们的感觉强烈不符。一个合理的解释是，北京市统计局的调查对象大部分是户籍人口，而北京市户籍人口的住房自有率非常高。笔者根据 2005 年国家统计局 1%人口抽样调查数据计算北京的住房情况发现，在北京非农户籍人口中，74.87%的人拥有自己的住房，还有 20.38%的人租赁公有住房，租住商品房的只有 1.59%。对于自有住房和租赁公有住房的人来说，商品房价格和住房租赁价格上涨对他们的居住成本来说都没有影响，所以导致该数据与人们的感觉有相当大的出入。这也从另一方面说明，有无住房已经造成城市社会中最大、最难以逾越的分化，没有住房者的生活成本、生活压力都在与日俱增。

四 调整内需结构与扩大居民消费的建议

"十一五"期间，北京城镇居民消费实现了较快增长，在社会建设不断加强的情况下，城镇居民的社会负担有所减轻，消费结构中教育、医疗的比重有所下降。但是与"十五"相比，"十一五"期间城镇居民的消费增长有所减缓，而且增长率低于 GDP 的增长率，这在宏观结构上体现为：虽然"十一五"期间北京经济发展中消费拉动的作用在增强，但是一些深层次的结构失衡并没有得到扭转，在宏观经济结构中出现最终消费率上升、居民消费率下降的趋势。

北京的消费在 GDP 中的比重高于全国。就全国来说，最终消费率是低于投资率的，而北京"十一五"期间最终消费率超过了投资率，这是一个结构性变化，如 2006～2009 年，北京的最终消费率分别为 50.8%、51.4%、53.3%和55.5%，分别高于投资率 1.9、5.7、10.3 和 12.3 个百分点（见表 6）。这也是北京市"十一五"期间经济工作的一个"亮点"。但是，如果进一步分析就会发现，最终消费率虽然上升了，但是居民消费率却下降了。居民消费率在 GDP 中的比重从 2005 年的 31.90%下降到 2009 年的 31.40%，因此可以看出，最终消费率的上升主要是政府消费率的上升。如 2008 年，最终消费率上升到 53.3%的高点，但居民消费率却下降到 20 世纪 80 年代中期以来的最低点，只有 30.3%。政府消费率上升、居民消费率下降带来的一个最直观的现象就是"富庙穷和尚"——政府很富、国有单位很富，但个人不富。

表6 改革开放以来北京最终消费率、政府消费率、居民消费率等的变化情况

单位：%

| 年份 | 最终消费率 | 最终消费率中 | | 投资率 | 净出口率 | 年份 | 最终消费率 | 最终消费率中 | | 投资率 | 净出口率 |
		政府消费率	居民消费率					政府消费率	居民消费率		
1978	48.7	22.4	26.3	29.1	22.2	1994	53.6	9.6	44.0	—	—
1979	46.1	19.9	26.2	30.8	23.1	1995	56.0	11.4	44.6	68.7	-24.7
1980	41.2	12.7	28.5	32.4	26.4	1996	57.2	11.6	45.6	57.8	-15.0
1981	44.4	12.6	31.8	36.3	19.3	1997	58.5	13.9	44.6	59.5	-18.0
1982	44.3	12.8	31.5	33.4	22.3	1998	56.2	14.6	41.6	57.2	-13.4
1983	42.4	12.6	29.8	34.4	23.3	1999	56.4	16.2	40.2	57.3	-13.6
1984	44.5	14.6	29.9	39.1	16.3	2000	53.4	16.8	36.6	53.7	-7.1
1985	49.4	14.9	34.5	58.6	-8.0	2001	51.6	18.0	33.6	52.2	-3.8
1986	56.6	18.0	38.6	62.8	-19.3	2002	53.3	17.9	35.4	54.1	-7.4
1987	55.5	17.5	38.0	61.6	-17.1	2003	52.6	18.1	34.5	54.7	-7.3
1988	54.3	14.8	39.5	61.6	-15.5	2004	51.1	18.3	32.8	52.5	-3.6
1989	53.5	14.9	38.6	59.5	-13.0	2005	50.0	18.1	31.9	51.4	-1.4
1990	53.9	15.1	38.8	59.2	-13.1	2006	50.8	19.1	31.7	48.9	0.3
1991	50.5	12.8	37.7	54.7	-5.2	2007	51.4	21.0	30.4	45.7	2.9
1992	48.2	11.4	36.8	58.5	-6.6	2008	53.3	23.0	30.3	43.0	3.7
1993	50.3	10.2	40.0	60.4	-10.7	2009	55.5	24.1	31.4	43.3	1.2

政府消费率之高通过比较更明显。2009 年北京人均 GDP 突破 10000 美元，1988 年的香港人均 GDP 是 9430 美元，拿这二者相比较：1988 年香港的最终消费率是 62.6%，其中居民消费率高达 56%，政府消费率只有 6.6%[①]；北京 2009 年最终消费率 55.5%，其中居民消费率是 31.4%，而政府消费率高达 24.1%（见表6）。北京的最终消费率虽然只比香港当时的最终消费率低近 7 个百分点，但是其居民消费率却低了约 25 个百分点，这是最重要的、最值得重视的差距。政府的消费率上升，居民的消费率下降，这种扩大内需的方式显然不利于人们生活水平的提高。

2011 年是"十二五"开局之年，扩大居民消费，经济增长由投资拉动向需求拉动转变是我国"十二五"期间经济转型的重要目标。北京也把扩大居民消

---

① 该数据根据 1996 年《中国统计年鉴》中的香港数据计算而来。

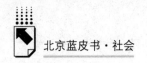

费作为"十二五"期间的重要战略任务。要更有效地扩大居民消费需求，不但要加大现有的民生建设力度，还要政府执政理念的进一步转变。

首先，要调整收入分配结构，居民收入增长要加快。"十一五"期间，居民收入增长虽然很快，但是与经济发展的速度相比还是慢了，所以居民收入增长的步伐还需加快。

其次，要抑制政府消费，增加公共财政的支出份额。政府消费太高，也会挤占居民消费，所以要推进财政支出的透明度，压缩政府支出，财政收入要向民生倾斜。做到这点很难，但是很必要。

再者，要缩小收入分配差距，加大税收调节力度。当前，我国个人所得税征收对象主要是工薪阶层，而工薪阶层总体上来看并不是富裕阶层，所得税起征点月入 2000 元太低了，如果没有住房，这点收入在北京维持生活都相当困难，因此个人所得税的征收标准有必要加以调整。此外在未来几年里，北京也会开始征收房产税，在设计北京市征收标准时，要充分考虑社会公平，发挥税收对收入分配的二次调节作用，真正有利于"限高、扩中、提低"，缩小各个阶层之间的收入差距。

2010 年北京市职工工资调查报告

北京市总工会课题组 *

2010 年，为全面深入了解北京市职工工资收入状况，北京市总工会和零点市场调查与分析公司合作，开展了北京市职工工资收入状况的调查。本次调查的目的是：了解北京市职工工资整体情况；分析不同区域、行业职工的工资状况，并进行对比研究；了解职工的工资收入结构，分析工资变动因素；分析北京市职工群体经济权益受侵害的具体情况；了解职工的大致支出情况及结构。

本次调查的北京市职工，具体定义为在北京市所辖区域内企业、事业单位工作 1 年及以上，平均每周工作 20 小时及以上，企业或单位为其工作支付相应报酬的职工。在上述定义的基础上，又增加了如下限制条件：18～60 周岁；具有中国国籍（非港澳台地区）；非行政、财务、文秘等文员类职务；以在一线工作的普通职工为主，兼顾部分中层管理人员，但不含高层管理人员。考虑到政府机关和事业单位的工资可由统计渠道获得，故本次调查不包含在如下工作单位工作的职工：中央所属党政机关、企事业单位，市属党政机关及事业单位，国家级别的协会等社会团体。

本次调查的职工工资，是北京市职工 2009 年的工资收入，具体工资内容包含每月基本工资、岗位津贴、全勤奖金、效益奖金、业务提成、各种补贴、年终奖金、过节费等。职工的加班费以及单位代缴的各种社会保险部分，并没有纳入到职工工资范畴内；同时，在本次调查中，均以职工税后到手收入计算其工资水平，而个人所得税以及缴纳的社会保险等不计算在内。这点与统计口径有所差异。

一 调查方案设计

本项目调查采用了定性和定量两种调查方法。定性调查主要通过深度访谈

---

* 执笔人：何广亮、高媛、孙越、郭维荣、穆超、向德行。

和团体座谈会形式展开。定量调查主要采取问卷调查的形式，在 16 个区县、17 个行业中按企业数量比例随机抽取调查样本，共回收有效问卷 3484 份（见表1）。

表 1　各行业被调查者构成

单位：人

行　　业	中层管理人员	普通职工	合计
农林牧渔业	6	32	38
工业	61	322	383
建筑业	21	108	129
交通运输、仓储和邮政业	12	62	74
信息传输、计算机服务和软件业	15	79	94
批发与零售业	112	670	782
住宿和餐饮业	22	128	150
金融保险业	4	34	38
房地产业	14	110	124
租赁和商业服务业	98	370	468
科学研究、技术服务与地质勘查业	145	556	701
水利、环境和公共设施管理业	7	29	36
居民服务和其他服务业	13	97	110
教育业	14	56	70
卫生、社会保障和社会福利业	8	38	46
文化体育和娱乐业	23	188	211
公共管理与社会组织	8	22	30
总　　计	583	2901	3484

二　调查主要发现

考虑到北京市普通职工与中层管理人员在收入上可能会有一定的差异，本次调查将按普通职工和中层经营管理人员两部分分别进行分析。

（一）普通职工部分

1. 全市普通职工人均年收入 2.68 万元，家庭人均年收入 2.20 万元

调查表明，全市普通职工人均年工资收入 2.68 万元，合月均 2233 元；全市普通职工家庭人均年收入达到 2.20 万元，合人均月收入 1833 元。

对比北京市统计局 2009 年初公布的数据，北京城镇职工 2008 年年工资水平为 4.47 万元，高于本次的调查结果，这主要是由于调查对象、工资的定义差异而造成的。北京市统计局调查对象含中高层管理人员群体，并且工资内容包含工资收入、奖金、加班费，以及单位代缴的各类社会保险与个人所得税等；而本次调查则不含加班费及单位代缴的各种保险及税费，是职工收入中可以直接支配的部分。因此本次调查的数据与统计部门公布的数据无论在人群范围还是在工资界定方面均有所不同，二者不具有可比性。

具体分析职工工资年收入分布情况（见图 1），我们看到接近 70% 的普通职工年工资收入在 3 万元以下，其中有三分之一的普通职工年收入不足 2 万元，年收入不足 1.2 万（月均 1000 元）的职工约为 2.8%，而年收入超过 4 万元以上

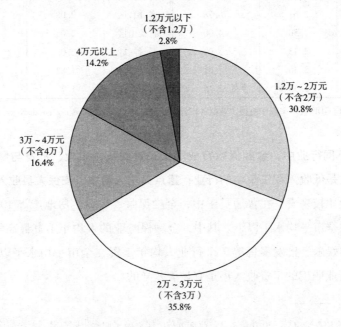

图 1　普通职工年工资收入分布

的普通职工比例仅为 14.2%。

2. 不同区县普通职工人均工资存在差别，在海淀、西城、宣武、东城四区工作的普通职工工资水平较高

调查表明，北京的 18 个区县①中，海淀、西城、宣武、东城这四个区的普通职工人均年工资收入在全市平均线以上，在各区县中排名较高（见表 2）。结合各地的经济发展状况分析，2009 年西城、东城、海淀三区分列北京 18 个区县人均 GDP 的前三名，经济的快速发展相应也带动了当地工资水平，这三区的普通职工人均年工资收入也在全市位列前茅。这表明，职工人均年工资水平与人均 GDP 水平呈现一定的正相关关系。

表 2　各区县普通职工年均收入和人均国内生产总值（GDP）

单位：万元

区县名称	职工年均收入	2009 年人均 GDP	区县名称	职工年均收入	2009 年人均 GDP
海 淀 区	3.32	7.85	顺 义 区	2.31	7.38
西 城 区	2.84	22.44	通 州 区	2.28	2.25
宣 武 区	2.81	5.45	崇 文 区	2.23	5.25
东 城 区	2.69	14.83	密 云 县	2.17	2.52
朝 阳 区	2.61	6.78	房 山 区	2.08	2.71
怀 柔 区	2.50	4.00	石景山区	2.05	3.56
丰 台 区	2.43	3.09	平 谷 区	2.02	2.07
昌 平 区	2.36	3.61	延 庆 县	1.82	2.15
大 兴 区	2.33	2.15	门头沟区	1.79	2.56

说明：人均 GDP 数据来源于机械工业财务审计网，http：//www.cmifzc.org.cn/disNews.asp?id=643。

3. 在不同行业中，金融保险行业职工工资最高；工业、批发与零售业、住宿和餐饮业是低收入职工集中的行业；重点关注人群中，安保人员收入最低

分行业比较来看，在普通员工中，金融保险、教育、房地产等 10 个行业人均年工资在全市平均水平以上。其中，金融保险业的人均年工资最高，达到 5.1 万元；文体娱乐、批发零售等 7 个行业人均年工资在全市平均水平以下（见图 2）。不同行业职工的工资收入还是有显著差异的。

---

① 在本次调查结束后，2010 年 7 月，北京市行政区划做了调整：原西城、宣武两区合并为西城区，东城、崇文两区合并为东城区。

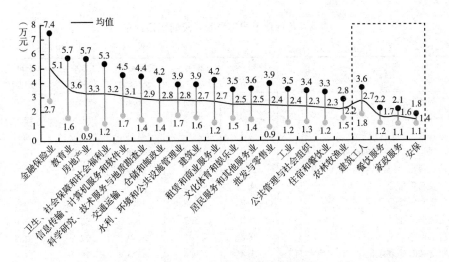

图 2　各行业普通职工人均年工资水平

说明：金融保险业，卫生、社会保障和社会福利业，水利、环境和公共设施管理业，公共管理与社会组织，农林牧渔业加权样本不足 30，仅供参考。本图给出的离散性分析，为均值上下浮动一个标准差的结果，统计上，在这个区间内包含近 70% 的样本数据。

　　在本次调查中，重点关注了安保、家政服务、餐饮服务、建筑工人群体的工资水平。调查结果表明：建筑工人的人均年收入可达 2.7 万元，基本与全市平均水平持平，这与建筑工人高强度劳动的工作性质紧密相关；餐饮服务人员人均年收入 1.7 万元、家政服务人员 1.6 万元，相当于全市平均水平的 60%；安保人员 1.4 万元，仅相当于全市平均水平的一半。安保人员、家政服务人员和餐饮服务人员这三类群体处于全市收入结构的底层。但因部分安保、家政服务和餐饮服务人员的所在单位或雇主，会为其提供食宿，一定程度上减轻了他们的生存压力。

　　如果对工资的离散程度加以分析，农林牧渔、住宿餐饮等劳动密集型行业，以及本次关注的四个群体内部工资收入差异较小；而金融保险、房地产等销售型或脑力劳动行业，由于个人工作量或者工作成果的差异，行业内部工资上下差异较大。

　　具体分析各个行业内职工工资分布情况，可以发现工业、批发与零售业、住宿和餐饮业是低收入职工集中的行业，3 万元以下收入的职工比例高于总体水平；而信息传输、计算机服务和软件业，房地产业，教育业的职工收入在 3 万元以上的比例较总体高，是属于相对高收入职工比较集中的行业（见表 3）。

表3 各行业不同工资收入段的职工分布

单位：%

行 业	12000元以下	12000~19999元	20000~29999元	30000~39999元	40000元及以上
农林牧渔业	1.2	40.8	46.6	10.7	0.7
工业	3.7	40.5	33.4	10.4	12.0
建筑业	2.1	23.1	41.1	17.2	16.5
交通运输、仓储和邮政业	3.7	17.8	44.8	15.2	18.4
信息传输、计算机服务和软件业	5.4	13.8	29.7	24.9	26.2
批发与零售业	4.2	37.7	36.3	12.9	8.9
住宿和餐饮业	1.7	51.8	30.0	7.4	9.1
金融保险业	0.0	5.7	7.7	25.7	61.0
房地产业	0.8	26.2	28.2	22.0	22.8
租赁和商业服务业	3.8	29.8	35.3	16.1	14.9
科学研究、技术服务与地质勘查业	0.4	22.6	39.5	19.4	18.1
水利、环境和公共设施管理业	1.5	14.6	47.7	25.0	11.2
居民服务和其他服务业	6.9	25.5	37.9	22.5	7.1
教育业	0.0	17.8	19.4	29.0	33.8
卫生、社会保障和社会福利业	17.8	8.5	22.8	22.1	28.8
文化体育和娱乐业	0.9	32.7	36.4	23.0	7.0
公共管理与社会组织	6.7	33.0	36.8	15.7	7.9
职工总体比例	2.8	30.8	35.8	16.4	14.2

4. 普通职工年收入构成较为单一，三分之二的普通职工年收入仅有月度工资，另三分之一职工有季度奖/半年奖/年终奖或过节费

具体分析普通职工的工资结构（见表4）：67.0%的普通职工年收入中只有月度税后工资；27.4%的普通职工年收入包括了月度税后工资和各种奖金，其中月度税后工资占年收入的87.2%，各种奖金共占12.8%；3.6%的普通职工年收入中有月度税后工资和过节费；而2.0%的普通职工年收入中有月度税后工资、各种奖金（季度奖/半年奖/年终奖）和过节费三类收入。

就北京普通职工总体而言，年收入中近90%都来自月度税后工资，各类奖金仅占年收入总额的一成多（见表5）。

5. 普通职工对工资满意度低，仅四分之一表示满意

在被调查的普通职工中，只有25.2%的普通职工表示对工资收入满意，按照5分制评分，总体满意度为2.84分。总体来看，普通职工对工资收入的满意度较低。

表 4　普通职工的年收入构成

单位：%

收入构成类别	占职工总数
类别一：只有月度税后工资	67.0
类别二：有月度税后工资和各种奖金	27.4
类别三：有月度税后工资和过节费	3.6
类别四：有月度税后工资、各种奖金和过节费	2.0

说明：在本次统计中，各类别收入达到年收入 5% 以上，则认为工资含该部分。

表 5　收入结构中税后工资与各种奖金所占比例

单位：%

收入类别	所占比例	收入类别	所占比例
每月税后工资	87.2	各种奖金	12.8

具体分析不同收入段的职工工资满意度情况，我们发现满意度与年工资收入呈一定正相关关系，年工资收入在 2 万元以下的低收入群体的满意度最低；而年收入在 4 万元以上的有三分之一表示满意，较总体的满意度高。

6. 普通职工近两年工资平均增幅不足 2%，远远落后于北京市 GDP 增长率

北京普通职工 2009 年收入较 2008 年平均增长 1.8%。分行业比较来看，教育业和房地产业的工资增幅较高，分别为 3.1% 和 2.8%。各行业普通职工工资涨幅均远远落后于北京市 GDP 增长率（9.5%）。

工资增长过度慢于 GDP 的增长，最直接的后果就是消费的长期低迷不振，同时也影响劳动力素质的提升。低工资状态下的廉价劳动力，虽然可以降低生产成本，但这种制度设计却让经济难以摆脱粗放式发展的局限。就北京市现状而言，应该让职工更充分地分享经济发展的成果，激活消费，拉动内需，促进经济更健康地向前发展。

7. 可变因素对普通职工工资水平的影响较大

调查中涉及了 11 个对普通职工工资水平影响较大的因素，可以归纳为三类：一是可变因素，包括个人工作量/业务量大小、单位/部门总体效益、个人出勤情况、部门/单位的预算情况；二是不变因素，包括个人所在岗位、个人所在工资档、个人学历、在岗/单位工作的时间、是正式员工还是合同员工；三是外部因素，主要是指领导对员工的评价以及行业的工资水平变化（见表 6）。

表6 各行业普通职工工资水平的影响因素提及率

单位：%

行　业	个人工作量/业务量大小	单位/部门总体效益	个人出勤情况	部门/单位的预算情况	个人所在岗位	个人所在工资档	个人学历	在岗/单位工作的时间	是正式员工还是合同员工	领导对员工的评价	行业的工资水平变化
农林牧渔业	36.9	36.1	36.6	0.0	20.8	29.6	17.8	7.1	10.5	13.9	0.4
工业	47.7	32.1	33.8	4.0	25.0	23.5	14.5	9.9	10.0	14.5	11.3
建筑业	35.1	36.9	36.1	6.2	21.7	26.0	11.6	8.1	8.8	18.7	11.6
交通运输、仓储和邮政业	50.2	28.9	26.3	4.8	21.5	24.9	4.1	6.9	7.6	15.1	14.6
信息传输、计算机服务和软件业	43.0	28.1	27.0	7.7	27.5	22.7	16.4	8.2	13.2	10.8	21.4
批发与零售业	50.5	34.7	36.8	5.4	21.0	21.9	9.7	9.8	5.9	10.8	12.1
住宿和餐饮业	32.8	35.3	41.4	2.7	39.0	19.1	6.1	19.1	10.1	11.7	11.5
金融保险业	38.6	29.3	35.2	3.5	26.0	26.8	18.1	11.3	46.5	12.1	4.0
房地产业	55.1	36.3	25.8	6.1	21.0	20.0	9.2	13.7	8.3	15.9	10.6
租赁和商业服务业	49.0	31.5	30.4	6.2	25.6	21.4	8.7	9.4	7.8	13.0	16.1
科学研究、技术服务与地质勘查业	39.2	31.9	27.2	2.8	17.5	15.0	12.0	8.6	3.8	12.2	12.7
水利、环境和公共设施管理业	15.6	25.5	26.0	18.7	30.5	38.9	11.7	20.0	22.3	6.8	8.9
居民服务和其他服务业	47.0	31.8	43.3	10.9	18.8	29.9	4.7	9.8	4.8	13.7	15.0
教育业	28.4	27.1	53.3	0.0	38.0	40.0	11.7	15.0	6.5	14.9	5.6
卫生、社会保障和社会福利业	40.6	25.2	14.6	3.0	23.8	24.6	8.0	26.4	15.5	21.8	12.5
文化体育和娱乐业	35.8	24.4	28.3	3.5	24.8	21.2	14.1	30.1	10.3	13.8	14.9
公共管理与社会组织	21.9	35.1	8.2	14.2	2.8	16.3	8.8	19.6	9.9	36.9	14.1
职工总体	44.4	32.2	32.2	4.7	22.6	21.0	10.9	10.8	7.5	13.0	12.9

建筑业，交通运输、仓储和邮政业，居民服务和其他服务业，教育业这四个行业中，个人所在的工资档对工资水平的影响排位较高，说明职工年收入稳定性略强；信息传输、计算机服务和软件业作为高新行业，受行业外在水平的影响较大，这也就意味着工资水平更为"随行就市"，受市场影响更大；金融保险业，正式员工和合同工的职工工资收入差异比较明显，这也说明在这个行业内收入更为悬殊；房地产行业的普通职工工资受个人工作业绩的影响比较突出；水利、环境和公共设施管理业的收入稳定性较好，职工工资收入受个人工作等可变因素影响较小，但同时又受预算制约；公共管理与社会组织的职工工资更容易受到领导评价的影响，这既反映出有一定的绩效考评机制，同时个人因素的影响也较为明显。同时，普通职工的工资也受预算影响较大。

8. 相当一部分普通职工经济权益受到过侵害，在加班问题上尤为突出

总体来看，16.1%的普通职工的经济权益受到过侵害（见表7），集中体现在三方面：克扣工资、拖欠工资和不告知收入的组成结构。其中加班费的问题尤为突出（见表8），46.4%的被访者加班没有加班费，另有26.7%的职工虽然有加班费，但没有按照法律规定足额支付（法定节假日加班发3倍的日均工资，周末加班发2倍日均工资）。职工"无偿加班"是非常普遍的现象。

表7　普通职工经济权益是否受到侵害

单位：%

选项	普通职工总体	安保人员	家政服务员	餐饮服务员	建筑工人
有	16.1	22.2	9.0	22.8	21.6
没有	81.1	76.0	87.5	77.2	72.6
说不清	2.8	1.9	3.6	0.0	5.9
合计	100.0	100.0	100.0	100.0	100.0

在本次调查中，重点关注了安保、家政服务、餐饮服务、建筑工人群体的经济权益受侵害情况。除家政服务人群外，其他三类人群受到过经济权益侵害的比重都略高于普通职工总体的比例（见表7）。

9. 超过半数普通职工家庭年收入不足5万元，年支出约占家庭年收入的55.0%

本次调查发现，北京市普通职工家庭年收入在3万元以下的职工比例接近四

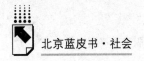

表8 普通职工与四类重点关注群体经济权益受侵害状况

单位：%

选 项		普通职工总体	安保人员	家政服务员	餐饮服务员	建筑工人
工资数额的克扣	加班没有加班费	46.4	25	40	23.1	7.2
	加班费不按照规定支付	26.7	25	60	15.4	42.9
	没有足额发工资(含奖金)	8.8	16.7	40	53.9	42.9
	休假期间会扣除部分基本工资	20.7	0	40	23.1	14.3
工资拖欠	没有按照合同或者约定的时间发工资(含奖金)	16.2	58.3	20	53.9	50
	加班费不是加班次月发放,会有拖延的现象	10.5	16.7	0	23.1	28.6
收入结构不告知	不发工资条/工资清单	33.5	25	0	46.2	14.3
	发工资条/清单,但各项收入与扣除没有明细说明	11	8.3	20	23.1	21.4

分之一，家庭年收入在 5 万元以下的职工比例达到 50% 以上，而年收入在 10 万元以上的比例仅为 11.9%（见图 3）。

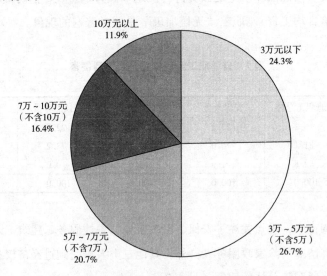

图3 普通职工家庭年收入的比例分布

对于北京市普通职工而言，家庭平均年收入约为 5.71 万元，家庭平均年支出约为 3.14 万元，年支出约占年收入的 55%。

普通职工的家庭支出，可以分为两大类：基本生活类和娱乐发展类。普通职工总体的基本生活类支出占家庭年收入的比重相对较大，为 47.6%；娱乐与发展类只占 6.3%，比重相对较低（见表9）。

表 9　普通职工家庭年支出明细

单位：%

支 出 名 目		占家庭年收入比重
基本生活类	家庭基本生活开销金额	21.2
	租房/还房贷金额	4.8
	养育子女的基本花费金额	4.6
	交通费用	4.0
	服装及鞋帽等服饰产品花费金额	3.9
	赡养老人的花费金额	3.6
	手机电话、固定电话、网络等通信费金额	3.6
	物业/取暖费用	0.7
	探亲费用	1.2
	医疗及健康花费金额	0.0
	合　　计	47.6
娱乐发展类	休闲及娱乐消费金额	2.0
	家庭成员的商业保险费用	1.6
	旅游费用	1.3
	车辆等固定资产的保险费用	0.7
	自己或配偶的教育与培训金额	0.5
	请保姆金额	0.2
	合　　计	6.3
总　　计		53.9

在租房或者房贷支出方面，普通职工花费占年收入的比例较低，这是因为多数职工已有住房，不需要偿还购房贷款或交房租。而对于需要租房或者偿还房贷的普通职工，此项花费占到平均年总收入的近40%，压力相当大（见表10）。

表 10　普通职工租房/还房贷支出

单位：%，元

有租房/还房贷支出的职工占普通职工总数比	每月平均租房/还房贷支出	租房/还房贷支出占平均年支出比例
34.9	873	39.0

具体分析不同年收入家庭的支出情况，我们发现，低收入家庭的年度支出比例较高，年收入在 5 万元以下的家庭每年支出占到收入的 65% 以上，高于平均水平约 10 个百分点，并且这类中低收入家庭用在基本生活类的支出以及基本家庭生活开销的比例，均高于总体的平均水平（见表 11）。因此年收入在 5 万元以下的家庭生活压力相对较高。

表 11　不同收入家庭的年度支出占家庭年收入比例

单位：%

	支出名目	30000 元以下	30000~49999 元	50000~69999 元	70000~99999 元	100000 元及以上
基本生活类	家庭基本生活开支	27.8	28.1	22.2	20.5	14.8
	租房/还房贷支出	8.4	6.0	4.2	4.3	3.9
	养育子女的基本花费	3.1	6.8	5.3	4.2	3.3
	交通费用	3.6	3.4	3.4	4.1	4.7
	服装鞋帽等穿着支出	6.2	4.0	3.6	3.6	3.5
	赡养老人的支出	4.5	4.6	3.7	3.8	2.6
	手机电话、固定电话、网络等通信费	5.1	4.4	3.9	3.5	2.6
	物业/取暖费用	0.8	1.5	1.4	1.4	1.0
	探亲费用	2.5	1.3	1.1	1.2	0.9
	医疗及健康费用	0.8	1.1	1.0	1.1	0.8
	小　　计	62.8	61.2	49.8	47.7	38.1
娱乐发展类	休闲及娱乐支出	2.2	1.8	1.8	2.0	2.2
	家庭成员的商业保险费用	0.7	1.5	1.6	2.0	1.7
	旅游支出	0.4	0.4	0.4	1.0	1.0
	车辆等固定资产的保险费用	0.2	0.5	0.8	0.7	1.0
	自己或配偶的教育与培训支出	1.0	0.3	0.4	0.6	0.3
	请保姆支出	0.0	0.1	0.1	0.4	0.3
	小　　计	4.5	4.6	5.1	6.7	6.5
总　　计		67.3	65.8	54.9	54.4	44.6

（二）中层管理人员部分

本次调查的问卷调查中涵盖了一部分中层管理人员，样本量为 585 份，能够在一定程度上反映出中层管理人员的工资水平状况。

1. 全市中层管理人员人均年收入 3.89 万元

调查表明，全市中层管理人员人均年工资收入 3.89 万元（年工资收入含月度税后工资、各种奖金、补助以及过节费，不含单位代缴的各种保险及税费），是全市普通职工年收入的 1.45 倍。

分行业比较来看（见表 12），租赁和商业服务，科学研究、技术服务与地质勘查两行业的中层管理人员收入名列前茅，分别为 4.51 万元和 4.19 万元。

表 12　中层管理人员分行业的年工资水平

单位：万元

行业名称	工资年收入	行业名称	工资年收入
租赁和商业服务业	4.51	水利、环境和公共设施管理业	3.65
科学研究、技术服务与地质勘查业	4.19	教育业	3.54
批发与零售业	3.57	公共管理与社会组织	3.44
工业	3.29	文化体育和娱乐业	3.34
信息传输、计算机服务和软件业	5.49	交通运输、仓储和邮政业	3.19
金融保险业	4.21	建筑业	2.96
房地产业	4.12	居民服务和其他服务业	2.83
卫生、社会保障和社会福利业	3.95	住宿和餐饮业	2.65
农林牧渔业	3.68	总　体	3.89

说明：部分行业加权样本量不足 30，结果仅供参考。

2. 近六成中层管理人员年工资中只有月度工资

中层管理人员年收入主要也是包括月度税后工资、各种奖金（季度奖/半年奖/年终奖）和过节费三种。

调查表明，59.2% 的中层管理人员年收入中只有月度税后工资；33.8% 的中层管理人员年收入包括了月度税后工资和各种奖金，其中月度税后工资占 85.5%，各种奖金占 14.5%；3.6% 的中层管理人员年收入中有月度税后工资和过节费；3.4% 的中层管理人员年收入既有月度税后工资，也有各种奖金和过节费。

3. 三成中层管理人员对收入表示满意，收入满意度与学历成显著相关

中层管理人员对工资收入的满意度比较低，只有 31.2% 的中层管理人员表示"满意"，但比"满意"的普通职工还是要高 6 个百分点。

中层管理人员对收入的满意度与学历具有一定的相关性，学历越高，对收入感觉不太满意和一般的比例就越大，这可能是因为学历越高的人普遍对自身能力

的评价比较高，进而对收入的期望也就比较大。

4. 中层管理人员收入增幅低于普通职工，仅为1.6%

与普通职工年收入增幅（1.8%）相比，中层管理人员年收入增幅更低，仅为1.6%。

分行业比较来看，科学研究、技术服务与地质勘查业的中层管理人员的年收入增幅最大，为3.1%；租赁和商业服务业、批发与零售业增幅最小，各为0.8%。

5. 可变因素对中层管理人员工资水平的影响较大，个人工作量/业务量大小仍是首要影响因素

调查表明，中层管理人员的工资所受影响的因素中，可变因素的影响远远大于不变因素和外部因素的影响，尤其是个人工作量/业务量的大小影响最大，这点与普通职工类似（见表13）。相比于普通职工，中层管理人员的收入具有更大的不稳定性，面临比普通员工更大的绩效考核等不确定因素的压力。

在不变因素中，个人所在岗位对中层管理人员的收入影响较大，这与普通职工类似。相对于普通职工，中层管理人员的出勤情况所占比例较低，表明中层管理人员的工作时间较具弹性；个人学历所占比例也略低，学历对于中层管理人员起到"敲门砖"的作用，即学历帮助其获得某个职位，但以后所起的作用就不显著了。

表13　中层管理人员和普通职工工资水平的影响因素比较

单位：%

	影响因素	中层管理人员	普通职工
可变因素	个人工作量/业务量大小	48.3	44.4
	单位/部门总体效益	37.7	32.2
	个人出勤情况	25.7	32.2
	部门/单位的预算情况	5.3	4.7
不变因素	个人所在岗位	23.4	22.6
	个人所在工资档	17.6	21.0
	在岗/单位工作的时间	9.1	10.8
	个人学历	7.9	10.9
	是正式员工还是合同员工	6.5	7.5
外部因素	领导对员工的评价	17.1	13.0
	行业的工资水平变化	13.2	12.9

6. 有 18.6% 的中层管理人员受到过经济权益的侵害，甚至比普通职工比例还要高一些

总体来看，18.6% 的中层管理人员的经济权益受到过侵害，略高于普通职工总体（16.1%）。

具体来看，中层管理人员经济权益受到侵害也集中在工资克扣、工资拖欠和收入结构不明晰告知三方面，与普通职工基本类似。

7. 中层管理人员家庭年支出约占家庭年收入的 56.3%，基本与普通职工持平

对于中层管理人员而言，家庭平均年收入约为 7.71 万元，家庭平均年支出约为 4.34 万元，年支出约占年收入的 56.3%，该比例基本与普通职工持平（见表 14）；其中，家庭基本开销金额（基本生活用品、吃饭、水电煤气费等）约占家庭年收入的 19.6%（见表 15）。

表 14 中层管理人员和普通职工家庭年支出占比比较

单位：万元，%

调查对象	家庭平均年收入	家庭平均年支出	支出占收入比
中层管理人员	7.71	4.34	56.3
普通职工	5.71	3.14	55.0

表 15 中层管理人员和普通职工家庭年支出明细比较

单位：%

支出名目		中层管理人员	普通职工
	家庭基本生活开销金额	19.6	21.2
	租房/还房贷金额	5.7	4.8
	养育子女的基本花费金额	3.0	4.6
	交通费用	3.4	4.0
	服装及鞋帽等服饰产品花费金额	4.1	3.9
基本生活保障类	赡养老人的花费金额	3.7	3.6
	手机电话、固定电话、网络等通信费金额	3.5	3.6
	物业/取暖费用	1.0	0.7
	探亲费用	1.3	1.2
	医疗及健康费用	0.9	0.0
合　计		46.2	47.6

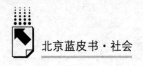

续表 15

	支出名目	中层管理人员	普通职工
娱乐与发展类	休闲及娱乐消费金额	3.2	2.0
	家庭成员的商业保险费用	1.9	1.6
	旅游费用	2.8	1.3
	车辆等固定资产的保险费用	0.8	0.7
	请保姆金额	0.4	0.2
	自己或配偶的教育与培训金额	1.0	0.5
	合　　计	10.1	6.3
总　　计		56.3	53.9

B.13
关于北京市最低工资标准的分析

高大慧*

最低工资是劳动者在法定工作时间或依法签订的劳动合同约定的工作时间内提供了正常劳动的前提下，用人单位依法应支付的最低劳动报酬。最低工资保障制度是政府调节企业工资分配，保障劳动者特别是低收入劳动者取得合理劳动报酬的重要手段。北京市最低工资保障制度实施以来，对于提高低收入职工群体的工资水平，保障劳动者的基本生活，规范劳动力市场供求双方的竞争行为，特别是规范劳动力需求方的行为等方面发挥了重要的作用。但是随着北京市社会经济持续快速发展、职工工资收入水平逐步提高，最低工资标准水平偏低且增长缓慢的问题日益凸显，影响了该项制度在经济调控和社会保障方面作用的发挥。

一 北京市最低工资标准水平偏低

北京市最低工资制度自 1994 年实施以来，最低工资标准从 1994 年的每月 210 元，已调整到 2010 年的每月 960 元。16 年来，历年调整幅度最低的为 0%（2003 年和 2009 年未调整），最高为 29%（其中 1999 年和 2004 年一年内调整了两次），平均年增幅 9.96%。

但是，由于物价上涨等原因，北京市最低工资标准水平仍然不能满足劳动者的基本生活需要，不利于促进有劳动能力的低保人员就业。

（一） 两个"比率"低于世界平均水平

一是北京市最低工资与市人均 GDP 的比率低于世界平均水平。最低工资与人均 GDP 的比率体现国家劳动力的价值。最低工资与人均 GDP 的比值，世界平

---

* 高大慧，北京市工会干部学院。

均值为 58%，中国比较熟悉的国家的数据是：法国 51%，德国 45%，韩国 37%，美国 32%，日本 32%，英国 28%。中国是 25%，在世界上排第 158 位①；北京市 2009 年最低工资与人均 GDP 的比率为 14%②。二是北京市最低工资与本市职工平均工资的比率低于世界平均水平。最低工资与平均工资的比率体现分配公平情况。就国际通行做法而言，当前大部分国家的最低工资相当于社会平均工资的 40% ~ 60%。经济合作与发展组织 24 国最低工资与平均工资的比值平均为 50%，其中，瑞士 83%，瑞典 76%，德国 58%，法国 49%，比利时 46%，韩国 37%，日本 35%，英国 30%，美国 30%；中国是 21%③，北京市 2010 年最低工资与城镇单位职工平均工资（即通常所称"社会平均工资"）的比率为 23.8%④。即使考虑到北京市最低工资中未包括职工个人应缴纳的各项社会保险费用，而城镇单位在岗职工平均工资中包含社会保险这一因素，最低工资与平均工资之比仍然偏低⑤。

另外，作为国家的首都和建设中的国际化大都市，与国内主要城市相比，北京市最低工资标准与本市职工平均工资的比率也是属于偏低的（见表 1）。

（二）最低工资标准水平不能满足劳动者"温饱"要求

《北京统计年鉴 2010》的相关数据显示，2009 年北京市城镇居民家庭人均月消费性支出，低收入户和中低收入户为 834.08 元和 1211.50 元，分别为 2009 年北京市最低工资标准的 104.26% 和 151.44%，最低工资标准与人均月消费性支出相比明显偏低。2010 年北京市政协调研显示，部分企业将最低工资标准作为职工"标准工资"；一些企业将职工自缴社会保险费算入最低工资，或将福利待遇

---

① 刘植荣：《世界工资研究报告与借鉴》，http：//blog. sina. com. cn/zhirong，2010 年 3 月 3 日。
② 根据《北京市 2010 年国民经济和社会发展统计公报》计算，该公报数据反映的是北京市 2009 年经济和社会发展状况。
③ 刘植荣：《世界工资研究报告与借鉴》，http：//blog. sina. com. cn/zhirong，2010 年 3 月 3 日。
④ 由于 2010 年的城镇单位职工平均工资数据还未公布，此处根据北京市人力资源和社会保障局 2010 年 6 月公布的最低工资标准（960 元/月）和 2009 年的城镇单位职工平均工资（48444 元/年）计算。
⑤ 北京市最低工资标准中，不包含职工个人应缴纳的养老保险、医疗保险和失业保险部分（这部分费用约占职工工资的 10.5%），城镇单位在岗职工平均工资统计中包含了这部分费用，若将这部分费用计入最低工资标准，最低工资标准与城镇单位在岗职工平均工资的比率约提高 10.5%。

表1　北京市与全国部分主要城市最低工资比较表

城　市	2008 年最低工资标准（元/月）	2008 年社会平均月工资（元/月）	2008 年最低工资标准与社会平均工资比率(%)	2010 年最低工资标准（元/月）	2009 年社会平均月工资（元/月）	2010 年最低工资标准与社会平均工资比率(%)
北　京	800	3726	21.47	960	4037	23.78
天　津	820	2600	31.54	920	2793	32.94
上　海	960	3292	29.16	1120	3566	31.41
重　庆	680	2249	30.24	870	2580	33.72
石家庄	750	1698	44.17	900	2281	39.46
太　原	720	2466	29.20	850	2762	30.77
沈　阳	700	2462	28.43	900	2857	31.50
长　春	650	2247	28.93	820	2538	32.31
哈尔滨	650	2127	30.56	840	2439	34.44
济　南	760	2193	34.66	920	2491	36.93
郑　州	650	2206	29.47	800	2487	32.17
广　州	860	3780	22.72	1100	3942	27.90

　　说明：数据来源于各城市政府部门公布的相关统计数据。表中 12 个城市 2009 年因金融危机的影响，均未调整最低工资标准。另，因 2010 年各城市社会平均工资（或在岗职工平均工资）还未公布，此处"2010 年最低工资标准与社会平均工资比率"采用的是各城市 2010 年调整的最低工资标准与 2009 年相应城市社会平均工资之比。

等并入最低工资，使职工可支配工资收入低于最低工资标准。

　　最低工资制度确立的目的是保障劳动者及其家庭的基本生活需要。有关专家运用"最低工资的生存线、温饱线和发展线数量分析方法"，将居民家庭消费性支出进行了三条线的分类设定①。即在居民家庭消费性支出八大类中，设定满足食品类、衣着类、居住类、杂项商品及其服务类支出所需费用为劳动者的生存线，低于此线的居民家庭会陷入绝对贫困状态，甚至危及生命；生存线加家庭设备用品及服务类、交通通信类支出为温饱线，居民家庭仅能满足最低生活需要；温饱线加医疗保健类、文娱教育文化服务类支出为发展线，居民家庭基本上达到自给自足，维持较低生活水平的需要。由于现阶段我国劳动者可支配收入中，工薪收入仅是其中一部分，劳动者还可通过包括离退休金和养老保险金在内的转移

---

　　① "最低工资的生存线、温饱线和发展线数量分析方法"涉及低收入户、中低收入户、中等收入户、中高收入户、高收入户等 5 个收入户组，本文只分析与最低工资标准相关的低收入户组的三条线水平。

性收入、借贷收入、财产收入等维持基本生活，所以在确立各收入组劳动者满足本人及其家庭基本生活所需的最低工资，应为各组消费支出乘以相应组的人均赡养系数以及工薪与可支配收入比。计算公式为：

劳动者所需最低工资 = 人均消费支出 × 人均赡养系数 × 工薪与可支配收入比①

根据上述公式和《北京统计年鉴 2010》的相关数据，可得出 2010 年北京市低收入户组的劳动者在"生存线"、"温饱线"和"发展线"上，所需要的最低工资数值（见表 2）。

表 2　2010 年北京市低收入户组所需最低工资分析

单位：元/月

低收入户人均生活费			所需最低工资		
生存线	温饱线	发展线	生存线	温饱线	发展线
520	655	834	840	1058	1350

低收入户人均赡养系数为 1.9，工薪与可支配收入比为 0.85。

由表 2 可以看出，2010 年北京市的最低工资标准（960 元/月）仅处于低收入户组的生存线和温饱线之间，最低工资不能满足劳动者及其家庭的基本生活需求。

（三）北京市最低工资标准与最低生活保障标准差距不合理

最低生活保障制度是对家庭收入低于当地最低生活保障标准的差额部分，由政府进行补贴；最低工资制度是保障提供劳动的个人应当至少获得的工资标准。由于保障的对象一个是家庭所有人口，一个是个人，如果二者之间的差距不合理，就会造成"就业不如吃低保"的现象。根据 2009 年北京市 5000 户城镇居民调查中 20% 低收入户基本情况来看，平均每户人口 3.1 人，平均每户就业人数 1.5 人。如果人均领取 430 元②的最低生活保障费，每户收入为 1333 元；如果有工作者 1.5 人领取 960 元的最低工资，该户收入为 1440 元，领取最低工资的家

---

① 韩兆洲、魏章进：《我国最低工资标准的实证分析》，《数据》2006 年第 3 期。
② 根据北京市民政局、北京市财政局《关于调整 2010 年本市城乡社会救助相关标准的通知》，城市低保标准由家庭月均收入 410 元调整为 430 元。

庭比享受低保的家庭收入仅多107元①（未算上班往返的交通费等开支）。如此低的最低工资标准，不利于鼓励有劳动能力的低保人员就业，也无法充分发挥最低工资保证低收入者合法劳动报酬的积极作用。②

二　北京市最低工资标准增长缓慢

北京市最低工资标准的增长速度远低于北京市人均GDP的增长速度，其发展趋势主要具有以下两个特点。

（一）两个"比重"逐年下降

一是北京市最低工资占城镇单位职工平均工资比重逐年下降。最低工资和当地城镇单位职工平均工资（以下简称平均工资）的比较，一方面是判断最低工资标准高低的重要指标，另一方面反映了当地劳动者之间的收入差距和贫富差距。按照国际通用标准，最低工资的合理水平应为当地平均工资的40%~60%，但从北京市2000~2009年的数据看，最低工资仅为平均工资的20%~32%（见表3），与国际标准尚存差距，且这一比重逐年下降。2000~2009年，北京市最低工资标准与城镇单位职工平均工资的比重由31.4%下降到19.8%，降低了11.6个百分点。

二是北京市最低工资占人均GDP比重逐年下降。最低工资与人均GDP的比值反映了社会初次分配的公平程度。2000~2009年最低工资占人均GDP的比重逐年缩小，由2000年的20.5%，下降到2009年的14.0%，表明国民收入的初次分配未能完全实现均等和公平的原则。

（二）最低工资标准增长速度"五个低于"

2000~2009年，北京市最低工资标准的平均增长速度低于职工平均工资的平均增长速度3.3个百分点，低于人均消费性支出平均增长速度0.8个百分点，

---

① 2010年7月1日前，按一户3.1人均领取410元的最低生活保障费，该户收入为1271元；按该户有工作者1.5人领取800元的最低工资，该户收入为1200元，领取最低工资的家庭比受低保的家庭收入还要低71元。

② 白云玥：《北京市最低工资标准的统计测算方法》，首都经济贸易大学硕士论文，2008年5月。

表3　2000～2009年北京市最低工资标准与城镇单位职工平均工资、人均GDP比较

年份	最低工资标准（元/月）	职工平均工资（元/月）	最低工资占平均工资比重（%）	人均GDP（元/月）	最低工资占人均GDP比重（%）
2000	412	1311	31.4	2010	20.5
2001	435	1508	28.8	2250	19.3
2002	465	1727	26.9	2570	18.1
2003	465	2004	23.2	2908	16.0
2004	545	2362	23.1	3425	15.9
2005	580	2734	21.2	3787	15.3
2006	640	3008	21.3	4338	14.8
2007	730	3322	22.0	5106	14.3
2008	800	3726	21.5	5566	14.4
2009	800	4037	19.8	5732	14.0

说明：表中结果根据2002～2009年《北京统计年鉴》及《北京市2010年国民经济和社会发展统计公报》有关数据计算，由于北京市2010年职工平均工资和人均GDP的数据还未公布，此处未作比较。

低于人均可支配收入平均增长速度3.1个百分点，低于GDP平均增长速度3.6个百分点，低于人均GDP平均增长速度4.4个百分点（见表4）。

表4　2000～2009年影响北京市最低工资标准各因素的增长速度

单位：%

年份	最低工资标准	职工平均工资	人均消费性支出	人均可支配收入	GDP	人均GDP
2000	3.0	14.1	13.3	12.7	11.0	12.7
2001	5.6	15.0	5.1	11.9	11.0	11.9
2002	6.9	14.6	15.2	7.7	10.2	14.2
2003	0.0	16.0	8.2	11.4	10.5	13.2
2004	17.2	17.9	9.7	12.6	13.2	17.8
2005	6.4	15.7	8.6	12.9	12.8	10.6
2006	10.3	10.0	11.9	13.2	13.0	9.8
2007	14.1	10.4	3.5	13.9	14.5	11.1
2008	9.6	12.2	7.3	12.4	9.1	5.4
2009	0.0	8.3	8.7	8.1	10.1	6.2
平均增长	8.0	11.3	8.8	11.1	11.6	12.4

说明：表中结果根据2002～2009年《北京统计年鉴》及《北京市2010年国民经济和社会发展统计公报》有关数据计算，由于北京市2010年职工平均工资和人均GDP的数据还未公布，此处未作比较。

从以上对影响北京市最低工资各因素的增长速度比较分析可看出：①最低工资的增长低于北京市人均消费性支出的增长，说明部分最低工资享有者变得相对贫困了①。虽然最低工资标准逐年提高，但是扣除通货膨胀率，最低工资涨幅并不显著。②最低工资增长速度低于北京市人均 GDP 的增长速度，反映了部分最低工资者未能充分地享受到社会经济的发展成果。③北京市最低工资年增长率低于平均工资增长率，且最低工资与平均工资值也远低于国际通行标准，二者差距有进一步扩大趋势，导致劳动者间的收入差距和贫富差距被拉大，不利于构建和谐社会。

三　几点建议

科学、合理地提高最低工资标准，是有效增加低收入职工的工资收入、确保劳动者实现体面劳动、推动改善民生、协调劳动关系的基础，对引导企业减少对廉价劳动力的依赖、改进经营管理、提高企业竞争力有着重要的促进作用。因此，应加快健全最低工资标准正常调整机制，促进最低工资水平持续稳定提高，真正发挥最低工资标准调节和保障社会经济生活的作用和功能。

（一）完善立法，建立最低工资标准定期上调机制

应尽快修改《北京市最低工资规定》，明确最低工资标准调整的时间、程序，以及违反最低工资制度规定应当承担的法律责任。一是根据国家相关法规的规定，明确最低工资标准应当每年上调一次，每次调整不低于 GDP 和职工平均工资增长率，确保低收入职工的工资水平得到增长。二是应建立最低工资标准与消费价格指数联动的调整机制，当物价部门发布的城镇低收入居民基本生活费用价格指数同比涨幅超过一定水平时，启动最低工资标准的调整。三是明确调整最低工资标准应当经过劳动关系三方协商，充分听取工会和职工群众的意见。四是加大劳动行政部门对执行最低工资制度监管力度，强化对违反最低工资制度的制裁措施。

---

① 白云玥：《北京市最低工资标准的统计测算方法》，首都经济贸易大学硕士论文，2008 年 5 月。

（二）加强最低工资标准测算制定的科学性、合理性

最低工资标准是一把"双刃剑"，它一方面对其享用者的基本生活需要具有保障功能，有利于构建和谐稳定的社会秩序，另一方面如果使用不好也会对当地经济乃至整个国家经济发展产生一定的负面影响。因此制定和调整最低工资标准不仅需要综合考察北京市劳动力市场状况、生活水平、物价、经济发展等诸多因素，而且要结合产业结构和经济布局整体战略调整的需要，科学决策。作为国际性大都市，北京市最低工资标准应以使低收入户生活水平达到发展线为准。然而，由于前几年最低工资标准上调率较低，加上配套措施尚不完善等原因，使得短期内北京市最低工资标准上调率要增大，但不能过大。为此，应在北京市"十二五"规划中列出明确的时间表，最低工资标准先以温饱线标准为基准，逐渐过渡到发展线标准，即达到北京市城镇单位职工平均工资40%的水平。

（三）发挥劳动关系三方协商机制作用，完善最低工资制度

一是发挥职工收入分配专业委员会在确定最低工资标准中的作用。调整最低工资标准应当经过劳动关系三方协商，充分听取工会和职工群众的意见。鉴于北京市总工会将联合北京市人力资源和社会保障局、市企业联合会共同建立职工收入分配专业委员会，该委员会应定期研究协商，对最低工资标准进行评估，并在每年确定最低工资调整标准时，通过测算论证，适时提出调整意见和实施方案。

二是发挥行业协会及行业工会（联合会）在制定行业最低工资标准中的作用。尽快形成包括市最低工资标准、行业最低工资标准、企业工资集体协商在内的完整调控体系。行业协会和行业工会（联合会）应根据北京市最低工资标准和本行业的实际情况，通过集体协商确定行业的最低工资标准（该标准应当高于北京市最低工资标准），更好地体现最低工资标准的适用性，完善本行业劳动者的最低工资保障制度，使低收入职工的工资水平得到明显提升，切实保障职工的劳动经济权益。

B.14
中关村科技园区海淀园职工思想状况调研报告

中关村科技园区海淀园工会工作委员会*

2009 年 3 月，国务院批复同意中关村建设国家自主创新示范区，这项事关全局的重大战略决策，对于提高自主创新能力，推动经济增长方式转变，提高经济发展的整体水平和国际竞争能力，完成建设创新型国家的战略任务，以及建设"人文北京、科技北京、绿色北京"，都具有十分重要的意义。海淀园作为中关村国家自主创新示范区的核心区，在完成建设中关村自主创新示范区任务、落实建设创新型国家和创新型城市的战略中，承担着重要的责任。

为全面了解金融危机对海淀园职工队伍造成的影响，及时掌握园区职工的思想状况和劳动关系的变化，构建和谐稳定的劳动关系，打造一支适应园区发展要求的高素质的职工队伍，推动中关村国家自主创新示范区核心区建设的顺利进行，2010 年海淀园工会工作委员会受海淀园管理委员会委托，对园区职工思想状况和职工队伍稳定情况进行了调研。调研选取了园区有代表性的各类企业 266家，覆盖职工 67795 人；发放企业调查问卷 300 份，回收有效问卷 266 份，回收率为 88.7%；发放职工问卷 2000 份，回收有效问卷 1716 份，回收率为 85.8%；此外还分别召开了企业管理人员和职工的座谈会。

从调查情况看，园区职工队伍整体具有积极进取精神，对社会、经济发展保持着较高的关注及热情，追求在奉献社会的过程中更加充分地实现自身价值；园区企业劳动关系和谐稳定，职工思想状况和劳动关系整体呈良性发展态势。但工资收入增长缓慢、职工职业发展平台缺失、企业管理方式相对滞后等问题仍然存在，影响着职工队伍的稳定，制约着企业的发展。

---

* 执笔人：王宏伟、姜风雷、高大慧。

一 调研基本情况

海淀园拥有各类企业 1.1 万多家，从业人员总数达 68.5 万人，企业总数和从业人员总数分别占中关村科技园企业总数与从业人员总数的 68.5% 和 60.2%①；海淀园总收入占整个中关村科技园的 46.1%，对中关村科技园总收入增长的贡献率为 52.7%②，是中关村科技园区乃至首都经济发展的中坚力量。

（一）调研企业的基本情况

从调研问卷的统计结果来看海淀园的企业（见表1），从企业性质看，国有独资企业占 3.5%，国有控股企业占 10.1%，集体企业占 3.7%，外商投资企业占 19.9%，股份制企业占 33.3%，私营企业占 29.5%，以非公有制企业为主。从行业类别看，54.0% 的企业是电子信息产业，18.5% 的企业是制造产业，建筑房地产业的企业占 3.4%，石油化工业的企业占 1.9%，商贸业、餐饮服务业、钢铁冶金业的企业各占 0.8%，其他行业的企业占 19.2%。企业中有 90.9% 是高科技企业，劳动密集型企业占 5.7%，资金密集型企业占 3.4%。从企业的市场依赖类型看，73.5% 的企业以国内市场为主，19.7% 的企业是国内和国际市场并重，6.1% 的企业以出口为主。园区中大部分企业以国内市场为主，是受金融危机影响较小的原因之一。从企业规模看，中小企业占园区企业总数的 79%，园区中最小企业的员工为 3 人，最大企业的员工为 7100 人。

表1 填答问卷职工的基本情况

单位：人，%

职工情况		人数	百分数
年 龄	25 岁以下	407	23.9
	26~35 岁	913	53.6
	36~45 岁	272	16.0
	46~55 岁	112	6.6

---

① 数据来源：《北京市开发区企业经营概况表》（2009 年 1~11 月），北京统计信息网。
② 数据来源：《海淀园在中关村科技园仍保领先地位》，海淀统计信息网，2010 年 1 月 8 日。

续表 1

职工情况		人数	百分数
性　别	男 职 工	815	47.5
	女 职 工	901	52.5
企业性质	国有独资	59	3.5
	国有控股	170	10.1
	集　体	63	3.7
	外商投资	335	19.9
	股 份 制	561	33.3
	私　营	498	29.5
职业身份	工　人	313	18.6
	技术人员	657	39.1
	管理人员	654	38.9
	农 民 工	58	3.4
政治面貌	党　员	358	20.9
	共青团员	460	26.9
	民主党派	17	1.0
	群　众	877	51.2
文化程度	高中及以下	146	8.5
	大　专	461	26.9
	本　科	899	52.5
	硕　士	191	11.2
	博　士	15	0.9
技术职称	高　级	116	6.8
	中　级	381	22.5
	初　级	261	15.4
	无	938	55.3
户籍情况	北 京 市	775	49.0
	外 省 市	807	51.0

（二）调研职工的基本情况

问卷统计结果显示（见表 1），海淀园职工队伍具有外埠户籍比例大、年轻化、学历高以及拥有技术职称的职工比例较高等特点。

1. 年轻化

海淀园企业职工中，年龄在 35 岁以下的占 77.5%，分别比北京市和中关村科技园同一年龄段的职工高出 27.7① 和 7.2② 个百分点。年龄在 35 岁以下的职工所占比例，从行业看，电子信息产业最高为 85.4%，其次是制造产业和建筑房地产业，分别为 74.4% 和 50.1%；从所属企业的性质看，外商投资企业最高为 86%，其次是私营企业为 75.8%，股份制企业为 74.8%，国有控股企业为70.6%，集体企业和国有独资企业分别为 69.8% 和 47.5%。

2. 学历高

海淀园企业职工中，具有大专和本科学历的占 79.4%，分别比北京市和中关村科技园相同学历的职工高出 23.6 和 20.6 个百分点；硕士研究生以上学历的职工占 12.1%，分别比北京市和中关村科技园相同学历的职工高出 7.6③ 和1.9④ 个百分点。

3. 拥有技术职称比例较高

海淀园企业职工中，具有高级、中级和初级职称的职工分别占 6.8%、22.5% 和 15.4%，比中关村科技园具有相同职称的职工分别高出 1.3、11.3 和4.3 个百分点⑤。

（三）园区职工思想状况

本次职工思想状况调查表明，园区的职工思想状况和劳动关系整体呈良性发展态势，广大职工主流是积极向上的，保持着较高的政治觉悟和对社会、经济发展的关注及热情，对党中央和政府应对金融危机充满信心；职工的社会心态整体平和，价值观念更加多元化和务实，追求在奉献社会的过程中，更加充分地实现自身价值。同时，不少职工对当前一些涉及自身利益的社会问题的不满情绪有所增加，对未来生活和企业发展仍感担忧。

1. 能理性看待危机，但是对相关政策了解不够

调查显示，职工对金融危机的认识是比较客观的，态度是比较乐观的。七成以上的职工认为危机对园区和企业发展造成了影响，70.1% 的职工认为危机影响

---

① 比较数据来源：北京市总工会《2009 年北京市职工思想状况调查报告》。
② 比较数据来源："中关村科技园区企业人力资源情况"，载《北京统计年鉴 2009》。
③ 比较数据来源：北京市总工会《2009 年北京市职工思想状况调查报告》。
④ 比较数据来源："中关村科技园区企业人力资源情况"，载《北京统计年鉴 2009》，
⑤ 比较数据来源："中关村科技园区企业人力资源情况"，载《北京统计年鉴 2009》。

了园区发展，77.1%的职工认为危机影响了企业的发展。在对市政府和园区应对金融危机政策措施的评价中，有80.4%的职工表示不太了解或者不了解相关政策；在了解相关政策的职工中，有47.6%的职工对市政府应对金融危机扶植企业、稳定扩大就业的政策评价为"很好"和"比较好"；认为园区应对危机的措施"很好"的占20.2%，有40.7%的员工认为"一般"。这些数据表明：一是政府相关部门对政策措施的宣传不够，职工对政策不够了解；二是这些政策仍有改进的空间。

2. 平均工资接近全市平均线，但是职工满意度较低

调查显示①：2008年园区职工平均年收入是44045元（3670元/月），与北京市2008年社会平均工资44715元（3726元/月）基本持平。从行业看，电子信息产业职工年均收入为51126元（4261元/月），制造产业年均收入为36739（3062元/月），建筑房地产业年均收入为41664元（3472元/月）；从企业性质看，国有独资企业职工年均收入为49571元（4131元/月），国有控股企业年均收入为51084元（4257元/月），集体企业年均收入为31621元（2635元/月），外商投资企业年均收入为54954元（4580元/月），股份制企业年均收入为42848元（3571元/月），私营企业年均收入为40942元（3412元/月）。35.3%的职工工资收入在全市平均线以上，其中，管理人员和技术人员分别占41.2%和43.6%；近三成职工工资收入在2000元至3000元之间。

在对工资收入所属档次的主观认知调查中（见表2），1.5%的职工认为自己的工资水平在海淀园区属于高的，5.2%的职工认为收入属于中等偏上，有29.4%的职工认为属于中等，35%的职工认为中等偏下，28.8%的职工认为属于低等。在对工资收入满意度的调查中，有16.6%的职工对自己的收入表示满意（见表3、表4和表5）。23%的职工表示金融危机以来收入有所下降；其中14%的职工下降幅度在1000元以上，15.5%的职工下降幅度在500元至1000元之间，51.9%的职工下降幅度在100元至500元之间，18.6%的职工下降幅度在100元以下。

---

① 对266家企业问卷调查，职工年均收入一项共有142家企业填报。

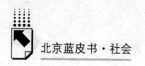

表2 对工资收入档次的主观认知

单位：%

工　　资	高等	中等偏上	中等	中等偏下	低等
1000 元及以下	5.7	7.5	17.0	8.3	39.6
1001～2000 元	1.3	2.2	10.2	27.4	55.7
2001～3000 元	1.3	1.6	17.8	35.0	41.6
3001～3726 元	1.2	3.9	19.5	51.8	22.6
3727～5000 元	1.0	3.5	37.8	42.5	12.7
5001～7500 元	0.6	7.8	56.7	31.1	2.8
7500 元以上	5.5	31.2	49.5	10.1	1.8
平　　均	1.5	5.2	29.4	35.0	28.8

表3 对工资收入的满意度（一）

单位：%

工　　资	很满意	比较满意	一般	不太满意	不满意
1000 元及以下	13.2	11.3	11.3	13.2	37.7
1001～2000 元	2.9	6.7	31.8	24.5	31.5
2001～3000 元	2.7	7.8	33.0	28.7	27.6
3001～3726 元	3.5	14.0	38.9	24.9	16.7
3727～5000 元	1.9	15.2	50.2	23.2	9.5
5001～7500 元	0.6	24.4	47.2	22.8	5.0
7500 元以上	3.7	38.5	42.2	7.3	7.3
平　　均	2.9	13.7	38.4	23.5	19.8

表4 对工资收入的满意度（二）

单位：%

企业性质	很满意	比较满意	一般	不太满意	不满意
国有独资	13.6	27.1	37.3	11.9	8.5
国有控股	2.9	16.5	37.1	23.5	18.2
集体企业	3.2	20.6	31.7	19.0	25.4
外商投资	3.3	12.8	41.8	22.4	18.2
股份企业	1.6	14.1	35.8	24.6	22.1
私营企业	2.8	10.6	39.8	24.5	20.3

表5　对工资收入的满意度（三）

单位：%

职工身份	很满意	比较满意	一般	不太满意	不满意
管理人员	3.4	16.8	38.5	21.3	18.2
技术人员	2.0	13.5	40.9	24.5	18.1
工　人	2.6	7.7	31.6	29.1	27.2
农民工	10.3	13.8	38.4	12.1	22.4

3. 关注三大社会问题，期待健全社会保障

调查显示，对社会问题的关注，排在前三位的依次是住房保障54.4%、收入差距51.3%、医疗保障42.5%。调查显示，有19%的职工没有住房公积金。目前，北京市房价居高不下，职工无力购房或还贷压力太大，居无定所使园区中相当多的年轻人不能全身心投入工作，住房成为占51.0%的外埠户籍职工关注的首要问题。职工收入满意度不高，而且与企业效益的增长没有形成一种正相关关系。随着市场化的深入发展，养老、住房、医疗、教育等与职工生活密切相关的服务费用越来越高，物价不断上涨，支出不断增加，让普通一线职工感到家庭经济生活压力不断增大。80.0%的职工认为北京市政府需要出台完善工资收入及分配的相关政策。医疗等社会保障问题仍是职工最担忧的事情。座谈会中职工表示，医疗保障虽有所好转，但仍盼扩大报销范围（尤其是对困难职工和劳动模范）。看病难、看病贵已成为职工的共识。调查中职工反映当前医疗存在的主要问题，依次为医院收费过高、药费太贵、医院排队等候时间太长、医疗资源远不能满足需求。73.3%的职工认为应出台完善医疗保险的有关政策。

4. 劳动关系整体平稳，但仍存在有不和谐因素

调查显示：园区劳动关系总体和谐稳定。74.9%的职工认为企业用工规范，53.4%的职工认为园区劳动关系比较稳定，金融危机以来，83.8%的企业未发生过劳动争议。50.2%的职工对园区实施《劳动合同法》的情况比较满意，52.5%的职工认为企业能完全履行劳动合同，有43.8%的职工认为企业基本履行劳动合同。70.9%的职工认为企业劳动关系是和谐的（这与89.1%的企业认为劳动关系和谐基本接近），65.9%的职工认为企业经营管理者和职工的关系比较融洽。与此同时，也有7.9%的职工认为所在企业劳动关系不和谐，6.3%的职工认为所在企业的经营管理者与普通员工的关系不太融洽或很不融洽。职工认

为，导致劳动关系不和谐的因素集中反映在收入及待遇相差过大，经营管理者对员工尊重不够、关心不够、理解不够，普通职工没有民主参与的权利等方面（见表6）。

表6　经营管理者与员工关系不融洽的主要原因

因　素	人次	首选（%）	多选之和（%）
1. 经营管理者对普通员工尊重不够	160	17.5	37.6
2. 经营管理者对普通员工关心不够	133	14.6	31.2
3. 收入及待遇相差过大	204	22.4	47.9
4. 普通员工没有民主参与权	92	10.1	21.6
5. 经营管理者对普通员工的劳动贡献理解不够	121	13.3	28.4
6. 缺乏沟通渠道	134	14.7	31.5
7. 其他	68	7.5	16.0

5. 工作满意度较高，工作目标、价值取向更加多元化和务实

职工对个人工作的看法直接影响其对工作的投入度、园区职工队伍的稳定以及工作效率等。从问卷调查看，61.6%的职工对工作很满意或者比较满意（见表7和表8）。与此相关，有51.5%的职工认为自己的积极性得到了基本发挥，有24.0%的职工认为充分发挥了个人积极性，24.5%的职工认为积极性发挥一般或者没有得到发挥。对于自己未来事业发展，80.2%的职工有进一步发展的愿望。从职工的工作目标看，44.7%的职工要增加收入，29.1%的职工想提高自身素质，18.4%的职工要实现个人价值，3.6%的职工要为社会作贡献（见表9和表10）。对不同年龄段职工分析，46岁以上的职工更关心工作的稳定性，占51.6%，高于其他年龄段；18岁至35岁的职工追求工资待遇更为突出；18岁以下的年轻职工更关心企业是否提供个人发展的平台。从职业身份看，农民工对职业稳定性的关注高于管理人员、技术人员和工人，而对提供自身价值实现的关注度低于管理人员、技术人员和工人，说明农民工还是生活在生存保障期，还未达到自身价值的实现阶段。管理人员与技术人员对提供自身价值发展的平台关注度与提高工资待遇基本持平。上述数据反映了职工价值取向：一是强调现实利益，更多的职工把获得更多的工作报酬作为自己的理想追求；二是强调实现权益；三是强调个体。对再就业的能力和信心方面，只有9.9%的职工认为很容易，有33.2%的职工认为较容易，其他都认为一般或者不容易。这种认识一方面保持了职工队伍的稳定，使大部分职工更加慎重地对待工作变动，另一方面也说明当前就业形势不容乐观。调查显示，在金融危机的背景下，职工对自己职业的评价更加理性和务实，虽然有一半的职工对职业比较满意，但是也有近一半的人对目前的工作不太满意，但是迫于形势的压力，不得不在现有的岗位上工作，同时，在对自己的职业定位中增加了收入等现实的因素。

表7 对工作的满意度（一）

单位：%

企业性质	很满意	比较满意	一般	不太满意	不满意
国有独资	35.5	45.8	10.2	3.4	1.7
国有控股	17.6	45.3	30.6	3.5	1.2
集体企业	20.6	38.1	31.7	6.3	1.6
外商投资	14.3	47.2	26.3	8.1	1.8
股份企业	12.7	49.7	30.8	4.1	0.7
私营企业	13.7	44.8	30.1	8.0	1.6

表8 对工作的满意度（二）

单位：%

职工身份	很满意	比较满意	一般	不太满意	不满意
管理人员	15.3	50.9	27.2	3.8	0.9
技术人员	14.0	46.7	29.8	5.6	1.5
工 人	13.4	38.3	33.2	11.2	1.6
农 民 工	32.8	29.3	27.6	5.2	1.7
平 均	14.8	46.8	29.0	6.0	1.3

表9 对工作目标的设置（一）

单位：%

企业性质	增加收入	提高素质	实现个人价值	为社会作贡献	其他
国有独资	32.2	33.9	23.7	10.2	0.0
国有控股	38.8	35.3	17.6	2.9	3.5
集体企业	46.0	20.6	25.4	3.2	4.8
外商投资	43.6	28.7	20.9	2.4	3.9
股份企业	41.4	30.5	19.1	5.7	2.7
私营企业	52.6	26.8	13.9	1.8	4.0

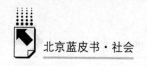

表10　对工作目标的设置（二）

单位：%

职工身份	增加收入	提高素质	实现个人价值	为社会作贡献	其他
管理人员	42.0	26.9	22.0	5.5	2.8
技术人员	43.7	31.8	16.6	2.4	4.1
工　　人	51.8	27.8	7.0	2.2	3.5
农民工	51.7	25.9	17.2	5.2	0.0
平　　均	44.7	29.1	18.4	3.6	3.4

6. 职工学习需求旺盛，培训制度有待规范

职工的学习和培训是各级政府都非常重视的工作，国家也先后出台了各种法规文件，对职工的学习培训工作做出了明确规定。本次调查表明：职工最希望参加的培训依次为技术技能、职业资格认证、外语和学历教育。从不同的职工看，具有技术职称的职工多希望参加技术技能培训，无技术职称的职工最需要职业资格培训，具有初级及中级职称的职工多希望接受学历教育。但是在被调查职工中，只有18.2%的职工经常参加各种培训，有58.5%的职工偶尔参加，有21.5%的职工从未参加过培训。在从未参加过培训的职工中，最多的是农民工，其次是工人，再次是技术人员和管理人员。没有参加培训的原因依次为没有机会（15.8%）、费用太高（12.2%）、没有时间（10.4%），不想参加的仅占1.4%。从职业来看，没有机会参加培训的依次为，农民工（22.4%）、工人（18.5%）、技术人员（17.4%）、管理人员（12.1%），可见，农民工参加培训的机会最少。在学习时间上，农民工表示没有时间学习的比例最大，为17.2%，高于其他群体。职工认为参加企业组织的培训是职工提高素质的最重要的渠道，认为提高文化素质和职业素质的最佳途径依次为企业组织培训（36.9%）、输送到专门院校培训（26.9%）、自学（24.6%）、参加技术创新活动（6.4%）、参加劳动竞赛（1.0%）。企业问卷显示：企业教育经费主要用于职工技能培训（50.8%）、职工学历（15.0%）、干部教育和实地考察（34.1%）。

二　影响职工队伍稳定和企业发展的主要问题

和谐稳定的劳动关系和稳定的职工队伍是建设社会主义和谐社会，推动中关村国家自主创新示范区核心区建设顺利进行的重要基础和条件。调研表明，以下问题影响着园区职工队伍的稳定，是制约园区企业发展的潜在因素。

（一）工资增长缓慢是影响职工队伍稳定和企业发展的核心问题

调查显示，工资收入是职工关注程度最高、影响面最大的核心问题。数据表明，在对"影响职工队伍稳定的因素"、"影响职工发挥积极性的因素"、"调动职工积极性的因素"、职工"在工作中关注的问题"以及"员工目前的工作目标"等调查问题的回答中，职工首选的均是与工资收入相关的选题（见表11、表12、表13、表14和表15）。

表11 影响园区职工队伍稳定的因素（多选）

因　素	人次	首选(%)	多选之和(%)
工作环境	651	14.1	39.1
工资收入	1385	29.9	83.1
医疗保障	634	13.7	38.0
住房条件	741	16.0	44.5
民主权利	235	5.1	14.1
管理方式	471	10.2	28.3
金融危机	195	4.2	11.7
加班加点	226	4.9	13.6

表12 影响职工发挥积极性的主要因素（选三个，按重要性排序）

因　素	人　次	首选(%)	多选之和(%)
工资待遇差	1049	29.0	75.4
工作环境不好	338	9.3	24.3
单位缺乏发展前景	651	18.0	46.8
领导工作能力差	315	8.7	22.6
难发挥潜力，没有个人前途	688	19.0	49.4
考核机制不合理	425	11.7	30.5

表 13　在工作中比较关注的问题（可多选）

因　素	人次	首选(%)	多选之和(%)
工作安全稳定	642	13.5	37.7
获得优厚的工资待遇	1258	26.5	73.8
提供良好的工作环境和氛围	972	20.5	57.0
提供培训的机会	719	15.2	42.2
提供实现自身价值的平台	1152	24.3	67.6

表 14　调动职工积极性主要解决的问题（可多选）

单位：%

因　素	人　次	首选(%)	多选之和(%)
保障就业岗位	289	6.1	17.0
提高工资	1257	26.6	74.0
实行职工民主管理	225	4.8	13.3
加强职业培训	403	8.5	23.7
有激励制度	1102	23.3	64.9
有职业发展前景	938	19.9	55.2
对工人劳动贡献的宣传	49	1.0	2.9
管理者与员工的关系	459	9.7	27.0

表 15　感到比较有压力的问题（可多选，选三个，按重要性排序）

因　素	人　次	首选(%)	多选之和(%)
就业难	328	7.0	19.3
收入差距	1137	24.4	66.8
医疗保障	713	15.3	41.9
住房保障	1041	22.3	61.2
子女教育	502	10.8	29.5
安全生产	35	0.8	2.1
社会治安	138	3.0	8.1
社会保障	400	8.6	23.5
户　籍	296	6.4	17.4
其　他	71	1.5	4.2

　　分析其原因，可看到：一是收入分配中普遍存在的问题影响着职工积极性的发挥。调查显示，40%的职工认为普通职工收入太低，45%的职工认为普通职工收入增长缓慢甚至长期不涨工资，有27.2%的职工反映两年来未增加过工资，

有 9.3% 的职工反映五年来从未增加过工资。有 26.1% 的职工认为单位经济效益增长了，但普通职工的收入并没有增长甚至还有降低。29.6% 的职工认为与经营管理者的收入差距过大，还有 31.8% 的职工认为行业之间职工收入差距大。75.4% 的职工认为工资待遇差是影响发挥积极性的主要因素。

二是园区职工队伍的特点决定了工资收入是职工关心的最大问题。对于科技园区，35 岁以下的职工占 77.5%，而这一年龄段中 88.3% 的职工是外地进京年轻人，52.4% 的职工具有本科学历，7.5% 的职工具有硕士学历。他们是园区发展宝贵的人力资源，处于成家立业期，面对北京高房价、高教育成本，一方面不能享受北京人住房、教育的优惠政策，另一方面，与北京人相比，也缺乏来自家庭的支持，为获得基本生活保障，不得不追求高工资、高福利以满足最基本的生存需要。

三是园区部分职工的主观收入影响着对自身客观收入的评价。主观收入是职工基于一个参照标准和对收入的心理预期而产生的对自身收入的主观感受，客观收入即职工实际获得的收入。由于受现实社会影响，个人价值观念、道德标准及心理因素（例如所选参照标准、心理预期等）影响，在对自身工资收入档次的认知中，部分职工的主观收入与客观收入存在着较大的差距，影响着其对工资收入满意度的评价。职工对工资收入的主观感受影响着其对工资收入满意度的评价，支配着职工对社会公平的看法，影响着其工作态度和工作积极性的发挥，也影响着职工队伍的稳定。

（二）职业发展平台缺失是影响职工队伍稳定与企业发展的绊脚石

座谈会上反映出，职业发展平台缺失是影响职工队伍稳定和企业持续发展的另一个重要因素。调研表明，近 38.6% 的职工对工作不太满意的影响因素中，排在第二位的是"没有发展"（见表 16）。从企业性质看，认为"没有发展"最突出的是外商投资企业，为 35.5%，其次是股份企业，为 31.5%，第三是国有控股企业 31.1%；从企业规模看，在 500～1000 人的企业中，没有发展空间对职工积极性的影响更为突出。在"影响工作积极性发挥的因素"的调查中，"难发挥潜力，没有个人前途"和"单位缺乏发展前景"均以近 50% 的比例排在前位。在"调动职工积极性的因素"的调查中，"有激励制度"和"有职业发展前景"分别以 64.9% 和 55.2% 的比例，紧随"提高工资"排在第二、三位；有 67.6% 的职工要求企业"提供实现自身价值的平台"。

表16 对工作不满意的原因

因　素	人　次	首选(%)	多选之和(%)
工资低	338	38.4	74.9
劳动强度大	118	13.4	26.2
社会保障差	108	12.3	23.9
工作环境差	41	4.7	9.1
得不到尊重	50	5.7	11.1
工作不稳定	54	6.1	12.0
人际关系不好	21	2.4	4.7
没有发展	151	17.1	33.5

职工将职业生涯的发展作为工作中最关心的问题，是由园区90.9%的高科技企业的主体——知识型员工的特点决定的。知识型员工"就是那些创造财富时用脑多于用手的人们。他们通过自己的创意、分析、判断、综合、设计给产品带来附加价值"[1]。知识型员工的个性特点为：①具有较高的创造性、自主性和独立性；②具有实现自我价值的强烈意愿；③具有较强的流动意愿。因此，他们希望借助企业平台施展自己的才华，实现人生价值。知识型员工要求的不仅是一个稳定的工作和较高的工资，他们更看重的是工作的兴趣性和挑战性，要求在工作中或工作的变动中使自己能得到不断成长和发展的机会。由于园区中大部分企业尚处在创业期，企业自身发展目标不明确，企业还缺乏引导和帮助职工制订、实现职业生涯发展规划的能力，或是相应的认识，不能为职工发展搭建平台，影响职工队伍的稳定。

（三）管理方式相对滞后是影响职工队伍稳定与企业发展的瓶颈

调查显示：28.3%的职工认为企业的管理方式是影响职工队伍稳定的因素之一。

一是家族式管理模式与现代化企业管理不相适应。部分企业初创时期多依靠家人或者亲戚朋友等进行家族式管理，缺乏配置合理、配合默契的管理团队；缺乏成熟的高新技术开发管理体系，项目负责人大都是从水平较高的技术人员中选

---

[1] 黄颖：《高新技术企业人力资源管理模式研究》，北京交通大学硕士学位论文，2006年11月。

出的，大都不擅长管理，因此在管理中不可避免地存在各种各样的问题；研发过程不规范，受制于少数研发人员，一旦骨干研发人员离开，造成企业核心竞争力的丧失，使企业发展受到损失。①

二是企业经营管理者的民主意识较差，企业管理水平与职工的需求还有差距。问卷显示：近50%的职工认为企业没有职工表达意见的渠道（国有改制企业、集体企业和私营企业中，分别有68.4%、33.3%和33.1%的职工认为没有表达渠道），52.9%的企业未建立职工（代表）大会制度，58.8%的企业未建立平等协商集体合同制度。职工普遍反映企业中是管理者一言堂，职工没有对企业经营管理和自身权益保护的话语权。职工不了解企业发展的远景目标、企业在发展中要克服的困难及解决的问题，企业也不了解职工的关心所在，企业与职工无法形成"共建"的合力和"共享"的结果，职工的聪明才智得不到发挥，职工的积极性受到抑制。

三 进一步维护职工队伍稳定、促进企业发展的措施建议

2010年北京市政府工作报告指出，要"切实抓好中关村国家自主创新示范区建设。落实国务院批复精神，加快建设具有全球影响力的科技创新中心"。海淀园作为中关村国家自主创新示范区的核心区，要在更高的层次上探索、创新发展模式，承担起为走中国特色的自主创新道路和推进创新型国家建设提供经验和示范的重任，不可不重视引领和推动科技创新发展的重要因素——职工队伍的建设，不可不重视保障和推动科技创新发展的关键因素——职工队伍的稳定。构建和谐稳定的劳动关系，建设一支团结、稳定、富有创新精神的职工队伍对核心区的建设是至关重要的。

（一）用文化凝聚人心

海淀园作为中关村国家自主创新示范区的核心区，应加强园区文化建设，构建独特的积极向上的园区文化，形成和保持园区持续、健康发展的灵魂和动力。

树立园区文化建设理念，推动园区文化建设。围绕海淀园在建设中关村自主

---

① 黄颖：《高新技术企业人力资源管理模式研究》，北京交通大学硕士学位论文，2006年11月。

创新示范区的战略地位和承担的重要责任，提炼出园区文化建设理念，引领园区文化发展。例如：园区使命为"创新示范，引领发展"，园区愿景为"勇攀科技之巅，构建和谐家园"，园区精神为"创新、跨越、协作"等。进一步健全和完善园区文化建设研究和组织管理体系，形成园区企业工委领导，工会、共青团积极协助，企业积极参加的工作格局，推动园区文化建设。在以往开展较好的文化活动的基础上，打造园区文化建设品牌活动。

（二）用制度提升管理

企业管理水平已经成为制约海淀园企业发展的瓶颈。要突破这一瓶颈的制约，必须建立规范的现代企业管理制度。

1. 建立企业家培训制度，提高企业家的现代企业管理能力

借助海淀园创建学习型企业工程，制订长期规范的企业家培训计划，重点培养企业家的现代管理理念，引导企业树立"让制度成为老板，不要让老板成为制度"的理念；引导企业由传统的家族管理，向资产所有权、管理权分离的现代企业管理转变；引导企业通过聘用职业经理或者职业管理团队来提高企业的管理能力。帮助重点企业与一些高校合作建立结对咨询制度，促进重点企业掌握现代企业管理知识方法，提高企业管理水平。建立园区企业家联谊会，为园区企业家创造交流学习的机会。

2. 建立健全企业职工民主参与制度，提升企业民主管理水平

园区内各企业，应依托企业或园区工会组织，建立健全企业民主管理制度，畅通企业与职工的沟通渠道。建立完善企业职工（代表）大会制度，让企业了解职工所想，解决职工所急，维护职工队伍的稳定；让职工了解企业经营发展状况，集中广大职工智慧，推动企业又好又快发展。建立平等协商集体合同制度，形成企业与职工在企业发展目标上的共识、在发展进程中的共建、在发展成果上的共享的利益共同体。另外，可尝试建立园区职工代表大会制度，讨论园区职工共同关心的问题，增强职工对园区的归属感和认同感，提升整个园区的管理水平。

（三）用保障维护稳定

满足职工基本生活需求是稳定职工队伍的基础，要改变"重资本，轻劳动"

的观念，关心职工生活，解决职工的后顾之忧，赢得职工认同，调动职工积极性。

1. 建立青年公寓，解决企业创新人才住房问题

园区中35岁以下的职工占77.5%，其中88.3%为外地进京职工，他们中有23.7%表示"住房保障"是工作中感到最需要解决的问题。根据北京市公共租赁住房管理的相关规定，运用北京市给予科技园区特事特办的优惠政策，建议在园区建设规划中，由园区筹集资金、利用自有土地建设园区的"青年公寓"，解决部分单身青年职工的住房问题；由园区和相关企业共同筹资，建设园区的"人才公寓"，按照相应的奖励机制解决已婚职工和技术骨干的住房问题；争取企业所在地农村集体经济组织的支持，比照海淀区北坞村（和唐家岭）模式，利用集体建设用地，集中建设园区来京务工人员公寓。

2. 建立多层次保险保障制度，缓解企业和职工的风险和健康压力

在督促企业依法为职工缴纳社会保险金的基础上，鼓励、引导高新技术企业充分利用北京市与科技部、中国保监会签署的《科技保险合作备忘录》的相关规定，投保高管人员和关键研发人员团体健康保险以及意外保险等，缓解部分职工就医压力。园区可尝试建立"园区非公企业职工医疗优惠保障制度"。建议由海淀区政府出面组织并给予一定的财力支持，针对在海淀区所属医院或者海淀区社区医院（医疗站）就医的园区职工，制定一些医疗优惠政策，如减免部分挂号费、诊疗费等，既服务职工，又能盘活一些基层医疗服务站。

3. 制订园区工资指导线，督促、指导企业建立正常的工资调整机制

一是利用重点企业区长联系制度、座谈会制度和联谊制度，引导企业提高对建立企业正常工资调整机制、营造和谐良好工作环境重要性的认识。二是由区人力资源和社会保障部门负责建立园区主要行业的企业人工成本状况和职业（工种）工资指导价位的信息通报制度；在此基础上根据市工资指导线，制订园区工资指导线，引导企业建立正常的工资调整机制。三是责成人力社保行政部门和工会组织督促、帮助企业人力资源部门或通过企业与工会组织平等协商，建立起企业工资正常调整机制和新型的工资激励机制，使职工的工资收入随企业经济效益的增长而增长，使职工在与企业共建的基础上，共享企业发展的成果。

4. 进一步规范劳动用工，建立健全劳动争议调解机制

人力社保行政部门和工会组织应继续加强对企业贯彻落实《劳动合同法》

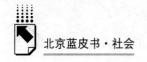

情况的督促、检查，保障职工的合法权益不受侵犯；依托工会组织建立健全劳动争议预警机制和企业相应的劳动争议调解组织，及早发现并解决争议，维护、协调好企业稳定的劳动关系。

5. 搭建沙龙活动平台，促进园区职工沟通交流

园区中以年轻技术人员居多，且分散在各个不同企业，缺乏相互沟通交流的平台。调查显示，园区 26～35 岁的职工中，本市户籍未婚职工和外省市户籍未婚职工分别占到 38.1% 和 45.7%，许多职工受情感问题困扰，情绪低落，工作积极性不高。园区党委、工会和团委应通过建立职工心理访谈室，帮助职工舒缓压力，化解心理困扰；可以根据职工兴趣爱好，组建各种沙龙，如摄影沙龙、篮球沙龙、羽毛球沙龙和厨艺沙龙等，让职工根据自己的兴趣爱好自愿参加沙龙活动，为园区职工交流搭建平台，为园区大龄未婚青年拓展交友空间，丰富园区的文化活动。

（四）用知识拓展人生

对职工的培训和职工的自我学习是企业强化"内功"和发展的主要原动力。园区应督促各企业站在企业持续发展的高度，将职工培训作为提高企业竞争力的大事列入重要的工作日程，加强规划，建立长效机制。

加大职工培训投入，提升职工能力。园区可依托工会组织或园区文化建设委员会，督促企业将职工培训投入列入预算计划，并通过首都职工素质建设工程、园区创建学习型企业工程等途径实现企业培训规划；督促企业建立和完善包括培训服务制度、岗前培训制度、培训考核评价制度、培训奖惩制度等一整套约束措施和培训管理制度，将职工的考核、晋升、使用、奖励等与培训结合起来，并将培训结果作为其聘任、晋升、岗位交流的依据，做到"不经培训不上岗，不经培训不任职，不经培训不晋级"。

（五）用宣传扩大影响

自主创新示范区核心区建设需要得到全市各个方面关注和支持，也需要得到园区全体职工的关注和支持。

加强内外宣传，打造园区形象，扩大政策影响力。自主创新示范区核心区建设需要得到全市各个方面的关注和支持。一是，园区应拓展对外宣传渠道，充分利用全市各个方面的公共媒体，尤其是上班族容易接触到的包括公交、商务楼宇里面的各种媒体，采取青年比较喜闻乐见的形式，尽可能多地予以宣传报道，扩大海淀园的影响力。通过在海淀园建立科普基地、各种科技发明展览、科技宣传普及月（周）等，向大众展示海淀园各企业的最新科技成果。二是，充分利用园区各个方面的公共媒体，让园区职工了解北京市建设中关村科技园区自主创新示范区的战略部署，了解海淀园区的战略地位和重大责任，了解市政府对建设自主创新示范区的一系列政策，同时也要让职工了解与其自身利益相关的法律法规和政策，了解海淀园管委会各机构的职能以及所做的工作。除了加大网上的宣传力度外，还应通过在园区主干道旁设置宣传栏、在楼宇和电梯里的媒体上滚动播放等形式，加大对园区企业和职工进行党和国家相关政策的宣传力度，增强企业和职工对建设自主创新示范区核心区责任的认同、对党和国家相关政策的认知，使职工自觉地承担起责任，并能以相关的法律法规政策规定行使和维护自己的权利，履行自己的义务，在建设自主创新示范区核心区进程中有所作为。

B.15
北京市非公有制企业党建情况调查

冯 波[*]

　　非公有制经济是我国社会主义市场经济的重要组成部分。在我国境内的非公有制企业中建立中国共产党的基层组织，开展党的工作，是由宪法赋予党的领导地位、执政地位决定的。非公有制企业是新形势下党的工作的重要阵地。加强非公有制企业的党建工作，是保证党对非公有制经济组织的政治领导、全面推进党的先进性建设的必然要求，也是促进非公有制企业健康发展的重要保证。

　　2000 年，中组部下发了《关于在个体和私营等非公有制经济组织中加强党的建设工作的意见（试行）》（中组发〔2000〕14 号），对非公有制经济组织中党组织的地位、作用、职责、任务做了明确规定：第一，宣传贯彻党和国家的路线方针政策，引导和监督企业遵守国家的法律法规，依法经营，照章纳税；第二，关心企业生产经营重大问题，提出意见和建议，支持和促进企业发展；第三，加强党员的教育管理，做好发展党员工作，发挥党员的先锋模范作用；第四，做好职工思想政治工作，团结和依靠职工群众，关心和维护职工的合法权益；第五，加强社会主义精神文明建设，建设有理想、有道德、有文化、有纪律的职工队伍；第六，协调企业内部各方面的关系，坚持原则，化解矛盾，维护企业和社会的稳定；第七，领导工会、共青团等群众组织，支持他们依照法律和各自章程独立自主地开展工作；第八，完成上级党组织交办的任务。2009 年 9 月，党的十七届四中全会审议通过了《中共中央关于加强和改进新形势下党的建设若干重大问题的决定》（以下简称《决定》），把推进基层党组织建设，进一步增强基层党组织的创造力、凝聚力、战斗力，作为党的执政组织基础建设的主要内容。非公有制企业党组织建设就包含在上述组织建设架构之中。

---

　　* 冯波，中国传媒大学。

多年来，中共北京市委高度重视非公有制企业党建工作，在推动非公有制企业党建工作方面采取了很多举措。2005 年，中共北京市委下发了《关于推进基层党建工作创新的意见》，明确把加强新经济组织、新社会组织党建工作作为推动全市基层党建工作创新的一项重要任务。2006 年，为落实中央组织部关于加强在规模以上非公有制企业中建立党组织工作的要求，中共北京市委组织部下发了《中共北京市委组织部关于进一步做好在全市规模以上非公有制企业中建立党组织工作的通知》（京组通〔2006〕91 号），强调要加大规模以上非公有制企业党组织组建力度。"把此项工作作为加强'两新'组织（新经济组织和新社会组织）党的建设的重点来抓，认真研究和解决工作中遇到的难点问题，不断加大工作力度，努力使全市非公有制企业党建工作不断取得实质性进展。"① 党的十七大以来，为了解决社会领域党建工作归属不清、职责不明的问题，中共北京市委设立了社会工作委员会（简称社会工委），构建了党委统一领导、组织部门牵头、社会工委具体负责、各有关部门密切配合的社会领域党建工作新格局。2008 年，中共北京市委组织部下发了《关于对全市规模以上非公有制企业组建党组织工作进行"回头看"的通知》（京组通〔2008〕11 号），要求对规模以上非公有制企业组建党组织工作进行"回头看"②，进一步巩固和扩大组建党组织工作成果。2009 年，北京市委启动了四项试点（街道社会工作党组织建设试点，"枢纽型"社会组织中社会工作党组织建设试点，商务楼宇党建工作站试点，新经济组织中党组织规范化建设试点）工作项目，通过发挥试点工作的示范、引领和推动作用，着力构建社会领域党建工作体系，扎实推进全市社会领域党建工作整体水平的提高。③ 对规模以下非公企业，中共北京市委社会工作委员会提出了以楼宇党建为突破口，加速推进规模以下非公有制经济组织党建工作的要求。规模以下非公有制经济组织数量大、增长快、变动性强，是社会领域党建的薄弱环节。依托规模以下非公有制经济组织聚集的商务楼宇开展党建工作，可以实现

---

① http：//www. bjdj. gov. cn/Article/ShowClass. asp？ ClassID = 441.

② 主要看规模以上非公企业党组织是否真正建立、台账登记信息是否准确、党组织活动是否正常、活动经费和活动场所是否有保障。要认真回顾总结加强规模以上非公企业党建工作的做法、经验和启示，查找存在的问题，提出改进工作的意见、建议。

③ 张旭：《北京市以四项措施构建社会领域党建工作体系》，新华网，http：//news. xinhuanet. com/politics/2009 – 12/10/content_ 12622712. htm，2009 年 12 月 10 日。

集约化管理、一站式服务，为实现非公有制经济组织党建工作全覆盖的战略目标提供新途径。①

中共北京市委对非公有制企业党建工作的重视推动了非公有制企业党建工作的开展，并取得了积极的成效。例如，成立于1992年的北京叶氏集团，早在1996年即成立了党支部。2006年9月5日，叶青大厦建立了北京第一家商务楼宇党组织——商建党委。叶青大厦党委坚持以党建工作统领企业文化建设，将党建工作打造成企业文化建设的核心特色。其企业文化核心价值观——人和、忠信、精细、稳健、创造与党建工作的出发点、目标完全吻合。同时，叶青大厦党委还坚持以党建工作统领企业员工队伍建设，充分发挥党建工作的育人功能；通过党建工作搭建起了和政府、社会方方面面的资源，沟通了联系的渠道，同时也提升了企业的凝聚力。在党建工作观念、活动等方面，叶青大厦党委做出了很多创新性的探索和努力，取得了积极的成效。正因如此，叶青大厦党委成为朝阳区、北京市乃至全国的非公有制企业党建工作示范基地。2009年9月14日，十七届四中全会召开的前一天，中共北京市委书记刘淇带领北京市委的六位常委到北京叶氏集团调研非公党建工作。刘淇高度肯定了北京叶氏集团的党建工作，指出："楼宇党组织提升了党的主体地位，进行了民主建设的积极探索，形成了稳固的基层党建基地，充分发挥了党组织和党员在经济建设中的作用，希望你们以后在党建工作上还要多下工夫，在党建创新上多下工夫。"② 2010年8月23日，国家副主席习近平在北京市委主要领导刘淇书记、郭金龙市长、王安顺副书记等的陪同下，到叶青大厦党委视察党建工作，看了叶青大厦的报纸——《叶青大厦时讯》和党员信息平台，对叶青大厦的党建工作给予了高度评价。习近平说："叶青大厦开展党建工作一是有探索，二是有力度，还有一个是认真，叶青同志对党建工作支持理解，党建工作也对民营企业的发展起到了重要的作用，二者相得益彰。叶青大厦党建工作成果逐步积累，体现出了制度化、规范化、成体系的特点，对企业发展起到了关键作用，不是企业发展和党建工作'两张皮'，尤其

---

① 万军、岳金柱：《北京市：扎实开展社会领域党建工作》，http：//www.fgdjw.gov.cn/system/2010/03/08/101738433.shtml，2010年3月8日。

② 引自2010年12月18日叶氏集团副总裁、叶青大厦党委副书记于峰在中国传媒大学政治与法律学院和金秋集团合办的"非公有制企业党建专题研讨会"上的发言，发言内容由郭晶婧根据会议录音整理。

是提到了与服务相结合，这与当前贯彻落实十七大、十七届四中全会精神相符合，体现出贯彻落实的积极主动性，汇报中涉及的一些创新意见，比如突出体现了统战工作，尤其是在基层的高端人才中开展统战工作，这是创新，可以继续深化。中组部、北京市委和组织部门要认真研究，积极鼓励探索。"①

位于北京市海淀区中关村上地高科技园内的金秋集团公司自成立以来，也一直将党建工作作为企业文化建设的核心，致力于寻求非公有制企业党组织与企业发展共存、共赢的新途径。金秋集团公司始终坚持把党建工作作为企业文化建设的核心，始终坚持把党的政治优势和党员先锋模范作用转化为推动企业发展的强大动力，始终坚持把党建工作与推动企业科学发展融为一体。正因如此，金秋集团公司党支部连续多年被评为海淀区的先进党组织，2009年被评为北京市先进基层党组织。金秋集团公司不仅关注自身的党建工作，还愿意为推动海淀区的非公企业党建尽一份力。

在上述背景下，中共北京市海淀区上地街道工委直接组织、金秋集团公司提供经费、中国传媒大学政治与法律学院实施了对非公企业党建工作的调查，重在研究非公企业党的基层组织建设对党员观念和行为的影响。本次问卷调查于2010年上半年组织学生在北京市海淀区上地街道所辖地区的非公有制企业中开展，共发放400多份问卷，回收有效问卷244份。

一　描述性数据报告②

（一）基本资料

在上地地区的非公有制企业中，男性党员的比例略高于女性党员（见表1），年轻党员的比例远高于中年以上党员（见表2），来自北京籍党员的比例高于非来自北京市的党员（见表3-1）。

---

① 引自2010年12月18日叶氏集团副总裁、叶青大厦党委副书记于峰在中国传媒大学政治与法律学院和金秋集团合办的"非公有制企业党建专题研讨会"上的发言，发言内容由郭晶婧根据会议录音整理。

② 本文所有定量数据均由朱依娜统计完成。

表 1 性别

单位：人，%

性别	回答人数	百分比
男	133	55.2
女	108	44.8
总计	241	100.0

表 2 年龄

单位：人，%

年 龄	回答人数	百分比
20～30 岁	133	57.6
31～40 岁	64	27.7
41～50 岁	18	7.8
50 岁以上	16	6.9
总 计	231	100.0

表 3－1 户口所在省份（自治区/直辖市）

单位：人，%

省份（自治区/直辖市）	回答人数	百分比	省份（自治区/直辖市）	回答人数	百分比
北 京	134	79.3	黑龙江	1	0.6
湖 北	4	2.4	辽 宁	1	0.6
辽 宁	4	2.4	四 川	1	0.6
河 南	2	1.2	宁 夏	1	0.6
江 西	1	0.6	吉 林	1	0.6
江 苏	2	1.2	陕 西	2	1.2
河 北	4	2.4	内蒙古	1	0.6
山 东	4	2.4	浙 江	1	0.6
山 西	2	1.2	湖 南	2	1.2
安 徽	1	0.6	总 计	169	100.0

在上地地区的非公有制企业中，绝大多数党员都具有城市户籍（见表3－2）。

综合表3－1和表3－2数据，可以判断，上地地区非公有制企业党员的大多数来自北京城市户籍人口。

在上地地区非公有制企业中，绝大多数党员都具有大专及大专以上学历（见表4）。

表 3 - 2　户口性质

单位：人，%

户口性质	回答人数	百分比
农村户口	6	2.5
非农户口	235	97.5
总　　计	241	100.0

表 4　教育水平

单位：人，%

教育水平	回答人数	百分比
初中	2	0.8
高中（含中专）	27	11.1
大学（含大专）及以上	215	88.1
总　　计	244	100.0

由表 5 可以推断，上地地区非公有制企业中，专业技术人员岗位的党员约占 1/3，比例稍低的是商业、服务业岗位的党员，然后是企业负责人身份的党员和办事人员及有关人员。蓝领岗位的党员和暂无固定职业身份的党员占极少比例。

表 5　职业类型

单位：人，%

职业类型	回答人数	百分比
企业负责人	21	12.1
专业技术人员	58	33.3
办事人员及有关人员	16	9.2
商业、服务业人员	43	24.7
暂无固定职业、失业、待业人员	1	0.6
生产、运输设备操作人员及相关人员	2	1.1
其他	33	19.0
总　　计	174	100.0

上地地区的非公有制企业中，年收入在 2 万 ~ 12 万元的党员占多数（见表 6）。

表6　2009年年收入

单位：人，%

年收入	回答人数	百分比
3000元以下	10	4.2
3000~7999元	9	3.8
8000~19999元	35	14.8
20000~120000元	147	62.3
120000元以上	35	14.8
总　　计	236	100.0

上地地区的非公有制企业中，多数党员的党组织关系都在目前自己所在单位的党组织，少数放在其他地方，还有极少数党员不知道自己的组织关系在哪里（见表7）。

表7　党组织关系所在地

单位：人，%

党组织关系所在地	回答人数	百分比
目前所在单位的党组织	193	80.4
所毕业的学校	10	4.2
原来工作过的单位	9	3.8
人才交流中心	17	7.1
不清楚	11	4.6
总　　计	240	100.0

上地地区的非公有制企业中，多数党员一个月到半年可以过一次党组织生活，但有少数党员半年以上时间才过一次组织生活（见表8）。

表8　您多长时间过一次组织生活

单位：人，%

时　间	回答人数	百分比
一个月以内	27	11.4
一个月至三个月	117	49.6
三个月至半年	54	22.9
半年以上	38	16.1
总　　计	236	100.0

（二）党员作用发挥情况

在上地地区的非公有制企业中，绝大多数党员认为自己政治信仰坚定（见表9）。

表9 您对党的信仰坚定么

单位：人，%

选 项	回答人数	百分比
坚 定	238	97.9
不坚定	5	2.1
总 计	243	100.0

在上地地区的非公有制企业中，绝大多数党员认为自己具有吃苦耐劳、勇于奉献的精神（见表10）。

表10 您是否具有吃苦耐劳、勇于奉献的精神

单位：人，%

选项	回答人数	百分比
是	238	98.8
否	3	1.2
总计	241	100.0

在上地地区的非公有制企业中，绝大多数党员都能积极主动地学习各级党组织的文件（见表11）。

表11 您是否积极主动学习各级党组织文件

单位：人，%

选项	回答人数	百分比
是	231	95.9
否	10	4.1
总计	241	100.0

在上地地区的非公有制企业中，大多数党员所在的党支部都通过制度规定党员应该发挥模范带头作用（见表12）。

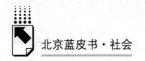

表 12　您所在的党支部是否有制度规定党员应积极发挥模范带头作用

单位：人，%

选项	回答人数	百分比
是	216	90.0
否	24	10.0
总计	240	100.0

在上地地区的非公有制企业中，占多数的党员做到了与困难群众结对帮扶（见表 13）。

表 13　您是否与困难群众结对帮扶

单位：人，%

选项	回答人数	百分比
是	153	64.0
否	86	36.0
总计	239	100.0

在上地地区的非公有制企业中，多数党员都曾经参加过志愿活动（见表 14）。

表 14　您是否参加过志愿活动

单位：人，%

选项	回答人数	百分比
是	180	80.0
否	45	20.0
总计	225	100.0

在上地地区的非公有制企业中，有较多的党员曾经当过志愿者（见表 15）。

表 15　您是否当过志愿者

单位：人，%

选项	回答人数	百分比
是	149	62.6
否	89	37.4
总计	238	100.0

在上地地区的非公有制企业中，绝大多数党员都认为党员发挥作用将会有利于单位的发展（见表16）。

表16　您认为党员作用的发挥是否有利于所在单位的发展

单位：人，%

选项	回答人数	百分比
是	231	96.3
否	9	3.8
总计	240	100.0

在上地地区的非公有制企业中，绝大多数党员都认为非公企业有设立党组织的必要（见表17）。

表17　您认为在非公企业里，是否有设立党组织的必要性

单位：人，%

选项	回答人数	百分比
是	214	92.6
否	17	7.4
总计	231	100.0

由表18可以推断，在上地地区的非公有制企业中，多数党员都认可户外郊游作为党组织的活动形式。

表18　您认为党组织活动形式哪种比较好

单位：人，%

选　项	回答人数	百分比
户外郊游	147	62.3
座谈会	40	16.9
作为志愿者帮助群众	41	17.4
其他	8	3.4
总　计	236	100.0

二 分析性数据报告

"分析性数据报告"呈现的是不同变量之间的交互分类表，主要从接受问卷调查的党员个人的基本特征即性别、年龄、学历、收入、党组织关系所在地五个因素出发，分析其对党员行为、态度的影响。

表19说明，在"参与过所在的党组织内重大事件的决策"方面，男性党员的比例略多于女性党员，31岁以上党员的比例高于30岁以下的党员（但50岁以上党员的比例低于50岁以下的党员），党组织关系在目前工作单位的党员比例

表19 不同性别、年龄、教育水平、年收入、党组织关系所在地的党员，近三个月是否参与过党组织内重大事件的决策

单位：%

项　　目		近三个月，您是否参与过所在的党组织内重大事件的决策		
		是	否	总计
总　　计		56.2	43.8	100.0
性别	男	60.3	39.7	100.0
	女	50.9	49.1	100.0
年龄	20~30岁	46.2	53.8	100.0
	31~40岁	69.8	30.2	100.0
	41~50岁	83.3	16.7	100.0
	50岁以上	80.0	20.0	100.0
教育水平	初中	100.0	0.0	100.0
	高中(含中专)	85.2	14.8	100.0
	大学(含大专)及以上	52.1	47.9	100.0
年收入	3000元以下	30.0	70.0	100.0
	3000~7999元	44.4	55.6	100.0
	8000~19999元	68.6	31.4	100.0
	20000~120000元	53.5	46.5	100.0
	120000元以上	71.4	28.6	100.0
党组织关系所在地	目前所在单位的党组织	64.7	35.3	100.0
	所毕业的学校	30.0	70.0	100.0
	原来工作过的单位	37.5	62.5	100.0
	人才交流中心	0.0	100.0	100.0
	不清楚	36.4	63.6	100.0

高于党组织关系不在目前工作单位的党员比例。"参与过所在的党组织内重大事件的决策"与年龄、收入之间一般都存在正相关关系。

在"参与基层党组织换届选举"方面（见表20），男性党员和女性党员比例大致相当，年龄较大、文化程度较高、收入较多的党员的比例较高。党组织关系在目前单位、在原来工作过的单位、在所毕业的学校的党员比例远高于党组织关系在人才交流中心的党员。

表20　不同性别、年龄、教育水平、年收入、党组织关系所在地的党员，是否参与过基层党组织换届选举

单位：%

项目		您是否参与过基层党组织的换届选举		
		是	否	总计
总计		52.1	47.9	100.0
性别	男	51.1	48.9	100.0
	女	52.8	47.2	100.0
年龄	20～30岁	39.1	60.9	100.0
	31～40岁	82.5	17.5	100.0
	41～50岁	66.7	33.3	100.0
	51岁以上	46.7	53.3	100.0
教育水平	初中	0.0	100.0	100.0
	高中（含中专）	11.5	88.5	100.0
	大学（含大专）及以上	57.5	42.5	100.0
年收入	3000元以下	40.0	60.0	100.0
	3000～7999元	22.2	77.8	100.0
	8000～19999元	28.6	71.4	100.0
	20000～120000元	53.1	46.9	100.0
	120000元以上	85.7	14.3	100.0
党组织关系所在地	目前所在单位的党组织	57.3	42.7	100.0
	所毕业的学校	55.6	44.4	100.0
	原来工作过的单位	55.6	44.4	100.0
	人才交流中心	11.8	88.2	100.0
	不清楚	18.2	81.8	100.0

在"近三个月参与所在党组织开展的各项学习活动"方面，男性党员和女性党员比例大致相当，都占七成以上比例（见表21）。从年龄因素看，参与状况高低排序依次为41～50岁，50岁以上，31～40岁，20～30岁，呈现出中年以上

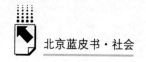

表21　不同性别、年龄、教育水平、年收入、党组织关系所在地的党员，
近三个月是否参与了所在党组织开展的各项学习活动

单位：%

项　　目		近三个月,您是否参与了所在党组织开展的各项学习活动		
		是	否	总计
总　　计		77.2	22.8	100.0
性别	男	77.2	22.8	100.0
	女	77.8	22.2	100.0
年龄	20～30岁	69.2	30.8	100.0
	31～40岁	82.5	17.5	100.0
	41～50岁	100.0	0.0	100.0
	50岁以上	92.3	7.7	100.0
教育水平	初中	100.0	0.0	100.0
	高中(含中专)	90.9	9.1	100.0
	大学(含大专)及以上	76.2	23.8	100.0
年收入	3000元以下	60.0	40.0	100.0
	3000～7999元	66.7	33.3	100.0
	8000～19999元	65.0	35.0	100.0
	20000～120000元	80.9	19.1	100.0
	120000元以上	82.1	17.9	100.0
党组织关系所在地	目前所在单位的党组织	81.8	18.2	100.0
	所毕业的学校	66.7	33.3	100.0
	原来工作过的单位	66.7	33.3	100.0
	人才交流中心	35.3	64.7	100.0
	不清楚	81.8	18.2	100.0

党员的比例高于青年党员比例的状况。在"教育水平"方面，又呈现出一种负相关的态势，即文化程度越低（如初中、高中），近三个月参与所在党组织开展的各项学习活动状况越好；文化程度越高（如大学以上），近三个月参与所在党组织开展的各项学习活动状况相对而言则略差。其他变量方面，年收入2万元以上党员的比例高于年收入2万元以下党员的比例，党组织关系在目前单位的党员的比例略高于党组织关系在原来工作过的单位、所毕业的学校的党员比例。

在过组织生活的频率方面，一个月至三个月过一次组织生活的党员居多（见表22）。男性党员和女性党员比例各自约占六成。从年龄因素看，年龄越大，过组织生活的频率越高。在教育水平方面，又呈现出一种负相关的态势：文化程

表 22　不同性别、年龄、教育水平、年收入、党组织关系
所在地的党员，过党组织生活的频率

单位：%

项　　目		您多长时间过一次组织生活				
		一个月以内	一个月至三个月	三个月至半年	半年以上	总计
总　　计		11.4	49.6	22.9	16.1	100.0
性别	男	13.0	47.3	25.2	14.5	100.0
	女	9.7	51.5	20.4	18.4	100.0
年龄	20～30 岁	17.8	38.8	24.8	18.6	100.0
	31～40 岁	0.0	57.4	24.6	18.0	100.0
	41～50 岁	11.1	66.7	22.2	0.0	100.0
	50 岁以上	6.2	93.8	0.0	0.0	100.0
教育水平	初中	0.0	100.0	0.0	0.0	100.0
	高中(含中专)	57.7	30.8	7.7	3.8	100.0
	大学(含大专)及以上	5.8	51.4	25.0	17.8	100.0
年收入	3000 元以下	11.1	55.6	11.1	22.2	100.0
	3000～7999 元	0.0	33.3	55.6	11.1	100.0
	8000～19999 元	50.0	17.6	14.7	17.6	100.0
	20000～120000 元	5.6	54.5	22.4	17.5	100.0
	120000 元以上	0.0	60.6	27.3	12.1	100.0
党组织关系所在地	目前所在单位的党组织	12.2	50.5	21.8	15.4	100.0
	所毕业的学校	0.0	70.0	30.0	0.0	100.0
	原来工作过的单位	12.5	62.5	25.0	0.0	100.0
	人才交流中心	5.9	29.4	29.4	35.3	100.0
	不清楚	10.0	30.0	30.0	30.0	100.0

度越低（如初中、高中），过组织生活的频率越高；文化程度越高（如大学以上），过组织生活的频率相对较低。其他变量方面，党组织关系在目前单位、在原来工作过的单位、在所毕业的学校的党员一个月至三个月过一次组织生活的比例大致相当。

在回答"是否与困难群众结对帮扶的百分比"方面，一般认可的比例在50%～60%之间，女性党员比例略高于男性党员，年收入在8000～19999元的党员对此问题持肯定回答的比例略低（见表23）。

年轻党员是参加志愿者队伍的主体（见表24）。

表 23 不同性别、年龄、教育水平、年收入、党组织关系
所在地的党员，是否与困难群众结对帮扶

单位：%

项　　目		您是否与困难群众结对帮扶		
		是	否	总计
总　　计		64.0	36.0	100.0
性别	男	62.6	37.4	100.0
	女	65.7	34.3	100.0
年龄	20~30岁	61.5	38.5	100.0
	31~40岁	73.4	26.6	100.0
	41~50岁	55.6	44.4	100.0
	50岁以上	53.3	46.7	100.0
教育水平	初中	0.0	100.0	100.0
	高中(含中专)	29.6	70.4	100.0
	大学(含大专)及以上	69.0	31.0	100.0
年收入	3000元以下	55.6	44.4	100.0
	3000~7999元	66.7	33.3	100.0
	8000~19999元	42.9	57.1	100.0
	20000~120000元	68.8	31.3	100.0
	120000元以上	61.8	38.2	100.0
党组织关系所在地	目前所在单位的党组织	63.0	37.0	100.0
	所毕业的学校	70.0	30.0	100.0
	原来工作过的单位	77.8	22.2	100.0
	人才交流中心	52.9	47.1	100.0
	不清楚	72.7	27.3	100.0

表 24 不同性别、年龄、教育水平、年收入、党组织关系
所在地的党员，是否当过志愿者

单位：%

项　　目		您是否当过志愿者		
		是	否	总计
总　　计		62.6	37.4	100.0
性别	男	63.4	36.6	100.0
	女	61.5	38.5	100.0
年龄	20~30岁	66.9	33.1	100.0
	31~40岁	68.3	31.7	100.0
	41~50岁	33.3	66.7	100.0
	50岁以上	26.7	73.3	100.0

续表 24

项　目		您是否当过志愿者		
		是	否	总计
教育水平	初中	0.0	100.0	100.0
	高中(含中专)	70.4	29.6	100.0
	大学(含大专)及以上	62.2	37.8	100.0
年收入	3000 元以下	55.6	44.4	100.0
	3000 ~ 7999 元	55.6	44.4	100.0
	8000 ~ 19999 元	74.3	25.7	100.0
	20000 ~ 120000 元	61.1	38.9	100.0
	120000 元以上	58.8	41.2	100.0
党组织关系所在地	目前所在单位的党组织	60.6	39.4	100.0
	所毕业的学校	100.0	0.0	100.0
	原来工作过的单位	66.7	33.3	100.0
	人才交流中心	58.8	41.2	100.0
	不清楚	72.7	27.3	100.0

不同性别、年龄、文化程度的党员对"党员作用的发挥有利于所在单位的发展"的看法都比较一致（见表25）。组织关系在人才交流中心和在学校的党员中，认为党员作用发挥"有利于所在单位的发展"的比例偏低。

表25　不同性别、年龄、教育水平、年收入、党组织关系所在地的党员，
是否认为党员作用的发挥有利于所在单位的发展

单位：%

项　目		您认为党员作用的发挥是否有利于所在单位的发展		
		是	否	总计
总　计		96.3	3.8	100.0
性别	男	95.4	4.6	100.0
	女	97.2	2.8	100.0
年龄	20 ~ 30 岁	93.9	6.1	100.0
	31 ~ 40 岁	98.4	1.6	100.0
	41 ~ 50 岁	100.0	0.0	100.0
	50 岁以上	100.0	0.0	100.0
教育水平	初中	100.0	0.0	100.0
	高中(含中专)	100.0	0.0	100.0
	大学(含大专)及以上	95.8	4.2	100.0

续表25

项　目		您认为党员作用的发挥是否有利于所在单位的发展		
		是	否	总计
年收入	3000 元以下	77.8	22.2	100.0
	3000~7999 元	88.9	11.1	100.0
	8000~19999 元	94.3	5.7	100.0
	20000~120000 元	97.2	2.8	100.0
	120000 元以上	100.0	0.0	100.0
党组织关系所在地	目前所在单位的党组织	98.4	1.6	100.0
	所毕业的学校	90.0	10.0	100.0
	原来工作过的单位	100.0	0.0	100.0
	人才交流中心	82.4	17.6	100.0
	不清楚	81.8	18.2	100.0

对"在非公企业是否有必要设立党组织"这一问题的回答，没有性别、年龄、文化程度方面的明显差异（见表26）。但在组织关系在现在的单位、在原来的单位、在所毕业的学校和在人才交流中心的党员中，作肯定回答的党员比例依次递减。从年收入3000元的党员开始，收入越高的党员，对此问题作肯定回答的比例也越高。

表26　不同性别、年龄、教育水平、年收入、党组织关系所在地的党员，
认为在非公企业是否有必要设立党组织

单位：%

项　目		您认为在非公企业里，是否有必要设立党组织		
		是	否	总计
总　计		92.6	7.4	100.0
性别	男	92.9	7.1	100.0
	女	93.1	6.9	100.0
年龄	20~30 岁	93.4	6.6	100.0
	31~40 岁	92.2	7.8	100.0
	41~50 岁	100.0	0.0	100.0
	50 岁以上	93.8	6.3	100.0
教育水平	初中	100.0	0.0	100.0
	高中(含中专)	96.3	3.7	100.0
	大学(含大专)及以上	92.1	7.9	100.0

续表 26

项　目		您认为在非公企业里,是否有必要设立党组织		
		是	否	总计
年收入	3000 元以下	85.7	14.3	100.0
	3000~7999 元	75.0	25.0	100.0
	8000~19999 元	91.2	8.8	100.0
	20000~120000 元	93.6	6.4	100.0
	120000 元以上	97.1	2.9	100.0
党组织关系所在地	目前所在单位的党组织	95.8	4.2	100.0
	所毕业的学校	80.0	20.0	100.0
	原来工作过的单位	85.7	14.3	100.0
	人才交流中心	72.7	27.3	100.0
	不清楚	72.7	27.3	100.0

　　对党组织活动形式问题的回答（见表 27），多数人认可"户外郊游"的方式，除 50 岁以上党员比例略低外，年龄上无显著差异。文化程度方面，初中文化程度的党员赞成户外郊游的比例与赞成座谈会方式的党员的比例各占 50%；高中文化程度的党员赞成户外郊游的比例最高，达 80.8%。不同年收入、组织关系所在地党员回答基本相同。

表 27　不同性别、年龄、教育水平、年收入、党组织关系所在地的党员，
认为党组织活动形式哪种比较好

单位：%

项　目		您认为党组织活动形式哪种比较好				
		户外郊游	座谈会	作为志愿者帮助群众	其他	总计
总　计		62.3	16.9	17.4	3.4	100
性别	男	55.1	22.8	17.3	4.7	100
	女	71.7	10.4	16.0	1.9	100
年龄	20~30 岁	62.5	17.2	18.8	1.6	100
	31~40 岁	61.9	9.5	20.6	7.9	100
	41~50 岁	61.1	27.8	5.6	5.6	100
	50 岁以上	56.3	37.5	6.3	0.0	100
教育水平	初中	50.0	50.0	0.0	0.0	100
	高中(含中专)	80.8	11.5	7.7	0.0	100
	大学(含大专)及以上	60.1	17.3	18.8	3.8	100

续表 27

项　　目		您认为党组织活动形式哪种比较好				
		户外郊游	座谈会	作为志愿者帮助群众	其他	总计
年收入	3000 元以下	75.0	12.5	12.5	0.0	100
	3000~7999 元	66.7	33.3	0.0	0.0	100
	8000~19999 元	73.5	8.8	17.6	0.0	100
	20000~120000 元	57.3	20.3	18.2	4.2	100
	120000 元以上	70.6	5.9	20.6	2.9	100
党组织关系所在地	目前所在单位的党组织	66.5	12.8	16.5	4.3	100
	所毕业的学校	60.0	20.0	20.0	0.0	100
	原来工作过的单位	66.7	22.2	11.1	0.0	100
	人才交流中心	33.3	46.7	20.0	0.0	100
	不清楚	45.5	27.3	27.3	0.0	100

　　通过上述数据结果可以看到：在上地地区的非公有制企业中，男性党员的比例略高于女性党员，年轻党员的比例远高于中年以上党员，北京籍党员的比例高于非北京市户籍的党员，绝大多数党员都具有城市户籍，绝大多数党员都具有大专及大专以上学历。从职业方面看，专业技术人员岗位的党员约占 1/3，比例稍低的是商业、服务业岗位的党员，然后是企业负责人身份的党员和办事人员及有关人员。年收入在 2 万~12 万元的党员占多数。多数党员的党组织关系都在目前自己所在单位的党组织，少数放在其他地方，还有极少数的党员不知道自己的组织关系在哪里。多数党员一个月到半年之间可以过一次党组织生活，但有少数党员半年以上时间才过一次组织生活。绝大多数党员认为自己的政治信仰坚定，具有吃苦耐劳、勇于奉献的精神，能积极主动地学习各级党组织的文件，并且认为党员发挥作用将会有利于单位的发展，非公企业有设立党组织的必要。多数党员都曾经参加过志愿活动。曾经当过志愿者的党员比例高于没有当过志愿者的党员比例，这和党员中占多数的都是年轻人有关。大多数党员所在的党支部都通过制度规定党员应该发挥模范带头作用。占多数的党员做到了与困难群众结对帮扶，且认可户外郊游作为党组织的活动形式。

　　通过交互分类，得到以下结论：自变量"党组织关系在目前所在单位的党员比例"与"参与过所在的党组织内重大事件的决策"、"近三个月参与了所在党组织开展的各项学习活动"、"认为在非公企业有必要设立党组织"这几个因变量之间存在正相关关系。即党组织关系在目前所在单位的党员越多，他们积极参与所在的党组织内重大事件的决策、党组织开展的各项学习活动，并且认为在非公企业有必要设立党组织的比例也越高。

在本次问卷调查后，调查员还于2010年6月做了一些深入访谈，所得到的信息进一步证实了抽样调查的结论。

在所调查的公司里，党支部书记对党员情况还作了如下的说明："在我的电脑上都有每位党员的基本信息，而且我会定期整理，因为像我们这种企业，党员的流动性是很大的，有可能过了半年，支部的成员都换了一遍，所以要定期整理。"在谈到党建工作的环境时，这位党支部书记反映："非公企业里开展党建工作，最主要是企业里要有这个氛围，如果你这个公司里从上到下大家都没有这个意识，那支部建设工作开展起来就会遇到很多困难。现在比较好的是，我们之前有这么一个传统，党支部已经存在很长时间了，公司新任的领导也比较重视，他之前也是知道有支部，而且知道支部一直在发挥作用，所以说大的氛围还是比较重要的。还有就是活动经费是应该关注的一个问题，企业主要还是经营的经费，作为党支部，你得让企业领导觉得你做这个活动是有意义的，是值得去做的，他才会去支持你，才会给你拨一些专款；如果他觉得这个是没有意义的，那你的工作也就没办法开展下去了。"谈到党支部活动对党员的影响时，他说："党员还是应该多参加一些体现社会责任的活动，比如支援灾区、帮助贫困学生，这些活动我们都做过，主要还是要让党员在支部里能意识到自己的社会责任，让他在支部活动里能意识到他从精神层面上和群众是有不同的，要关注国家发展、关注社会问题。另一方面，党支部建设要配合企业文化的建设，多推动建设企业文化，不然整个公司没有党支部也没有工会，领导层自身素质又不高，再不遵守法律的话，很容易出事的。有了党支部和工会，可以起到监督或者提醒、辅助的作用。"[1]

总之，本次调查结果表明，非公企业党组织工作开展得好，党员的角色意识就强，对党的工作的认同度就高，发挥作用的状况也就越好。非公企业党组织在对党员的部分观念和行为的引导、影响方面发挥着较大的作用。但是，真正把非公企业党组织建设的各项工作落到实处，还是一个非常复杂、有挑战性、涉及很多因素的难题。

---

[1] 调查员吴波根据访谈录音整理。

B.16

2010 年党风廉政建设和反腐败工作概况

北京市纪委监察局

2010 年，在中央纪委、监察部和北京市委、市政府的领导下，全市各级党委、政府和纪检监察机关坚持标本兼治、综合治理、惩防并举、注重预防的方针，扎实推进惩治和预防腐败体系建设，切实加强对中央和市委、市政府重大决策部署落实情况的监督检查，为建设"人文北京、绿色北京、科技北京"提供了有力保证。

一　运用廉洁奥运成功经验开展监督检查，确保市委、市政府重大决策部署的落实

（一）加强对重大项目的监督检查

（1）重点对 50 个重点村城市化工程项目工程进度、审批效率和资金安全进行检查。针对项目审批慢等问题，及时召集市有关职能部门及其派驻监察机构座谈，研究解决问题方法，并将问题对策及时反馈联合督查组成员单位。

（2）加强对"八代线"项目建设的监督，确保项目建设优质、高效、顺利地进行。成立了监督工作领导小组，明确了责任单位和工作职责，建立了监督责任体系。对招投标中出现的一些问题进行了认真调查，提出了工作建议，确保区域内招投标活动全过程依法、有序、公开、公平、公正进行。

（3）加强对轨道交通建设的监督检查。成立轨道交通廉政建设和监督审计委员会，全面完善了工程投资控制、资金使用监管、工程招投标、车辆设备与信号系统招投标采购等各项工作机制。建立风险预警评价体系，全面实施建设单位自评价、出资单位评价、国资委评价、主管部门评价和工作小组综合评价的动态预警评价体系，实现信息早掌握、问题早捕捉、原因早分析、信号早发布、预案

早落实的工作目标。落实轨道交通线路项目化监督管理，全面对接轨道交通线路审计工作，运用行政监察法赋予监察机关的立项检查权，选择若干重点线路，从决策立项、工程实施、竣工验收等全过程，对其廉政风险、投资控制、资金使用、招标投标、物资采购、安全质量等实施整体项目化管理。针对北京市目前在轨道交通建设等基础设施项目中广泛采用 BT 模式①的现状，全面加强廉政风险防范工作，对招标、融资、建设、移交、回购等重点环节以及重要岗位，加强过程管理，逐步形成比较完善的风险防范长效机制。

（二）加强对民生领域的监督检查

（1）会同北京市住房和城乡建设委员会重点检查保障性住房项目工程进度、房屋配售和资金质量安全，同时还开展保障性住房资格审查专项行动。对已通过资格备案的 17.94 万户家庭进行全面复查。截至 2010 年底，全市累计查出了 2433 户家庭的瞒报情况，取消其申请资格并记入不良信用档案。对检查中发现的问题，分别采取召开会议、情况反馈、现场协调、上门沟通等方式予以解决，同时建立了上下联动、部门互动的立体监督网络，推动了各区县政府和相关职能部门在住房保障工作中各项任务的落实。

（2）做好强农惠农资金专项清理检查工作。会同市财政局等共同印发了《北京市开展强农惠农资金专项清理和检查工作的实施方案》，牵头组织了对全市 2007～2009 年各级财政预算安排的强农惠农资金进行全面清理检查，清理资金 61 项，共计 546.95 亿元。针对检查中发现的部分资金延期下达、资金使用效率不高、基层财务管理水平低，以及部分区县和部门存在支农资金滞留现象等问题，督促相关部门整改落实，建立长效机制。

（3）加强对对口支援地震灾区资金物资监督检查。通过多次召开对口支援地震灾区资金物资监督检查工作联席会议，重点研讨保障对口援建决胜之年各项工作的进度、质量、安全，加强对援建资金、项目监督检查的针对性，随时掌握援建工作的动态信息，探索发现和解决援建工程建设领域存在的突出问题。监察、审计、财政、民政部门相互配合，针对援建收尾阶段资金物资监督检查工作采取有效措施，保障援建任务的顺利完成。

---

① BT 模式是政府利用非政府资金来进行基础非经营性设施建设项目的一种融资模式。

（4）抓好清理规范涉企收费工作。督促配合相关部门完善内部管理制度和监管体系，防止反弹；抓住关键点及时进行督查，与43家不同性质的企业法人进行了座谈，针对企业反映的情况，讨论分析原因，明确政策规定，针对存在问题提出整改要求。

（5）做好住房公积金监管工作。认真落实《关于试行住房公积金督察员制度的意见》重要精神，会同市住房公积金管理中心等部门，对北京市利用住房公积金贷款支持保障性住房建设试点工作进行专项检查。

（6）加强安全生产执法监察工作。会同市安全监督管理局研究落实安全生产问责制度，不断创新监管方式，加大对交通运输、建筑施工、有限空间作业、地下经营空间、危险化学品、人员密集场所等重点行业和领域的监督监管力度，有效防范并坚决遏制重大安全事故。对北京市2006年5月以来发生的重特大和较大责任安全生产事故责任追究落实情况进行了检查，对构筑社会消防安全"防火墙"工程落实情况开展了执法监察，对小煤矿整顿关闭工作进行了监督检查。

此外，还会同有关部门开展了节能减排、环保专项行动、中小学校舍安全、打击"黑车"专项行动、百日整治行动，针对监督检查中发现的各类突出问题提出了整改意见并督促落实。

（三）对重点工作加强监督检查

（1）加强对世博会北京相关工作的监督检查。重点加强对筹办活动和运行期间资金管理使用、场馆工程建设质量、世博会整体运行、职能部门和工作人员执行制度与纪律，以及设备和物资回收处置等情况的监督检查。同时，会同市审计局组成联合检查组，对北京市参与2010年上海世博会专项资金管理使用情况开展立项行政检查。

（2）加强对园博会筹建情况的监督检查。建立了监督工作协调小组，明确了各单位的监督责任，制定了例会制度、重大事项报告制度、信息报送制度、监督检查制度、责任制落实制度、监督档案管理制度、信访调查与处理制度、园博会监督工作人员廉洁自律规定工作制度。

（3）对违法广告治理项目，重点查找监管漏洞和薄弱环节，并与11个部门研究制定了《关于进一步完善和落实虚假违法广告整治联席会议制度》，坚持打击虚假违法广告常抓不懈。

（4）按照市政府"三效一创、八大指标"① 为核心的绩效管理体系的要求，积极参与政府绩效管理工作。制定下发了《效能监察专项考评实施细则》、《行政问责专项考评实施细则》等制度。按照绩效管理的月底自查、季度抽查、半年检查、年终考评要求，会同市绩效办，对市政府 61 个委办局绩效任务完成情况开展检查，督促各部门认真履行职责。

二 加强教育和监督，领导干部作风建设得到加强

（一）深入开展反腐倡廉教育

（1）认真开展《党员领导干部廉洁从政若干准则》的学习宣传教育，进一步增强党员领导干部廉洁自律意识。举办了专题辅导报告，各区县、市委各部委办、市国家机关、各人民团体、各总公司、高等院校党政主要领导，以及纪检监察系统领导干部共 800 余人参加。以《廉政准则》"52 个不准"为主要内容，制作完成了一套《廉政准则》系列动画宣传短片，以动漫的形式对《廉政准则》进行了简明阐释和深入宣传。充分发挥广播、电视、报刊等媒体的作用，在全社会广泛宣传《廉政准则》。

（2）创新反腐倡廉教育形式，努力提高反腐倡廉教育针对性和有效性。大力开展先进典型示范教育，市纪委与长春电影制片厂联合摄制了根据全国纪检监察系统先进工作者标兵——原中共北京市昌平区纪委常委、信访室主任沈长瑞先进事迹改编的电影《老百姓是天》，全市 5 万余名党员干部观看了影片。与北京广播电视台在党建频道共同创办了一档反腐倡廉专栏节目——《廉政北京》，每周制作播出一期，每期时长 30 分钟。与北京电视台密切合作，制作一系列反腐倡廉专题节目。如，在北京电视台《这里是北京》栏目策划推出廉政文化系列节目，已制作播出了《国子监里话反贪》、《都察院名嘴总动员》、《同仁堂里的以德服人》等廉政主题节目，每集约 15 分钟；与《现场说法》栏目合作，正在

---

① "三效一创、八大指标"，即履职效率、管理效能、服务效果和创新创优，职责任务、依法行政、能力建设、服务中央、协调配合、公众评价、领导评价和创新创优八项指标。

以《廉政准则》的八条"廉洁从政行为规范"为主要内容,创作廉政主题的电视短剧。针对党员领导干部违反规定插手干预工程建设领域行为,拍摄完成了《以案说纪》反腐倡廉系列电视短剧,并在党建频道播出。与市检察院、市国资委合作筹办工程建设领域预防职务犯罪教育巡回展,加强对工程建设领域关键环节、重点岗位党员领导干部的教育。进一步加强反腐倡廉系列教育基地建设,2010年截至11月,警示教育基地共接待参观单位558个31000人,法制教育基地共接待参观单位50个2016人,依法行政教育基地共接待274个单位的9378人参加庭审旁听活动,51位法官外出讲授法制课83次。

(3)深入推进廉政文化建设,不断扩大廉政文化的覆盖面和影响力。针对基层党员群众的工作实际和思想需求,编写了《农村基层干部反腐倡廉知识读本》。深入挖掘首都廉政资源,命名了中国人民抗日战争纪念馆等10家单位为北京市第一批廉政教育基地,利用这些阵地开展丰富多彩的廉政文化活动,打造品牌工程。

(二) 强化监督,确保人民赋予的权力正确行使

深入贯彻落实《中国共产党党内监督条例》,认真执行领导干部述职述廉、诫勉谈话、函询、质询、罢免或撤换等制度。严格实行党政领导干部问责制、"三重一大"① 等制度,健全了经济责任审计联席会议,开展了对领导干部经济责任审计、财政资金和重大投资项目审计。深入学习贯彻《中国共产党巡视工作条例(试行)》和市委《关于实施〈中国共产党巡视工作条例(试行)〉的暂行规定》,市委各巡视组完成对市商务委员会(市政府口岸办)、市文化局、市民政局、市园林绿化局、北京住房公积金管理中心、北方工业大学、首都体育学院、北京建筑工程学院、首钢总公司、北京公联公路公司的巡视工作。正在开展对市卫生局、市委农工委和市农委、市统计局、市文物局、北京金隅股份有限公司、北京服装学院的巡视。通过巡视,对被巡视单位领导班子和主要负责人作出了客观公正的评价,肯定了被巡视单位领导班子所取得的成绩,实事求是地指出存在的问题和不足,有针对性地提出了相关意见和建议,有力地推动了被巡视单位的工作开展。

① "三重一大",即重大问题决策、重要干部任免、重大项目投资决策和大额资金使用。

（三）加强对作风方面存在突出问题的治理

根据中央对厉行节约工作的要求，严格控制因公出国（境）团组数量和规模，加强和规范公务用车配备使用管理，规范和改革公务接待，从严控制党政机关办公楼等楼堂馆所建设，认真解决各种节庆、研讨会、论坛等过多过滥问题，进一步控制一般性支出。

（1）认真开展制止公款出国旅游专项工作。坚持"分类指导、优化结构、确保重点、有保有压，继续严格控制和适度压缩因公出国人数和经费"的原则，巩固2009年制止公款出国旅游专项工作成果，进一步从严要求，规范管理，强化监督，保障2010年制止公款出国旅游专项工作的顺利开展。根据部门职能、岗位职责和业务需要，区别安排因公出国任务。确保外交、对外经济贸易、文体交流、国际合作、高层次干部人才培训等因公出国活动，控制人数和经费。压缩区（县）、局级及以下各级党政机关因公出国人数，并适当压缩经费。加强对大型团组因公出国管理，严格控制招商引资、文体交流等大型因公出国团组中的党政干部人数比例，禁止借机搭车出国和照顾性出国。在此基础上，选取东城区、市经济和信息化委员会、市科学技术协会、北京联合大学、首钢总公司等7家单位开展因公出国团组信息公示试点工作。积极拓宽信访举报渠道，对反映公款出国旅游的问题逐一调查核实。重点查处虚报出访任务、通过旅行社等中介机构购买、出具邀请函骗取政府批文出国旅游的案件，继续查处擅自改变出访行程、公务活动明显不足、延长境外停留时间、绕道增访进行旅游的案件，严肃查处党政干部组织、参与公款出国旅游的案件，从重查处顶风违纪的案件。

（2）深入开展"小金库"专项治理。查处党政机关和事业单位"小金库"8935万元，国有及国有控股企业、社会团体和公募基金会"小金库"3958万元。

三　贯彻从严治党的方针，惩治腐败取得新成效

（一）严肃查处违纪违法案件

加大直查力度，严肃查办发生在领导机关和领导干部中的滥用职权、贪污贿赂、腐化堕落、失职渎职案件，严厉惩处利用人事权、司法权、行政执法权、行

政审批权牟取非法利益的行为。严肃查办严重侵害群众利益的案件，群体性事件、重大责任事故、企业重大亏损背后的腐败案件，对造成人民群众生命财产重大损失的地方和单位要坚决追究有关人员的责任。注重查办政府重大投资、城市拆迁和开发建设等领域的案件。2010 年，全市各级纪检监察机关共立案 534 件，结案 469 件，给予党纪政纪处分 465 人，其中局级 11 人，处级 72 人，涉嫌犯罪被移送司法机关处理 234 人。通过执纪办案，为国家和集体挽回直接经济损失 9138 万元。严肃查处了北京市地税局原局长王纪平严重违纪等一批有影响的大案要案。全市共查处商业贿赂案件 312 件，涉案金额 1.64 亿元。

（二）深入开展工程建设领域突出问题专项治理

（1）组织 10 个市级专项工作组对 2008 年以来规模以上政府投资和使用国有资金的项目，特别是扩大内需项目进行了全面排查，共发现问题 3528 个，已督促整改 3510 个。共受理工程建设领域举报 139 件，立案 23 件，给予党纪政纪处分 11 人，涉嫌犯罪被移送司法机关处理 13 人。对排查出的问题进行分类汇总，针对七个方面问题组织各专项工作组召开项目联审会，共同研究制定了《北京市工程建设领域突出问题专项治理问题整改指导意见》、《对整改指导意见若干问题的解释》和《关于严明纪律确保工程建设领域突出问题专项治理整改工作顺利进行的通知》。根据行政监察现代化建设的总体要求，以北京市经济信息中心为基础，迅速开发了"工程建设领域专项治理信息系统"，实现网上动态公示、实时运行和汇总分析，强化了对工程建设项目的常态管理和动态监控。

（2）加强对违规变更容积率、违法用地问题的监督检查。建立并完善了与规划部门信息共享、联席办公、齐抓共管的协调机制，督促各部门、各区县对 2007 年 1 月 1 日至 2009 年 3 月 31 日期间领取规划许可的所有房地产项目进行自查自纠。对违规核发危改项目规划许可、提高容积率等问题的举报件进行了调查。会同市国土资源局、市财政局、市审计局等有关部门对北京市土地储备资金管理情况、土地出让金缴纳情况进行了监督检查，会同市国土资源局深入开展"两整治一改革"① 专项行动。认真受理群众举报，以查处违法用地、招投标弄

---

① "两整治一改革"，指开展土地和矿业权交易市场专项整治，开展整纪纠风专项整治，深化国土资源管理制度改革。

虚作假以及违法擅自变更规划调整容积率问题为重点，突出对案件的严查快办，下大气力突破了一批典型案件。

（3）推进有形市场建设。从建立健全统一的有形建筑市场的总体要求、主要任务和阶段性目标出发，提出了"整合资源改革管理体制，规范运作确保招投标工作的有序进行，强化管理，完善招投标工作的配套服务，严格查处加强招投标工作的有效监督"等多种措施，要求进一步加强招投标行政监督协调机制的作用，尽快制订市场整合工作方案，搭建全市统一的电子招投标采购平台及招投标信用体系，将评标专家库的建立、使用和管理问题纳入招投标管理体制整体改革范围等。

四　纠建并举，损害群众利益的突出问题得到进一步解决

（一）强化专项治理，切实维护群众利益

（1）以深化和完善义务教育为重点，继续下大力气治理教育乱收费。会同市教委等部门制定并印发了《关于 2010 年北京市进一步规范教育收费工作的意见》，就区县义务教育阶段教师绩效工资落实情况进行专题调研，加强对学校办学和收费行为的监管。开展春季收费专项检查，对个别学校另立项目收费，统一征订教辅教材，组织学生上商业保险，以及学校代收费、出租房屋、食堂账户等方面存在的问题进行了纠正，罚没违规金额 66 万元，清退违规收费 2 万余元，治理违规补课班 2 个；会同市教委等部门，对全市 49 所改制校中城六区的 41 所进行专项检查，并将远郊 10 区县改制校情况纳入秋季收费检查重点；市治理教育乱收费局际联席会办公室对全市 8 个区县的中小学和 3 所高校进行了秋季收费检查。

（2）以全面推行网上药品集中采购为重点，深化纠正医药购销和医疗服务中的不正之风工作。扎实做好药品集中采购监督工作。会同有关部门，先后对药品集中采购的五个目录共四个阶段的工作开展了监督检查，对评标、议价现场等关键环节进行全方位的监督；积极协调市建委建筑工程承包发包交易中心，为药品集中采购评标提供了现代化的全封闭场地。全面推行网上药品集中采购工作，

全市共有 23527 种药品中标成交，比现行市场平均价格下降 16%。认真开展对社会保障卡使用情况的监督检查。对西城区、朝阳区等六个区县社保卡的发放及使用情况开展了专项检查并向市政府作了专题报告，针对社保卡的功能扩充、工作推进、基金监管等方面提出了工作建议。深入推进预约挂号工作。为建立完善分级诊疗和双向转诊机制，会同市卫生局启动了第二批大型医院与基层医疗卫生机构转诊预约试点工作，实施范围覆盖全市 9 个远郊区县和 4 个城区，对 9 家三级医院及部分基层医疗卫生机构预约挂号工作实施情况组开展专项检查。

（3）以减轻基层、企业负担为重点，巩固清理规范评比达标表彰工作成果。及时公布清理结果，将保留项目在"首都之窗"首页向社会公布，并设立监督邮箱，接受社会监督。会同市人力资源和社会保障局，聘请部分民主评议督导员组成检查组，对执行中央审批结果情况开展专项检查。

（4）以认真开展自查自纠为重点，全面部署北京市庆典、研讨会、论坛活动清理摸底工作。按照国务院纠风办统一要求，对北京市 9 个单位辖区内 2008 年以来开展庆典、研讨会和论坛活动情况进行了专题调研，针对发现的问题，提出工作建议。

（5）以强化监督检查为重点，巩固治理公路"三乱"工作成果。组织 10 个远郊区县认真开展了治理公路"三乱"自查工作；组织部分民主评议督导员会同市交通委，对延庆县下营、张山营治超综合检查站的工作情况进行了明察暗访，并对各治超站点称重用泵没有正确张贴质检合格证等问题提出了纠正意见；对春节前蔬菜供应、价格和执行绿色通道政策等情况进行了检查，对大羊坊收费站工作人员少、货车排队时间较长等问题进行了专项督查和及时纠正。

此外，2010 年还继续开展了减轻农民负担、治理虚假违法广告、治理报刊散滥、治超治限等专项治理工作，各项工作得以巩固和推进。

（二）深入推进民主评议和政风行风热线工作，进一步加强政风行风建设

（1）广泛开展民主评议基层站所工作。按照全面推开、重点督办的原则，对全市 37 个政府部门、10 个公共服务单位直接面向企业、群众服务的窗口单位和在乡镇（街道）设立的基层站所，广泛开展民主评议。聘请 47 名评议督导员，重点对全市 27 个部门、行业和 16 个区县民主评议工作进行督导。截至 2010

年底，全市 27 个市直单位的 1795 个直属窗口，16 个区县 548 个窗口、4326 个基层站所和 66 个政府网站列入评议范围并有序开展了自查自评。全市已有 29 个部门和单位的服务承诺在市政风行风热线公布，接受社会监督。

（2）不断完善政风行风热线工作。市纠风办联合市经信委、北广传媒数字电视有限公司在数字电视"北京之窗"首都政务频道开办了《政风行风》栏目。通过开展热线督查评议、做好"纠风之窗"督办件的办理，着力提升办信质量，将办信效果落到实处。首次将政务网站考评成绩纳入网站所在单位民主评议基层站所综合评定结果，推动政务网站建设工作，丰富民主评议基层站所工作内容。

五　围绕重点领域、重点环节，全面推进廉政风险防范管理工作

按照胡锦涛总书记"推进廉政风险防控机制建设"的要求和中央纪委四次、五次全会的部署，以坚持制度化、规范化、项目化管理和"向上"、"向下"两个延伸为重点，推动廉政风险防范管理工作深入开展。

（1）明确工作重点。2010 年全市推进廉政风险防范管理工作主要抓好五个方面：抓延伸，重点规范制约权力运行；抓制度，逐步健全风险防控配套体系；抓覆盖，着力构建纵横结合防控链条；抓技防，不断提高风险预警科技水平；抓考核，探索完善风险防控考评机制。

（2）建立工作台账。明确各单位局处级项目、制度建设项目、系统推广项目、科技防控项目方面的具体内容和具体措施，健全完善相关工作台账 83 个。据不完全统计，截至 2010 年底，此项工作已在全市 16 个区县、46 个市委市政府部门、62 家市属国有企业和 60 所高校、4600 多个处级单位开展，共向 35000 个拥有公共权力的岗位和部门延伸，约有 19 万党员干部参与查找风险。其中，局级干部 1100 多人，处级干部 25000 余人，科级干部 64000 余人。

（3）加强工作指导。按照市委书记刘淇同志指示精神，及时印发了有关廉政风险防范管理工作的三个文件：《关于加强风险防控　完善区县局级领导班子"三重一大"决策制度的意见》、《关于加强廉政风险防范管理检查考核　推进首都惩防体系建设的意见》、《关于推进廉政风险防范管理工作向局级领导班子和

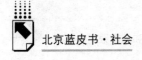

领导干部延伸的意见》。

（4）及时总结经验。2010 年 5 月 18 日，在中央纪委召开的全国反腐倡廉建设创新经验交流会议上，北京市作了题为《全面推行廉政风险防范管理，探索预防腐败工作新机制》的典型发言。2010 年 11 月 12 日，组织召开全市廉政风险防范管理工作汇报会议，刘淇同志作了重要讲话，各区县党政主要领导，市委、市政府各部委办局主要负责同志及全市纪检系统有关同志近 300 人参加了会议。

（5）探索科技创新。与北京大学合作，联合成立"人员、岗位、权力运行廉政风险预警及综合防控技术"课题组，积极配合办公厅做好立项申请、专项调研和软件开发工作，目前正在进行系统测试。

六 全面履行职责，促进依法行政

2010 年以来，积极开展执法监察、效能监察和廉政监察，进一步促进了依法行政。

（一）行政审批制度改革向纵深推进

（1）促进绿色审批通道工作机制长效化、常态化，变"绿通"为"普通"。绿色审批通道是为应对国际金融危机而建立的一整套加快重大投资项目审批进度的工作机制，在扩内需、保增长中起到极大的促进作用。在认真总结绿色审批通道经验的基础上，逐步做到了绿通服务机制覆盖所有投资项目。对全市 16 个区县绿色审批通道项目完成情况开展监督检查，重点检查项目审批程序、审批效率、建设资金和信息公开以及项目开工落地情况，督促各部门进一步规范审批行为、提高审批效率。

（2）重点推进市固定资产投资审批大厅建设。市发改委等 17 个市级部门进驻大厅，131 项审批和服务事项能够在大厅办理。印发了《大厅工作机制实施办法》，明确了审批场所、人员、业务"三集中"原则，确立了"分部门并联审批、分层级组织协调、分行业统筹推进"的原则，构建了高效快捷的审批服务模式。

（3）以中关村国家自主创新示范区行政审批制度改革为试点，积极推进审批权下放。2010 年，市规划委、市住建委等 12 个部门已分两批下放了 19 项审批事项。在中关村试点的基础上，市级部门正在逐步扩大审批权限下放的范围。2010 年，全市共下放审批权限 103 项。

（4）进一步清理和规范行政审批事项。要求各部门认真梳理审批事项，明确需要保留的项目，取消没有法律依据、不符合经济社会发展需要的项目，促进行政审批工作的规范高效。

（5）加强网上审批。开发建设了行政审批在线服务平台和协同办公服务平台，将所有政府部门的行政审批事项全部纳入，实现了审批信息互传，以及审批事项的网上申请、网上受理和网上审批。全市除涉密事项外全部在网上提供了办事指南，市级部门近 3000 张业务表格提供网上服务，实现网上申报、状态查询、结果公示等深层次服务的办实事项 7000 余项。

（6）加强对行政审批行为的监督和管理。把精简审批环节 50％、压缩审批时限 50％的"双压缩"作为工作硬指标，加大监督检查力度。利用行政审批网上监察系统，对审批时限、办理质量进行在线监察，对网上反映的有关问题进行调查处理。派专人进驻市固定资产投资综合服务大厅，对各部门的行政审批行为、履职情况进行全过程监督。

（二）政务公开和全程办事代理制取得新进展

（1）注重把政务公开贯穿于落实市委市政府"保民生、促发展、调结构"决策部署的全过程。对北京轨道交通建设、丽泽金融商务区开发建设、南城开发建设等投资项目的决策、实施和资金管理使用，以及涉及群众切身利益的教育、就业、医疗卫生、住房保障等方面的信息，通过政府网站、新闻发布会、新闻媒体、通告公示等形式予以公开。

（2）促进行政权力公开透明规范运行。按照权力行使范围、行使依据、运行程序、监督制约等内容编制职权目录，绘制职权运行流程图，不断完善权力运行公开机制。以市交管局和市城管执法局为试点，规范自由裁量权行使程序，对弹性空间分档设限，细化、量化裁量标准，使行政执法程序更加科学化和规范化。

（3）积极推进财政预算等重要事项公开。2010 年 5 月份起，市教委、民政局、工商局等政府部门陆续在网上公开预算，逐步细化公开内容，其他部门也在

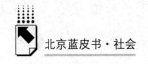

年底前陆续实现预算公开。

（4）大力推动公共企事业单位办事公开。积极推进学校、医院、水、电、气、热、环保、公交等与人民群众切身利益密切相关的公共企事业单位信息公开和办事公开。主要是把办事程序、服务纪律、收费标准、职业道德规范、服务监督电话、廉政纪律等内容全部公开。制定便民利民措施，通过编印便民服务指南、便民服务卡等方式，为群众提供方便。

（5）将全程办事代理制不断向基层延伸。推动各区县加强行政服务中心建设，完善街道和乡镇便民服务中心运行机制，优化工作流程，整合办事环节、提高审批效率。如顺义区大力推进街道乡镇服务中心建设，整合建立了19个中心，实行透明式办公、"柜员式"办理。在465个社区（村）建立代办点，帮助群众解决办事难问题。2009年以来，全市通过全程代办行政许可、审批和服务事项共计300万件。

（三）坚持直查快办，切实加大行政投诉与案件调查工作力度

全年各级行政投诉中心共受理群众投诉1798件次，直查420件次。重点对以下违规违法行为进行了纠正。

一是不依法行政问题。在对某行政执法单位违规执法问题调查中，发现其存在执法程序不规范、私自处理罚没物品等行为。向其发出工作建议，要求其严格落实罚没物品管理的相关制度，严肃工作纪律，并对相关责任人员进行处理。

二是行政执法机关制度建设问题。在对涉及联合执法工作投诉件调查中，发现几家执法单位对某一黑网吧联合执法时，相关单位对此类执法无制度规定，执法前没有部署安排，执法中没有调查取证，执法后对暂扣物品没有后续处理。责成相关部门正在积极沟通，着手建立健全联合执法机制。

三是窗口单位工作作风问题。先后有4件投诉件反映部分办事大厅人员工作作风和服务态度问题，经查全部属实。对部分大厅开展暗访也发现类似问题。为此，及时与所涉及的单位沟通，要求他们加强内部管理和教育培训，增强法律意识和服务意识，并对相关人员进行批评教育。

四是因公出国境工作违规问题。对反映某市级机关、某区政府等4家单位违规出国境案件开展专案调查，发现其存在出国经费支出超出预算、挪用其他资金支付出国费用、通过中介机构联系邀请函等问题，先后向1家单位发出监察建

议，向 3 家单位发出工作建议，要求相关部门加强因公出国管理工作，开展专项检查，同时对相关责任人进行了严肃处理。

　　总体上看，在全市各级党委、政府，纪检监察机关和广大党员干部的共同努力下，一年来北京市的反腐倡廉工作取得了比较明显的成效。但也必须清醒地看到，党员干部特别是领导干部的作风建设需要进一步加强，违纪违法案件在一些领域和部门仍然易发多发，损害群众利益的突出问题还没有从根本上解决，反腐败斗争面临的形势依然严峻，任务依然艰巨。在今后的工作中我们必须按照科学发展观的要求，不断提高工作水平，把党风廉政建设和反腐败斗争引向深入。

B.17
北京刑事犯罪预防体系的
现状、不足与完善

左袖阳*

减少和预防刑事犯罪，是各级党委和政府的核心工作之一，是检验工作质量好坏的重要标准。经过多年的实践，北京市已经初步形成了刑事犯罪综合预防体系，取得了骄人的成绩：刑事案件发案数量呈逐年下降趋势，发案总体趋势稳定，群众安全感逐年攀升。不过尽管社会治安形势总体良好，但导致违法犯罪现象的社会根源长期存在，违法犯罪的形式和手段复杂多变，预防打击违法犯罪工作的长期性、持续性不会改变。正因为如此，研究分析北京市现有的犯罪预防体系具有重要的理论和实践意义。

一 北京刑事犯罪预防体系的现状

刑事犯罪预防，是指国家、社会（群体、组织、社区）和个人所采取的旨在减少消除犯罪原因、减少犯罪机会、威慑和矫正犯罪人，从而防止或减少犯罪发生的策略与措施的总和。多个刑事预防措施遵照一定的犯罪预防理念结合在一起，共同发挥作用，就构成了刑事犯罪预防体系。在刑事犯罪预防体系中，指导理念是灵魂，直接决定了刑事犯罪预防体系的预防方向、预防手段、预防效果等。自20世纪90年代中央提出社会治安综合治理方针以来，北京刑事犯罪预防体系一直朝着构建综合预防体系的方向努力。刑事犯罪综合预防体系，是指在党委、政府统一领导下，充分发挥各部门、各单位和人民群众的力量，综合运用政治、经济、行政、法律、文化、教育等多种手段，对违法犯罪及其诱因进行综合

---

* 左袖阳，北京市社会科学院。

性预防和消除的体系。

北京刑事犯罪综合预防体系具有宏观性、统一性、广泛性、综合性、开放性的特点，主要由治安预防体系、群众预防体系、心理预防体系、科技预防体系、刑罚预防体系和再犯罪预防体系六大子体系构成。

1. 治安预防体系

自 2003 年开始，以公安局为主导，其他部门、社会力量共同参与，北京市开始构建"四张网"治安防控体系，这四张网分别是巡逻防控网、社区防控网、治安防控网和内保防控网。巡逻防控网通过各种巡逻力量的运用，凭借交通、通信工具的使用，对社会面上的各种违法犯罪活动实现全时空动态控制，特别是向高发案部位、高发案地段、高发案时段倾斜，预防并及早打击各类违法犯罪行为。社区防控网通过社区民警、治安民警等专业力量和治安志愿者、治保积极分子等群防力量的融合，通过社区的各种技防、物防等手段，对社区内治安进行管控，促进社区平安。治安防控网针对重点人员、地区、行业、场所和危险物品，运用信息网络技术，加强对上述对象的管控，控制违法犯罪的渠道。内保防控网通过单位内部治安防控体系的构建，对可能发生在单位内部的各类治安犯罪事件进行防范和控制。

2. 群众预防体系

"专群结合，依靠群众"是社会治安综合治理的重要方针之一。群防群治力量是刑事犯罪综合预防的重要依靠力量。北京市在群众预防体系的构建中采取了多项措施。第一，积极动员组建专兼职群防群治力量。每年拿出专项资金，用以建设专职的治安巡防队伍，目前已经形成一支人员稳定、纪律严明、训练有素的群防力量，在公安机关的指导下协助公安机关从事治安防控工作，成为预防违法犯罪的重要补充力量。2006 年成立了全市性的群防力量自治组织——治安巡逻志愿者协会①，群防群治的组织化达到了一个历史性水平。第二，广泛开展预防犯罪知识宣传。为了使群众提高自我预防犯罪的能力，北京市广泛在社区、村庄、流动人口聚居区开展常见犯罪的预防知识，并针对特定时期比较突出的违法犯罪形势，利用公安门户网站、短信平台等进行治安形势播报，提醒居民注意预防。第三，建立完善鼓励群众预防犯罪的机制。为了保障见义勇为人员的合法权

---

① http：//news. sina. com. cn/c/2006 - 10 - 18/100110264192s. shtml.

益，弘扬社会正气，制定颁布了《北京市见义勇为人员奖励和保护条例》[①]、《关于进一步加强见义勇为权益保护工作意见的通知》[②] 等规范文件，大力推进见义勇为行为确认、奖励、保护工作的制度化。

3. 心理预防体系

为了使行为人心理上抵制犯罪，不敢犯罪，不愿犯罪，行为上杜绝犯罪，构建了一系列心理预防机制。针对青少年违法犯罪的预防，建立了法制校长工作机制。从公检法司系统选派富有犯罪预防经验的工作人员担任中小学法制校长，定期为青少年进行法制宣传讲座，解答青少年相应疑问，心理辅导问题青少年；针对流动人口违法犯罪的预防，开展了流动人口法制宣传栏、流动人口法制宣传讲座工作。由基层政府组织在社区、流动人口聚居区、建设工地等创设并更新流动人口法制宣传栏，举办流动人口法制宣传讲座，向流动人口进行基本法律知识传授；针对毒品违法犯罪，开展"五进"宣传工作。通过进农村、进家庭、进校园、进社区、进场所开展宣传工作，预防毒品违法犯罪现象的发生；针对贪污贿赂、职务犯罪，建立定期警示活动机制。组织机关、企事业单位负责人参观警示基地，编印预防宣传资料。

4. 科技预防体系

随着信息技术、网络技术的发达，犯罪手段的科技化，北京犯罪预防体系也开始加强科技预防体系的建设。通过运用高科技手段，一方面迅速固定有关犯罪信息，实现犯罪及时打击，起到预防同类犯罪的作用；另一方面使潜在犯罪人慑于科技手段的高效和实时，不敢实施违法犯罪行为，从机制上遏制犯罪。

5. 刑罚预防体系

刑罚预防体系，即通过检察机关、法院的刑事司法活动实现犯罪的一般预防和特殊预防。刑事司法活动具有双重性，对于已经发生的犯罪，其通过控诉、审判、执行活动，教育改造犯罪人，使其不再危害社会，从而实现特殊预防。同时，通过对犯罪人的司法活动，警示、威慑潜在的违法犯罪行为人，使其衡量实

---

① 《北京市见义勇为人员奖励和保护条例》于 2000 年 4 月 21 日北京市第十一届人民代表大会常务委员会第十八次会议通过，自 2000 年 8 月 1 日起施行。

② 《北京市人民政府办公厅印发关于进一步加强见义勇为权益保护工作意见的通知》（京政办发〔2006〕53 号），北京市人民政府办公厅 2006 年 8 月 25 日发文。

施犯罪与承担刑事责任之间的利害关系，从而不敢或者不愿实施犯罪。在刑罚预防体系的构建中，北京市主要采取：第一，公开司法程序教育社会公众，除依照法律不公开的案件外，其他案件都公开进行诉讼程序，允许社会旁听，并对有代表性的案件及时通过各类媒体向社会公布案件进展情况；第二，加强完善监所监管改造，对服刑的犯罪人在劳动改造的同时，对其心灵进行改造，通过减刑假释等各类制度激励犯罪人悔过自新，早日重返社会。

6. 再犯罪预防体系

犯罪人由于其个人、社会环境等原因，可能会出现反复现象，因此，再犯罪预防对于犯罪预防体系的功能有巩固强化提高的作用。再犯罪预防体系主要包括以下四个方面。第一，积极履行检察、司法建议职责。司法机关通过对违法犯罪的单位发出检察、司法建议，对单位可能造成违法犯罪的原因进行剖析，提醒单位采取适当措施将可能导致违法犯罪的原因消除在萌芽状态。第二，探索实施社区矫正。社区矫正试点工作开展以来，社区矫正工作人员对判处管制、缓刑的罪犯，暂予监外执行的罪犯，被裁定假释的罪犯，在社会上服刑的剥夺政治权利的罪犯，通过矫正其犯罪心理和行为恶习，积极促进其顺利回归社会。第三，大力开展安置帮教工作。安置帮教对于服满刑罚的人重新回归社会具有非常重要的意义，通过解决这部分人的基本生活问题，提高其谋生手段，防止其因为生活、心理等问题重新犯罪。第四，发展完善恢复性司法机制。贯彻宽严相济的刑事政策，发展完善恢复性司法，让轻微犯罪的人在社会上弥补其造成的危害，避免其再犯罪。

二 北京刑事犯罪综合预防体系面临的困难和问题

在肯定刑事犯罪综合预防体系成绩的同时，应当看到社会转型期社会结构、经济结构不断调整，社会矛盾长期存在，特定情况下可能激化的社会现实短时间内不会变化，预防犯罪的形势任务严峻。北京刑事犯罪综合预防体系主要面临着如下困难和问题。

1. 预防主体方面

一线专门部门力量严重紧张，力量配备和预防任务呈现明显不对称的矛盾。以北京市某区公安力量配备为例，地区警民比为 1.1∶1000，远低于国际 3∶1000

的平均水平，但安全保卫任务较全国其他城市更为繁重。社会力量参与预防犯罪动力不足，作用有限。与市场经济相适应的社会力量动员体系机制并没有建立起来，市场化、社会化手段运用不足；部分单位内部自我预防意识较低，治理结构有待提高。

2. 违法犯罪出现新的特点

随着社会流动性加大，涉众型犯罪有抬头趋势，呈现多发高发态势，社会危害性较大；流动人口规模庞大，短期内不会发生根本改变，给犯罪预防工作带来了极大的压力；智能型犯罪增多，违法犯罪人反预防、反侦查能力大幅提高，对预防工作的科技水平提出了新的挑战。

3. 预防机制衔接不到位

事前预防与事后犯罪打击工作没有形成有机衔接。一线专门部门的力量主要投入在犯罪打击上，缺乏对犯罪预防的重视。检察、司法建议的落实效果不理想。刑满释放人员安置帮教水平有待提高，社会服刑人员监管有待加强；刑事犯罪预防对城市规划设计的因素考虑尚处在起步阶段。

三 关于完善北京刑事犯罪综合预防体系的思考

（一）完善刑事犯罪综合预防体系的基本方向

随着平安建设的深入，社会治安综合治理内涵的升华与丰富，对刑事犯罪及其原因、社会矛盾认识的深化，刑事犯罪综合预防体系在系统性、前置性、应变性上都提出了更高的要求。审视北京刑事犯罪综合预防体系的构建和成效，其在体系上的完备已经达到了较好的水平，各个预防环节和措施基本齐全。因此，完善刑事犯罪综合预防体系的基本方向，第一是对目前的薄弱环节进行加强，进一步整合各种预防体系机制，从而形成预防犯罪的合力，真正实现刑事犯罪"综合"预防，最大限度地发挥刑事犯罪综合预防体系的巨大潜力。第二是应对犯罪的新形势、新特点，进行预防策略上的调整。一方面从犯罪的深层原因出发，从制度、结构上对犯罪进行深层预防，将预防环节提前；另一方面采取新的措施手段，对具有新特点的犯罪进行预防。

（二）完善刑事犯罪综合预防体系的具体建议

1. 确立刑事犯罪综合预防体系的中枢组织及职能

由于刑事犯罪综合预防体系具有跨行业、跨部门的特点，统筹协调所有犯罪预防主体是其作用充分发挥的前提和基础，因此，第一位的要求是确立综合预防体系的中枢组织。鉴于各级综治部门长期以来在犯罪综合预防体系中的统筹协调作用，以及综治部门在区、街道（镇）、社区（村）已经形成的组织体系，应该进一步加强各级综治部门在刑事犯罪综合预防体系中的统筹协调作用。

第一，人力上保障各级综治部门有专职人员负责刑事犯罪综合预防体系的运行。通过人力保障，补充加强综治系统自身力量，使系统内的行家里手真正负起统筹地区犯罪预防力量的责任，使地区犯罪预防统筹协调工作有专人负责，将地区刑事犯罪综合预防体系的构建提升到地区安全稳定工作的第一要务的高度。

第二，职责上明确各级综治部门在刑事犯罪综合预防体系中的职责。主要包括以下职责：①分析研判。综治部门与各个一线预防部门和力量建立联系机制，了解地区刑事犯罪的发案、变化特点，摸清基本情况。②确定基本问题。组织专家学者、一线骨干等共同研究明确地区综合预防体系的发展方向和预防重点工作等基本工作要点。③例会改进完善。与专门部门、社会组织、群众等各类力量建立定期例会制度，分析执行中出现的力量整合、工作衔接等问题，并加以改进完善。④督导促进落实。对综合预防体系工作要点的执行情况进行督导检查，督促各类力量实现预定的犯罪预防目标。

2. 加强对刑事犯罪的制度预防的建设

社会治安综合治理的本质是社会矛盾的综合治理，刑事犯罪预防的根本解决途径也是要减少和消除社会矛盾。刑事犯罪综合预防体系的建设，不但要从横的方向加强各个子体系的建设，还要从纵的方向对诱发违法犯罪的深层原因进行研究，实现综治职能由简单预防向深层预防转变，从治安保卫到社会建设转变。从制度预防的角度着手，完善刑事犯罪综合预防体系。①加强并完善社会保障制度。完善社会保险、社会救助、基本医疗等制度，完善城乡居民最低生活保障制度，简化认定程序，缩短领取低保救助金时间。②加强就业保障力度。完善市场就业机制，扩大就业规模，健全职业培训制度，规范人力资源市场。③深化收入分配制度改革。注重分配公平，适当增加城乡居民收入，改善生活条件。

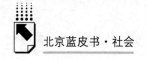

3. 提高结构性预防的运用水平

部分违法犯罪是因为目前管理机制存在空白或者缺陷造成。完善现有管理机制，加强结构性预防是根治此类违法犯罪的有效途径。提高结构性预防水平，主要包括：①深化企业治理结构调整。完善企业决策机制、执行机制、监督机制，加强权力制约机制的建设，重大决策执行事项引入法律意见制度。②完善现金管理制度。借鉴国外的经验，对私人提取现金数量进行限制，鼓励各种经济往来通过银行账户转账，大额提取现金需向银行提出合理的说明，并报主管税务机关备案制度。③规范信息服务管理模式。网站设立不分经营性和非经营性网站，一律采取核准设立制度。网站托管实名制，严格限制信息服务转包。

4. 建立跨区域犯罪的预警防范机制

受社会流动性的增加以及部分媒体不当报道的影响（一些媒体将犯罪人所使用的犯罪方法、造成的恶劣后果进行细节性报道，如近期针对幼儿园、中小学的恶性案件），一些犯罪呈现出"传染"的特点。为此，有必要加强刑事犯罪综合预防体系的动态应对性，建立跨区域犯罪的预警防范机制。由公安机关和综治系统组成预警判断主体，定期对各区县、全国其他省市发生的、媒体集中关注的案件总结发案特点，判断效仿可能性，设计效仿可能性等级体系，对效仿可能性较大的犯罪进行一定范围的预警，通知有关行业、有关单位采取适当措施，并组织政法力量开展特定时期的相应犯罪的集中预防工作。

5. 加强完善预防主体的各项保障工作

第一，加强预防主体的人力保障。对于专门部门，最为突出的是专门部门从事预防工作的人员数量严重匮乏。加强人力保障的方向，应该以着重加强一线基层的力量为主要方向，努力使人力保障水平达到与预防犯罪工作形势相称；不能单纯根据行政区划确定一定地区的预防主体数量，而应根据地区的刑事发案情况、社区矫正人员情况等预防犯罪工作的实际，灵活地进行人员配置。对于群防群治等社会力量，一方面要确保现有的参与主体数量不下降，另一方面要采取多种措施，加大财政投入，鼓励社会组织、青壮年加入到群防队伍中来。

第二，加强预防主体的机制保障。一是督查考核机制。对犯罪预防的工作任务进行细致划分，对工作开展情况进行综合考评，并纳入干部考核和任职考察体系。由于违法犯罪的发展具有一定的规律，且当前普遍处在犯罪高发状态，犯罪预防工作考核主要是对预防工作完成情况进行综合考核。二是奖励激励机制。对于预防工作成绩突出的（刑事发案率下降、群众安全感增加等），以及在预防犯罪中表现突出的（见义勇为、举报违法犯罪属实、积极成功化解内部矛盾等），加强相应奖励激励机制的建设，遵循市场经济条件下调动工作积极性的规律，建立专项奖励基金，对有关组织和人员进行物质、精神双重奖励。三是人身保障机制。对于参加治安预防体系的群众，建立专项人身保障基金，对在预防工作中人身受到伤害的个人，从基金中先行给予赔付，从而通过保障群防力量的人身权益鼓励更多的人加入到治安预防队伍中来。

第三，加强预防主体的科技保障。一是进一步加强完善城市图像信息系统。借力科技创安工程，对现有的城市图像信息采集系统进行规范化、社会化、市场化运营，保证设备的正常运转、正常检修、正常维护，切实发挥"天眼"的预防犯罪作用。拓宽图像信息采集系统的覆盖面，对公共地区的盲区进行补充架设，进一步提高图像信息系统的覆盖率。二是进一步推广技防设备。对办公楼宇、楼房社区进一步推广视频、对讲门禁设备的使用，进一步推广小区视频监控探头的覆盖，进一步推广防盗设备的使用，按照"谁受益谁支出"的原则广泛筹集技防设备的资金，实现技防设备运用率大幅提升。三是进一步推广行业犯罪预防设备。在歌舞厅、网吧等娱乐场所，商品市场等经营场所，中小学等教育场所进一步推广视频监控、税控设备等行业犯罪预防设备的使用。四是进一步提高技侦设备质量。充分发挥专门部门技侦设备使用效能，加强在信息化社会中打击预防智能型犯罪的能力。

6. 加强犯罪预防与犯罪打击的衔接

第一，事前预防与犯罪打击的衔接。建立健全打击犯罪部门定期分析研判，打击部门与预防部门之间定期信息通报提示以及督查预防部门落实三项机制。犯罪打击部门（主要是公检法）在打击违法犯罪的同时，注意对犯罪原因、犯罪发展的特点等规律问题进行分析，形成指导预防犯罪的经验，指导各类预防主体在今后的犯罪预防工作中加以运用。创新现有的检察、司法建议的回馈模式。改变简单的书面建议模式，推广面对面的访谈回馈模式，由过去被动式接受变为交互式沟通，提高检察、司法建议的预防效能。

第二，事后预防与犯罪打击的衔接。健全犯罪打击与刑罚执行的工作移交机制。犯罪打击部门将侦查审判过程中发现的犯罪原因、犯罪人特点等信息与刑罚执行部门及时沟通，促进刑罚执行效果。加强社会服刑的衔接制度。审判机关与公安机关、司法行政机关建立联系机制，防止出现脱管现象。加强社区矫正制度。创新管理体制，建立专职的社区矫正队伍，加强对社区矫正人员的教育改造。

7. 探索将城市规划设计纳入犯罪预防工作

通过城市规划设计来预防犯罪，是一种被国外广为实践的犯罪预防手段。通过城市规划设计，加强对犯罪易发地段的监控水平，消除监控死角，减少犯罪发生的空间。

第一，对新建住宅区进行合理规划设计。在规划上，对高档和低档住宅小区进行交叉式布局，使高低档小区的各项预防犯罪设备、措施的运用能够相互促进、相得益彰，避免低档住宅小区因过于集中形成犯罪的"亚文化"圈。在小区设计上，将犯罪预防的要素融入到住宅小区的建设中：新建小区尽可能加以封闭，小区出入口不超过两个，出入口处密集设置监控探头；对小区的公用设施如健身设施的选址尽量选择视线可以照顾到楼宇出口的位置，对小区的公用（如走道、楼梯等）和私用空间进行过渡性设计，增加小区居民相互接触、熟悉的机会，通过小区设计增强人际控制，达到预防犯罪的效果；对小区的停车场进行集中统一管理，同时加强小区停车场的监控覆盖，等等。

第二，对已有住宅区的设计进行预防改造。包括对没有进行封闭式管理的小区进行封闭式管理，对有过多进出口的小区减少其进出口，推广村庄社区化管理；对周边流动性较大的区域，增设隔离式设施，阻断人流、物流的冲击。

B.18
北京市流动人口未成年子女
违法犯罪研究

陈兴华　杨雨泽*

我国流动人口规模在不断地扩大，截至 2009 年末，农村外出的劳动力达 1.49 亿人。[①]

北京市是流动人口高度集中的流入地。截止到 2009 年底，北京市实际常住人口为 1972 万人，其中登记流动人口已经达到 763.8 万人，占北京市常住人口的 38.73%。一大批未成年人随其父母在北京生活居住和接受教育，2008 年在京接受义务教育的流动人口子女有 418 万人，占学生总数的 40%。他们的共同特征是较长时间在京生活和接受教育，没有长期在原籍务农的经历，但是他们没有北京户籍，在政策和法律上仍被视为流动人口，他们的成长发展遭遇到了教育不公平、就业不平等、社会不接纳等一系列现实问题，在种种困境面前，他们中的一部分主动或被动地走上了违法犯罪的道路。

流动人口未成年子女中的一部分主动或被动地走上了违法犯罪的道路，这种现象背后有着复杂的原因。他们虽然成为了违法犯罪的实施者，但是同时也是受害者。如何针对这一特殊群体开展工作，有效地保护其合法权益，使其远离违法犯罪，是青少年权益保护工作的一个重要内容，也是社会治安综合治理的一个重要方面。

为此，共青团北京市丰台区委员会联合北京市青少年法律援助与研究中心、北京市丰台区人民法院组成联合课题组，专题研究北京市流动人口未成年子女违法犯罪问题。研究重点地区是丰台、海淀、朝阳三个区。研究对象是：父母是流动人口，本人在京出生或随父母到京，年龄在 18 岁及以下，

---

* 陈兴华、杨雨泽，共青团北京市丰台区委员会。

① 《统计局：2009 年末农村外出劳动力达 1.49 亿人》，中国新闻网，2010 年 1 月 21 日。

较长时间在京生活和接受教育，没有北京户籍，在北京有触犯刑法的犯罪行为。

一 流动人口未成年子女违法犯罪现状

流动人口未成年子女犯罪问题是随着城市化进程的加快和社会经济的发展出现的，从偶然发生到案件高发经历了一个缓慢的积累过程。

（一）基本情况

本次研究以朝阳、海淀、丰台三区为样本，基本上可以反映北京市流动人口未成年子女犯罪的现状和特点。朝阳、海淀、丰台三区流动人口数量较大，占全市流动人口将近60%。从近几年这三个区法院审理未成年人犯罪案件的总体情况看，判处的外地户籍未成年犯均占到全部未成年犯总数的65%~80%。而在这些外地户籍未成年犯中，"流动人口第二代"未成年犯的比率均呈明显上升趋势，2008年上半年，朝阳、海淀、丰台三个区法院"流动人口第二代"未成年犯在各院外地户籍未成年犯中的比率，与2006年相比较，分别增长了15%、13%和8%（见表1）。

表1 朝阳、海淀、丰台法院判处未成年犯情况

单位：人，%

法院	年度	外地户籍未成年犯	"流动人口第二代"未成年犯	
		人数	人数	比率
朝阳	2006年	153	20	13
	2007年	116	31	27
	2008年上半年	88	25	28
海淀	2006年	158	15	10
	2007年	240	50	21
	2008年上半年	160	37	23
丰台	2006年	75	5	7
	2007年	83	10	12
	2008年上半年	34	5	15

数据来源：北京市高级人民法院《关于"外来人口第二代"犯罪问题的调研及建议》中对2006~2008年上半年三个区流动人口未成年人犯罪问题的统计。

（二）犯罪特征分析

1. 犯罪类型

在朝阳、海淀、丰台法院判处的"流动人口第二代"未成年犯中，随机抽取100名，主要涉及侵犯财产、侵犯公民人身权利、妨害社会管理秩序三类犯罪。排在前四位的案由依次为：盗窃罪（30人）、故意伤害罪（28人）、抢劫罪（17人）、强奸罪（9人）；其余案由依次为：寻衅滋事罪、破坏电力设备罪、妨害公务罪、故意杀人罪、敲诈勒索罪、信用卡诈骗罪、诈骗罪、伪造证据罪、出售非法制造的发票罪（见表2）。

表2　100名"流动人口第二代"未成年犯的案由排序

单位：人，%

排序	案由	人数	所占比率
1	盗窃	30	30
2	故意伤害	28	28
3	抢劫	17	17
4	强奸	9	9
5	寻衅滋事	6	6
6	破坏电力设备	3	3
7	其他	7	7
总　　计		100	100

"流动人口第二代"未成年犯的案由分布与北京市未成年人犯罪的整体情况（见表3）相比较，有以下特点。第一，盗窃犯罪比率持平，抢劫犯罪比率相对较低。第二，故意伤害犯罪比率更高。值得注意的是，在"流动人口第二代"未成年犯故意伤害案件中，出于维护父母、兄弟姐妹、同乡等亲情关系的动机而引发的案件约占30%。第三，性犯罪比率更高。

2. 共同犯罪情况分析

100名"流动人口第二代"未成年犯中，实施共同犯罪的占32%，其中共同犯罪的参与者均为未成年人的占13%，共同犯罪中有成年人参与的占19%。值得注意的是，共同犯罪的参与者不论是成年人还是未成年人，基本为流动人口，而在成年共同犯罪人当中竟有5%是"流动人口第二代"未成年犯本人的亲属。

表3 北京市法院2007年所判未成年犯的案由排序

单位：人，%

排序	案由	人数	所占比率
1	抢　劫	454	32.1
2	盗　窃	425	30.0
3	故意伤害	184	13.0
4	寻衅滋事	137	9.7
5	强　奸	38	2.7
6	聚众斗殴	35	2.5
7	涉毒犯罪	15	1.1
8	敲诈勒索	14	1.0
9	诈　骗	7	0.5
10	故意杀人	6	0.4
11	其　他	101	7.1
总　　计		1416	100

3. 所受刑罚

调查发现，法院对100名"流动人口第二代"未成年犯的量刑大多是拘役和期限较短的有期徒刑，其中适用缓刑、单处罚金刑等非监禁刑及免予刑事处罚的占24%，在判处的刑期中，在拘役以上有期徒刑三年以下的占92%，刑期在有期徒刑三年以上七年以下的占5%（见图1）。

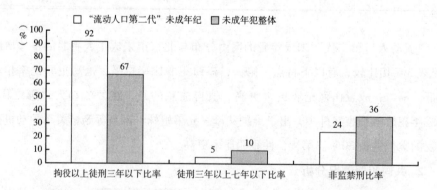

图1 "流动人口第二代"未成年犯与未成年犯总体所判刑罚对比

此外，"流动人口第二代"未成年犯重新犯罪（含累犯）的比率也已经占到3%，与北京市未成年人犯罪的整体情况相比较，重新犯罪的比率约高2个百分点。

（三）生长生活环境分析

1. 家庭环境

流动人口未成年子女犯罪者85%来自"温饱"型家庭，这类家庭基本解决温饱问题，但父母忙于在外奔波，无暇监管照顾子女的日常生活；5%来自"贫困"型家庭；10%来自"小康"或"富裕"型家庭。90%的家长所从事的职业为清洁工、车管员、服务员、废品回收员、建筑工、厨师、包工头、小商贩等，5%的家长是靠赌博、看菜地、贴发小广告、捡垃圾等非正常手段谋生，还有5%的未成年人家长是装修、餐饮、文印等行业的私营企业主。从家庭的完整状况看，有14%来自单亲或夫妻分居家庭，而这个数字虽然略低于北京市未成年犯的平均数据（约为20%），但也足以引人忧虑。

2. 教育、工作环境

在100名"流动人口第二代"未成年犯中，只有6名年龄在14～16周岁，其余94名均在16～18周岁。他们正处在攻读初中、高中的年龄段，但实际上仅有16名是初中、高中或职业技校的在校生，其余84名中有25名处于闲散无业状态、有51名在京打工，还有8名跟随父母或亲属贩卖水果、肉菜、服装等。而51名打工的未成年人中，大部分是在相对正规的公司、商场、餐厅、工厂从事保安员、服务员、售货员、清洁工、维修工、挖煤工等工作，但也有一部分是在一些不适宜未成年人出入的娱乐场所（如歌舞厅、台球厅等）里打工。

在84名非在校未成年人中，只有22名已经取得初中毕业文凭，其余62名均为未完成义务教育的辍学未成年人。与北京市未成年犯的整体情况相比，"流动人口第二代"未成年犯的在校生比率明显偏低（约低30个百分点），辍学比率则明显偏高（约高30个百分点）。

3. 不良生活习惯分析

调查显示，约有93%的"流动人口第二代"未成年犯有吸烟、酗酒、赌博、夜不归宿等不良行为，有88%的"流动人口第二代"未成年犯曾沉迷网吧。与北京市未成年犯的整体情况相比，上述两个比率均高出约10个百分点。因涉及网络而实施犯罪者逐渐增多，约占全部"流动人口第二代"未成年犯的40%，

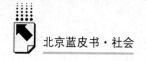

其中主要有三种情况：一是为获取上网费用而实施犯罪，约占25%；二是因浏览网页色情、暴力信息而引发犯罪，约占11%；三是通过上网"聊天"相约争斗或预谋作案而引发犯罪，约占4%。

二　流动人口未成年子女犯罪成因分析

（一）宏观社会因素

青少年的成长是伴随着对社会的逐步认知进行的，他们的个体社会化是通过与环境的交互作用实现的，可以说青少年的生长生活环境对他们的行为、意识甚至世界观、价值观起着至关重要的作用。

1. 二元社会结构

从1951年起，我国一直实施城乡分离的户口管理制度。改革开放后，允许农民进城经商或打工，但户籍制度没有根本性变化。农民进城，工作在城市，户口仍在农村，既不是传统意义上的农村人，也不是纯粹意义上的城市人，享受不到城市居民享有的社会福利，处于一种边缘化的状态。目前我国劳动力市场仍然存在着严重的市场分隔现象，农民工没有城市户口，只能从事那些技术要求不很高、缺少福利保障、很少有晋升机会、重累脏险、收入又很低的工作。流动人口子女的就业情况也基本如此。

第一代农民工似乎默认了这种状况，但对于习惯了城市生活的农民工未成年子女来说，他们显然不愿接受这一现实。

2. 社会转型期

当前，我国正处于市场经济转型的关键时期，也是各类社会矛盾、问题集中爆发的时期。流动人口未成年子女的犯罪问题便是这些矛盾冲突日益复杂和尖锐化的一种表现。

（1）文化冲突

这种文化冲突主要表现为：第一，传统文化与新文化中的行为规范的冲突；第二，农村的行为规范和大城市的行为规范的冲突；第三，乡土社会中的宗亲文化和市场经济社会中的商品文化之间的矛盾等。农民进城后，文化上的碰撞往往造成他们无所适从和行为失范。

（2）贫富悬殊

在北京这样的大都市里，流动人口与当地居民的贫富差距是非常显著的，使流动人口和他们的子女产生了相对被剥夺感。

进城流动人口自我评价普遍较低，他们认为经济收入、工作环境、消费能力、居住条件、生活水平、精神状况、社会地位和发展机会都要比城里人差很多（见表4）。

表4　流动人口与城市居民相比的心理感受

单位：%

项　　目	好很多	好一些	差不多	差一些	差很多
经济收入	1.0	3.7	17.6	51.4	26.3
工作环境	0.0	8.1	32.8	36.5	22.6
消费能力	0.0	3.4	27.7	38.9	30.0
居住条件	0.0	4.1	23.6	39.5	32.8
生活水平	0.0	4.4	31.4	34.2	30.0
精神状况	0.0	14.6	40.5	26.0	18.9
社会地位	0.0	1.7	27.5	44.0	26.8
发展机会	0.0	8.2	22.6	39.1	30.1

而社会保障的缺失，在教育、医疗、就业等方面难以享受与"原住人口"平等的"同城待遇"，权利受到侵害时也由于司法救助成本高、成效不大等原因而难以得到有效解决，还要受到许多"原住人口"对他们的排斥和歧视，这些更加强化了他们的社会不公平感，促使一些青少年诉诸犯罪手段去夺取他们认为自己应该得到的财富和权利。

（3）社会控制弱化

流动人口子女多数跟随父母住在城乡结合部或简易工棚里，住房拥挤、人员混杂、治安较乱，还存在有非法网吧、迪吧、录像厅、提供色情服务的发廊、歌厅以及赌博窝点等，是城市管理的薄弱环节或死角。青少年在这种环境生活，耳濡目染，容易染上各种恶习。流动人口子女中相当一部分人的社会生活处于无序状态，没有有效的组织进行管理和协调。城市党团、工会组织和社区等自治组织如何把流动性强的外来人口纳入自己的管理体系中去，仍是一个摸索中的问题，这就使流动人口管理中还有许多真空地带。反思多年来北京市的流动人口管理工作，存在两方面的欠缺。一是重管理轻服务。事实证明，传统的行政、经济处罚手段已经不能适应形势的需要。二是社区管理及矫正措施缺位，缺乏对"流动人口第二代"未成年人的早期干预。对其中犯法者缺乏判后帮教机制，缺少社区矫正措施，使这类人员重新犯罪的风险较高。

流动人口和他们的子女，如果利益的诉求长期得不到重视和解决，违规行为不能及时受到约束，就会导致问题积累、矛盾升级，直至出现违法犯罪行为。

（二）家庭、个体因素

1. 缺乏家庭关爱

流动人口中为父母者，往往忙于打工赚钱，缺乏与孩子的沟通，不了解孩子在学校的表现，也不知道孩子在课余做些什么，只注重孩子的衣食，忽视了孩子的心理需求，这对孩子的健康成长非常不利。面对纷繁复杂的现实社会，单凭孩子自己仅有的知识和生活阅历，是很难对善恶、美丑做出正确选择的，孩子的道德品质养成，需要有老师、父母给予教育和指导，尤其是父母的言传身教是老师无法代替的。一些小孩从小就放任自由，养成小偷小摸、打架斗殴的坏习惯，长大后犯罪的可能性就较高。

2. 文化素质水平较低

文化素质不高、志趣贫乏是一些流动人口未成年子女的普遍特征。这些人一旦从原来经济落后、生活简朴的家乡迁移到灯红酒绿、时尚喧嚣的现代大都市中，便很容易被那些形式新奇、内容刺激的信息（如网络、手机传输的黄色信息）和娱乐形式（如暴力网络游戏）所引诱，逐渐厌恶学习、不思进取。

3. 法律意识淡薄

一些孩子的犯罪没有什么主观恶性，但是缺少基本的法律意识和判断辨别能力，容易冲动或被人利用，导致犯罪。

4. 心理失衡

内心对获得认同和归属的期望值较高，但在现实中又常常落空，一旦意识到因"流动人口"这一特殊身份而带来的求学、就业等方面诸多困难时，便会形成巨大的心理反差，进而产生自卑、逆反、仇视和报复等消极情绪，在特定场合容易诱发犯罪。

三　流动人口未成年子女犯罪防治对策研究

预防流动人口未成年子女犯罪，根本之策在于逐步消除流动人口未成年子女融入城市生活过程中在经济、社会、文化方面遇到的障碍，使他们得到和城市孩子一样的受教育、享有基本社会保障的机会和条件，使他们真正建立起对于北京的归属感和认同感。

（一）逐步变革二元结构，改革户籍制度

城市化是一个有自身发展规律的客观过程，户籍管理制度应当与城市化进程相适应，循序渐进，把户籍改革的力度与城市的可承受度结合起来。北京的户籍在短时间内不可能完全放开，在相当长的时期内，要逐步认可在北京有稳定职业、已经稳定居住一定年限的"常住人口"，明确常住人口的义务与权利，加强对他们的服务。

（二）加强常住人口的权益保护

1. 建立常住人口社会保障制度

2002 年以来，上海市政府以地方法规的形式推出"上海市外来人员综合保险"制度。该法规较好地解决了农民工养老保险、买药、看大病医疗保险等关系切身利益的问题。北京市政府可以参考上海的经验，结合本地情况，制定北京常住人口的综合保险制度。

2. 切实执行劳动法规，保护常住人口的劳动权益

要高度重视流动人口的劳动条件和劳动安全，在劳动报酬方面要做到同工同酬，要切实保障流动人口的正当权益，《劳动法》和《劳动合同法》有关签订劳动合同、按时足额发放工资、劳动者参加工会等权益要落实。

（三）加强常住人口聚集区的社会管理

以服务式的管理制度取代防范式的管理制度是流动人口管理方式发展的必然走向。在修改和制定流动人口管理办法及相关法律法规时，应注意增补合法权益和政府服务的内容，要明确不同政府管理部门对流动人口应承担哪些责任、负有

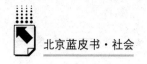

哪些义务，使管理目的、方法明确，服务内容具体清晰。

近几年，在流动人口管理方面采取了简化行政审批程序、减免收费项目等措施，加强了政府公共服务体系建设，受到了广大流动人口的欢迎。但提高公共服务能力仍是政府的一项艰巨任务。一是要提高各类公用设施的使用效率，各类公用设施要公平地向流动人口开放；二是要调整城市公共财政开支结构，政府部门加强对流动人口的公共管理和服务，使用更多的人力物力，政府财政要提供保障，在财政支出中要有反映；三是要在制定公共政策时充分考虑流动人口的切身利益。

积极吸收常住人口参与到社区建设中来，在常住人口聚居的社区自治组织中要有流动人口的代表。创建流动人口意愿表达的渠道，是解决流动人口问题的重要一坏。

（四）保证流动人口子女接受教育的权利

1. 提高文化素质

流动人口未成年子女尚处于世界观、人生观、价值观逐步形成的阶段，积极地引导教育将会对其产生良好的效果。要有效预防和治理流动人口犯罪，就必须加强流动人口未成年子女的基础知识教育，有效地提高他们的文化素质，这是提高道德修养、加强法制观念、培养健康生活方式的基础。要加强劳动监察，坚决制止童工现象，切实保证义务教育年龄段的孩子坐在教室里。

2. 加强德育培养

农民工聚居区的社区组织都要通过各种生动的、切合实际的法制宣传和社会公德教育，树立典型，对流动人口子女起到榜样示范作用。改变现行流动人口管理中注重对农民工行政管理的"硬控制"、忽视宣传教育的"软控制"这样一种现象。

3. 强化法制教育

法制教育应从两个方面入手：一方面是对流动人口普及法律基本知识，针对流动人口中普遍存在的问题，有重点地讲解对流动人口管理的政策规定、治安管理规定、劳动生产安全以及工商、税务方面的行政法规，帮助他们学会运用法律维护自己的合法权益；另一方面是在流动人口子女中普及最基本的法律知识，教育他们从小遵纪守法，用法律规范来约束自己的行为。

4. 建立心理疏导机制

多年以来，心理疏导始终是流动人口管理中被忽略的一项工作，很少有相关机构提供这方面的服务。尤其对于尚未成年的流动人口子女，适当的心理辅导对于他们形成道德感、羞耻感、责任感，学习自我评价、自我调节、自我控制和自我完善的能力，促进他们养成健康心理和塑造健全人格，有着十分积极的作用。

（五）加强社会治安综合治理

1. 建立以社区为中心的犯罪预防机制

社区是社会空间与地理空间的结合，作为社会的基础单元，具有成员交往频率较高、有共同利益的特点。对于社会在整体上的良性运行和协调发展，社区起着不可忽视的基础作用。社区具备这些特征，使得社区预防犯罪的措施能够具有可行性与易操作性，成为犯罪预防工程的落脚点。

据北京市有关抽样调查分析，外地来京务工人员自行租房及用人单位提供住房的比例高达 90%，自购房的不足 5%，投靠亲友等其他方式解决住房的约 5%。① 通过租赁解决住房问题的流动人口，居住地相对集中在城乡结合部或"城中村"里，形成以流动人口为主要成员的社区，往往人口构成复杂、交织着各种文化冲突，目前往往管理力量比较薄弱，因而成为犯罪多发地带。因此，规范流动人口聚居区房屋建设和出租管理具有重要的意义，需要逐步做到：撤除大量违法建筑及存在安全隐患的房屋，规划"城中村"房屋建设，改善基础设施条件；规范房屋租赁管理，明确出租房屋"属地管理、部门监督、房主负责"的原则。在每个村和社区，均安排若干房屋协管员，具体负责出租房屋的检查、登记工作。例如，朝阳区通过加强农民工聚居区和租赁房屋的管理，使农民工的居住环境得到较大改善，社会治安明显好转。其他一些大城市在实践中也总结出了值得借鉴的经验，如重庆市修建的"棒棒公寓"、长沙市建设的"农民工公寓"、上海市嘉定区马陆镇的"农民工小区"，等等。流动人口居住环境的改观，有助于他们子女的学习、生活，有利于孩子们的身心发展，也有利于培养他们的"城市主人意识"，从而消除易于产生犯罪行为的环境，抑制犯罪意识的产生。

2. 建立打防控一体化的工作机制

防范与打击相辅相成。建立打防控一体化的工作机制是当前预防和治理流动人口犯罪的有效途径，打防并举，两手都要硬。

---

① 宋秀全：《略论城市化对住房供给结构的影响》，《金融学苑》2007 年第 2 期。

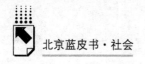

（1）做好防范工作

一是加强治安巡逻，严密社会面的控制；二是继续抓好治安联防和楼群院落值班；三是派出所应切实加强对暂住人员和房屋租赁户的管理。

在严打整治的基础上，结合流动人口犯罪的特点和规律，建立打防控一体化的工作机制。这是一项系统工程，公安机关必须紧紧围绕"发案少、秩序好、社会稳定、群众满意"的总体目标，深入贯彻"预防在先、防控结合"的治安方略，积极推行社区防控体系建设，构筑起"以块为主、条块结合、重点防范、全面控制"的社区防控体系。

（2）依法严厉打击流动人口中的严重犯罪活动

其一，要将流动人口中有组织犯罪作为打击的重点。种种迹象表明，当前我国流动人口有组织犯罪具有恶性膨胀的倾向，并向未成年群体发展。

其二，加强刑事侦查科学技术建设。随着现代科学技术的发展与普及，流动人口犯罪行为人也开始利用现代技术和科学知识实施违法犯罪活动，犯罪手段更趋智能化和快速化，要想战胜刑事犯罪，就必须以现代化的先进技术、先进器材设备来装备自己，提高刑事侦查科学技术的手段与水平。应当紧密结合办案实践和当前我国流动人口犯罪现象的特点、规律，大力开展科研工作的技术攻关，广泛借鉴和移植国外现代化先进科学技术，使之在预防和治理流动人口犯罪中发挥应有的作用。

其三，加强地域间的合作，形成整体合力。针对当前我国流动人口犯罪出现的大范围、跨地域，连续、跳跃式并且使用现代化交通、通信工具疯狂实施违法犯罪活动的现实状况，要有效预防和治理流动人口犯罪，各地就必须加强地域之间的密切合作，形成整体合力。要打破北京与外省市、北京市内区县之间，乃至派出所与派出所之间的地域界限，加强纵向的和横向的联系，使打击流动人口犯罪发挥出总体作战的巨大威力。

其四，强化秘密力量建设。在当前我国流动人口犯罪日趋严重化，作案手段日趋诡秘，作案方式日趋跳跃、流窜的情况下，秘密力量对刑事侦查越来越显得重要。它是加强同流动人口犯罪作斗争的一支不可缺少的隐蔽力量，是向流动人口犯罪主体进攻的一种重要手段。通过建立多层次、专门化的秘密力量网络，把触角伸到流动人口活动的各个社会角落，是刑事侦查工作争取主动的关键所在。

打掉流动人口中成年人的有组织犯罪，是防止流动人口中未成年人犯罪非常重要的一环。

北京市创意文化空间的发展问题

——以 798 艺术区为例

北京市文联、北京市社会科学院 798 艺术区调研联合课题组*

2005 年底，北京正式提出发展文化创意产业。2006 年 12 月，北京批准的首批文化创意产业区中，798 艺术区名列其中。

2006 年以来认定的 30 个市级文化创意产业集聚区快速稳步发展，文化创意产业集聚区的产业链条和配套设施不断完善，集聚区已经成为强化首都文化中心地位的重要支撑。自 2005 年北京市大力发展文化创意产业以来，5 年增加了近 1000 亿元产值，2009 年为 1489.9 亿元，占地区生产总值的比重达 12.3%，对 GDP 的现价贡献率超过 20%，文化创意产业的支柱地位更加巩固，成为首都发展的“新引擎”。[①]

为了了解艺术集聚区对大力拓展创意文化空间的推动作用，了解它们在“人文北京”建设中的重要贡献，也为了摸索对这些艺术集聚区提供更好管理服务的经验，北京市文学艺术界联合会（简称文联）和北京市社会科学院（简称社科院）组成联合课题组，着力解剖一个典型的艺术集聚区——798 艺术区。

798 艺术区作为北京市首批认定的文化创意产业园区之一，在过去的几年中历经辉煌，蜚声国内外，正如旅游者所讲，到了北京，“长城、烤鸭、798”，一样不能少，但 798 艺术区的发展也承受了城市空间拓展的严峻考验。

798 艺术区位于朝阳区，在老北京城（今天二环路内）的东北，这里原为工厂区，厂房多为 20 世纪 50 年代德国包豪斯风格的建筑，采光充足，空间阔大。从 1996 年开始陆续有艺术家租用该厂区空闲厂房做工作室和创作室，到 2001 年左右，艺术家聚落初具规模，至今，有来自法国、意大利、英国、荷兰、比利

---

* 课题组负责人：朱明德，北京市文联；执笔人：李伟东，北京市社会科学院。

① 张玉玲、杜弋鹏：《北京文化产业：离世界城市有多远》，2010 年 12 月 1 日《光明日报》。

时、德国、日本、澳大利亚、韩国、中国、中国台湾、中国香港等国家和地区的画廊、艺术家个人工作室，以及动漫、影视传媒、出版、设计咨询等各类文化机构入驻北京 798 艺术区。目前，798 艺术区已成为中国文化艺术的展览、展示中心，成为国内外具有影响力的文化创意产业集聚区，该地区也成为首都著名的旅游人文景观，尤其在境外声名卓著，一度高居境外游客在北京旅游目的地排名的第二位。

一　798 艺术区的现状与影响

1. 现状

据 798 艺术区相关管理部门介绍，艺术区目前有画廊类机构 170 家左右，广告、设计、出版等其他类机构约 80 家，餐饮服务类机构约 40 家。

从游客的角度更能反映 798 艺术区发展的吸引力和现状。

本调研针对游客的问卷调查显示，到 798 艺术区的游客中，女性占 55%，男性占 45%；职业状态以在校学生为最多，其次为供职于文化类企业、自由职业者和大学等研究部门工作者；学历偏高，87% 以上具有大学以上学历；来自北京的占 61.1%，来自国内外地的占 28%，来自国外的占 10.9%；72.7% 的人逗留时间在 4 个小时以下，也就是半天时间。可见游客以青年知识分子为主，多为短暂逗留。

游客来 798 艺术区的目的以"看展览，开阔眼界"和"学习了解当代艺术"为主，分别有 51.5% 和 41.2%；也有 32.5% 的游客没有明确的目的，只是随便逛逛；13.9% 的游客表示来 798 艺术区会见朋友；有 13.4% 的游客选择来 798 艺术区是为了"了解当代艺术行情，准备收藏"；通过旅行社组织来 798 艺术区的只占 4.1%。可以看出作为一个艺术区，该地对大众艺术审美具有强大的影响。

再从游客在 798 艺术区的消费选择上看，42.8% 的游客表示自己的消费是用于购买工艺品、纪念品，36.6% 的游客消费用于餐饮，购买艺术品的游客有 25.3%，26.8% 的游客表示自己购买了图书，购买服装的游客有 8.8%。调查反映出即便针对一般的游客，文化产品在此地也很有市场。

针对艺术区存在的问题，43.3% 的游客建议增加地图和路标，30.9% 的游客建议增加艺术品讲解或提示，28.4% 的游客认为应该增加展览布告或说明，

26.3%的游客建议改善地区交通，20.1%的游客同意延长展馆开放时间，19.1%的游客认为应该加强地区宣传，15.5%的游客认为需要改善环境卫生，9.8%的游客建议提高餐饮服务特色，9.3%的游客要求加强纪念品销售管理。对于游客来说，方便的区内导游图和普及性的艺术知识传播是主要的需要，也正反映出艺术区在相关方面建设的不足。

2. 影响

798艺术区的影响可以归结为三个层次。

第一个层次是地区影响：在朝阳区东北部，五环内外形成了以798艺术区为中心的系列文化产业园区，地区经济效益和社会效益显著。对于此地的餐饮企业、集体经济和居民来说，众多艺术家和艺术机构的入驻，带来了大量的房租收入，而且对于拉动地区的其他消费也贡献巨大；同时，园区文化企业和艺术人群提升了地区的区位地位，扩大了地区影响力，从长远来看，对于地区土地升值贡献巨大。

第二个层次是对北京的影响：798艺术区已经成为新型城市文化名片，有效提高了北京在国际文化版图上的地位。充满时代气息的798艺术区的崛起赋予了首都北京之文化中心定位以新的意义，在首都深厚的城市历史文化积累上增加了当代艺术之浓墨重彩的一笔，使首都北京的文化面貌更加多元、文化品位更加现代、文化视野更加国际，从而更充分地展示了北京城市文化博大、宽容的一面。

第三个层次是对亚洲及世界的影响：以798艺术区的成功为契机，北京市形成了继纽约、伦敦之后的新的世界级的艺术品交易中心，改善了东方艺术在当代艺术版图上的形象和地位，有助于亚洲、东方的文化崛起。

二 艺术区目前存在的问题

通过对艺术家、园区企业经理人和艺术展览策展人的座谈和走访，本报告本着促进当代艺术在北京发展之目的，把798艺术区目前存在的问题概括为五个方面：地区发展定位问题、保持文化创新问题、艺术品位和文化安全问题、艺术家组织和艺术交流问题，以及政府相关政策和管理中存在的问题等。

1. 地区发展定位问题

2005年，798艺术区被定义为创意文化产业聚集区。但是随着地区的发展，艺术区的房租越来越高，越来越多的艺术家离开了该地区，其艺术创作活动分散到周边地区，798核心区逐渐发展成为一个文化产品展示、交易区。从目前该地区发展的社会过程看，这个由市场选择的艺术家撤离之路是不可逆的：因为随着商业的入驻，798地区的房租越来越高，超过了艺术家可以承受的范围，其向房租洼地地区的转移行为符合市场经济的规律。

目前该地区形成如下的格局：798核心地区成为一个以画廊、设计、广告、出版等文化产业为主，餐饮业、旅游纪念品销售为辅，主要进行展示、交易、推广、教育等活动的文化区，而从事文化产品创作和生产的艺术家转移到了周边地区，形成了一个以798艺术区为"窗口"、周边艺术家聚居区为"后台"的类似"前店后场"的空间功能布局。从这个空间布局来看，798艺术区与其腹地唇齿相依，在未来规划上应该把798艺术区和其周围辐射区域都看做一个整体，集中关注如何整合地区的优势。有鉴于此，该地区的发展前景和定位应该是形成以798艺术区为龙头的综合文化产业区，一个鼓励实验和创新的文化特区，目的在于通过文化创新活动，着力打造北京市乃至中国的文化软实力，提升北京市作为一个世界城市、文化中心的时代地位。

2. 保持文化创新问题

为保持艺术区创造力，不但需要此艺术空间有文化创新展示功能，而且需要能提供艺术家同行进行交流的平台。798作为一个主打艺术牌的文化区，为保持一定的艺术水准，保护艺术家有足够的交流和讨论的空间是其中关键。在其发展过程中，曾经有过一个艺术家比较集中、自由讨论的学术气氛比较浓厚的时期，随着艺术家逐渐撤离该区域，进驻该地区的艺术机构越来越多，商业氛围也相应变得浓烈，艺术家相应的讨论、交流空间减少，艺术区的学术品质逐渐驳杂，有下降的趋势。

过度商业化和低级工艺品泛滥是艺术区的大忌，是艺术区品位提升的毒药。在目前的园区业态上，由于商业机构增多，各园区单位为了生存或短期获利，对于商业利益的过度追逐使得艺术区内出售的艺术品良莠不齐，不断有迎合受众猎奇心理、艺术品位较低的作品出现；在园区销售的旅游纪念品中，很多物品艺术性较低或根本没有，粗制滥造的工艺品也混杂其中，降低了798艺术区的艺术水准，也影响了798的艺术声誉，于公众对当代艺术的认知也造成诸多误导。

保持艺术区活力和创新力是艺术区存在和发展的核心动力。798艺术区作为一个创意文化产业园区，如何保持其创新性是其发展和生存的根本。艺术需要创新和实验，当代艺术亦如是。如果把艺术区降格为一个艺术品贩卖区，虽然可以营造短期繁荣，但从长远来看，必将因其守旧雷同、产品了无新意而遭市场淘汰。

3. 艺术品位和文化安全问题

798艺术区作为一个蜚声国际的艺术生态群落，其艺术具有实验性、前卫性和创新性。在园区中，大胆新奇之作比比皆是，这些前卫、个性的艺术品在冲击人们的审美观念的同时，人们对其中个别作品的艺术品位评价不一，这中间就存在一个对艺术品如何认识的问题。目前的基本共识是在街道两侧大展示牌上和各机构对外的宣传品中要控制淫秽、下流、猥亵内容，避免有政治喻讽性强的主题。

有一种观点认为艺术家的活动可能具有某种颠覆效果，涉及国家的文艺安全问题。通过调查可以发现，此地绝大多数的"主流"艺术家多在谋求个人的艺术发展，并不具有"破坏"既有体制的愿望和动力，类似商人的"在商言商"，艺术家在竞争极为激烈的艺术市场中，一门心思主要还是在艺术境界里。同时从其个人特点来看，艺术家受其职业训练和个人偏好所限，多乐于单打独斗，不长于宣传鼓动，即使是偶有牢骚，也与常人无异，只图口舌之快，少有振臂一呼的心态。确有一些艺术家行为怪异、作品夸张，甚至追求惊世骇俗，常人难以理解，但仍然不宜把这些表现与政治性危害等同起来。

从本质来说，艺术品总会表现出某些倾向和判断，从而具有一定的对社会现实的批判功能，但是这个批判现实的功能不是798艺术区作品所独有，其他地区的艺术品也同样具备，而且在798艺术区举办的展览，都有一个预先的审批和检查的过程，所以就该地区目前的发展情况来说，文化安全问题虽不可掉以轻心，但也不必反应过度，过度的敏感无疑会损害此地原本具有的艺术多元性。

目前798管委会坚持每天巡视，把维护文化安全作为自己的重要工作职责之一。对于文艺作品，只要不涉及宗教题材，不涉及民族问题，不丑化政治领袖，不涉及淫秽内容，一般不加以干涉。对于文艺作品的定性问题，一向既是学术问题，也是意识形态问题、政治问题，需要慎重对待。即使在政府对艺术行为较少干预的美国，也很重视如何判断文艺作品内容是否淫秽，例如里根政府是通过成立专门委员会来长期讨论这一问题。目前在798艺术区，审查标准已有上面的原则规定，在具体艺术表现形式方面宜粗不宜细，有待将来艺术家组织健全以后，由艺术家自己的代表性组织、社会问题专家和政府有关部门组成专门委员会，共同研究讨论、制定规则较为适宜。

4. 艺术家的组织和艺术交流问题

从调研结果来看，目前 798 艺术区的艺术委员会无论在改善管理还是促进艺术家交流上都基本没有起到什么作用，园区内机构普遍有成立真正的艺术委员会之要求。他们希望成立以园区机构的代表或专家为主体的艺术委员会，以讨论决定艺术区的专业问题，包括展览作品的限制问题、户外展板的规范问题、园区纪念品的原创性问题等。

目前，园区机构与管理部门之间的对话机制不通畅。艺术区中没有园区机构的联合机构，它们都以个体的形式与 798 管理部门打交道，园区机构呼吁艺术家和机构更多参与艺术区的管理，可否考虑成立一个园区机构与艺术家的联合议事机构，以便于就园区发展、日常管理问题等与 798 管理部门共同协商、共同决策。

另外，除了艺术家之间的交流需要外，艺术家也有与企业、政府沟通的需要。通过艺术委员会或其他的形式，艺术家能够及时与企业和政府进行坦诚、高效的沟通，提高相互理解，避免误解和不良互动。

5. 政府相关政策和管理中存在的问题

艺术是一个强调扬弃传统、张扬原创的事业。艺术需要创新，创新离不开青年。世界各国都重视青年发展的问题，在艺术领域更应该如此，有远见的艺术家和机构都提到了青年发展问题。但是目前很多画廊急功近利，只注重眼前的商业利益，没有兴趣关注青年的发展，更遑论给青年以宽容的推广机会。这个问题的解决无法依靠追求商业利益的机构，只能由非营利艺术发展机构和政府来承担，目前 798 艺术区中这类非营利机构数量少，国家相应的减免税收措施不到位，使它们的发展空间也大受挤压，造成的局面是过多依赖外国资金，很多政府可以施展身手的地方却出现功能空白。

为扶持文化艺术事业的发展，世界各发达国家普遍的做法是，对于购买艺术品的收藏家，其购买艺术品的费用享受相应的税收减免或所得税返还。目前在 798 艺术区中，此类政策尚付阙如，这很不利于激励国内收藏人投资当代艺术品市场。在国家收藏方面，调研反映出的情况也不理想。目前缺乏国家管理或主持的艺术基金会，以支持国家收藏，并对选定的与艺术发展有关的项目进行资助，真正发挥出国家对艺术事业发展的实在支持。

除了展示、创新功能外，艺术区还有一个教育引导功能，而此类功能不能依靠商业机构如画廊等，其传统载体是国家美术馆，还有从事此类艺术推广工作的非营利艺术传播机构。在艺术区即有类似的非营利机构存在，但是由于国家对非营利组织管理中的相关税收减免政策还不完备，使得在园区中致力于艺术教育和推广的非营利机构处境艰难。

三　798 艺术区创新发展的思路

（一）妥善处理四组关系

1. 艺术规律与经济规律的关系

798 艺术区的形成是艺术规律和经济规律合力发挥作用的结果。

一方面，它的出现适应了当时的经济规律，即企业"退二进三"、"退三进四"①，富余出大批厂房，为艺术和艺术家的创作提供了巨大的空间；另一方面，艺术发展是自由的，具有自发性和偶然性。二者的碰撞就产生了 798 艺术区。

今天，在艺术规律和经济规律的合力作用下，798 艺术区仍在变化着，逐渐从艺术创作区变成艺术品展示交易区，其进一步成长的前景具有不确定性。所以在政府规划艺术区未来发展时，要在关注地区发展经济效益的同时，特别要尊重艺术自身发展的规律。艺术区与艺术品一样，像鲜花一般娇嫩，只有大力支持、小心呵护，本着宽松宽容的原则，对艺术区进行保护、利用、升级，798 艺术区的品牌效应、多年来形成的地区发展态势、得来不易的国际国内影响才能更加发扬光大。

2. 体制外艺术家及其代表人物与文联等文化管理部门的关系

798 艺术区形成了庞大的以体制外为主的艺术家群体。北京市文联作为联络艺术家的组织，如何把这批人纳入关注视角和工作范围，给予关心、帮助，进而实施一定程度的管理，是其面临的现实问题。艺术家主要靠艺术实践生存发展，

---

① 退二进三、退三进四，即把工厂从二环路周边迁移到三、四环路以外地区。

这是他们的生存之道,他们并不希望接受别人的硬性指挥和指导。因此,市文联对这个群体的管理应该是基于理解支持、融于平等友谊、贯穿于服务帮助之中的,不囿于表面的、形式上的、突击任务式的管理。而对于其中的代表人物、有前途的艺术家,应该给予更多实质性的帮助,如加入协会的渠道、参加作品展示的方便、提供艺术交流的平台、获取艺术奖励的机会等。通过代表人物加大对体制外艺术家的联络、交流,把艺术家群体有效地整合在体制的周围。

为促进交流,可以考虑把代表性艺术家依据不同的艺术门类组织起来。就目前的798艺术区来说,由于艺术区中的主要机构为画廊、设计公司、文化公司等,在园区中拥有工作室的艺术家寥寥无几,艺术家组织问题并不突出。但是如果把798艺术区的辐射区域如草场地、环铁、黑桥、一号地等纳入一个统一的艺术区概念里进行整体的管理,那么艺术家组织的问题就凸显出来。就调查中估计的数字判断,在这些辐射区域中的艺术家应该有几千人,是一个规模比较庞大、人员比较复杂、艺术种类比较多样的艺术家群体,他们大多是在北京创业的外地人,多不具有体制内的身份,存在组织起来的可行性。在条件和时机都恰当的时候,可以考虑在这些分布于艺术核心区和辐射区内的艺术家中建立各类文艺协会分会,如美术家协会分会、雕塑家协会分会、电影家协会分会、电视艺术家协会分会等,统一归口由朝阳区文联联络,市文联具有较多的社会资源,可给予特殊的支持。

3. 艺术区自发生长与规划管理的关系

艺术区需要规划、管理,但这种规划、管理一定要从尊重艺术、尊重艺术规律出发。目前对798地区的规划要在两个问题上痛下决心:①798艺术区是798企业的附属物、衍生物,还是成为独立管理、独立发展的艺术"特区"?②798地区是应该让艺术区有稳定的发展空间,还是更看重土地的升值利益?798的规划,不仅取决于朝阳区,更取决于北京市的发展眼界。是让朝阳区南有金融区、北有艺术区,金融和艺术相得益彰,让北京有个国际知名的人文名片好呢?还是把那里仅仅当成CBD东扩的土地储备好呢?

我们认为只有制定798地区的长期规划,才能避免艺术区的发展受到土地市场因素的挤压,但是随着798周边村庄的快速消失,时间已经非常紧迫了。

4. 798艺术区与周边艺术村落的关系

目前798周边的艺术村落虽面临着大面积的拆迁,但仍有个别艺术区得以保留，其与 798 艺术区的呼应关系依然存在。

为壮大艺术区的影响，整合各方面的力量，形成品牌优势，可否探讨一个大艺术区统一管理的方法？在行政上，798 艺术区和周边的草场地、环铁等地区各有所属，彼此基本没有什么关系，在发展目标和定位上无法协商、协同，如果能对 798 艺术区及其辐射区域进行统一管理，在朝阳区东北的这片区域形成一个大艺术区的概念，对于提高这片土地的利用效率，提升其经济、文化价值无疑都会有所帮助。

（二）四个总体发展思路创新

1. 地区定位创新

着力打造城市文化软实力，针对地区发展制定一个长期规划。为此在地区定位上就要求具有发展、前瞻眼光，不能仅仅考虑目前 798 艺术区所在的工厂区，还要把其辐射区也都综合考虑进来。把 798 艺术区及其辐射区定位为一个艺术特区，整体考虑朝阳区的南北"双中心"的发展格局：在朝阳区南部以 CBD 区为中心，着力发展核心经济区；在朝阳区北部以 798 艺术区为中心，包括其周边辐射艺术园区通盘规划，着力打造具有国际眼光和影响的艺术特区。通过致力于发展北部的艺术区，提高朝阳的文化竞争力，打造朝阳在国际上的文化品牌，提高北京市文化人文中心的品位；以艺术区的发展和壮大来扩大和充实人文北京的内涵，把北京人文从历史文化扩展到当代文化艺术，从而赋予首都文化的发展以强烈的时代气息和国际视野。

2. 发展思路创新

保持地区活力和文化特色，创造更宽松的创作和交流、交易空间，以开放的、国际化的眼光和心态来看待艺术区的成长。应该允许在艺术区内进行艺术实验和探索，把 798 艺术区作为一个艺术发展的试验区。以 798 艺术区为核心打造地区文化产业创新团组，促进周边连带区域整体发展。在地区规划上给予承认和肯定，稳定地区文化艺术聚居区的发展态势，争取以一二十年时间赢得地区文化产业的长期、稳定、长足成长。

加大地区艺术品交易中心的打造力度，在平台建设上做足文章，考虑建设一个艺术品拍卖中心，从而促进形成以 798 艺术区为中心的当代艺术交易市场。这个市场不仅面向国内，也面向亚洲、面向世界。

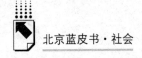

3. 管理体制创新

改变目前艺术区中机构与企业的房东与租户的关系，以地区管委会为龙头，在全新的发展框架和眼光下，调动园区机构的参与、创新热情，逐渐形成艺术区多方合作参与式管理的良性互动模式。形成以798艺术区为核心的包括周边辐射地区的艺术区、艺术村的大艺术区概念，逐步实行大艺术区统一管理，打破目前的街乡、工厂并存的空间行政管理体制。探索实行艺术特区的管理思路，把本地区逐步建设成为宽松的、充满活力的文化创新区域，提供城市发展的文化动力。

在具体的管理体制上，打破目前物业管理属企业、社会管理属艺术区建设办公室的分立局面，可以以招投标的形式，面向全社会征募有艺术管理经验的专业公司，或者成立这样的公司，向全社会招募专门的艺术管理人才，充分尊重艺术发展的规律，促进艺术区良性发展。

4. 扶持政策创新

针对该区域发展文艺事业的需要，加大国家对艺术收藏的政策扶持：尽快制定、实行艺术品收藏的税收优惠政策；提供专门的财政资金，设立扶持艺术机构发展的孵化器，以培育园区内艺术机构的发展；设立专项基金会，重点扶持青年艺术工作者。

在制定扶持政策时，不仅把798艺术区当做一个进行艺术品创新和交易的地区来考虑，还要充分考虑到该地区对于全社会的艺术教育和文化辐射功能，可以考虑在该地区扶持一些公立博物馆、艺术馆。这样，以798艺术区为基地，以来参观和消费的市民为载体，通过宣传介绍，逐步提升整个城市市民的艺术品位和审美眼光。

社会建设篇

Social Construction

𝔹.20

北京人口管理现状及有序调控的
思路与建议

冯晓英[*]

　　人口有序管理是北京"十二五"规划中具有时代特征、首都特点的创新之一，由人口管理到人口有序管理，两字之差表明北京人口管理将由传统单一的"人的管理"转向"人与经济、社会、资源、环境"的协调发展。人口有序调控作为人口有序管理的重要组成部分，是市政府"十二五"工作的重要内容之一，应在准确把握人口管理现状的基础上，寻求新的突破。

一　北京人口与管理现状

（一）北京人口数量与分布

　　北京人口数量一直是社会各界共同关注的问题。按照北京市统计年鉴的数

* 冯晓英，北京市社会科学院。

据，2009年底北京市常住人口1755万人，其中在京居住半年以上的流动人口数量是509.2万人。2010年媒体又爆出"北京实际常住人口1972万人，流动人口总量已经超过1000万"[①] 的新闻，而准确的人口数据要到2011年5月[②]第六次全国人口普查指标的汇总、依法公布后才能知晓。但无论最终的统计数据结果如何，北京人口数量庞大，已经超出了资源、环境承载能力的事实无法改变，这也是北京明确提出"十二五"期间要"加强对人口总量的调控，遏制人口过快增长"的原因所在。

北京的人口不仅数量庞大，而且分布不平衡。目前北京61.5%的常住人口集中在城六区，城六区人口密度为每平方公里7837人，超过了世界上以人口密集著称的大伦敦（每平方公里5437人）和东京（每平方公里5984人）。而在首都功能核心区，人口密度更高达每平方公里2.2万人。[③] 在北京城乡结合部的行政村内，流动人口超过户籍人口数倍的情况比比皆是，仅在朝阳、海淀、丰台、石景山四区中心城边缘地带以及与大兴、昌平接壤地区的227个行政村内，就有流动人口280万人[④]，是户籍人口62万人的4.5倍。北京地区人口分布的失衡也是北京人口有序调控需要解决的问题。

（二）北京的人口管理体制

北京人口管理与全国其他城市一样实行户籍人口与流动人口分口管理体制：户籍人口由街道、乡镇和社区居委会、村民委员会按照国家相关法规统一管理和服务；流动人口则由自上而下建立起来的、独立于户籍人口管理体制之外的流动人口服务管理机构依据北京市有关政府文件统筹服务和管理。

（三）北京流动人口管理的理念与制度创新

1. "五个转变"确立了流动人口服务管理的新方向

流动人口管理工作一直是北京市社会管理的重要组成部分，早在1995年5

---

① 朱烁：《北京常住人口达1972万周边城区将成人口增长点》，2010年7月21日《北京晨报》。
② 张然：《北京将视人口普查结果出台人口管理政策》，2011年1月21日《京华时报》。
③ 董少东：《"业城均衡"疏解"大城之痛"》，2011年1月24日《北京日报》。
④ 北京市发展和改革委员会：《北京市国民经济和社会发展"十二五"规划纲要和2011年计划报告解读》（参阅资料），2011年1月，第230页。

月，按照中央部署，市政府就成立了北京市外来人口管理领导工作小组，并在市、区县、街乡三级建立了外来人口管理机构，其办公室设在不同层级的公安机构的人口管理部门。尽管这一组织模式在当时发挥过重要作用，但是传统控制性管理思路下的组织模式和运作方式已经无法适应21世纪人口剧烈变动的社会现实，特别是北京人口、资源、环境之间的矛盾日趋严重，已经很难通过人口的控制性管理得以解决。于是北京市委、市政府与时俱进，由被动改革走向主动创新，以思路创新引领制度创新，于2006年率先在全国提出了具有战略意义的流动人口管理理念的"五个转变"，即要逐步实现由社会控制为主的治安管理型向城市统筹规划、综合管理模式的转变，实现由重管理轻服务向服务管理并重、寓管理于服务之中模式的转变，实现由户籍人口与暂住人口双轨制管理向社会实有人口服务管理模式的转变，实现由职能部门管理为主向以完善社区服务管理体系为主的属地管理模式的转变，实现由政府管理为主向政府依法行政、社区依法自治、基层组织广泛参与的社会化服务管理模式的转变。"五个转变"的提出标志着北京流动人口服务管理进入了一个新的发展阶段。

2. 理念创新引领体制和机制创新

发展方向明确之后，北京在流动人口管理体制和运行机制方面采取了一系列突破性举措，概括起来就是："党政社垂直领导，人房业齐抓共治"。

"党政社垂直领导"的内涵就是自上而下建立由党委、政府统一领导，专门机构统筹协调，各部门分工负责，条块结合、以块为主的市、区（县）、街（乡）、社区（村）垂直领导的"三（委）办一站"流动人口服务管理组织机构和工作网络，其中北京市流动人口与出租房屋管理委员会简称流管委作为市委议事机构，承担贯彻落实中央、国务院以及市委、市政府关于流动人口和出租房屋的方针政策，组织协调有关部门开展流动人口和出租房屋管理工作，组织研究本市流动人口和出租房屋管理工作政策法规，研究解决本市流动人口和出租房屋管理工作中的重大问题等职责。流管委下设办公室，为北京市流动人口和出租房屋管理委员会的常设办事机构，与首都综治办合署办公，主要承担流动人口服务管理的政策研究、决策部署、统筹协调、督促检查等职能。区县、街乡按照市流管委、流管办机构模式，分别设立相应机构，承担不同层级的对应职能。在社区（村）层面，"来京人员和出租房屋服务站"负责社区（村）流动人口和出租房屋登记、检查和统计，发现、上报安全隐患，提供服务信息

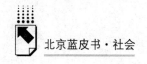

等职能。

以流动人口和出租房屋管理委员会、办、站的组织模式替代传统的由公安部门牵头的外来人口管理模式，扭转了过去以公安部门协调为主的工作模式产生的职能局限和统筹不利的被动工作局面。其体制优势主要体现在四个方面：一是突出了党委、政府对流动人口工作的统一领导和统筹规划，通过政策研究、决策部署、统筹协调、督促检查等，将党和政府的方针、政策贯彻到基层，使综合管理变为现实；二是流动人口与出租房屋管理体制合一，改变了传统流动人口户籍管理与居住地管理分离的工作格局，解决了因人口"流动"社会服务管理无法"落地"的难题；三是构筑了覆盖全市社区（村）的流动人口与出租房屋基层基础服务管理网络，使政府的公共服务和社会管理有了实施载体；四是与综治办合署办公，将首都综治优势转化为流动人口服务管理的工作优势。

"人房业齐抓共治"是指在"以证管人、以房管人、以业管人"的工作思路下，通过社会协同共治实现流动人口的管理有力、服务到位、有序发展。

"以证管人"是指以信息化平台为载体，依据暂住登记和暂住证制度，按照"来有登记、走有注销"的要求，做好流动人口暂住登记和暂住证办理、查验工作，做到流动人口"底数清、情况明、信息准"，以此为基础，开展流动人口的服务管理工作。"以房管人"与"以证管人"相配合，在"租有登记、停有核销"的基础上，采取多种有效管理方式，实现人房管理一体化，是从"落脚点"加强流动人口服务管理的重要手段。"以业管人"是指围绕首都城市功能定位，从人口与经济、社会、资源、环境协调发展的角度，以产业结构调整为起点，经济社会统筹管理为主线，将社会服务管理落在实处，是合理调控流动人口规模结构、保证北京城市可持续发展的主要途径。

社会协同共治是指在明确流动人口服务管理多元主体职能定位的基础上，发挥党委、政府、社区组织、社区成员的积极性，通过建立例会审议、信息共享、会商协作、情况通报、双向协作、经费保障、检查考核和评比表彰等运行机制，将流动人口公共服务和管理纳入制度化轨道。

流动人口服务管理体制与运行机制的创新，为"十二五"期间北京实现人口有序调控奠定了良好的基础。

二 北京人口有序调控面临的复杂局面

人口有序调控是一个世界性难题。北京作为一个处于城市化快速发展阶段的国家首都，不仅与其他发展中国家和国内其他特大城市面临共同的人口膨胀困扰，而且还要面对首都功能定位下的种种复杂局面。

（一）挑战不容忽视

一是北京既成复合型首都的事实，作为一个具有近1250万户籍人口的特大型城市，户籍人口的刚性需求，使得北京很难放弃追求经济增长的发展目标，现有条件下，把握经济高速增长与人口规模调控的平衡点十分困难。

二是首都优势与环渤海区域发展相对于珠三角、长三角的先天不足，使北京短期内无法形成像上海、广州、深圳等地带动周边区域发展的辐射作用，巨大的"黑洞"对外部人口的吸附力仍将持续一个时期。

三是北京作为国家的政治、文化中心和现代国际城市，人口构成中不仅有大量的非市属机构人口，而且有几十万外籍人口，其中直接为党、政、军首脑机关正常开展工作服务，为日益扩大的国际交往服务，为国家教育、科技和文化的发展服务的流动人口数以百万计，如何根据实际需要加以调控困难较大。

四是国家政治中心的功能定位，要求北京保持高度的社会稳定。这对北京人口有序调控提出了很高的要求，既要构建公平公正的和谐社会，又要通过政策遴选"有用人口"，两难抉择是对党和政府执政能力的严峻考验。

（二）机遇不容错过

与以往人口规模调控重在"论道"不同，北京市"十二五"规划中不仅明确提出人口有序调控的目标，而且还有许多具体实施意见，这意味着人口有序调控已经由"论道"进入"实操"。特别是与国外或者其他城市比较，北京具备了人口有序调控的基本条件。

1. 我国政府具有相对于国外政府在人口有序调控上的政治优势

我国社会主义制度的政治优势——既能广泛发扬民主，又能实现高度集中；既能切实保障人民当家作主的权利，又能最大限度地集中社会资源、提高国家效率，是西方国家十分羡慕之事，一些西方学者也不否认。"经济发展主要靠市场，社会发展主要靠政府"，是我国积改革开放30多年的经验教训，做出的符合社会发展运行规律的战略选择。人口有序调控起点在经济，落脚点却在社会，由此决定了政府在人口有序调控中具有不可推卸的责任。而我国的政治优势转化为政府在经济结构调整和社会调控上的公权力和公信力，使政府在城市人口有序调控上具有了相对于西方国家的独特优势。

2. 国家户籍制度改革加速和全国区域协调发展有助于缓解北京人口压力

近年来各地的户籍迁移制度改革进程很快，"十二五"期间，随着中小城市和小城镇外来人口落户条件的进一步宽松，以及全国范围内区域经济协调发展局面的逐步形成，人口流动将更趋于理性化，从而不断缓解向大城市过度聚集的局面。同时，社会上对于北京作为国家首都，其户籍迁移制度改革相对滞后持理解态度。改革时序的错后，也有助于减缓北京的人口压力。

3. 京津冀区域协调发展进入操作阶段，人口扩散前景可见

2010年底，河北省提出利用环绕首都北京的区位优势，实施环首都和沿海的"新城战略"，标志着京津冀区域合作已经开始进入操作阶段。"十二五"期间，伴随着河北省环首都新型城市群战略的实施，京东、京南、京北三座新城的崛起①，不仅意味着新经济增长点的出现，280万人口聚合的结果将会改变长期以来河北省进京人口占北京流动人口首位的局面，北京人口扩散的效果指日可待。

4. 北京人口有序调控已有成功经验，具有推广价值

毋庸讳言，现阶段在北京户籍人口迁徙呈刚性调控的情况下，人口有序调控的重点在于流动人口。北京市流管委成立四年来，在党委、政府的统一领导和社会各界的积极配合下，不只在流动人口的服务管理方面成绩显著，而且在人口有序调控方面也积累了许多经验，"产业引导、租房管理"的源头治理模式已初显成效。顺义区围绕功能定位确立的"产业引导、统筹管理"模式，使区域范围内人口资源环境得以健康协调发展；而一大批来自农村社区的实践探索，包括"黄土岗出租房屋契约化管理"、"白家楼房屋置换升级管理"、"何各庄集约化改造组织化经营"、大兴区"签约审批、以补促管"等模式，已将"以房管人"的理念变成了现实行动。特别是伴随着北京城乡结合部"城中村"改

---

① 曲澜娟、王昆：《河北将建设三座环北京新城》，新华网，2010年10月30日。

造步伐的加快，大兴区将农民拆迁补偿后多余的房屋通过"集中托管租赁"，使之既能满足失地农民持续的收入增长，又能满足产业工人住房需求，同时便于有效管理，有可能成为一种新的人口有序调控的治理模式，值得关注和推广。

三　北京人口有序调控应注意把握几层关系

人口有序调控事关经济、社会政策调整和社会管理体制改革，牵一发而动全身，需要厘清关系，统一认识。

（一）准确把握经济发展与人口有序调控的关系

北京人口有序调控的目的是促进人口与经济、社会、资源、环境的协调发展，而不是单一目标的控制人口总量。当前北京之所以提出要有效控制人口过快增长，是因为已经出现了流动人口无序盲目聚集膨胀的势头。这种无序盲目不是指流动人口进京目的盲目，而是指部分产业发展失控导致对人口的无序吸纳。因此，调控人口规模是建立在产业有序发展基础上的调控，其结果非但不会影响经济发展，反而有助于产业的健康发展。顺义经验已经证明了这一点。该区从新城功能定位出发，围绕区域人口资源环境协调发展的目标，"以产引人、以业控人"，其结果是产业优化升级，经济快速发展，人口有序适度增长。

（二）准确把握人口有序调控与和谐社会的关系

人口有序调控不是要通过剥夺流动人口合法权益的方式将他们"挤出"京城，而是通过产业结构调整，使那些符合首都产业发展需要的流动人口能够稳定下来，以便政府根据他们的就业和生活需求，尽可能给他们提供与北京市民同等的公共服务。同时，通过社会管理创新，使他们能够享有与北京市民同等的公共服务管理的知情权和参与权，这种建立在平等基础上的社会关系只会促进社会和谐，不会加剧户籍人口与流动人口之间的疏离和矛盾。

（三）准确把握近期人口调控与长期发展的关系

人口流动是保持城市活力的重要标志，特别是"世界城市"目标的确立，

255

意味着北京还需要以更广阔的胸怀迎接来自国内外的人才。目前公认的"世界城市"人口的国际化程度都很高。因此，从长远发展看，北京可能还需要吸纳较多的国际人口，包括国内人口。然而，人口的长期吸纳与近期调控并不矛盾，近期的人口有序调控正是为了长期的可持续发展。通过调整人口结构，使之更加适应"世界城市"的发展需要，也是近期人口有序调控的题中之义。

四　北京人口有序调控的思路与建议

2011 年是"十二五"规划的开局之年。按照"十二五"规划提出的"以加快转变发展方式和完善人口管理制度为重点，切实提高城市人口管理服务水平，努力遏制人口无序过快增长，逐步形成规模适度、结构优化、多元和谐、分布合理、服务有效、管理严格、与城市可持续发展和城市功能相适应的人口发展格局"的要求，北京人口有序管理应本着"规划是龙头，建设是基础，管理是手段"的思路，在统筹兼顾、监督落实、制度创新三个方面有所突破。

（一）统筹规划配置

要改变经济发展与人口有序调控在规划环节上的"失调"，首先需要将与人口有序调控相关的城乡发展规划、产业发展规划、土地利用规划、人口和计划生育发展规划等与国民经济和社会发展规划有机结合起来，在规划中直接体现以产业结构调整、城市功能扩散、住宅用地控制、就业政策引导、社会保障监督等人口有序调控的思路。建议市、区发改委在制定"十二五"规划时，组织专门力量，进行规划协调性评估，以避免出现规划设计与人口规模不匹配，发展与调控相互掣肘的被动局面。

（二）强化监督落实

北京人口有序调控不是缺少思路，而是缺少具体的实施办法和对已有政策的落实监管不力，论道多，制度化的政策少。建议市政府细化已经出台的与人口有序调控相关的政策，明确部门责任制，强化责任意识。各区县按照市政府要求，做好统筹协调、督察落实工作。

（三）创新社会管理体制，健全"以证管人、以房管人、以业控人"有机结合的服务管理模式

1. 以基层社会管理创新为突破口，搭建多元主体合作治理平台

社区是实现"以房管人"、"以证管人"的载体。创新社会管理体制核心是要创新社区管理体制。城乡结合部是流动人口高度聚居之地，户籍人口与流动人口，户籍居民与户籍农民的"人口双重分管"模式已经很难适应不同社会身份人口混居的局面。"积极探索多种管理和服务模式，实现城乡结合部改造与社区建设的同步推进与有机衔接"已经写进《北京市社会服务管理创新行动方案》。建议借城乡结合部综合改革试验的契机，以城乡社会管理一体化为突破口，探索具有城乡结合部特点的"农村社区城市化管理"模式。

"农村社区城市化管理"不是简单的"撤乡建街"或者"撤村建居"，而是建立一种有别于纯城市社区和纯农村社区，兼具城乡社区优势的管理模式。建议改变目前以农业和非农业人口划分城乡社区的做法，将行政村或者自然村作为一个整体社区，按照城市社区组织的功能定位，重新组建社区党组织、社区自治组织、社区服务站以及社区各类社会组织。原有的村委会按照社企分离的原则，改造成为负有单一经济管理职能的经济组织，将原来的社会管理和服务功能让渡给新建的社区居民委员会。新建的社区党支部和居民委员会由户籍居民、户籍村民、流动人口选举的代表构成。经民主选举产生的社区居民委员会全面负责社区日常公共事务和公益事业管理，配合当地政府做好辖区社会治安综合治理工作，将目前以治安防控为主的封闭社区管理转变为全方位的社区管理，实现农村社区管理城市化。建议把流动人口管理员纳入专职社会工作者序列，经过专职培训后上岗，享有与社区专职工作者的同等待遇。

在街乡层面，应赋予城乡结合部的乡镇政府与街道办事处同等的统筹辖区发展、监督专业管理、组织公共服务、指导社区建设的社会管理职能。将目前独立于街乡政府行政管理体系之外的流动人口与出租房屋管理办公室纳入街乡行政管理体系。按照辖区实有人口调整行政编制和管理经费，对经济发展薄弱而人口规模庞大的街乡，行政管理费用应通过市、区财政转移支付加以解决。

2. 以"村建公租房"为契机，完善出租房屋集中管理政策

允许农村集体经济组织集资贷款利用集体土地建设公租房，是城乡结合部综

合配套改革的一大亮点，它突破了长期以来集体建设用地不能建设出租房屋的制度瓶颈，使出租房屋建设走上了合法化、规范化、制度化轨道，有利于对流动人口的集中管理。

所谓出租房屋集中管理是指通过政策引导，个体出租房主以合同委托方式，自愿将出租房屋的出租权转让给具有资质的房屋中介、社区组织或者企业统一出租管理，或者是拥有房屋产权的企业对内部职工宿舍的集体管理。何各庄的"集约化改造组织化经营"、大兴区亦庄开发区的"委托租赁"、顺义区的"村企联营"、"职工公寓"都属于这类性质。

出租房屋集中管理不是单纯意义上的房屋租赁经营，中介机构在承接委托方房屋委托租赁的同时，按照《北京市房屋租赁管理若干规定》，也承接了与出租房屋管理相关的所有社会管理责任，包括保证出租房屋的结构安全，不得以出租房屋的方式为非法生产经营活动提供便利条件，发现承租人利用出租房屋有犯罪活动嫌疑的，及时向公安机关报告，等等。如果属于政府倡导的集中管理模式，还应增加一些社会服务功能。

实行出租房屋集中管理的好处是：可以准确掌握流动人口的基本信息，及时消除安全隐患，便于根据流动人口需求提供服务和管理，增进居住地人们的相互沟通和理解。但是它的适用范围目前仍然局限在工业园区周边。如果要想扩大它的适用范围，特别是在流动人口聚居区推广，就需要有完善的政策规定。一是承担出租房屋集中管理的房屋中介机构应具备社会公益性质。因为这种集中管理不是完全的市场行为，它在承担房屋租赁中介角色的同时，还承担着部分政府转移的社会服务管理职能；二是必须有一定财政支持，既要鼓励零散出租房屋户愿意委托出租，同时还要对管理机构有足够的吸引力，愿意承担社会责任；三是有社区组织和地方政府的支持，遇到困难能够得到妥善解决。

3. 建立社区登记和居住证"一证通"制度，探索人口服务管理新途径

社区登记是以社区为登记范围，以社区居住人口的基本信息为登记内容的一种具有法律效能的人口管理制度，是完善人口数据库、建立数字化人口管理监督平台的基础。建议市政府通过地方立法以社区登记制度替代暂住人口登记制度，并附加居住证功能。可以考虑将社区居民登记与出租房屋登记作为社区登记制度的组成部分，增加房屋使用情况指标，以便强化流动人口与出租房屋的统一管理。同时，筛选部分居民分类指标作为必登内容，例如可以把流动人口分类指标作为其中一项列出来，与居住证制度整合起来，作为构建梯度累进的公共服务获得机制的基础。

熟悉、信任和法律支持是做好人口登记管理的保证。配合社区登记制度的实施，在现有流动人口协管员基础上组建一支专业的、常态化的社区人口登记工作队伍势在必行。建议将目前社区（村）流动人口协管员、派出所暂住人口登记人员和人口普查员整合为一支社区人口专职登记队伍，纳入社区专业化体系建设，承担日常的人口登记工作，其经费由市区财政统一拨付。建立常态化专职人口登记队伍的好处在于，熟悉社区、熟悉居民、容易建立与居民的信任关系，从而弥补人口普查时出现的登记缺陷。

B.21
北京城区外来务工女性工作
生活状况研究[*]

佟 新[**]

今天在城市各类服务业岗位上工作的女工们，为城市迅速发展作出了重要贡献。在我们关注打工者劳动权益的同时，对在京女性务工人员的个人生活、居住条件和婚姻家庭生活也需要关注。本研究将通过在北京进行的问卷调查和个案访谈，讨论如下几方面的问题：第一，分析在京务工女性的基本状况，特别是她们的职业、婚姻家庭基本情况；第二，分析在京务工女性的居住状况；第三，分析在京务工女性的工作与婚姻家庭的关系；第四，分析在京务工女性婚姻观念的性别差异；第五，对在京务工女性的生产和生活的制度安排提出政策建议。

本次调查是从 2009 年 10 月份开始的，在小组座谈、个案访谈的基础上进行了问卷的设计和试调查。2010 年 3 月，调查问卷主要由北京市东城区妇联发放，当时发放问卷 1020 份，后又在北京顺义外来人口居住村发放了 30 份（回收了30 份），合计 1050 份，回收 1045 份，其中男性打工者 461 人，女性打工者 584人，分别占 44.1% 和 55.9%。这些数据在一定意义上表明了在北京城区的外来打工者的基本状况。

调查组主要通过频数分析描述样本的总体情况，通过交互分析讨论打工者婚恋观的性别差异以及女性打工者婚恋观的年龄差异，通过回归分析探讨城市流动经历对打工者婚恋观的影响。定性调查采取了深入访谈的方法，研究小组共计访问了 25 位外来打工者，并在打工妹之家与家政工座谈，深入了解了打工者在婚姻家庭方面遇到的困难以及他们的婚姻观情况，获得了大量深度的经验资料。

---

[*] 本调查受"打工妹之家"的委托，并得到丹麦驻华使馆的帮助。参加调查和统计的有马冬玲、马丹、苏熠慧、王雅静、刘方、杭苏红、童菲菲、陈慧萍等。

[**] 佟新，北京大学。

一 在京外来务工女性的多重身份

在我国市场化的过程中，随着经济由第二产业向第三产业的转型和"80后"、"90后"打工者的出现，外来女性打工群体发生了一些变化。调查发现，目前北京的外来女性打工群体年龄集中于21~40岁，文化水平有所提升，主要从事于服务业。

第一，21~40岁的女性是外来打工者的主要群体，其比例高达72%。从年龄看，在578名被调查女性的有效回答中，20岁以下（"90后"）为43人，占7.4%；21~30岁的（"80后"）为245人，占42.4%；31~40岁的为170人，占29.4%，与21~30岁的女性相加占到被调查总人数的七成以上；41~50岁的为106人，占18.3%；50岁以上的14人，占2.4%。21~40岁正是女性适龄劳动的最佳时期，在其生命历程中，这一阶段正是其恋爱、成婚、生育和养育的时期，是其生命历程的黄金时代。

第二，已婚女性已经成为外来女性打工者的主体。调查表明，在580个女性外来务工者的有效回答中，未婚女性为190人，占32.8%；已婚女性为370人，占63.8%；丧偶7人，占1.2%；离婚的8人，占1.4%；再婚者5人，占0.9%。这表明来北京打工的外来女性大多是兼顾着工作和家庭。事实上，外出打工为女性的自食其力和养家糊口提供了可能。

第三，北京市的外来务工女性来源地多种多样。在564个有效回答中，来自北京市郊区、县的有23人，占4.1%；来自外省市的有541人，占95.9%。而外来女工中，来自城市的为134人，占总人数23.8%；来自乡镇的111人，占19.7%；来自农村的为296人，占52.5%。可以看出，外来务工女性虽然来自农村的比例依然占到第一位，但来自城市和乡镇的比例也接近一半，在京务工女性拥有城镇户籍的比例在增加。

第四，在京外来务工女性的文化水平相对较高。在582个有效回答中，小学及以下文化程度的为59人，占10.1%；228人为初中文化水平，占39.2%；高中、职高、中专文化水平的有194人，占33.3%；大专及本科以上文化水平的为101人，占17.4%。这与在京外来务工女性来自城镇的比例有一定关系。

第五，服务业已经成为在京务工女性最主要的职业。在578个有效回答中，从事工业、建筑业的有 25 人，占 4.3%；从事家庭服务（家政工）的 155 人，占 26.8%；从事商业的为 121 人，占 20.9%；从事交通运输业的 9 人，占 1.6%；从事其他服务业的为 200 人，占 34.6%；其他不好归类的 62 人，占 10.7%；无业的 6 人，占 1.0%。如果按"大服务"进行划分，即将从业于商业、家政工和服务业的女性全部合在一起，那么，其从事服务业的女性占到了 82.3%。因为问卷是在北京市城区做的，它表明，在京务工的外来女性主要从事服务业，但以非正规就业为主。

第六，在京务工女性的工作动力以维持和支持家庭的生存为主。通过小组座谈和深入访谈发现，在京务工女性群体的职业生涯与其生命周期有着稳定的联系，婚姻生活在其中具有重要的意义。对于许多从小山来打工的女性来说，外出务工已经成为女性重要的生活方式，也成为女性寻求独立的必然之路。

从表 1 中可以看出，女性更多的是为了赚钱而出来打工。

表 1　出来打工的目的（您为什么出来打工）

单位：%，人

性别	为了赚钱	为了发展和锻炼自己	其他	回答人数
男	57.5	39.6	2.9	442
女	63.7	32.1	4.2	556

具体可以看到以下几个方面的状况。

1. 回不去的"打工生活"：打工已经成为女性的一种生活方式

为什么出来打工？原因可能是多样的。但是一个巨大的动力是为了"多挣钱"。一方面，她们认为打工是其获得"富余收入"的唯一办法；另一方面，她们也认识到乡村是无法回去了。因此，她们努力工作，力争把孩子留在身边，兼顾照看孩子和挣钱的双重责任。

访谈编号 10 的女性来自河南，35 岁，1999 年来北京打工，有两个孩子，一个生在老家，一个生在北京，一个男孩 11 岁，一个女孩 9 岁。她没有什么文化，读完小学三年级就不想读了，十五六岁就出来打工，走过了许多地方。她说：

> 第一次出去了一年多，刚离开父母，实在是想家，忍受不了了，就想着回家。到家了看看，家里面还没外面好，再出去，再上外面干，就这样，一

来二去就爱出门打工了。刚开始我们那里的人也不出门打工，后来看别人出来了，就跟着都出来了。这是第四次来北京了。16岁的时候在青岛，17岁的时候在广州。广州返回来一个月吧，就又上青岛了。上青岛又干一年多，返回来又上广州。辛苦是很辛苦的，家里也不让出去，但在家实在是没啥可做的。出去了一个月就是挣个几百块钱，那个时候几百块钱能当现在好几千用。结完婚之后就一直在北京打工，和丈夫一起出来的。我有一个哥哥现在在这边包活儿，就是包工头，做这瓦工、盖房、建筑一类的。我丈夫也跟着搞建筑，出来打工就是为了生活，为了生存下来，老家里老的小的谁来照顾（养活），上边还要这钱要那钱，都没办法，出来你多少都能干点，还能有点富余。

刚结婚时，俺孩子他爸爸说这里待不了，我说待不了也得慢慢凑合。你已经出来了是吧，你再回去家里什么也没有了，猪了，鸡了，什么都卖了。刚开始把大孩子也带来北京了，在这里养活不好，又送回家了。现在又带第二个孩子。大孩子今年已经13岁，跟他奶奶在家，他奶奶今年也70了，快给我看不了。都说打工的最后也要回去，回去看孩子，老人也要人照顾，所以我说这两年加把劲儿干，要不然家庭实在困难。小的（孩子）11岁，今年刚过来，在北京上学。我现在在北京现代汽车厂打扫卫生，工资低，也就八九百块钱，但离家不远，可以照顾孩子。

家乡没有年轻人，都出来了，比我们岁数大的、比我们岁数小的都出来了。工作也不好找，工资也低，外面这房租也厉害，吃的喝的，也实在厉害。我们有时候也想，唉哟，回家多好，回到家里你至少吃住不操心，但有孩子呢，没法，现在的年轻人你不干你咋弄？就出来干吧。

访谈编号15，是个四十多岁的清洁工。她说：

我有两个孩子，大的在北京，小的在读大学。就是为了儿子才出来的，两个人的学费太高了。家里那口子也是打工呢，也没有一个好活儿。挣得太少，家里才一亩来地。挣的钱都给家里了。一发钱就给家里人打回去了，让一家人吃饭。

外出务工是无奈，但也是个体能动的选择，女性在打工过程中开拓了眼界，有了主见，获得了自主支配命运的能力，并感受到独立和为家庭经济作贡献的重要性。"为孩子挣学费"是让许多外出打工女性感到自豪的事。

2. 外出打工为女性从各种家庭矛盾和家庭暴力中解脱出来提供了可行之路

传统上，中国人信奉女人"嫁鸡随鸡，嫁狗随狗"，无论这个丈夫是否令人满意，女人一旦出嫁就得终生守着自己的丈夫。这使得一些女性不得不忍受丈夫赌博、婚外恋和家庭暴力的恶习，过着忍气吞声的生活。但是，随着城市化和工业化进程的加速，已婚女性获得了更多的自主空间。"外出打工"成为一些女性摆脱家庭暴力的手段，因为她们可以不再依靠丈夫，她们可以进城做一名家政工，特别是成为"住家的家政工"，就可以解决自己最基本的衣食住之困境。

访谈编号 2 的宋大姐，36 岁，吉林农村女性，高中毕业，2005 年因丈夫喝酒、赌博和家庭暴力，自己提出离婚。2006 年通过在北京打工的亲戚，来北京打工，从住家的家政工做起，访谈时在做小时工。她说：

> （离婚时）我就这么想，他就是什么都不给我，我也不要了。我把孩子带着，我可以自己出来打工嘛。毕竟现在身体素质还行吧。你说我再跟他生活几年，人也不行啦，孩子上学也需要钱，将来可怎么办啊。我们家在农村，女同志带着一孩子在农村是无法生活下去的，我就来北京了。刚来北京是通过我姨介绍在附近社区找到的工作。

现在宋大姐的孩子由其父母照顾，她摆脱了爱赌博和打她的丈夫，成为一个独立的女性。

访谈编号 23 也表达了类似的情况和情感。打工使女性们获得独立，使她们相信，没有合适的婚姻，女人一样可以有好的生活。

> 我们当时结婚，什么都不会，结婚了都不知道这日子该怎么过。后来，我们家那位就把别的女人带到家了，到最后我是让人家给挤出来了。没办法，离婚吧。孩子我带出来了。那会儿我病了，病得挺严重的，吃了两年多药，气的。后来我就出来打工了。
> 我觉得现在过得挺好挺自由的。我结婚那段时间在他家我挺郁闷的，都

不知道我这日子该怎么过，以后的路该怎么走。我出来以后挺自由的，挺好的，呵呵。我闺女在我妈那儿住，什么都管了。我现在三十多岁，可能遇到心眼儿好的可以再走一步，如果万一遇到那心眼儿不好的，那咱们干脆不走了。呵呵呵，这无所谓。

通过调查可以发现，在北京务工的外来女性，其身份是多样的。从年龄上看，既有年轻的，也有壮年的；从学历上看，既有文化程度较高的，也有文化程度偏低的；从事的行业与北京市经济发展的总体格局相一致，即从事服务业的比例最高。外出务工的经验已经成为这些女性重要的生活阅历，务工丰富了她们的感情、增加了她们的自信。

二　在京外来务工女性的居住情况

在京外来务工女性的居住方式是与她们的工作性质和婚姻家庭角色相关联的。

就女性而言，和家人同住已经占第一位，为43.7%，成为今天外来打工者最主要的居住方式（见表2）。比较引人关注的是有11.2%的女性是居住在雇主家中，这与其从事家政工作有关。

表2　外来打工者的居住状况

性别		单人居住	和家人同住	和朋友、同事、亲戚合伙租住	集体宿舍	住雇主家	其他
男	数量（人）	41	191	64	102	10	9
	比重（%）	9.8	45.8	15.3	24.5	2.4	2.2
女	数量（人）	49	243	75	108	62	19
	比重（%）	8.8	43.7	13.5	19.4	11.2	3.4
合计	数量（人）	90	434	139	210	72	28
	比重（%）	9.2	44.6	14.3	21.6	7.4	2.9

加入婚姻状况的变量发现，有一半左右的已婚外来打工者是与孩子居住在一起的。这是一种居住的新形式，这种状况使打工者获得了某种安居的心理，增加了"移民感"，即感觉有了相对完整的城市生活。在有效回答的584位女性中，

与丈夫同住的有 194 人，占到 33.2%；占已婚女性 370 人的 52.4%。这意味着有一半以上的已婚女性是和丈夫一起出来打工，并同住在一起。其中还有一部分把孩子带出来同住。在被调查的已婚并已有孩子的 330 位女性中，有 127 名与孩子同住，占女性被调查总数的 21.7%；占已婚有孩女性的 38.5%，超过三分之一。这与第一代打工群体有了明显的不同。打工并与家人和孩子住在一起，成为新一代打工女性的追求。

从表 3 可以看出，外来打工者的居住面积还是比较不错的，有一多半有 11平方米以上的住房，两性的差异不大。

表 3　居住面积的性别比较

性别	居住面积	10 平方米以下	11～20 平方米	21～30 平方米	31 平方米以上	合计
男	数量（人）	101	137	44	30	312
	比重（%）	32.4	43.9	14.1	9.6	100.0
女	数量（人）	153	206	52	48	459
	比重（%）	33.3	44.9	11.3	10.5	100.0
合计	数量（人）	254	343	96	78	771
	比重（%）	32.9	44.5	12.5	10.1	100.0

从访谈的情况看，外来务工女性多在四类地区居住：一是城乡结合部；二是城市中心区；三是工作场所的集体居住；四是居住在雇主家中。

第一，在北京城乡结合部集中居住着大量的外来务工人员，其居住特征是以家庭居住为主。在顺义梅沟营做调查时我们发现，外来打工者通过传统的乡土网络拓展其在城市中的生存空间。我们进入到外来打工者的居住区，一个有着一排七间正房和一间耳房的院落，居住着 8 户人家，每间房有 14～18 平方米，房租在 140～180 元/月。这 8 户人家都是来自河南某村，相互有所关照。每间房间住着一户人家，都是以夫妻为单位的家庭住所，有大约一半的夫妻是带着正在上学的孩子。这些孩子在此地上学，享受和当地人一样的教育待遇。而成年人，有大约三分之一的女性在附近的工厂工作，其居所附近有 3 家服装厂，另有三分之一的女性在附近的商业企业工作，还有三分之一做家政工一类的工作。而男性主要是打零工。这样的居住状况在城乡结合部十分普遍，构成了外来打工者家庭的生活图景。

访谈编号 5，女，37 岁。她和丈夫带着两个孩子住在这样的院子里，她说：

我有两个孩子，小的七岁，大的十三四岁；大的是闺女，小的是儿子，都上学了。以前都在老家里上学，今年爷爷生病了，招呼不过来了（就接过来了）。我们院住了 8 家，我们是 18 平方米，一个月 120 块的房租。卫生费还有 20 块，要的多都得 40 块。水电费自己出，估计要 30 多块。做饭就在那小房子。在靠院门的小房子是卫生间。就是热，一到夏天都遭罪。我妹妹也住这边，我妹妹 35 岁，她住得不远。

第二，有部分女性居住在城市中心区，主要是为了上班比较近，以合租为主，多是未婚者。其中有些是以家庭的方式租住。为了节省租金，有一些人租住地下室或半地下室。

第三，是以工作场所为核心的集体居住。这部分占四分之一至五分之一。我们在对 B 校清洁工的调查中看到，该校为其清洁工租住了半地下室。每间宿舍十几平方米，3 个架子床，上下铺，6 个人同住。比较明亮，有空调和小彩电。

第四，大约有 11% 的女性是住在雇主家的。但住家的家政工们常常很难区分其自我的空间和雇主的空间，这种缺少自我空间的工作状况和生存状况值得更深入的分析和讨论。

三　在京外来务工女性的生活重心

调查发现，在 580 个女性被调查者中，未婚者为 190 人，占 32.8%；其中 20 岁以下占 22.2%，21～30 岁占 7.5%，31～40 岁占 2.6%，41 岁以上都已结婚。这意味着绝大多数女性会在 30 岁之前结婚。那么，这些在京外来务工女性的情感生活又是怎样的呢？

从女性的婚姻身份看，未婚和已婚有较大的生活重心的差异。未婚女性多以工作为主，虽然渴望恋爱，但是挣钱的压力、劳碌的身体、过度的工作和信息的缺乏使她们难以真正尝试幻想中的浪漫爱情。已婚女性多兼顾工作和家庭的双重角色，照顾和惦念孩子成为她们重要的情感体验。

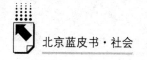

1. 未婚者多自立，不太急于找对象，并且寻找对象的圈子过于狭小

调查中发现，在未婚者中，只有28.3%的人有固定的男（女）朋友，近七成的人仍单身。而当问"如果您没有男（女）朋友，是否希望赶快找到男（女）朋友"时，有10%的人回答不希望，一半的人认为无所谓，只有33.3%的人希望赶快找到男（女）朋友。即一方面存在着大量的单身男女；另一方面，没有谈恋爱的人当中，也只有三分之一的人希望自己赶快找到对象。为什么这些处于婚恋年龄的打工者只有不足三成的人在恋爱中呢？为什么他们也并不太急迫要找到对象呢？哪些因素阻碍了恋爱及对恋爱的期望？我们认为存在以下几个因素。

第一，工作条件。打工者从事的工作大部分是体力的、服务性的工作，同时也有相当一部分人是非正规就业。他们的工作通常有如下特点：报酬低，是城市社会的"工作中的贫穷者"；工作环境恶劣，工作时间长，劳动强度大，得不到正常的休息保证，享受不到法定的节假日休息权利；就业不稳定，缺乏职业经历的积累和职业晋升。这样的工作状态，很大程度上影响其择偶和婚姻。一方面，由于工作时间长，劳动强度大，自己的交际网络集中于老乡、同事这样的交往空间中，因此，结识自己中意异性的可能性不大。特别对一些制造业如制衣厂的女工来说，其工作环境中男女比例失调，女性结交异性的可能性较之其他行业更小。这就会使得一部分人想恋爱（我们的调查中，没有对象的人有三分之一想赶快找到对象），但没有认识异性朋友的途径和方法，择偶的社会网络狭小，很大程度上影响了打工者的婚恋。另一方面，由于就业不稳定，收入也就不稳定，会影响到感情与婚姻的发展。在择偶标准的调查中，大部分回答者认为工作稳定性"很重要"或"较重要"，可以反观工作的稳定性影响择偶行为。

第二，生活状态。由于工作状态及户籍等制度因素的作用，打工者对城市没有归属感。当青年农民工来到城市之后，甚至是在城市生活了多年，他们发现自己仍然不属于这个城市，而是城市、农村"双重边缘人"。这种心理状态会影响打工者对未来的工作、生活规划以及现在的婚恋。对开放性问题"你对未来有什么期望？"的回答中，大多数人都期盼能提高收入、工作稳定，但是期望长期生活在北京的人并不算多。虽然现在新一代的农民工更期望留在城市，但是前提是必须能赚更多的钱，才足以支付在城市的高生活成本。特别是考虑到未来结婚生子、房子太贵买不起、小孩的上学难等现实因素，打工者留在城市的可能性难以让人乐观地看到自己的未来，而这种不确定的心理状态，会影响到打工者的婚恋观。是选择立足城市，还是回老家，也直接影响了择偶行为。现实状态常常是，在城市找不到合适的老乡，只能等着过年过节回家时相亲或通过老乡介绍来建立恋爱关系。因此，虽然外来务工者们在择偶观上趋于现代的自由恋爱，可是迫于现实，还是将婚恋赋予了很多传统和地缘色彩。

第三，对未来共同生活的顾虑。有学者认为，城乡之间、地区之间的生活习惯和文化背景的差异，很容易导致婚后夫妻及家庭成员的误解，进而影响到家庭的和睦与稳定。因此，外来务工者会比较谨慎地择偶。

对于这些在京务工的女性来说，工作时间一般较长，特别是从事各类服务业的女性，如餐饮业，几乎没有休息日，每天工作在 12 个小时左右。休息时间几乎都是在睡觉，没有时间"谈"恋爱。

访谈编号 24 的女孩，24 岁，在一家韩国餐厅做卫生监察工作。她说：

> 因为我们特别忙，从早上八点半一直到晚上，没有八九点都走不了。没时间（谈恋爱）。

很多未婚者表示，在北京务工认识异性的机会太少。北京的确存在着各类婚恋介绍机构，但要么是收费过高、要么是介绍的对象不合适。

访谈编号 7，是一位 41 岁的家政工，未婚。她从 26 岁起在河北某镇上做裁缝，工作到 36 岁，一直没有合适的对象结婚。36 岁时听到广播介绍打工热线"小小鸟"，她就来到北京，找到"小小鸟"，由此开始了在北京务工的经历，开始是在旅馆工作，后来做了家政工。对于她的婚姻问题，有以下的对话：

> 问：想找什么样的呢？
> 答：最起码人品好吧！
> 问：找农村还是城市的？
> 答：嗯，最好是城市的。
> 问：那没有去婚姻介绍所看看吗？
> 答：去过。
> 问：感觉怎么样？
> 答：他们收费都挺高的，而且……我也很盲目，对这个信息……不太了

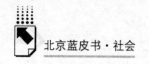
解。报纸上登的，还不好意思打电话问。

问：见过面吗（指相亲）？

答：没见。你必须交钱。我们的圈子太小。我也想提建议啊，说为了和谐，咱们打工妹之家能不能有这个服务。我们这么多人，家政工几万人，大家心里面也有这个感情的寄托啊。但是我感觉这个很渺茫。

问：收入、人品、年龄、职业啊，这些比较起来，您最看重的是什么呢？

答：嗯，都有。

对访谈编号 24 的小韩来说，婚姻好像并不是特别有吸引力。她说：

> 我就是要找有钱的。我 24 岁，还没结婚，也没恋爱过。我家是北京顺义的，我一直在北京。我们家人都不着急我结婚吧。我姐在顺义，她是幼教的，还没有找呢。我哥他也不着急，他一个月工资也就两三千块钱，也不多吧，但是他每次都是买彩票，一天就花掉几十块钱，有一次中了 500 块钱，然后好几年了也就中那 500 块，都赔几千进去了。我们就是特别想发财的那种人。我想去韩国或日本打工，不为嫁人，就是想多挣钱。

由于缺少信息和缺少可谈的"合适的对象"，不少未婚女性还是忙于自己多挣些钱。此外，就是回到家乡去相亲、结婚，然后再和丈夫一同出来打工。

2. 已婚女性，特别是母亲们更关心孩子教育，希望能够将孩子接到身边

调查样本中，有 370 位女性已婚，其中 330 人有孩子，占 89.2%。在有孩子的 330 人中，和孩子一同住在北京的为 38.5%，对于这些妈妈们来说，能够外出务工，又能和孩子在一起是最为重要的。但是她们面临多种困境：一是孩子太小，在北京无法照顾，只能把孩子留在老家；二是孩子上学问题。多数已婚女性会在孩子到了上学的年龄时把孩子接到北京，因此，上什么样的学校、交多少学费成为重要问题。调查发现，外来务工人员的子女在北京上学的学费每年至少在 1000 元，这对于每个打工家庭来说是一笔不小的负担。当孩子进入到高中年龄时，一般又会转回原籍，一是因为北京的学费太贵，每年至少 2000 元；二是父母担心北京的一些学校教育质量不如老家，怕孩子高考受影响。

访谈编号 18，带着女儿在北京做清洁工。她说：

我现在的工作就是图稳定，挣得太少，每月才 900 多块。想着等孩子上完小学就回老家去上初中，那时候我们再看着换换工作什么的。（问：为什么孩子要回老家上学？）北京上学贵，但主要还是教育质量不行，在这儿考个 300 多分就能上大学，我们那里（山东）都得考 500 多分才能上大学。所以我现在就这样，还可以照顾孩子，等着孩子上了中学，我再换工作。

"夫妻打工，把孩子接在身边"的模式正成为打工群体的主流，已婚女性看重亲子关系。将生活的重心转向孩子，或者说她们要承担起工作和养育双重责任。多数未婚女性则梦想挣更多的钱，然后再结婚。

四　在京外来务工女性的婚恋状况和婚恋观

择偶、结婚的过程既可能是在外出打工之前完成的，也可能是在外出打工当中进行，因此，以下的调查结果只代表调查时的状况。研究发现，在京外来务工人员的婚恋状况和婚恋观存在性别差异和年龄差异。

1. 在京外来务工人员的夫妻关系总体上是和谐的，但也存在一定的问题

如表 4 所示，夫妻间偶尔有争吵的比例最高，占 65.3%；从不吵架、很和睦的夫妻关系占了近 30%；只有 5.6% 的夫妻是经常吵架的。

表 4　与配偶或男（女）朋友的关系状况

单位：人

性别	你和你的配偶或男（女）朋友的关系是怎样的			合计
	从不吵架	偶尔吵架	经常吵架	
男	148	266	14	428
女	133	364	40	537
合计	281	630	54	965

调查结果显示，从来没有过暴力行为的夫妻比例很高，占近 80%；偶尔有暴力行为的占一定的比例，其中男性偶尔打女性的比例达 20.1%，女性偶尔打男性的比例亦达 17.2%；经常有暴力行为的比例为 1.4%（见表 5）。

表5 与配偶或男（女）朋友之间是否有过暴力行为

单位：人

性别	吵架的时候，你的配偶或男（女）朋友有没有打过你			合计
	没有	偶尔	经常	
男	351	74	4	429
女	423	109	10	542
合计	744	183	14	971

根据调查数据（见表6），从没有强迫性行为的比例很高，达86.2%；偶尔有强迫性行为比例为13.1%；经常有强迫性行为的比例仅为0.7%。

表6 配偶或男（女）朋友有没有在你不愿意的时候强迫进行性行为

单位：人

性别	你的配偶或男（女）朋友有没有在你不愿意的时候强迫进行性行为			合计
	没有	偶尔	经常	
男	381	45	1	427
女	444	80	6	530
合计	825	125	7	957

2. 性别比较发现，女性婚恋状况和婚恋观与男性存在一定的差异

第一，在择偶途径上，男性主要是自己认识，女性主要通过老乡介绍。在京外来务工人员在择偶途径上存在着性别差异：男性主要自己认识配偶（25.2%），比女性通过自己认识配偶的比例（20.3%）高；而女性主要通过亲戚或老乡介绍（42.0%），比男性通过亲戚或老乡介绍的比例（34.6%）高（见表7）。这可能与男性择偶时更具主动性，而女性受到传统观念的影响，择偶方面相对被动有关；或者也可能说明，女性更信任老乡关系，不冒险自己去认识异性和缔结婚姻。

表7 与配偶或固定男（女）朋友认识方式的性别差异

单位：%

性别	亲戚或老乡介绍	同事（非老乡）介绍	朋友（非老乡）介绍	网络	其他	自己认识	其他	总计
男	34.6	11.3	12.5	1.2	0.2	25.2	14.9	100.0
女	42.0	12.4	12.8	1.4	1.5	20.3	9.7	100.0

第二，在择偶标准上，男性择偶更注重健康和外貌，女性更注重收入和工作稳定性。在京务工人员在择偶标准上也存在着性别差异。其中，男性在择偶中更注重女性的健康状况，其比例比注重健康状况的女性高出 10.6 个百分点；而女性在择偶中更注重男性的收入状况和人品性格，其比例分别比注重二者的男性高出 4.9 和 5.6 个百分点（见表 8）。在文化程度、工作稳定性、家庭城乡背景和两人情感等方面，两性存在着相当大的共识。

表 8　择偶因素的性别差异

单位：%

性别	文化程度	收入状况	工作稳定性	家庭城乡背景	人品性格	外貌	健康	性方面的和谐	两人情感	总计
男	2.5	7.4	2.9	1.1	30.2	2.0	23.2	1.1	29.5	100.0
女	2.5	12.3	6.4	1.8	35.8	1.1	12.6	0.5	27.0	100.0

第三，在择偶的家庭影响方面，女性受到家庭的影响较大，而男性受到父母干涉的程度较小。表 9 显示了家庭对打工者择偶的影响存在着性别差异：男性中受家庭干预的为 19.0%，而女性则为 27.2%。

表 9　父母对婚姻干涉程度的性别差异

单位：%

性别	父母对婚姻有干涉	父母对婚姻没有干涉	总计
男	19.0	81.0	100.0
女	27.2	72.8	100.0

3. 在京外来务工女性的婚恋观存在年龄差异

第一，年轻女性对婚姻的自主性更强。30 岁以上的女性打工者通过亲戚或老乡认识配偶或男朋友的比例为 56.4%，比 30 岁以下的女性（24.9%）多；而她们通过同事或朋友介绍认识配偶或男朋友的比例也比 30 岁以下的女性高。30 岁以下的女性打工者通过网络或自己认识配偶或男朋友的比例要高于 30 岁以上的女性打工者（见表 10）。由此看出，与 30 岁以上的女性打工者相比，30 岁以下的女性打工者较倾向通过网络自己认识配偶或男朋友。表 11 也显示，在婚姻恋爱方面由自己做主的女性打工者，30 岁以下的比例要比 30 岁以上的女性高2.7 个百分点，而以家人意见为主的女性打工者，30 岁以下的比例要比 30 岁以上的低 4.5 个百分点。

表 10　女性与配偶或固定男朋友认识方式的年龄差异

单位：%

年　龄	亲戚或老乡介绍	同事（非老乡）介绍	朋友（非老乡）介绍	网络	自己认识	其他	总　计
30 岁以下	24.9	11.2	12.4	2.5	27.8	21.3	100.0
30 岁以上	56.4	13.6	13.2	0.4	13.9	2.6	100.0

表 11　女性婚姻恋爱自主程度的年龄差异

单位：%

年　龄	由自己做主	听取朋友的意见	以家人意见为主	总　计
30 岁以下	89.0	6.0	4.9	100.0
30 岁以上	86.3	4.3	9.4	100.0

第二，年轻女性的观念更为开放，对婚前性行为更能够接受。30 岁以下的女性打工者更能接受婚前性行为。"很不同意"婚前同居行为的 30 岁以上的女性打工者为 31.7%，比 30 岁以下女性（17.4%）高出 14.3 个百分点；而"比较同意"婚前同居的 30 岁以上女性打工者却仅为 4.3%，比 30 岁以下女性打工者（14.9%）低了 10.6%（见表 12）。在婚前性行为方面，女性打工者也存在着年龄差异：87.3% 的 30 岁以上女性打工者没有婚前性行为，11.7% 的女性打工者偶尔有婚前性行为；而 66.5% 的 30 岁以下女性打工者没有婚前性行为，30.0% 的女性打工者偶尔有婚前性行为，3.4% 的女性打工者经常有婚前性行为（见表 13）。

表 12　对婚前同居的看法

单位：%

年　龄	很不同意	不大同意	一般	比较同意	非常同意	总　计
30 岁以下	17.4	31.0	31.7	14.9	5.0	100.0
30 岁以上	31.7	30.6	29.9	4.3	3.6	100.0

表 13　有无婚前性行为经历

单位：%

年　龄	没有	偶尔	经常	总　计
30 岁以下	66.5	30.0	3.4	100.0
30 岁以上	87.3	11.7	1.1	100.0

从两性的婚姻状况和婚姻家庭经历看，两性有诸多共同点，都受到城市文化和现代经济的影响，同时，也呈现出一定的差异：男性获得了更多的自主择偶的可能性；而女性在择偶时，更看重经济和工作稳定性这些与未来生活相关的变量。同时，在女性间，年轻女性在性观念上更加自主和开放。

五　结论和政策建议

我们看到，外来女性打工者是一个有着积极追求的群体，她们通过自己的劳动成为家庭生活的供养者，通过自己的努力在城市中重建家庭体系和亲属关系体系。进入 2010 年，打工者人群已经愈加多样化，不单有原来的"70 后"，更多的是"80 后"和"90 后"的新生代。不同的群体对社会公共政策有着不同的需求。

第一，相关机构应当将满足广大未婚打工者的交友需求，把扩大外来打工者交友面的需求提上议事日程，使打工者获得更多的社会交往机会。这一工作应当由政府部门和公益部门牵头，不能以盈利为目的。

第二，对于已婚者来说，最为重要的需求有两个。一是能够找到相对便宜、安全和稳定的居所。目前，随着北京市城乡一体化的改造进程加快，一些居住在城乡结合部的打工家庭面临拆迁失去原有住所，因此甚至不敢与用人单位签订长期合同，怕一旦拆迁，自己要搬到更远的地方居住。二是能够使其子女进入学校受到较好的教育，这需要提供更高水平的小学和初中，以及有更加平等的入学机会。

第三，打工者群体来自不同的地区，需要更多的社会支持，这些支持包括来自其家庭自身的支持、社区支持、社会团体和政府的支持。特别是在北京市社区建设的过程中，应当把对外来打工者和其家庭的支持纳入议程。

B.22
2010 年北京市社会组织管理体制的改革

高 勇*

2010 年，北京市提出了向世界城市迈进的发展目标。世界城市是跨越政治、经济、社会、文化等多个领域的综合概念。北京市要建设世界城市，社会领域的管理体制创新必不可少。世界城市内部的社会多元程度必然较高，社会诉求的扩散速度也必然较快。要实现世界城市的社会和谐治理，是巨大的挑战。从现有研究来看，形成多层次的社会组织体系，并充分发挥其积极作用，是世界城市建设中的一条重要经验。纽约、伦敦、东京的社会组织都相当发达，对于调动社会活力、实现利益整合、促进公益服务起到了关键作用。创新社会组织治理方式，应当成为北京市建设世界城市的重要内容之一。

2010 年间，北京市社会组织管理体制改革取得了明显的成绩，但同时一些难点问题仍然有待进一步破解。要想促进社会组织的蓬勃发展，必须大胆创新社会组织的治理方式，探索新的管理手段。

一 2010 年北京市社会组织管理体制改革的主要内容

北京市继 2009 年正式认定第一批 10 家市级"枢纽型"社会组织以来，又推出了一系列相关政策，积极促进社会组织的培育与发展，努力探索社会组织管理体制的改革。2010 年间，北京市社会组织管理体制的改革主要体现在以下几个方面。

1. "枢纽型"社会组织工作体系进一步得到完善

2010 年 7 月 21 日，北京市召开社会服务管理创新推进大会，并公布了《北京市社会服务管理创新行动方案》。2010 年 12 月 8 日，市委社会工委、市社会办召开了市级"枢纽型"社会组织工作会议，印发了《关于落实〈北京市社会

---

* 高勇，北京市社会科学院。

服务管理创新行动方案〉进一步发挥"枢纽型"社会组织作用的通知》，要求市级"枢纽型"社会组织加强对本领域社会组织的广泛联系、服务和管理，进一步建立健全相关管理体制，进一步建立健全相关工作机制，努力实现党组织和党的工作全覆盖。同时，对于"枢纽型"社会组织的支持措施进一步得到落实：一方面通过购买社会组织公共服务项目的方式，支持"枢纽型"社会组织培育发展公益活动品牌项目，支持"枢纽型"社会组织发挥龙头带动作用；另一方面积极推进向"枢纽型"社会组织购买管理服务工作的落实，试行通过购买专职社工的方式向"枢纽型"社会组织提供人员支持。

2. 社会组织评估工作顺利完成

为了加强社会组织能力建设，提高公信力和透明度，建立社会组织信用体系，促进社会组织健康有序发展，北京市民政局开展了 2010 年社会组织评估工作。评估工作依据民政部《行业协会商会评估评分标准》、《民办非企业单位评估评分标准》和《基金会评估评分标准》中确定的评估标准，对参评的三类社会组织进行分类评估。北京市民政局组建评估委员会，负责社会组织评估工作的组织协调和监督管理。评估结果与政府购买服务、税收优惠、人才引进、职称评定等相关扶持政策挂钩，以便有效促进北京市社会组织适度竞争和规范化管理。最终，168 个社会组织被评定为 3A 级以上级别。其中，5A 级社会组织 26 个，4A 级社会组织 67 个，3A 级社会组织 75 个。

3. 政府购买社会组织公益服务项目启动

为积极推进社会组织参与社会建设的进程，充分发挥社会组织服务民生、改善民生、建设民生的生力军作用，2010 年间北京市围绕与民生相关的扶贫求助、扶老助残等十大领域，把社会组织公益项目纳入统一规划，积极开展政府购买社会组织公益服务活动。活动开展以来，全市社会组织积极响应，踊跃参与，据统计共有 1846 个社会组织申报了 2706 个社会公益服务项目，动员社会组织工作人员、会员和志愿者近 50 万人，共筹集社会资金 22.98 亿元，活动惠及人群 998 万人次。[①] 政府购买服务的实施，进一步促进了政府与社会组织良性互动合作关系的建立，初步形成了政府合理让渡、规范引导、扶持推进社会组织发展的新体

---

① 数据引自北京市民政局主办的"北京市社会组织公共服务平台网"，http：//bjmjzz. bjmzj. gov. cn/wssb/wssb/xxfb/showBulltetin. do? id＝23881&dictionid＝864&websitId＝100&netTypeId＝2。

制，为社会组织建设与发展注入了新的活力。

4. 北京市社会组织孵化中心正式揭牌

2010 年 12 月 30 日，北京市社会组织孵化中心正式揭牌。该孵化中心内设社会组织孵化区、社会组织公益成果展示区、社会组织咨询服务区等，使用面积600 平方米。北京社会组织孵化中心由北京市社会建设工作办公室建立，委托专业机构进行日常服务和管理。其主要服务内容是：对初创期的民间公益组织提供前期孵化、能力建设、发展指导等关键性支持，其中，"孵化"的主要方向和领域为社会需求度高、影响力大、品牌效果突出的公益性组织。北京市社会组织孵化中心成立后，经有关部门和专家委员会评审，首批"入壳"的公益性社会组织有：北京市社会工作者联合会（筹）、北京市社会心理工作者联合会（筹）、"爱心传递热线"、北京市城市再生资源服务中心，以及悦群社工事务所、厚朴社工事务所等十余家单位。①

5. 区县社会组织工作稳步开展

"西城区社会组织孵化器项目"孵化的首批 3 家社会组织——西城区悦群社会工作事务所、西城区仁助社会工作事务所、北京绿色生活馆顺利完成孵化，正式"出壳"；顺义、通州等区完成了区级"枢纽型"社会组织的认定工作；丰台区举办"枢纽型"社会组织建设专题培训班；平谷区举办了社会组织负责人培训班；顺义区召开了社会组织服务管理创新工作交流会。

二 北京市社会组织发展中的难点

当前，北京市"枢纽型"社会组织工作体系的核心思路，一言以蔽之，就是通过改变治理主体来改进治理方式；先将治理主体从各个业务主管单位或挂靠单位转移为人民团体为主的"枢纽型"社会组织，然后借此改变治理方式。这种改革在实践中已经取得了一定效果，但是值得注意的是，治理主体的变化，必须以治理方式的变化作为配套。如果没有治理方式的根本改变，治理主体的改变并不能解决实际问题，甚至改变治理主体的进程也将步履维艰。

---

① 北京市社会建设工作办公室主办"北京市社会建设工作办公室网站"，http：//www. bjshjs. gov. cn/86/2010/12/30/23@4656. htm。

"枢纽型"社会组织工作体系的目标之一在于，原先散落在若干个委办局里的组织要变更业务主管单位关系，由相应的"枢纽型"社会组织来做它的业务主管单位。基于实际"脱钩"的难度，这一操作过程被分为两步走的战略，即所谓"先挂钩、后脱钩"。"先挂钩、后脱钩"就是在思想准备、认识程度都没有达到一致的情况下，用一段时间让"枢纽型"组织跟业务对应、散落于各个委办局的社会组织进行工作上的衔接和协调，在业务上先开展联系，共同开展工作，随着这样一种联系和接触的深入，增强彼此的认同感，这就是"先挂钩"的含义。然后随着社会环境的变化，随着整体形式的变化，最后水到渠成地来完成与原来业务主管单位在人、财、物等方面的彻底剥离，将其归入"枢纽型"社会组织管理之下。但是这一过程进行得较为艰难，原因在于许多社会组织原本就是其业务主管单位派生出来的一部分，它们与业务主管单位有诸多利益关联，存在一定的互利交换关系。现在要将业务主管单位从原来的委办局转移到"枢纽型"社会组织，实现"政社分离"的既定目标，这必然会涉及诸多利益调整。原有的主管单位不会愿意把从社会组织中得到的利益拱手让人，社会组织也会担心失去原有主管单位的庇护难以生存。

建立"枢纽型"社会组织工作体系的动因除了促进"政社分开"之外，还包括帮助原本在工商注册的社会组织浮出水面、获得正当名分。对于社会组织的增量，"枢纽型"社会组织工作体系采用了"一站式办公"的做法，即市社会建设工作领导小组办公室协调有关单位在民政服务大厅集中开展社会组织设立的政策咨询、业务审查和登记审核等工作，实行"'一站式'服务、联合审查、20 个工作日回复"的新机制，帮助符合条件的社会组织协调确定业务主管单位，以便提供高效便捷的服务。目前在这一方面也确实取得了一些进展和成效，但是整体而言，成效不如当初预想。在现行的业务主管单位与所属社会组织存在近乎无限责任关系的条件下，在没有成型的监管机制和治理方式的前提下，谁也不敢轻率地接收社会组织。在目前的条件下，"枢纽型"社会组织不敢接，登记机关不敢登。另一方面，大部分工商注册的社会组织也采取了观望态度。这些社会组织认为，政府的这个举措是一个比较积极的回应，动机是很善意的，表明了政府愿意去解决问题，但是这一举措并没有解决根本性的问题，在实践中会被一些制约因素卡住。另外一个顾虑在于，它们担心会被业务主管单位进行各方面的控制，自身的独立性可能会受到很大限制。

"枢纽型"社会组织的角色不同于一般性的"业务主管单位",也不仅仅是把过去分散于数个部门间的"业务主管单位"归口收编于"枢纽型"社会组织手中,"枢纽型"社会组织要完成的是质的转变。审时度势,社会组织管理体制改革势在必行,当下"枢纽型"社会组织最重要的职责和作用,应当是探索创新社会组织的治理方式。探索新的管理手段的任务,"枢纽型"社会组织责无旁贷,理应敢闯敢为。另外,从策略层面考虑,应当考虑分期分批,试点先行。社会组织工作体系的改革,涉及许多敏感问题,特别是社会科学类社会组织,因为涉及意识形态领域中的工作,更是充满了复杂性。为了解放思想,大胆创新,应当通过给予某些有代表性的试点社团实质性的支持,坚持先行先试、由点及面的原则,为进一步的社会组织管理体制改革奠定坚实基础。

三 进一步创新社会组织治理方式的政策建议

我们建议,当前创新社会组织的治理方式,应当从"强化问责、资源引导、价值构建、人才培养、分级吸纳"五个方面入手,寻求突破。

1. 强化问责:改善内部治理结构,强化外部监督体系

应当尽快进行社会组织治理结构的创新试点,应当尽快开展对社会组织"问责能力"的评估工作,借此改善社会组织内部治理结构,强化外部监督体系。

构建"枢纽型"社会组织工作体系,就要求社会组织从只向业务主管单位负责转为向社会利益相关者负责,逐步走向治理规范化、运行透明化之路,这是未来非营利组织发展的必然要求。如果没有一定的问责机制保证,如同"市场失灵"、"政府失灵"一样,也会出现社会组织领域的资源滥用。

首先,要通过内部治理结构确保社会组织履行既定宗旨。社会组织最重要的内部治理机制就是"理事会"制度,理事会要代表社会公众利益保证社会组织对社会负责,保证社会组织履行既定宗旨。但是现在许多社会组织的理事会臃肿、虚化,人数过多,荣誉性大大超过责任性,亟须改善内部治理结构、强化内部问责机制。理事会要规模适度、认同感强、具有一定的专业化水准和实践经验、真正代表组织涉及的主要利益相关者。同时应加大和明确理事的管理责任,制定具体的行事标准和职责内容,激励理事积极关心机构的日常工作、参与机构的重大活动。应当选择某些条件较好的社会组织，进行理事会治理结构的创新试点，并应对成功的经验给予表彰和宣传；还可以利用年检的时机对于所属社会组织的内部治理结构进行评估，并对其提出改进意见。

其次，要通过外部监督体系强化问责机制。社会组织不是企业，它服务的是社会，自然要求它要接受社会公众对其运行的监督，要求它的运行要有比企业更高的透明度。国外将社会组织的问责分为四个维度：透明、参与、评估、对投诉的回应机制。我们可以借鉴这四个维度，先从一些条件好的社会组织做起，由点到面，逐步建立对社会组织的外部问责机制。枢纽型社会组织可以对所属的一些重要社会组织进行"问责能力"方面的评估，表现较好的应当在项目申请等方面获得优先资格。

2. 资源引导：制定规划，形成服务项目的积累与序列

"枢纽型"社会组织必须尽快制定社会组织服务项目的规划。规划项目要使受益人群聚焦到某些重点群体上，要基于实际的社会需求和发展趋势而定，要形成一种长期的序列和积累。

资助社会组织从事各种服务项目，根本目标是要提升目标人群的福利水平，其次是要提升社会组织的工作能力。目前购买社会组织服务已经进行了许多尝试，但是仍有一些缺陷：第一，项目受益人不明确，许多项目停留在搞活动或搞研究的形式上；第二，项目的提出不是基于社会需求什么项目，而是现有的社会组织能干什么就提什么项目；第三，项目形不成长期的序列，形不成纵贯性的积累；第四，项目往往由单个社会组织承担，资源得不到整合，发挥不出横向联合优势。这样的购买服务，其成效可能是有限的。

只有以规划来引导，社会组织才可以根据规划来调节工作方式和目标，进行自身战略规划，项目才能真正起到引导作用，而不是反过来项目被社会组织的现有工作方式所限制。此外，社会组织承接服务项目，不能是严进宽出，"枢纽型"社会组织应当基于目标群体的需要满足程度和组织自身能力的增强程度，尽快制定出服务项目的绩效评估程序。

3. 价值构建：建立宣传阵地，宣扬本土经验

市社会工委、市社团办、"枢纽型"社会组织应当联合起来，尽快建立北京市社会组织领域的刊物，以刊物为载体大力宣传社会组织的本土基层经验。

长期以来，北京市的社会组织没有自己的宣传文化载体，而价值理念和组织文化在社会组织发展领域里是至关重要的问题。建设社会组织的宣传文化载体，不仅可以对于社会组织领域的价值文化起到引领的作用，有效地形成社会组织内部的信息沟通网络，从精神层面有机地将众多社会组织团结在"枢纽型"社会组织周围，而且还可以有效地将影响力辐射到工商注册的各种社会组织当中，加强对这些社会组织的凝聚力和向心力，起到促使其浮出水面的效果。

社会组织的发展经验，目前宣传较多的是两种：一种是从国外自外而内引入的思路理念，另一种是从政府自上而下导入的政策取向。对于基于本土生长出来的、立足于基层的工作经验和理念的宣传相对较少。社会组织要健康发展，在理念上光喝"洋奶"不行，只被动听从政府也不行，要强调理解中国本土的社会问题，提出自己独特的工作理念。经过这些年的发展，北京社会组织的本土基层经验不是没有，而是没有得到有效总结和宣传。因此，"枢纽型"社会组织要以刊物为主要载体，多种手段大力宣传社会组织的本土基层经验。

4. 人才培养：表彰领军人物，培训专职人员

建议社工委举办"北京社会组织优秀领军人物"评选活动，建议各"枢纽型"社会组织举办"社会组织专职人员能力建设"培训活动。

搞好社会组织，人的因素是关键。没有一支德才兼备、适应社会组织发展趋势的人才队伍，社会组织的发展没有依托。以"北京社会组织优秀领军人物"评选活动为契机，社会组织从业者的声望和社会地位将得到较大提高，社会组织从业者的职业操守和能力建设也会得到促进。评选活动应当适当侧重于中青年，侧重于社会建设中的重点领域和新兴领域。举办这些活动时，可以考虑采取某些变通途径，将某些在工商注册的社会组织吸纳到其中，表明政府的积极姿态。

除了领军人物，社会组织专职人员的能力建设也需要摆上议事日程。目前一些社会组织甚至还没有专职人员，还是以兼职人员和志愿者为主。从兼职人员和志愿者为主到专职人员为主，这是社会组织发展中质的飞跃，这种质的飞跃需要借助于一定的培训平台来完成。社工委及"枢纽型"社会组织应当举办社会组织专职人员的能力建设培训班，提升社会组织从业者的业务素质和工作能力，构建社会组织从业者之间的人际互动网络，以"滚雪球"的方式来发展符合中国本土社会组织发展要求的从业人才。

5. 分级吸纳：更为灵活地吸纳工商注册的社会组织

建议对在工商注册的社会组织，采取更为灵活的"分级认定"的形式加以吸纳。工商注册的社会组织，因种种原因一时无法找到业务主管单位的，可以采取种种备案、列席、团体会员等分级认定的手段来加以吸纳。

希望获取到社会组织领域的相关信息的，可以到"枢纽型"社会组织来进行备案；愿意提供前几年工作报告及财务报告者，可以给予其列席资格，以同等身份参与"枢纽型"社会组织提供项目的申请；愿意接受"枢纽型"社会组织业务指导的，可以以团体会员的身份加入，两者间是更为灵活的业务指导关系，而非严格负责的业务主管关系。这样，就有效地规避了双重管理体制客观存在的弊病，而达到有效吸纳的事实效果。

对于在工商注册的社会组织进行民政登记的流程应当进行一些规定，使其有别于完全新注册登记的社会组织。应当要求此类组织提交之前三年的详尽工作报告及其财务报告，认真鉴别其工作性质，如果经过评估确定属于社会公益性质的，应进入绿色通道，使其尽快在民政注册。如果确实有问题，应明确给出意见及建议。

上述五个方面与"枢纽型"社会组织体系的前期工作既紧密衔接，又有所发展。"枢纽型"社会组织进行以上治理方式创新的重要前提，在于政府及其管理部门需要进一步加深认识、转变思路，在推动立法和加强宏观政策指导上下工夫；保障对"枢纽型"社会组织的资金和人力支持，确保工作的基本资源到位；同时协助"枢纽型"社会组织完成自身的组织文化构建，工作方式进一步与社会组织领域的价值文化相契合。

B.23

北京市共青团组织积极推进
社会服务管理创新工作

共青团北京市委员会*

共青团北京市委员会按照全市社会建设大会和有关文件精神，贯彻落实市委、市政府部署，根据《北京市社会服务管理创新行动方案》要求，着力探索社会动员方式，努力提升社会服务能力，不断强化社会管理职能，积极发挥"枢纽型"社会组织作用，团结动员广大团员青年为建设"人文北京、科技北京、绿色北京"和中国特色世界城市作积极贡献。

一 引导青少年社会参与，积极探索
社会动员方式

1. 推进志愿服务事业发展

加强志愿者工作常态化建设，稳步推进政策制定、机构设置、制度建设、管理平台搭建等工作，指导区县二级"枢纽型"组织建设，协调各类专业志愿者队伍建设，积极发展团体会员，加强公益实践项目开发。截至2010年底，市志愿者联合会会员总数已增至401家，市级公益实践项目增至1300余个，组织开展96万余人次的志愿服务活动，累计为社会提供服务2000万小时。动员组织5500名志愿者参与上海世博会、世界音乐教育大会、奥林匹克文化节、新加坡青奥会、世界武搏运动会、中国网球公开赛、广州亚运会等13项大型赛会志愿者工作，强化具有北京特色的大型赛会志愿服务的地位和影响。开展北京市共青团"关爱农民工子女"志愿服务行动，围绕"心手相牵、快乐成长"主题，动

---

* 执笔人：刘震、洪亮。

员组织志愿者为 126 家农民工子女学校的 75891 名学生提供志愿服务。以参与抗震救灾、大型赛会等工作为契机，按照市政府折子工程①要求，加强志愿者队伍专业化队伍建设，认定 10 支专业志愿者队伍，建设 3 支直属专业队伍。参与制定出台《北京市志愿者管理办法》，积极筹备市志愿者联合会第一次理事会，深化推进"蓝立方"城市志愿服务站点改造建设、"志愿北京"综合信息平台建设、国际国内志愿服务交流与合作、志愿服务理论研究等各项工作。

2. 加强青少年社会组织工作

积极发现、联系和培育、凝聚青少年社会组织，不断密切同各类青少年社会组织的关系，通过高校、企业、社区等领域各级团组织联系各类青少年社会组织 5000 余家。通过深入调研、组织活动、人员培训、项目扶持等举措，探索依托青少年社会组织进行社会动员的方式，通过动员社会组织更广泛地动员青年。加强青联、学联、青企协、球迷协会、车友会等市属青年组织的建设，扩大对各类青少年的覆盖和影响。加强首都高校学生社团服务管理，建立学生社团自我管理、团委社团部门或学生社团联合组织指导、校团委监督的三级管理体制。举办两期北京青年社团领导力训练营等活动，培育青年骨干力量。参与筹备全市"党建带团建"工作会议，与有关部门一起研究制定《关于加强新形势下全市青少年社会组织工作的意见》。举办"爱北京·青年汇"2010 青春嘉年华暨北京青少年社团文化节，吸引了 200 多家青少年社团参加；举办志愿、公益、学习、联谊等青少年活动 1000 余项，吸引了 7 万余人参与。开展以"青山秀水绿色行，重阳登高敬老情"为主题的北京青少年社团 2010 年重阳节登高活动，推出 9 项行动，弘扬优秀传统文化、倡导绿色环保理念，吸引了百余家青少年社团近千名骨干参加。

3. 启动"北京共青团 3510 行动"计划

2010 年，在市委、市政府研究制订首都交通治理方案的情况下，由北京团市委及青少年社团发起"北京共青团 3510 行动"，在 11 月 26 日第七届北京青年学习节开幕式上进行发布，并于 12 月 18 日在与有关单位联合举办的"和谐交

---

① 折子工程是由北京市主管副市长分工负责，相关委、办、局及承办单位协调配合的重要工程项目，它要求做到任务、时限、责任明确具体到位，确保落实，是政府批准并亲抓亲办的工程。

通·绿色出行——3510在行动"暨北京交通广播开播17周年台庆晚会上进行重点宣传。该行动紧紧围绕"和谐交通·绿色出行——3510在行动"的主题，广泛宣传"三公里步行、五公里骑车、十公里公交、远距离绿色驾驶"的口号，通过实施一系列主题鲜明、内容丰富、形式多样的项目和活动，动员组织广大团员青年担当时代使命，带动市民群众实践"健康活力、快乐激情、经济快捷、低碳文明"的理念，努力养成低碳出行习惯和绿色环保风尚。

4. 拓展新媒体领域

整合以团市委网站、北青网、志愿北京网等为主阵地的网站群，加强青少年网络阵地建设。加强以高校学生、白领青年为主体听众的青檬网络电台建设，使电台日均收听人数达12.9万人。面向团干部和青年骨干推出了《青檬手机报》，实现了电台、网络、手机"三位一体"服务青年的新媒体布局。发挥北京网友组织协会等社会组织作用，全面推进网络服务管理创新，吸纳团体会员73家。举办大学生网络文化节、"青少年成长新媒体课堂"、青年桌游大赛、"红色短信"大赛等活动，探索新媒体社会动员途径。

二 服务青年成长需求，努力提升社会服务能力

1. 深化青年创业就业工作

组建北京共青团促进青年创业就业办公室，加强创业就业基金会建设，强化青年创业就业工作协调机制和阵地建设。筹集基金1825万元直接支持青年创业项目；与市农村商业银行等联合推进"贷动青春"创业小额贷款项目，发放贷款12348万元，扶持创业项目1655个；通过青檬夜校、来京务工青年培训等项目，培训青年28278人，实现就业6695人；通过企业与高校合作建立"青年产学联盟"，建立见习基地1511家，提供见习岗位27647个。

2. 创新服务青少年的公益实践项目

推出北京共青团"100365首善行动"，倡导"公益一百年，爱心每一天"的理念，推出全覆盖、全维度项目体系，开展专项活动50个，募集捐款1007.57万元，使11000名青少年从中受益。积极开展"两节送温暖"活动，围绕服务特殊青少年群体共募集社会捐助1388万元，推出工作项目1147个，为全市778名低保家庭重度残疾青少年提供结对帮扶，为3424名儿童福利与救助机构未成

年人送去关爱，为 1000 名低保家庭青年提供就业机会。

3. 切实维护青少年合法权益

建立长效机制，在市、区两级深入开展"共青团与人大代表、政协委员面对面"活动。围绕未成年人的法律保护、成长辅导、身心健康等内容，推出服务未成年人 10 件实事。制定发布了《关于加强和规范未成年人集体活动组织工作的指导意见》，提出青少年夏令营活动 28 条安全预防法。加强青少年维权工作的制度性建设，不断拓展 12355 北京市青少年服务台功能。

三 加强青年思想引导，不断强化社会管理职能

1. 深化青少年思想引导工作

以"人文北京、科技北京、绿色北京"青年行动计划为统领，组织和引导首都青少年在文明传承、文化传播、科技创新、创业就业、低碳出行、绿色生活等方面全面参与，为首都经济社会发展作出积极贡献。坚持找准不同青年群体思想意识的关键点和成长发展的需求点，积极开展分类引导青年工作，提高教育引导青年的针对性和系统性。推进中学生业余党校、首都大学生新世纪英才学校对学生骨干的培养工作，全年培训学生骨干 2 万多名。组织 4 万余名大学生赴北京 16 个区县和京外 33 个省市区开展暑期社会实践活动，在实践中教育引导青年。

2. 开展"两新"① 团建工作

开展"团建百日竞赛"活动，推动肯德基、吉野家等大型连锁企业建立团组织，探索商户管理协会建团、公寓建团、劳务派遣公司建团等新模式。全市规模以上非公企业新增建团 4354 家，新社会组织新增建团 220 家。合力做好外来务工人员的团建工作，与有关省市团委建立团建联席会议机制，支持河南、安徽、重庆、四川、甘肃等驻京团工委建设。积极推进青少年社会组织团建工作，探索工作模式，形成示范效应。

---

① "两新"是新经济组织和新社会组织的简称。新经济组织是指私营企业、外商投资企业、港澳台商投资企业、股份合作企业、民营科技企业、个体工商户、混合所有制经济组织等各类非国有、集体独资的经济组织；新社会组织是指改革开放以来，我国在社会主义市场经济发展过程中新涌现出来的相对于政党、政府等传统组织形态之外的各类民间性的社会组织，包括中介组织、社会团体、基金会、民办非企业单位等。

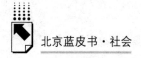

3. 推进商务楼宇团建工作

加强资源统筹协调，共享共建商务楼宇工作阵地，与市委组织部、市委社会工委、市总工会、市妇联等单位合作推进商务楼宇"五站合一"（党建工作站、社会工作站、工会工作站、团建工作站和妇女工作站）团建工作模式。着力摸清全市商务楼宇分布情况、楼宇内团员青年底数，联合其他四类"工作站"的工作人员和社会工作者，形成工作合力，共同推进团建工作站建设。加大干部选拔力度，培养一批优秀青年骨干担任楼宇团干部，并积极选派楼宇团建工作指导员，做好楼宇团组织的督促、指导工作。

4. 加强服务青年的终端阵地建设

在全市城区和郊县探索建立"社区青年汇"、"乡村青年社"，依托区域内现有活动阵地、企事业单位或青年社团组织，运用社会力量和市场机制，形成工作合力，推进基层团组织联系服务青年的阵地建设。目前已建立试点单位 110 家，开展文化、学习、娱乐、信息、交友等活动 864 多项，联系服务本地及外来青年 13.5 万余人，影响带动青少年 31.4 万余人，凝聚培育各类青少年组织 693 个。

B.24
北京市公益组织服务流动人口的现状及发展趋势

——以"流动人口教育与行动研究中心"为例

韩嘉玲*

一 服务流动人口的公益组织兴起的社会背景

（一）流动人口中存在大量的服务需求

流动人口多居住在城郊结合部的社区中，居住条件简陋，其卫生健康问题、子女教育问题、城市融合问题亟待解决。此外，流动人口进城以后，由于离开了原来生活居住的社区，他们在社会交往、角色转换、心理调适等方面都容易出现问题。由于自身职能的限制，居委会常常无暇顾及对流动人口的服务。因此，在缺乏城市社会组织服务的条件下，这些城市中的流动人口主要依赖血缘、地缘等原有的社会关系解决实际生活中遇到的困难，这种情况大大弱化了他们对城市社会的认同和归属感。上述情况使得流动人口在诸多方面都存在着大量的服务需求。

（二）政府的职能转变，为社会组织成长提供了政策空间

近年来，政府对流动人口逐渐从管理为主转向服务与管理并重，出台了一系列有利于流动人口的政策，如子女教育、收容救助、工伤保险、技能培训等。但是，目前北京市流动人口总量巨大，服务需求各异。面对如此庞大的群体，政府也开始意识到社会公益组织在支持和服务流动人口群体上有着很大的发挥力量的空间，开始积极扶持社会公益组织从事社会服务、解决社会问题。

---

* 韩嘉玲，北京市社会科学院。

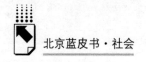

（三）社区社会组织大量出现

随着和谐社区建设的推进，社区社会组织开始大量出现。当前关于社区社会组织的研究大致可分为四类：一是基层文化、教育、体育活动类；二是社区福利类；三是维护权益类；四是志愿类。这些社区社会组织的出现有利于政府职能转变，实现"小政府，大社会"的管理模式，构建居民参与社区的平台，推进社区资源整合，推动社区服务多样化，提高社区的吸引力和凝聚力。但是，这些民间组织多是由居委会倡议成立，而且主要以面向本地居民为主，流动人口参与的并不多。

（四）服务流动人口的公益组织应运而生

在上述背景下，北京市的一些公益组织注意到流动人口社区中存在的问题，开始引入社会化、专业化的工作模式，尝试解决流动人口的服务和权益问题。从定义上来看，这类组织有四个特点。

（1）民间性：这类组织不是由政府主持成立的，而是民间社会的自发行为。

（2）公益性：这类组织不是营利组织，而是非营利的服务组织。

（3）直接性：这类组织将直接为流动人口提供培训、咨询、维权、娱乐等服务，不包括间接服务于流动人口的组织，如一些研究机构、政策倡导组织等。

（4）针对性：这类组织主要针对流动人口及其家庭开展业务活动，不包括部分工作涉及这类群体的组织。

随着政府政策与公众舆论环境的不断好转，关注流动人口的公益组织的数量增加得很快，"流动人口教育与行动研究中心"就是其中之一。流动人口教育与行动研究中心（以下简称中心）成立于1999年，是由关注流动人口及其家庭的北京市科研单位研究人员与大学生志愿者共同推动成立的。自成立以来，该中心就一直扎根于流动人口聚居社区，以流动人口子女为服务主体，开展流动儿童课外学习辅导、课外知识扩展等活动；逐步将服务延展到家长及打工青年，为他们提供免费的讲座、培训及信息支持，以帮助他们更好地适应、融入城市生活；并通过活动把社区中的流动人口动员起来，帮助他们形成自己的互助网络。另外，中心还将研究与实践相结合，通过对流动人口子女的调研与行动研究向相关部门提出政策建议。在不断的服务和探索中，中心逐步形成了以流动儿童为主要服务对象，同时针对流动儿童家长和打工青年开展支持与帮助的服务形态。

二　公益组织服务流动人口的运行方式

北京的公益性社区民间组织在保障流动人口权益、促进流动人口更好地融入社会方面已经有不少尝试，有的通过组织非正规学前教育的方式填补流动人口家庭教育能力的不足；有的通过开展课业辅导、组织儿童的活动，提高流动儿童的学习成绩；有的为流动人口提供信息咨询、交流娱乐的机会，以及为流动人口提供技术培训及就业咨询服务；还有的为流动人口提供维权支持，从不同方面解决流动人口面临的困难。以"流动人口教育与行动研究中心"为例，主要的工作内容包括以下几个方面。

（一）　流动儿童社区服务

我国现行的教育制度，使得大部分流动儿童不能进入公立学校接受教育，只能在教学质量较差的打工子弟学校学习。此外，他们的父母大部分工作时间较长而且不固定，没有太多的精力好好照顾他们；限于自身的受教育水平，不少家长也没有能力去辅导孩子的学习。因此，中心关注的重点就放在了在社区中开展针对流动儿童的服务上。

针对流动儿童，中心开展了丰富多彩的流动儿童社区教育活动。周二到周五下午，由大学生志愿者对孩子进行课业辅导，帮助孩子答疑和复习功课。周六开展一帮一辅导活动，由一个志愿者负责几个相对固定的孩子，通过学习辅导、谈心等方式全面了解、关心儿童的成长，发现问题及时进行跟进。周末中心还开展兴趣小组学习和主题活动，兴趣小组主要是绘画课、舞蹈课、手工课、英语口语、电脑培训等；主题教育活动则主要根据社区孩子所存在的问题，设计相关的教育活动，如文明礼仪、健康教育、卫生环境教育、生活教育等。这些活动是针对社区里流动儿童真实发生的问题进行的，具有较强的现实意义。活动设计中贯穿的理念是，孩子们是活动的主角和中心，是推动活动前进的人。中心还成立了一个图书馆，提供适合各年龄段孩子及家长阅读的各种图书，并定期更新。工作人员还定期组织儿童开展读书活动，通过主题阅读、讲故事、故事表演等形式，

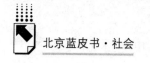

培养儿童的阅读兴趣。

中心所开展的各项服务对社区内的流动儿童产生了积极的影响。

1. 增强了流动儿童的自信心，形成了朋友网络

通过参与活动，这些流动儿童逐渐发掘出自己的潜力和兴趣，也在不断的参与中得到了锻炼，增强了自信心。他们还会更深入地参与到活动的策划与组织过程中，在这个过程中，他们可以通过中心发挥自己的才能，组织自己喜爱和需要的活动，更加增强他们的信心，提高他们各方面的能力。在策划和组织活动的过程中，他们需要同其他小朋友、父母及其他社区成员交流，这无疑对促进流动儿童与社区成员之间的了解与沟通、形成自己的朋友网络大有裨益。

2. 促进了流动儿童的社区融合

流动儿童增强信心、提高能力、建立更广泛的朋友网络后，他们对社区的归属感也在提升，更加感到自己也是社区的一分子，希望为社区贡献自己的一份力量，在社区更大的空间内发挥自己的能力。这样，就实现了中心进行社区教育的最终目的——加强流动儿童和社区其他成员，尤其是本地人口的联系，使其更好地融入社区。

（二）流动儿童家长社区服务

除针对流动儿童开展社区服务之外，中心还通过板报宣传和访谈等方式为流动儿童家长提供就业、维权和子女教育等方面的信息支持，另外中心还定期开展讲座，包括饮食营养与卫生保健、子女教育、安全、法律等。例如，为了纠正家长们的教育观念和教育行为，中心开展过针对家长的"子女教育讨论会"等经验交流活动，家长们通过自由讨论，自己解决自己的问题。这样，在家长获得了别人的知识和经验的同时，还促进了彼此之间的交流，便于形成互助网络，在交流的过程中，也提高了家长的信心和在公众讲话的能力。不仅如此，中心还为流动儿童及其家长的亲子互动提供了平台。如"心有灵犀一点通"等活动让亲子双方都认识到彼此了解的重要性。通过开展家长和孩子都能参加的活动，促进家长和孩子之间的沟通与了解。

通过参加中心组织的活动，流动儿童家长们不但掌握了一些对自己有用的信息，还学到了一些解决问题的方法，提高了自己的能力。同时，在参与讲座和讨论的活动过程中，他们也得以更便捷和广泛地结交朋友，逐步建立起了他们自己的互助网络。社区流动人口互助网络的建立有助于弥补他们在城市社会关系的不足，对于他们在城市中生存有着重要的意义。这不仅表现在找工作和提供相关的工作信息方面，而且在帮助流动人口解决生活中的困难和提高生活技能方面也提供了有效的支持，同时它还是强大的心理安全支持——相似的工作环境、相似的经历和生活条件、相似的价值观念和人际关系，这种文化同质性有利于提高流动人口在城市中的适应能力。

（三）打工青年社区服务

社区中的很多青年流动人口是从小就随父母来到城市的，成为新生代的流动人口。一方面，由于在城市中长大，他们对于故乡没有太多的印象和概念，认为自己就是城市人；另一方面，他们的特殊身份和经历，又使得这些青年流动人口不能像城市户籍人口一样获得学习和工作的机会，无法真正地融入城市生活。因此，对他们进行支持和服务是非常有必要的。中心针对这一群体的服务主要是为他们举办青春期健康教育讲座，提供职业教育、就业等方面的信息支持；举办讨论会，组织他们一起就某些话题进行讨论，为他们提供心理支持，帮助其在城市中更好地生活。

（四）其他成员社区服务

社区中除了流动人口之外还有另一重要成员——北京本地人口，他们代表了和流动人口不同的另一个群体，打破两个群体之间的隔阂、促进两个群体之间的了解与互动、创造社区成员生活的融洽环境，也是中心开展社区服务的一个重要目标。基于这样的目标，中心同样开展了一系列活动，如鉴于社区落后的卫生条件导致的社区成员普遍的一个困扰——公共厕所，中心便把流动人口和本地人口组织到一起开展了关于改善社区卫生及改善公厕的社区讲座活动，引导他们就该问题进行讨论，使他们认识到：不论是流动人口还是本地人，大家生活在同一个社区，拥有共同的地理空间、利益和规范，就必然会面临同样的问题。这些问题即是中心促进流动人口和本地人沟通与交流、帮助流动人口融入社区的切入点。类似活动起到了消除隔阂、融合不同群体的作用，这样就为流动人口的生活和流动儿童的成长创造了一个相对健康的社区环境。

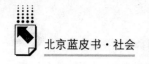

三 公益组织服务流动人口的工作特点

公益组织在服务流动人口的工作过程中，逐渐形成了不同于政府部门、社区居委会的服务模式和工作特点，形成了自身的优势。以"流动人口教育与行动研究中心"为例，公益组织服务流动人口主要有如下工作特点。

（一）扎根于流动人口聚居社区

社区作为流动人口日常生活的聚居地，是管理和服务流动人口的基本单位。因此，"流动人口教育与行为研究中心"从成立伊始就立足于流动人口社区，充分发掘和利用社区资源，动员全体社区成员的参与，针对社区中弱势群体面临的困难，引入专业化、社会化的工作方式，提升对流动人口的服务质量，创新对流动人口服务的途径，促进流动人口与城市其他群体的融合。

（二）积极寻求社区居委会理解和支持

农村流动人口的进入给城市社会生活带来了很大的冲击和影响，一方面，大量的流动人口导致城市社区总人口的增加，使城市基础设施如水、电、道路交通、环境维护等供需矛盾加剧；另一方面，流动人口又是城市中的弱势群体，是需要服务的，城市公共服务应该逐渐覆盖流动人口，以适应新的形势。社区居委会是直接与流动人口打交道的基层组织，如何发挥居委会的作用，服务流动人口及其子女是中心考虑和关注的重要问题。中心工作人员主动帮助居委会开展国家的流动人口政策宣传，并把居委会所了解的政府提供给流动人口的各种免费服务（如儿童免疫、孕产妇体检等）向社区中的流动人口宣传；同时，还动员居委会开展与流动人口的交流活动，积极促进社区居委会和社区流动人口之间的了解和认识，推进流动人口社区服务的开展。

（三）重视利用社区资源

中心走的是一条因地制宜、因陋就简的发展道路，这就需要发现并充分利用社区内的现有资源。社区不是活动的被动接受者，社区本身也存在着很多可利用的资源，中心坚持活动的资源尽可能取之于社区，用之于社区，不但可以物尽其用，而且也增强了成员对社区的认同感。例如社区开展的环保手工活动就事先请儿童收集自己身边的废塑料瓶、纸盒、酸奶盒等，最后做出了各式各样的房子、汽车。这既锻炼了他们的动手能力，还能开发他们的创造力。其次，儿童的创造性和参与性也是很好的资源。中心的活动守则都是经过和儿童的讨论，由他们记录下来共同遵守的。为了开发儿童的能力，中心也会放手让儿童策划和组织活动，例如每年的六一联欢会就是这些孩子自己策划和主持的，然后邀请志愿者一起参加，受到大家的好评。

（四）充分发挥志愿者作用

由于资金不足，中心只有 1 名专职工作人员，而面临众多的服务对象，人员显然是不足的。在此情况下，中心负责人及工作人员积极发掘资源，重视发挥高校大学生志愿者的辅助作用。自成立以来，中心就与高校社团保持着紧密的联系，组织和协调大学生志愿者在业余时间来社区为流动儿童及其父母开展志愿服务活动。

中心在志愿者的管理和协调上有着一整套的环节，包括招募、甄选、培训、上岗、沟通、退出等所有环节。经过长期的摸索，中心已经在志愿者的管理上有了独到的经验。中心根据目标人群和自身的活动需求，会确定需要什么样的志愿者，并以此作为招募和甄选志愿者的标准，以保证能够满足中心所需，同时又能够使志愿者发挥自己的所长。志愿者必须坚持到承诺时间（至少一个学期）的结束，这是中心对于志愿者最基本和不可变更的要求。志愿者提供志愿服务之前，中心会对志愿者进行岗前培训，内容包括中心的历史、工作理念、工作方法、志愿服务技能以及每个人的具体职责，还特别包括中心目标群体——流动儿童及其家长的情况和相关知识，让志愿者充分理解和了解这份工作的意义。此外，中心还为志愿者发放《志愿者工作手册》，详细列明志愿者的行为规范，哪些行为是应该做的，哪些行为是不应该做的，甚至还列有哪种情况下可以取消志愿者资格的条款。

在开展志愿服务的过程中，中心十分注重与志愿者的沟通。一是工作本身的沟通，志愿者可以很方便地了解到中心近期的工作和活动，并参与到活动的设计和决策过程中，使他们觉得自己是中心工作发展和决策的参与者。需要志愿服务时，中心会把具体的工作和要求列明，让志愿者按照自身情况自愿报名。二是中心还保持着与志愿者情感上的交流，关照他们的生活点滴，使他们每个人都感受到温暖和自身的价值，这是影响志愿者长期性、积极性的关键因素。

四 服务流动人口的公益组织面临的主要问题

随着政府保障流动人口权益和改善流动人口生活状况等积极政策的推行，越来越多的机构与人士加入到帮助流动人口的群体中，可以预见，在未来的几年将会有越来越多的关注流动人口的公益组织生长与发展起来。在它们的发展过程中，也会面临着一些共性的问题，需要政策加以关注并协助解决。

（一）许多公益组织难以在民政局注册

在现行的双重管理体制下，承担业务主管单位的职责，就意味着相应的管理责任甚至政治风险，这导致各单位不愿意做业务主管单位。另外，业务主管单位都是政府部门，是按政府科层编制安排的，与社会需求并不能够完全吻合。上述两种原因导致许多从业流动人口服务工作的公益组织找不到业务主管单位，无法在民政局注册登记，最终选择了在工商注册或者以二级机构形式存在。大多数从事流动人口服务的公益组织都在积极地寻求注册途径，它们希望能够获得政府的承认，希望能够有一个正当的名分，能够名正言顺地从事社会服务。

（二）工作地点不断搬迁，流动性较大

由于流动人口比较集中的社区往往位于尚不发达的城乡结合处。随着社会城市化进程的发展，城乡结合处往往成为重点发展的地区，由此就需要对社区重建、改建等。于是，不仅流动人口面临着搬家的问题，公益组织也面临着同样的问题。搬迁不仅为寻找新社区带来不便，更重要的是失掉了在原来社区已经积累的大量经验、人力资源，失掉了在原来社区已经建立好的网络。而在新社区中，公益组织工作人员要从宣传自身，以及和社区成员建立友好关系等最基本的事务重新开始。

五 相关的政策建议

（一） 积极协助其解决注册问题

注册问题是从事流动人口服务的公益组织最为关心的问题之一，政府可以通过多种途径努力解决其注册问题。建议要求此类组织提交之前3年的详尽工作报告及其财务报告，认真鉴别其工作性质，如果经过评估确定属于社会公益性质的，应进入绿色通道，帮助其尽快在民政注册。

（二） 以多种形式提供资金和人力帮助

政府首先可以提供资金上的帮助，可以通过相关基金会调拨资金，扶持社区公益组织的发展，或者对进行捐助的企业团体提出表彰和奖励；同时在人力资源上，可以帮助宣传招募志愿者，联合各高校制定相关政策，为参与志愿活动的大学生提供减免学费或学分奖励等；将企业对社区公益组织的贡献纳入慈善筹款活动，并且将对社区公益组织的帮助作为相关慈善排行榜和社会贡献排行榜的考量因素之一。

（三） 为公益组织提供活动空间

社区公益组织往往活动空间不足，针对这点，政府可以通过居委会协调，以较低的价格或免费将房屋租给这些组织，让流动人口享有更多活动空间。另外，公益组织所在社区一般环境较差，卫生条件不好，政府可协调相关部门投入更多精力治理，为社区居民创造一个尽量安全、干净的活动环境。

B.25

丰台区新城区建设中拆迁问题与对策建议

李新民　綦建国　郑晓红*

按照丰台区政协常委会的工作部署，区政协城乡建设和管理委员会与区民革、民盟、民建、民进、农工党5个民主党派以及工商联一道，组成"丰台区新城区建设中拆迁问题与对策"联合调研组，自2010年3月16日至5月20日，采取走出去与请进来、听情况与实地考察、深入座谈与广泛征求意见相结合的方式，开展了一系列的调查研究活动。调研组比较全面地了解了丰台区近年来的各类拆迁情况，并在反复研究讨论的基础上，形成了调研报告。

一　丰台区拆迁工作现状

2010年以来，丰台区委、区政府高度重视拆迁工作，围绕"城南行动计划"，加大了重点工程拆迁和城乡违法建筑拆除力度。一方面结合丰台区拆迁工作实际，及时制定了"丰台区拆迁市场价评估指导意见"及《丰台区关于〈北京市集体土地房屋拆迁管理办法〉的实施意见》，有效缓解了拆迁中的矛盾；另一方面，将拆迁责任主体下移与区领导分工挂帅重点拆迁地区相结合，确保拆迁工作取得了明显进展。丽泽商务区B6、B7地块和C9地块回迁安置房项目的拆迁工作基本完成。南苑棚户区一期项目动迁工作启动，已签订房屋拆迁补偿安置协议2339户，其中：公房972户，私房1367户，占总数的76%；拆除房屋2300户，拆除房屋面积10.1万平方米。在整个动迁工作期间，没有发生一起群体上访和安全事故，受到了各级领导和绝大多数搬迁群众的好评。区住建委承担的重点工程拆迁项目27项，其中道路17项，轨道6项，国铁3项，其他项目1项（翠林小区22号楼）。上述项目拆迁住宅5509户，拆迁企业建筑面积139万平方米；已完

---

* 李新民、綦建国、郑晓红，丰台区政协。

成拆迁 2896 户（2009 年完成住宅拆迁 1022 户），完成企业拆迁 75.2 万平方米。

以葆台村、六圈村、造甲村、大井村、张仪村、石榴庄村为代表的旧村改造项目拆迁及建设进展顺利，做到了上（政府）下（群众）满意，征地方、集体和个人满意，效果显著。

全区拆除违法建筑取得明显成效。自 2006 年至 2010 年 4 月初，全区共计拆除违法建筑 2511 处，拆除出租大院 674 处，总面积达 399.4 万平方米，为推进丰台区城市化建设、保证重点工程建设和促进城乡社会经济健康发展，打下了较好的基础。

调查中也了解到，由于拆迁主体不一样，拆迁政策不统一，在一些重点工程建设、市政基础设施建设、绿化隔离地区建设、危旧房改造、土地储备等项目的拆迁中，也引发了一些矛盾和纠纷，给拆迁工作增加了难度，有些项目的拆迁进展缓慢。

二 拆迁中的主要问题

（一）被拆迁户滞留严重

城市开发建设和旧村改造是分批分期进行的，由于市场和环境的变化，有的被拆迁群众对未来产生了"不确定"心理。一是拆迁补偿标准跟不上市场价格的快速上扬，导致前期补偿标准低于后期补偿标准，不仅引发了前期搬迁户的强烈不满，也导致了后期搬迁户滞留观望而拖延搬迁。例如：万年房地产开发有限公司 2002 年开发的万年花城项目至今 8 年，分三期开发。一期拆迁按市场价每平方米 4300 元补偿，农民回迁房按每平方米 3800 元回迁；二期拆迁按每平方米 7500 元补偿，三期拆迁按每平方米 12000 元补偿。但二、三期农民回迁房仍按一期每平方米 3800 元的价格回迁，形成同一宗土地前后拆迁政策不对应，导致一、二期被拆迁农民反映强烈，第三期被拆迁户滞留观望的被动局面。二是有的征地项目在运作过程中，没有办理征地手续，没有进行转工、转居和人员安置；有的虽然进行了安置，但由于工资待遇低，加上农民上楼后的实际支出高于搬迁前的支出，农民感到自己的生活水平在征地拆迁后不仅没有提高，反而下降了，因此对搬迁没有积极性，甚至产生了抵触情绪。

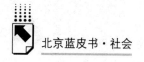

（二）依法强拆受到制约

司法强制拆迁是解决拆迁中无理要求问题的有效手段，而实际操作中一些本应按法规实施的强制拆迁因种种原因无法实施，导致出现"钉子户"现象。由于相关法律法规不健全，少数被拆迁群众片面理解《宪法》和《物权法》赋予公民的权利，提出高于拆迁补偿标准两三倍的补偿要求；有的村民侵街占巷非法建设房屋，特别是在宅基地上翻建二层楼房或多层楼房用于出租，比如夏家胡同、五里店、南苑和大红门地区违法建筑最高有五六层，给拆迁带来难度，又无法实施强制拆迁。

（三）拆迁管理工作缺位

相关单位或部门存在管理工作不到位、应对措施不及时、群众工作不细致、配合协作不同步、能力水平不适应等问题，也是影响拆迁拆违工作的重要原因。另外，少数拆迁公司的工作人员钻空子，帮助被拆迁人提出不合理要求，从中捞取好处，不仅在群众中造成极坏的影响，而且助长了滞留户提出无理要求的风气，从而增加了拆迁的难度。

（四）信访比例居高不下

据统计，2007～2010 年初，区信访办共接待受理涉及征地拆迁类的信访问题 367 件，涉及 4410 人次。2009 年全区重大项目中涉及征地拆迁矛盾和纠纷的问题占重大项目中各类问题总量近一半。归纳上访诉求，一是反映了征地拆迁没有按照国家和北京市相关法规和政策执行；二是反映了拆迁安置补偿政策不合理，希望突破政策；三是征地拆迁过程中的租赁纠纷问题；四是征地拆迁的历史遗留问题等。

三 主要问题的成因分析

（一）房屋管理法规滞后，执法困难

房屋建设管理和拆迁方面的法律法规滞后，导致依法管理、依法拆迁困难。

《中华人民共和国土地管理法》中对农民的宅基地在"四至"方面有明确的规定，而对宅基地内的建设行为并没有明确的限制性规定。由于20世纪90年代初农村停止了宅基地审批，农民只有在宅基地内增建住房，才能解决因人口增加带来的住房紧张问题。同时，不少乡办和村办企业因跟不上市场经济发展的步伐而停产，职工下岗无收入，纷纷在自家的宅基地上建房出租维持生计。农民在宅基地内增建房屋又没有可依据的法律法规和可操作性的审批办法，村干部点个头就算是同意，在宅基地上增建房屋没人过问就等于是默认。长此以往，农民们误认为在自家宅基地内建房并不违法，也用不着经政府部门审批。对上述违法建筑如何界定，目前的法律法规没有明确的规定。

违法建设与当事人的利益紧密相关。拆除其违法建筑，就等于是拆掉了其安身之所，砸了其赖以生存的饭碗，断了其财路，被拆人势必设法抵制拆除，由此形成了拆违的行政行为与当事人维护自身利益行为的激烈冲突。而在实际拆迁中，有的违法建筑给补偿，有的违法建筑不给补偿，又进一步引发了尖锐的矛盾和纠纷，给执法和拆迁工作带来很大难度。

另外，对群众的法制宣传不到位，遏止违法建筑的管理机制和防控体系不健全也是违法建筑层出不穷、加大拆迁难度的重要原因。

（二）拆迁补偿标准不统一，引发不满

根据土地的不同性质（国有、集体所有）和被拆迁人的不同身份（农民或居民）实行不同的安置补偿方式；同一地区适用的政策不同，其补偿安置的方式和标准也不同；同时，各征地拆迁主体在把握补偿安置的尺度上各不相同，导致同地不同价，补偿标准和安置方式差异很大。然而，被拆迁人往往不会考虑补偿安置政策的客观依据，只关注自己得到的补偿数额是否合理。特别是在城中有村、村中有居的农居混杂地区，追求拆迁待遇平等的互相攀比之风非常突出，如果不能满足要求，被拆迁人就拒绝搬迁。如南苑棚户区改造项目中，公产房的拆迁安置补偿政策与私产房的政策不一致，公产房一间13平方米的房子，可无偿分配一套58平方米的两居室；而私房户一间15平方米的房子要分到一套58平方米的两居室，按1∶1.7折算后，还需要再花10万元左右。对此，私房户认为不公，反映强烈。由于拆迁政策不一致而形成滞留户，是目前各类拆迁项目中存在难题的主要成因。

（三）房地产价格上扬，影响拆迁

房屋价格的上涨，造成补偿价款与购房价款之间的差距拉大，影响群众搬迁的积极性，延缓了拆迁的进程。房地产开发投资与商品房销售价格每年以较快的速度递增，而拆迁补偿虽然也水涨船高，但与高速增长的房价相比，补偿款仍然跟不上当地商品房价格的上涨，因此抬高了被拆迁户对补偿额度的预期。回迁房建设滞后，安置房源不能及时到位，也是影响拆迁进度的一个重要原因。由于安置房项目的建设滞后或建设周期过长，被拆迁户受市场环境的影响，总觉得是坐着"没底的轿子"，不知道自己拿到补偿款后将来能"安身何处"，不知道在市场千变万化的情况下，手上的补偿款是否能够买到预期的房子，特别是被拆迁人原住房面积小，即使按市场价给予货币补偿，也买不起附近同等面积的住房。因此，被拆迁人强烈要求提高补偿标准或就近安置上楼。

（四）拆迁安置政策不完善，难解后忧

目前，征地拆迁的补偿和安置政策对于农民来讲都是一次性的。面对一次性的补偿和安置，农民往往会与以往的征地拆迁情况作比较。比较后，农民普遍认为转居、转工不如不转。在依法征地不得不转的情况下，就借征地拆迁的机会争取实现个人利益的最大化，达不到心理的预期，便拒不搬迁。产生这种现象的根本原因在于现有政策没能满足农民对稳定就业和社会保障等长远利益的需要，未能消除失去土地后农民的后顾之忧。因此，面对征地拆迁，农民要求用土地换保障的呼声非常强烈。

（五）拆迁行为不规范，滞留趋增

"先搬迁者吃亏，后搬迁者实惠"。在各类拆迁项目中，或多或少存在漫天要价、不满足要求就拒不搬迁的滞留户。拆迁人为了不影响工期，降低开发成本，往往采取妥协的态度，以满足少数滞留户的要求来换取尽早开工。这种解决问题的方式，无意中形成了"老实人吃亏"的不良导向，致使后期拆迁项目中，以各种理由拖延搬迁的人越来越多。

四　解决问题的建议

（一）　发挥政府主导作用，规范补偿安置行为

鉴于征地拆迁中各种矛盾和纠纷，大多源于补偿政策不统一、安置工作不规范，建议政府从完善和规范拆迁政策着手，统一规范各类拆迁补偿安置行为。针对国家重点工程的征地拆迁，建立以乡镇为单位的补偿协调机制。借鉴王佐镇的经验，将各村集体土地以乡镇为主体统筹，由乡镇根据各村实际情况，统筹平衡，做好对农民的补偿和安置工作。对民营企业开发的项目建立必要的干预机制。如对万年花城存在的问题，一方面指导其调整前后拆迁的补偿标准，平衡对拆迁农民的补偿问题，帮助其扭转目前面临的困局，推进樊家村的改造进程；另一方面，针对农民转居、转工后的就业和社会保障问题，明确征地方的责任和义务，建立必要的监管制度，保证被征地的转工、转居农民今后生活水平不降低，社会保险不中断。建立严格的防范措施，防止开发商把钱赚走了，把矛盾和问题留给政府的现象发生。

（二）　加快回迁房源建设，力争随拆迁随安置

本着先建后拆的原则，超前规划，建好备足用于搬迁的安置房源。实践证明，环境优美、生活便利、质高价廉、布局合理的回迁房源，对提高拆迁效率、降低拆迁成本、加快拆迁进度具有明显的促成作用。建议推行先建后拆的回迁机制，作为规范房地产企业开发的前置条件，没有解决安置房源的不允许动迁。可以考虑采取股权融资、发放政府债券或资本债券、银行贷款，鼓励民间资本参与开发，以多种灵活变通的方式，多渠道筹集资金，加快拆迁安置房的建设。研究用足用好北京市关于允许绿化隔离带地区的农村，在剩余土地上建设公租房的政策，鼓励各村在全区统一规划指导下，利用剩余土地开发建设用于城市拆迁的安置房、廉租房或周转房，并以政策规定或协议的方式，明确和保证有关农村从中应得的利益。

（三）　优化农村土地变性，维护农村集体经济

绿化隔离带建设是市政府做出的一项惠及全市人民的重大举措。截至2009

年底，全区已完成绿化面积 2610 公顷，占规划绿地的 58%。这些绿地已经建成，成为城市公共绿地的一部分，但土地征用手续未完成，仍然是农村集体用地，没有享受到公共绿地的待遇，不仅给集体经济发展造成了影响，也侵占了农民应有的利益。随着北京市郊野公园建设的不断发展，应该研究考虑丰台区已经建成的一些符合郊野公园规模和形式的绿地项目，按照土地变性程序，分期分批地实现其土地国有化，让农村集体经济得到应有的补偿，从而保证农民的利益在城市的发展建设中不受损害。同时，在产业用地的使用和储备上要充分考虑近期利益和长远利益的结合，保证农村集体经济持续健康发展的需求，并利用土地储备的收益金和上市时的溢价部分，解决好农民的社会保障问题，让农民带着资产、拿着股份、揣着保障跨入城市化进程。

（四）研究针对涉拆企业的政策，促进地区经济发展

坚持实事求是、因地制宜的原则，研究涉迁企业的拆迁搬迁问题。在调研中了解到，有些涉迁企业不仅每年的纳税在千万元以上，还提供了大量的就业岗位。应根据建设规划的实际情况，提前与涉迁企业商量，共同研究企业动迁的具体方案，给企业留足搬迁时间，而不能说拆就拆。否则，既影响企业的生存发展，也影响地区投资环境和税收。应立足于保护涉迁企业的合法权益，扶持其继续发展，稳定就业，制定过渡性优惠政策。可以考虑对拆迁后其纳税关系继续留在本区的企业，按新入驻企业对待，享受税收和社会保险等方面的优惠政策。同时积极创造条件，为符合丰台区产业布局规划和产业发展方向的企业，就近安排新的经营场所，积极帮助企业协调解决在拆迁过程中自身无法解决的问题和困难，切实关心企业的生存和发展，维护丰台区良好的投资环境。

（五）建立司法拆迁机制，防治无理滞留现象

强制拆迁既是解决拆迁中无理滞留的有效手段，也是维护绝大多数被拆迁人利益和公共利益的必要行为。在拆迁过程中，难免有将个人的无理要求凌驾于公共利益之上、不满足其要求就拒绝搬迁的滞留现象。对此，应整合行政及司法资源，依据《中华人民共和国行政诉讼法》第六十六条"公民、法人或者其他组织对具体行政行为在法定期限内不提起诉讼又不履行的，行政机关可以申请人民法院强制执行，或者依法执行"之规定，依法予以治理。治理过程

中，将有情操作与依法行政、公开透明与接受监督相结合，注重发挥人大代表、政协委员及人民内部矛盾调解机构、法律援助机构的作用，在对无理滞留户做到仁至义尽、反复做思想工作无效的情况下，坚决实行强制拆迁。同时，善用媒体资源宣传政府部门的依法行政，在公众中形成正义和法制的社会导向。

（六）加强拆违控违制度建设，依法拆除城市违建

目前，违法建设已经成为破坏城市环境，影响城市形象，阻碍城市发展，危害城市安全的一个"顽疾"，应该认真研究制定有效措施和办法，彻底根治违法建设行为。第一，依据《中华人民共和国城市规划法》，研究制定丰台区《房屋建设管理办法》和《违法建筑处理办法》，从法制上规范全区各类房屋的建设行为，为依法管理和行政执法提供依据。第二，在深入调查摸底的基础上，本着尊重历史、实事求是的原则，针对违法建筑形成的年代、原因和使用性质的不同，研究不同的解决办法，并依此制订拆除违法建筑的年度计划。第三，研究建立"以拆控违、以控保拆、拆控结合"的拆违控违长效机制，在严格防止新的违法建筑产生的同时，加快做好已依法认定的违法建筑拆除工作。

（七）改进拆迁工作的方式方法，保证和谐公正拆迁

坚持公开、透明、和谐拆迁的原则，着力提高拆迁工作的能力和水平。第一，认真总结全丰台区各类征地拆迁工作中的经验和教训，大力推广丽泽拆迁、南苑棚户区拆迁，以及葆台村、六圈村、造甲村、大井村、张仪村、石榴庄村等旧村改造拆迁的好经验好做法，不断完善和规范拆迁工作。第二，认真开展对村级组织工作人员和各类拆迁工作人员的培训，加强拆迁政策、相关法规、有关制度的学习，进一步提高把握政策和公开、公平、公正、阳光拆迁及做好深入细致思想工作的能力和水平。第三，在各类征地拆迁工作中坚持走群众路线，建立和创新公示听证、决策论证、深入下访、民意征集、畅通诉求、法律援助等民主参与拆迁工作的方式方法和工作机制，增加拆迁工作的透明度。通州区和朝阳区的实践经验证明，让征地拆迁工作在群众参与的阳光下运行，不仅能有效化解拆迁中的矛盾纠纷，实现和谐拆迁，也是加快拆迁进度的有效途径。第四，坚持正面

引导，杜绝不良导向。认真借鉴通州区在国际新城核心区建设拆迁中的奖励政策及做法，根据被拆迁户签订搬迁协议的先后顺序，优先挑选安置房源，并适当提高对协议期内率先搬迁者的奖励额度；对无理拒不搬迁者，应让其付出一定的滞留成本，全力营造"老实人吃香"的社会氛围。第五，加强考核监督，完善责任机制，把控制拆迁事故发生率、群众上访率和拆迁效率作为考核工作成绩的重要标准。对那些违法拆迁、暗箱操作、营私舞弊、损害群众和公共利益的行为及当事人，要从严追究其责任。

B.26

京郊农村"聚变式"城市化
背后的制度变迁

尹志刚　潘建雷 *

一　本次调查研究简介

1. 研究的社会背景

北京市政府在 2010 年进行大规模"城中村"改造建设与城市土地储备工程，直接关系到城乡结合部 50 个"挂账村"的大规模城市化。"城中村"改造与土地储备是两个紧密相关的工程，其实质是政府运用行政和市场两种手段，通过房地产开发和住房建设置换农村耕地和农民宅基地，用土地置换金为农民建立社会保险，进而促生一场"聚变式"城市化。

崔各庄乡位处北京市朝阳区东北部，辖区面积 31 平方公里，下辖 15 个行政村、1 个社区居委会；属地户籍人口约 2.1 万人，其中农业户口约 1.1 万人，居民户口约 1 万人，流动人口超过 15 万人，是户籍人口的 7 倍以上。根据北京市 2004～2020 年战略规划，崔各庄乡被纳入北京城区扩张版图。到 2010 年底，全乡 15 个行政村中已有 6 个完成拆迁，其他 9 个行政村的拆迁工作也将列入议事日程。

2. 研究目的

与土地储备相伴生的整村、成片大区域的农村拆迁，催生京郊农村"聚变式"城市化，也伴生出许多问题，例如土地的所有权与收益分配、村乡集体资产的处置、拆迁补偿标准、"转居"和未"转居"农民的长期生计等。概言之，拆迁前后的社会生态形同遭遇一次地震性重构。

"聚变式"城市化，意味着社会变迁的短期、高压"阵痛"，其间原体制和

---

* 尹志刚、潘建雷，北京市委党校。

历史积留的问题将浮出水面，社会剧烈变迁催生的新矛盾也将接踵而至。本文试图在调研资料和数据支撑的基础上，探索崔各庄乡在土地储备（下文简称土储）拆迁过渡期间如何采取有效措施应对各种挑战，完成农村管理体制向城市管理体制的转变。

3. 调研方法

本次调查的对象是崔各庄乡 6 个土储拆迁行政村的全部育龄妇女[①]，采取问卷调查与集体访谈相结合的方法，调查时间为 2010 年 8 月。问卷调查以随机抽样的方式发放 280 份问卷，全部回收。同时选择有代表性的 30 个家庭的育龄妇女，根据访谈提纲，进行了两组集体访谈。

本报告依据问卷调查数据和访谈记录撰写。

二 被调查对象的基本情况

1. 年龄

被调查育龄妇女的年龄（264 人填答）平均为 39.81 岁，集中在 31～50 岁（223 人，占 79.6%，有效百分比为 84.5%，见表 1）。该群体特有的家庭主妇身份及年龄结构，可以较为全面、真实地反映出对土储拆迁家庭的生计及可持续发展的影响。

表 1 被调查对象的年龄分组

单位：人，%

年　龄	人　数	百分比
30 岁及以下	30	11.4
31～40 岁	95	36.0
41～50 岁	128	48.5
50 岁以上	11	4.2
共计	264	100.0
未回答	16	
总　计	280	

---

① 本次调查是朝阳区崔各庄乡政府研究人口和计划生育的课题，故调查对象是育龄妇女。相对所有土储拆迁家庭，育龄妇女家庭的调查数据和资料具有普遍性。

2. 就业与职业

261 名被调查对象填答，在业（含租赁经营）和务农占 68.9%，表明多数被调查对象从事有偿的工作。其中务农仅占 6.1%，从产业结构看，该地区已经基本城市化了。失业和从事家务劳动的被调查对象占 17.6%（见表 2）。

表 2　被调查对象的就业状况

单位：人，%

就业状况	人　数	百分比
退休	7	2.7
内退	5	1.9
在业（含租赁经营）	164	62.8
务农	16	6.1
失业	28	10.7
家务	18	6.9
其他	23	8.8
共计	261	100.0
未回答	19	
总　计	280	

3. 工作单位

工作单位性质一项有 233 人填写，填答"其他"选项的高达 81.1%（见表3）。这一数据与崔各庄乡地区主要产业是房屋租赁——俗称"瓦片经济"相关。

表 3　被调查对象工作单位的性质

单位：人，%

工作单位性质	人数	百分比
党政机关	2	0.9
事业	14	6.0
国企	9	3.9
私企	10	4.3
三资（含外企）	2	0.9
个体	7	3.0
其他	189	81.1
共计	233	100.0
未回答	47	
总　计	280	

土储拆迁前，被调查对象家庭多以房屋租赁为主要经济来源，这与表2有六成左右妇女填写"在业（含租赁经营）"可以相互印证。有正式工作单位的妇女仅占16%。这与崔各庄乡地处城乡结合部，经济和产业处在大调整中，缺少大型企事业单位入驻，经济和社会发展相对落后有关。

4. 户籍

被调查对象的户籍以农业为主，占了69.5%，非农户籍占30.5%（见表4）。这与目前崔各庄乡地区人口近50%的城市化水平有一定差距。据此，可以推测本次问卷的调查对象多为从事房屋租赁的农业户口的家庭。土储拆迁期间，这些家庭的房租收入没有了。回迁后，即便还有房子可以出租，租金也会大大减少。土储拆迁地区农民家庭的生计必然成为当前及未来相当一段时间的困境和难点。

表4　被调查对象的户籍

单位：人，%

户　籍	人数	百分比
非农业户口	80	30.5
农业户口	182	69.5
共　　计	262	100.0
未　回　答	18	
总　　　计	280	

调查数据还显示，被调查家庭中丈夫的情况与妻子差不多：单位性质选项，选择"其他"的占62%；70.2%为农业户口；在业的占了60%。差异较大的是文化程度选项，丈夫高中及以下占了84.8%（妻子占79%），其中初中占了55.5%（妻子占44.7%）。

5. 文化程度

被调查育龄妇女的文化程度（262人填答），小学及以下水平的仅占4.5%；初中最多，占44.7%；高中为29.8%，高中及以上占50.8%，大专及以上占21.0%（见表5）。崔各庄乡育龄妇女与2009年北京女性受教育年限的水准（10年）基本持平。

表5 被调查对象的文化程度

单位：人，%

文化程度	人数	百分比
不识字	3	1.1
小　学	9	3.4
初　中	117	44.7
高中(中专)	78	29.8
大　专	37	14.1
本科及以上	18	6.9
共　计	262	100.0
未回答	18	
总　计	280	

调查数据显示，土储拆迁家庭的育龄妇女的总体受教育程度不低，但她们的受教育程度与在业、在职状况似乎有些不符，就是说，这一群体的职业状况理应更高一些。同时，她们的受教育程度与土储拆迁后的创业和就业想法也不符（除去出租房屋外，多数被访对象缺乏再就业的动机和行为）。京郊农民的受教育程度不低，但是她们的城市化和现代化意识和行为却明显不足。这从一个层面揭示，大城市城乡居民较高的社会保障和福利，已经在一定程度上形成了发达国家才有的"保障依赖"和"福利陷阱"。这种依赖心态将会妨碍"转居"农民的可持续发展。

6. 婚姻

被调查对象以已婚且为初婚的妇女为主，占86.4%，而未婚、再婚、离异、丧偶、同居、事实婚姻等其他各种婚姻状态总共为13.6%。

问卷调查了已婚妇女的籍贯，即娘家所在地。30.7%的被调查对象娘家在外省市，在北京市的占69.3%，其中25.9%在本村（见表6）。

已婚妇女的籍贯揭示出她们的婚嫁地理半径：即便是在崔各庄乡这样的京城近郊，农民的社会流动也不高。这势必在一定程度上限制当地村民的眼界和事业，进而会制约她们在城市化中的发展。对相当一部分农民家庭来说，土储拆迁可能意味着"一夜暴富"，但是却使他们陷入不能合理规划城市化后个人和家庭可持续发展的困境。"有钱的困惑"，成为京郊农村城市化值得深思的一种社会

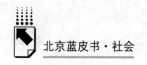

表6　被调查对象的娘家所在地

单位：人，%

娘家所在地	人数	百分比
本村	71	25.9
本乡	28	10.2
本区	34	12.4
本市	57	20.8
外省（直辖市）	84	30.7
共计	274	100.0
未回答	6	
总　计	280	

现象。政府及相关部门在指导拆迁家庭统筹兼顾、合理消费、积极稳妥委托投资和创业方面，还有很多工作可做。

三　土储拆迁期间基层社会和政府面临诸多风险和挑战

土储拆迁期，拆迁家庭至少要在两年后才能迁入新居。其间，数千家庭分散居住在各地的临时住房，造成阶段性的全员人户分离。在这种特殊时期，基层社会和政府的各项工作出现了宣传教育难、信息采集难、服务管理难。土储拆迁过渡期给基层工作带来诸多新的风险和挑战。

（一）过渡性住房增加了基层政府服务和管理的强度和难度

土储拆迁后和回迁前有一个住房临时过渡期。被调查家庭（272户填答）过渡期的住房有三种方式。其一是租房，根据不同的租房地点可分为两种：一是在本乡其他村租房，二是到其他乡或区县租房。其二是借住，一是借住在亲戚家，二是借住政府提供的临时过渡房。其实借住通常也不是无偿的，价格上可能比市场租房略微便宜一些。如果将借住也视为租房的另一种形式，那么，租房和借住两项合计为245户，占90.8%。其三是住自有房产，一是迁往自家别处房产居住，二是购买商品房居住，合计为24户，占8.8%（见表7）。

表7 被调查家庭过渡性住房的类型

单位：人，%

分 类	具体方式	回答人数	百分比	合计	
				户数	百分比
租 房	在本乡其他村租房	70	25.7	225	82.7
	到其他乡或其他区县租房	155	57.0		
借 住	借住亲戚家	19	7.0	22	8.1
	住宿政府提供的临时过渡房	3	1.1		
自有住房	迁往自家别处的房产	9	3.3	24	8.8
	购买商品房居住	15	5.5		
其 他		1	0.4	1	0.4
共 计		272	100.0		
未回答		8			
合 计		280			

（二）过渡期临时住房分散，常规联系和管理服务管道不畅

根据崔各庄乡的崔各庄村、望京村、北皋村、索家村、东营村和善各庄村6个行政村的统计，拆迁户临时住房分布呈现以下特点。

1. 过渡期临时住房总体分布呈小集中、大分散

崔各庄乡实施土储拆迁的6个行政村，共有育龄妇女家庭2496户。拆迁后的临时性居住地的总体分布情况是：朝阳区1816户，占72.8%；北京其他区县669户，占26.8%；北京市外11户，占0.4%。

统计数据显示，拆迁户临时住房呈现小集中、大分散的特点，居住人口由密到疏呈发散状态，即从崔各庄乡和望京乡向朝阳区临近各街乡、再向邻近区县逐渐扩散。数千家庭人户分离，居住地分散，距离远，探访居住在远郊区县的家庭，往返需要3～4个小时，给基层政府各种上门服务工作带来极大难度。

2. 过渡期临时住房大多集中在朝阳区内各街道、乡镇

在朝阳区内临时居住的家庭共有1816户，占总家庭数的72.7%（见表8）。

表8　过渡性住房在朝阳区内各街道/乡镇的分布

单位：%

分　布	崔各庄乡	望京街道	东湖街道	来广营乡	酒仙桥街道	将台乡	孙河乡	东坝乡	左家庄街道	其他街乡
占本区户数	20.9	24.9	12.7	6.5	10.1	4.4	3.8	2.1	1.2	13.4
占总户数	15.2	18.1	9.2	4.7	7.3	3.2	2.8	1.5	0.9	9.8

3. 朝阳区外过渡住房分布在各个区县

土储拆迁期间育龄妇女家庭在朝阳区外居住的共有 680 户，占总户数的 27.3%（见表9）。

表9　过渡性住房在朝阳区外的分布

单位：户，%

分　布	顺义	昌平	东城	西城	丰台	海淀	通州	怀柔	大兴	其他区县	市外	区外合计
户　　数	403	60	29	24	39	43	35	8	8	20	11	680
占区外户数	59.2	8.9	4.3	3.5	5.7	6.3	5.1	1.2	1.2	2.9	1.6	100.0
占总户数	16.2	2.4	1.2	1.0	1.6	1.7	1.4	0.3	0.3	0.8	0.4	27.3

拆迁前，村民多年居住在同一个社区，磕头碰面，守望相助。现在，分散临时居住在陌生的社区，没有熟悉的亲友和邻里，"匿名性"的生活空间给基层政府工作带来极大的风险和挑战。此外，两年甚至更多的时间内，再次搬家也时有发生，如果联系不上，服务对象会在视野内消失。

四　土储拆迁——"聚变式"城市化背后的制度变迁

问卷及访谈对土储拆迁期间乡政府与村集体最应该办理的急事、土储拆迁后家庭可持续发展两个问题进行专题调查，试图发现当事家庭在过渡期的主要困难，及其对未来生存和发展的一些打算和预期。

（一）土地储备拆迁后的家庭可持续发展的计划

1. 对土储拆迁后家庭可持续发展的想法

土地储备作为加速推进城市化的工程，其实质是通过用土地出让收益及相关保障和福利政策来置换城郊农民的土地所有权。对于农民家庭而言，土储拆迁后，将失去原有耕地和宅基地。因而如何维持家庭可持续发展，就是每家每户都不得不慎重思考的问题。

土储拆迁以后，家庭持续发展计划选项有236户填答（见表10）。列第一的选项是"置买更多的房子，通过出租房子来维持生计"，由于崔各庄地区先前大量存在以出租房屋为主的"瓦片经济"，土储拆迁后，把多余住房或更多购房来继续从事房屋租赁势必成为群众的惯性思考和行为。

表10　土储拆迁后家庭发展的想法

单位：户，%

想　　法	户数	百分比
自己投资或创业	26	11.0
置买更多的房子,通过出租房子来维持生计	87	36.9
参股村集体经济,入股分红	58	24.6
在政府给予的基本保险之外,购买商业养老与医疗保险	48	20.3
其他计划	17	7.2
共计	236	100.0
未回答	44	
总　　计	280	

列第二位的选项是"参股村集体经济，入股分红"。村民寄希望于股份制经济，把各家暂时不用的拆迁款聚集起来，通过货币变股权，入股分红，增加收入，这说明崔各庄地区村集体经济对群众还有一定的影响力。企业通过资金变资本，聚少成多，发挥规模效应，这的确是农民城市化的一条可持续发展之路。

列第三位的选项是"在政府给予的基本保险之外，购买商业养老与医疗保险"，这与被调查育龄妇女年龄偏大（31～50岁占79.6%），绝大多数是独生子女家庭，农村养老和医疗保险覆盖面不够、保险水平偏低，父母未来养老风险大、变数多等密切相关。即便是将来"农转居"后，"转居"农民获得与市民一样的社会保险水平，依然难以抵御因病致贫等风险，政府和社会要鼓励群众购买商业养老和医疗保险。

列第四的选项是"自己投资或创业"，尽管选择率不高，但这是农村城市化最值得倡导的康庄大道，也是"转居"农民向富裕和中产市民流动的康庄大道。

近郊农村的土地储备政策导致一夜之间出现众多百万、千万富翁，当事农民陷入了"暴富的困惑和陷阱"，出现了不少令人费解的行为和现象。如何引导土地置换后急剧富裕起来的农民实现可持续发展是当务之急。土地置换使得农民有了货币资金，能否让农民把货币资金转向创业投资和长期稳定就业，是地区和家庭可持续发展的核心问题，是农村、农民加速城市化的必经途径，同时也是充满风险的途径。当前急需的是政府和社会组织为农民的投资创业提供咨询、策划和指导。

集体访谈中，土储拆迁之后的家庭可持续发展也是被调查对象最关注的问题。

提问：回迁后没土地了，大家对家里生活收入、生计有什么建设性想法？是就业？还是出租房屋？

育龄妇女 A：这些问题我们没想过，以前我们有出租房屋挣的钱，少的每月有 2000~3000 元，多的上万元。每月就有人送来。现在没房了，就是吃"死钱"了。

育龄妇女 B：现在还没考虑出租回迁房的事，两年后才能给房，就是出租房子的房租也不够生活费。

育龄妇女 C：会做短期的小投资，小额的债券投资，就是比银行利息高点的投资。还有就是金、银之类的小额投资。现在还没拿到房，等拿到了，就自己住一套再出租一套。

育龄妇女 D：三险（养老、医疗和失业三项保险）现在都自己交。有做物业服务等工作的想法。

育龄妇女 E：有的个体（经营）风险太大，我们怕赔钱，如果乡里给安排个工作就最好了，我们会踏踏实实地干。

育龄妇女 F：自己干个体太劳神，伺候人的活儿又不愿意干。家里上有老下有小，就这么对付了。

提问：假如乡里投资办个超市，大伙自愿入股分红，大家怎么想？

育龄妇女 G：我们现在就是人心太散，没人牵头。我们要找也要找个值得信任的人，才敢放心投资。

提问：拆迁后，对家里生计有无担忧？有什么办法去克服？

育龄妇女 H：担忧。现在就是物价涨得太快，而且普遍在涨。

育龄妇女 I：现在没工作，高端的工作我们干不了，打扫卫生的低端工作不愿意干。

育龄妇女 J：电脑什么的我们去学需要的时间太长，短期内也学不会。

育龄妇女 K：有心无力，要照顾家里。

育龄妇女 L：家里现在就没有外来收入。

育龄妇女 M：如果乡里现在帮着大家搞再就业活动什么的，会积极响应。我们现在是高不成低不就，又得顾着家里。

育龄妇女 N：家里房有很多，但是租不出去，还不能卖（安置房属于经济适用房）。

育龄妇女 O：现在不知道拆迁后"农转居"的时间和劳动力安排的事，这是我们比较关心的。

育龄妇女 P：现在刚拆迁完，手里有点钱，但自己创业不容易，现在都等着乡政府来安排。

育龄妇女 Q：回迁房只免两年物业费，两年以后要交包括暖气费、停车费、水电费，这个钱怎么解决？

育龄妇女 S：物价高又没工作，我们很担心以后的生活。

育龄妇女 T：现在有钱就出去国内旅游、出国旅游、买车，也没想过以后长远的生活。

育龄妇女 U：我们也知道不为将来做打算不好，但是也没办法。

育龄妇女 V：投资买房钱不够。

提问：现在拆迁后买车的人有吗？

育龄妇女 W：现在拿到拆迁补偿款后买车的人很多，而且普遍都买好车。现在买 20 万（元）的车就显得很没面子。

2. 拆迁期间乡政府与村集体最应该办理的急事

问卷列举若干乡政府与村集体最应该办的急事，让被调查对象选择（多选）。超过 50% 的人选择了给老年村民上养老、医疗等社会保险；近 40% 的人选择了落实职业培训，促进农民就业；33.6% 的人选择了村委会通过集体筹资方

式，购买商用店铺，村民集体入股经营分红。

在需要被调查对象自己填写具体想法的"其他"选项中，所占比重相对较小，填答人数多为1~2个。填答内容涉及给居民发放生活费，解决教育问题，尽快盖房，"转工"、"转居"、转户口，等等。

调查数据显示，社会保障问题是土储拆迁后群众的头等急事（超过50%），紧随其后的是就业和家庭生计问题（40%）。在失去原有耕地和宅基地，丧失出租住房的现有条件下，仅拥有现金补偿款的群众，忧虑的是面临的家庭经济收入、生计等诸多风险。在土储拆迁中，地方政府首先要为既失地又失业的村民补办各种社会保险，解决其后顾之忧，保证生活安定，随后要进行就业的技能培训和指导，引导农民再就业，使拆迁群众能够重新安居乐业。

"授之以鱼，不如授之以渔"，但散在千家万户的大量的拆迁补偿款并不能直接成为"渔"，地方政府应合理引导群众进行投资。北京市政府应当调查研究，出台政策或制定法规，由市、区、乡三级政府出资，同时引导创业者出资，共同筹划创立"转居"农民创业风险基金，扶持"转居"创业先行者走好前几步。同时，政府应组织专门机构，为成千上万家庭的土储拆迁补偿款的集资、投资，提供可靠、可信的市场中介服务。

（二）大望京——土地储备模式的探索

北京中心城区城乡结合部面积约753平方公里，分属227个行政村。土地储备是将其中的141个行政村区划内建设用地的开发与城乡一体化改造相结合，通过土地储备和一级开发，实现村庄的整治改造，这就是土储城市化模式。这一模式以大望京村为代表。崔各庄乡现行的土储拆迁即是该模式的延续。

崔各庄乡大望京行政村城乡一体化试点主要有四个方面的内容：①实施环境整治，优化区域环境；②整体搬迁上楼，改善农民居住条件；③提高产业发展水平，解决就业增收和社保问题；④推进配套改革，创新体制机制。同时，还实施了三项配套改革。一是按照《北京市撤制村队集体资产处置办法》（京政办发〔1999〕92号）规定，妥善处置大望京村集体资产。二是建立乡级统筹的经济管理体制。尽管大望京村是村级核算单位，但是为了保证全乡农民在规划实施中的利益平衡，大望京村改造工作在乡域内统筹解决。按照"资产变股权，农民当股东"的方式，将崔各庄乡各村经济合作社改制为股份经济合作社。同时组建土地股份合作公司，各村作为公司股东，出资比例依据各村集体土地占全乡集体土地面积的比例确定。三是按照城市管理要求，建立与城市化相适应的城市管理体制。[①]

（三）京郊土储拆迁、城市化与"转居"农民可持续发展的模式探索

1. 土储拆迁在城市化进程中的特殊作用

城市化就是政府花钱赎买农民的耕地和宅基地吗？就是农民失地上楼吗？就是让失地农民有房住、有职业干吗？总体来看，大望京模式的建构主要是基于政府视角的城市化。尽管这一模式考虑到农民的权益和生计，但对农民在土储拆迁之中和之后的制度性可持续发展的关注远远不足（见图1）。

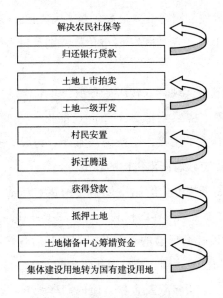

图1 土地储备的大望京模式

2001 年诺贝尔经济学奖获得者斯蒂格利茨提出："中国的城市化将是区域经济增长的火车头，并将产生最重要的经济利益。"[②] 城市化是一个主要由市场机

---

① 谭少容：《北京朝阳区大望京村：试点城乡一体化，破解城乡结合部发展难题》，城市化网，2009 年 7 月 7 日。

② 顾晴：《斯蒂格利茨：城市化将使中国成为世界领袖》，城市化网，http://news.dichan.sina.com.cn，2010 年 9 月 10 日。

制导向的历史变迁过程，是一种经济发展现象，是人口、经济、社会结构优化转换的聚集，是人口的城市化、非农业化的集中、生活空间的转换、观念意识的转化，是交易效率即社会整体经济效益提升的一个过程。城市化的核心载体在于城市规模的扩大与城市交易效率的不断上升。城市化不仅是简单的行政面积扩大、"农转非"、"农民上楼"，等等。城市化的本质是消灭城乡差别，终极目标是实现城乡一体化。

土储拆迁是正常城市化进程中的非常方式，即通过政府的行政手段，用房产置换近郊农民的耕地和宅基地，加速推进城市化的进程。

2. 土储拆迁催生"聚变式"城市化的实践与制度建构

从制度建构看，城市化要进行一系列制度创新，以实现"转居"农业和农民经济、社会可持续发展的制度衔接。本文尝试从政府、村集体和农民的三个视角来讨论土储拆迁催生的"聚变式"城市化，特别是三者各自的发展路径及其统筹的可能性。

（1）政府——创新并实现"农转居"各项公共服务制度的衔接

从基层政府角度看，应紧紧把握土储拆迁催生"聚变式"城市化的契机，创新"农转居"各项制度的衔接，坚持为民置产、为民增收的可持续发展的目标，完成农村政府向城市政府派出机构的转型。

其一，基本公共服务均等化的制度创新与衔接。在基本公共服务领域，让"转居"农民享有与城市居民同样的权利、同样的项目和同样的标准，尤其是要尽快实现"转居"农民社会保险的普适化，解决其后顾之忧。当前，要积极探索具体的整合路径，如已经达到和超过退休年龄的农民，政府要用土地出让收益为他们补足养老、医疗缴费年限及金额，使他们享受与城市居民一样的社会保障。没有达到领取社会保险年限的在职人员，为其补足此前应缴费年限的费用①，此后的社会保险费由本人续缴。

其二，土地流转及其收益补偿制度。积极争取在土地储备和开发中，为村民争取地产增值的收益，如在一定年限内，每年支付"转居"农民一定数额的土

---

① 养老保险最低缴纳年限为180个月即15年时间；医疗保险为男职工30年、女职工25年，达到退休年龄可以申请享受养老金待遇和医疗报销。例如，从事有职业收入3年的转居人员，没有缴纳各项保险金，政府用土地出让收益为其补足3年的各项保险费用。

地出让或流转收益，使"转居"农民能从土地市场化中获得实在的利益，以降低"转居"风险。

其三，房产置换宅基地制度。要设计用于农民自身居住和供出租的住房补贴制度，使农民由土地所有者转换为房产所有者和收益者。力争允许村民或村集体有购买新建小区商铺的优先权或优先价，以及集体经营商铺的权益。进而探索"农转居"之后地区股份合作经济的发展。积极扶持并规范房产中介等市场机构，为"转居"家庭出租、出售房屋提供中介服务。

其四，职业培训及就业制度。政府从土地出让金中预留用于"转居"农民的职业培训金和就业促进金。利用城市化的机遇，招商引资发展本地区的优势产业，为本地"转居"农民提供更多的就业机会；同时积极为农民提供各种就业培训，出台政策鼓励他们择业、创业。

其五，"转居"补偿金的资本化运作制度。探索建立"转居"家庭投资的服务中介，探索政府与民间合作共建"转居"投资风险基金。培养"转居"人员的理财观念，开拓健康保险的理财途径。正确引导消费观念，对赌博、高消费等不理智行为进行批评和劝诫。

（2）村集体——把农村集体经济转化为城市社区股份制经济

从村集体的角度看，城市化就意味着如何主动、及时把握政府与市场以资本置换土地的契机，把农村集体经济转化为城市社区股份制经济，为"转居"家庭和个体提供创业和就业的新机遇。

其一，推进农村集体资产股份制改造。村集体要在计算农民工作年限和人口等主要因素的基础上，通过清产核资，对原有集体资产进行股份制改造，使"转居"农民成为原集体资产的股东，并享受分红。

其二，创办新型合作社或股份制公司。村集体在迈向城市化进程中，要牢牢把握住市场化的机遇，打破城镇居委会不能从事经营性事务的定式，在法律允许的范围内，创办新型的社区合作社或股份制公司，形成资产共筹、风险共担、收益共享的新型城市社区股份制经济，使地区经济和"转居"家庭获得可持续发展的新生机。

其三，实现从村委会向居委会的转型，提供更好更多的城市社区公共和公益服务。

（3）农民——积极融入市场经济和城市化大潮，实现"资源"变"资本"

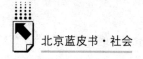

的制度性跨越

从农民的角度看，土储拆迁要促进"转居"农民家庭及个体在城市化背景下的可持续发展，关键是把农民、农村原有的各种资源转变为市场交易的资本（见图2）。

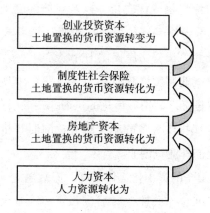

**图2 土地储备及城市化进程中农民
家庭可持续发展模式**

其一，人力资源转化为人力资本。一是从原村民转变为城市的职业工作者。这需要进行人力资本的再投入，如通过文化学习提升文化水平，通过职业培训获得专业知识和技能，通过获得城市就业岗位进而获得工资、劳动保险和福利。二是从原村民变为城市个体经营者。三是从原村民变为投资经营者。后两者不仅要有人力资本的提升，特别是驾驭市场和经营风险的特殊人力资本，还要有一定数额的资金。

其二，土地置换的货币资源转化为房地产资本。一是集体土地资源转化为集体房地产资本。就是说，在土储拆迁中，村集体变现原有的集体资金，或通过集体和村民集资，用于购买有经营收益的房地产，如铺面房、超市用房等，使原来的村民变为市民和房地产股东，进而通过集体经营这些房地产，使股东有财产性收入。二是家庭土地资源转化为房地产资本，即家庭把拆迁费用来购买更多的出租用房，使家庭有财产性收入。

其三，土地置换的货币资源转变为投资创业资本。土储拆迁的补偿费使原村民获得了一大笔资金。货币资源转变为资本的关键是，鼓励和引导村民把各种拆迁收益用于投资。需要指出的是，无论是个体经营者还是公司经营者，其投资都有一定的风险，而刚刚步入市场的农民最缺乏的是这种投资风险意识和能力，投资需谨慎。

其四，土地置换的货币资源转化为制度性社会保险。购买城市居民各项社会保险（养老、医疗、失业、工伤和生育等保险），使原村民得到规避社会风险的制度性保障。具体做法是，在拆迁补偿款分给各家之前，预留缴纳各种保险的费用，同时鼓励和引导他们购买养老和医疗商业保险。

综上所述，崔各庄地区土储拆迁催生的"聚变式"城市化，面临着土地置换资本、土地置换房产、土地置换职业与保障等一系列制度创新的挑战。迎接挑战的机遇是如何使原有农村集体经济转化为更具效益和活力的城市股份制经济，让"转居"农民获得创业和就业的新动力和新路径。这种挑战和机遇相辅相成，既是化解土储拆迁各种矛盾的良方，也是城市化的必经之路。

B·27

城乡一体化发展与宣传思想
工作创新研究*

苏 民

一 城乡一体化背景下宣传思想工作
面临的难点与突出问题

朝阳区城乡一体化加速发展，引起经济社会的深刻变化，也给宣传思想工作带来种种挑战。当前，朝阳区宣传思想工作面临一系列严峻的问题。

（一）宣传思想工作面临的难点

1. 难以提高凝聚力

主要表现为，宣传思想工作对干部群众的号召力不够、影响力下降、凝聚人心的作用降低等。根本的原因在于：①利益格局变化。原先依托于村镇集体经济组织的集体利益可能正在减少甚至消失，集体经济基础被削弱，集体意识严重淡化，利益个体化倾向明显。②利益诱惑增多。在城市化的进程中，农民的宅基地、自建房、土地资产及各种农业资源、生产要素都面临巨大的市场升值空间，在巨大的利益诱惑面前，传统的宣传思想工作显得贫乏，缺乏吸引力和凝聚力。如，奥运村地区拆迁在 2007 年前比较顺利，一般一年内就可完成，但随着房价快速攀升，2007 年的拆迁就碰到了 37 个钉子户。③攀比、观望心理严重。不同村庄、不同时期拆迁政策各有不同，导致部分村民攀比观望心理严重，也削弱了宣传思想工作的凝聚力。④新的管理体制建立和理顺要有一个过程。农村基层社会组织被打破，需要重新组建，也使得宣传思想工作缺乏坚固的组织基础。

---

* 中共朝阳区委宣传部与北京市社会科学院联合课题组成员：苏民、白志刚、郭春岭、杨松、王静。执笔人：苏民，北京市朝阳区委宣传部。

2. 说服难度加大

主要表现在：①遇到的阻力在加大。单纯的说教难以解决和回答人们的思想认识问题，不能让人信服。②遇到的难题在增多。在城乡一体化进程中，仅靠宣传思想工作难以解决群众的各种实际经济利益问题。③成本在加大。解决一件事情需要反复、多次做宣传思想工作，而且效果可能还不理想，宣传思想工作投入的人力成本、时间成本、协商成本等都在加大。④干扰在增多。主要是外部舆论、环境氛围等对宣传思想工作有干扰和影响。

3. 增强吸引力有困难

主要表现在：①宣传力度不够。城乡一体化区域面较广，涉及村镇、人口众多，存在宣传力度不够、不到位的情况。②感染力不够。宣传思想工作在打动人心、凝聚人心方面缺乏有效的办法和手段。③亲和力不够。宣传思想工作贴近实际、贴近群众方面还有待于改进。④抗干扰能力不够。在当前信息高度发达、面临各种资讯的情况下，群众的注意力很容易被其他各种舆论引导、吸引甚至控制。

4. 难以形成合力

主要表现为：①社会舆论资源整合能力不够强。在城乡基层，由于组织机构的调整变化，宣传思想工作部门对舆论资源掌握不够充分，各自为战，形不成合力。舆论分散，信息泛滥，抵消了宣传思想工作的凝聚力。②社会关系协调能力不够强。宣传思想工作部门对社会单位、社会组织的协调关系能力不够强，难以形成各部门齐抓共管、联动协作，使得思想工作陷入被动、宣传部门孤掌难鸣。③社会动员和社会组织能力较弱。城乡一体化进程打乱了原有的基层管理格局，部分地区的基层管理处于松散甚至瘫痪状态。宣传思想工作部门在社会动员方面建设和投入薄弱，基层根基不牢，社会动员和组织能力较弱。④聚合能力不够强。在部分旧村拆迁改造中，宣传思想工作的聚合力还有待提高。

（二）宣传思想工作面临的突出问题

1. 价值取向多元化

价值取向多元化是我们面临的一个严峻的现实问题。由此带来的意识形态的控制力、引导力都有待加强。在朝阳区农村基层，价值取向多元化主要表现为外来的多元文化与根深蒂固的传统文化并存，各种价值观念交织在一起，不断发生

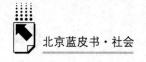

碰撞。

宣传思想工作一个老生常谈的问题，就是理论与实际脱节。当前的主要表现是，理论宣传与现实需求脱节，理论对现实问题的解疑释惑能力不强。

2. 道德观念发生变化

在当前朝阳区经济社会发生急剧变化的情况下，社会传统的道德观、价值观、利益观受到空前挑战，一些新的观念大举进入并被人们逐步接受和认可，由此导致是非标准模糊，例如人们对金钱利益的追求渴望、对拆迁中个人利益的积极主张、对时尚消费主义的接受、对个人隐私和个体性格的尊重、对离婚再婚情人等情感话题的宽容，等等。种种变化中的观念，有的可以理解，有的可以接受，有的需要矫正，有的需要引导。但在现实中，宣传思想工作不到位，这些观念往往一股脑儿不加分辨地被全盘接受，导致是非标准模糊。

3. 是非标准模糊不清

传统文化与现代文明的激烈碰撞，新旧道德观念的交织，一方面是因循守旧、小富即安、自我封闭、孤陋寡闻的小农意识和观念仍然存在；另一方面许多传统美德又被抛弃，实用主义主导，拜金主义、享乐主义、极端个人主义、重利轻义等思想滋生。

4. 行为表现失去规范

相当一部分群众面对快速城市化及其带来的种种新变化，有的感觉茫然，有的感觉不适应，有的得过且过，行为表现失范。如，有的村民拆迁得到补偿，一夜暴富后挥霍享受，讲排场，比阔气，"富了口袋、穷了脑袋"，沉醉于打牌等低级趣味游乐或赌博等违法活动之中，不思进取，不懂得如何安排未来城市生活；也有个别的村民对拆迁和安置政策不满意，在网络上散发对现实、对政府不满的言论，漫天要价，无理取闹。凡此种种失衡的行为，都给宣传思想工作带来新的课题。

5. 公共文化供给缺失

公共文化供给不足，公共文化服务建设项目少，农村公共文化设施落后，农家书屋、农村电影放映、秧歌会等公共文化活动少，政府购买农村公共文化服务的力度不够。普通群众特别是低收入群众基本公共文化服务需求得不到满足，基本公共文化权益得不到保障，基本公共文化活动开展、推广困难。

6. 体制外宣传不够有力

我们的宣传思想工作还停留在体制内，擅长传统的宣传思想工作方式方法，对于体制内的宣传思想工作有一套成熟的经验和做法，也有一套较完善的发动体制和机制。但对于体制外的宣传发动，比如如何发动社会公众参与朝阳区建设、如何完善社会动员机制、如何应对境外媒体、如何回应社情民意、如何应对意见领袖、如何整合社会舆论和信息资源等方面，则显得力不从心，缺乏手段和办法。

二　城乡一体化背景下宣传思想工作的新思路

宣传思想工作只有自觉适应政治、经济、文化、社会和科技发展的新形势，不断创新，才能始终保持旺盛的生命力。要增强宣传思想工作的创新能力，首先要在战略谋划上进行改进，要对宣传思想工作有更恰当、更准确的定位。其次要在内容上进行改进，要从科学发展和改善民生的需求方面创新宣传工作的新内容，使之真正切合实际，为群众喜闻乐见。再次要在方式方法上进行改进，要跟上科技迅速发展、新媒体不断增多的步伐，不断创新适应媒体发展需要的宣传思想工作的新途径、新方法。

（一）宣传思想工作的新定位

1. "软实力"的创造者

城市的"软实力"① 由一个城市的文化、价值观念、管理制度、城市品牌、创新能力等诸多元素构成，是一个城市综合竞争力的重要组成部分。根据中国的国情，宣传思想工作可以成为而且也应当成为城市软实力的主要组成部分，这是时代赋予宣传思想工作的新任务。第一，宣传思想工作部门是基础理论创新、思想观念创新、公共文化培育、社会风气养成、公民道德培养、城市形象塑造等软实力的主要创造者、传播者和引导者，理应成为城市软实力的重要代表者。第

---

① "软实力"（Soft Power）一词，20 世纪 90 年代由哈佛大学教授约瑟夫·奈创立。他把"软实力"概括为导向力、吸引力和效仿力，是一种同化式的实力，即一个国家思想的吸引力和政治导向的能力。

二，宣传思想工作的性质和特点，有助于把全社会创造的公共文化、城市形象聚合起来并传播出去，对城市软实力的形成起到了直接推动作用。第三，宣传思想工作创造出政通和谐的社会关系、人际关系，可以凝聚人心，稳定社会，促进和谐，提升文明，可以促进政治、经济、文化和社会的科学发展，本身也是软实力的重要体现。

2. 新文化的引领者

在当今时代，新思想、新理念、新文化层出不穷，宣传思想工作不能被动地接受和应付新思想和新理念，而应当成为新思想、新理念的引领者。为此，宣传思想工作应当从以下几个方面进行功能定位和设计。第一，宣传思想工作要善于总结，提炼新思想、新理念，推进新文化建设。第二，宣传思想工作要善于把握话语权。对于公众关注的社会热点问题，不能回避，要积极介入和关注，要积极主动组织党政干部和专家学者参与探讨。第三，宣传思想工作要善于巧打文化牌。既要树典型、造声势，又要善于将宣传思想工作寓于公众文化活动之中。特别是要建设世界城市，就要策划具有国际影响的大型文化节庆活动。

3. 新媒体的管理者

宣传思想工作部门担负着网络新闻和社会舆论管理者的重任，这是网络时代、信息时代对宣传思想工作提出的新要求。朝阳区处于北京城市国际化发展的先行区，也是社会媒体和网络媒体的集中地。要采取疏堵结合的网络舆论引导政策。要更积极更巧妙地使用新媒体，加强主流网站建设，整合网络资源，实现新闻网站之间、网络与传统媒体之间的信息共享，增强新闻网站的地方特色和互动，做强主流网站，吸引更多网民。要建立区政府网上新闻发言人制度，通过政府信息发布的权威性，切实增强重点新闻网站的公信力、影响力。

（二）宣传思想工作的新目标

1. 增强公信力

重视宣传思想工作是我党的优良传统，也是中国特色社会主义的一种优势。但是，随着时代的发展和社会的进步，原有宣传工作中存在的一些强制性的手段和空泛的内容，使宣传思想工作的公信力有所下降。而公信力就是凝聚力、影响力和号召力，所以增强公信力就应该成为新时期宣传思想工作的一个重要目标。增强公信力，就要在宣传思想工作中更加求真务实，实事求是，讲真话，办实事，努力增加公众的信任度。

2. 增强传播力

传播力就是实现有效传播的能力。对朝阳区宣传思想工作而言，提高传播力，就是要努力提升核心价值理念和主流思想的传播能力，提高宣传思想工作资源的利用效率。要改进传播的方式方法，加强现代信息技术手段的运用。

3. 增强渗透力

宣传思想工作只有赢得人心才能实现潜移默化、润物无声的效果。这就要求宣传思想工作者要研究教育学、心理学，掌握打动受众情感的科学方法；要通过座谈、访谈和问卷调查的方法，详细了解公众关注点和心理需求；要精心设计宣传教育活动的主题，切合实际需要，观点要鲜明，立意要高尚，要有明确的针对性和实效性，活动要注重细节，要增加百姓主动参与的环节，要融教育性、知识性、趣味性为一体，改变过去生硬、直白、枯燥的方法。

（三）宣传思想工作的新机制

宣传思想工作要不断完善"大宣传"的工作机制。

1. 健全社会舆情汇集和分析机制

为了使宣传思想工作更具有针对性和时效性，要建立党和政府主导、宣传思想工作部门具体负责的工作机制。加强对维护群众权益，完善矛盾纠纷排查调处工作制度，统筹协调各方面利益关系，妥善处理社会矛盾的宣传。以解决人民群众最关心、最直接、最现实的利益问题为重点，实现人民调解、行政调解、司法调解有机结合，更多采用调解方法，综合运用法律、政策、经济、行政等手段和教育、协商、疏导等办法，把矛盾化解在基层、解决在萌芽状态。

2. 创新宣传主管部门与协管部门的协调机制

区委宣传部要切实负起组织、协调和指导的职责，注意发挥好区精神文明建设指导委员会、区思想政治工作领导小组、区对外宣传工作领导小组等有关组织的作用。要加强与文委、教委、科委、体育局、新闻出版局、工会、妇联、共青团等相关部门和组织的协调与合作，发挥各部门齐抓共管的作用。

3. 完善街道乡镇和社区与驻区单位的共建机制

街道乡镇和社区，要加强与驻区单位携手共建文明和谐。坚持以爱国家、爱人民、爱劳动、爱科学、爱社会主义为基本要求，以社会公德、职业道德、家庭美德为基本行为准则，加强对社区成员的社会主义教育、政治思想教育和科学文化教育、公民道德行为教育；倡导科学、文明、健康的生活方式和崇尚先进、团结互助、扶正祛邪、积极向上的社区道德风尚，形成健康向上、文明和谐的社区文化氛围。

4. 构建宣传思想工作的全覆盖管理机制

将宣传思想工作覆盖到城乡基层、民间组织和新型经济组织之中，使宣传思想工作不留空白，不留死角，没有盲区，形成管理的网络化、系统化。目前宣传思想工作难以覆盖的对象，主要是新经济组织，特别是"三资"企业和个体、私营企业从业人员以及外来人口（特别是进城务工经商人员）。这些人群居住、生活和工作的地方多数就是城乡结合部地区或城市的基层社区，这些地区正是宣传思想工作的薄弱地区。对这些城市新移民的宣传思想工作是城乡一体化中提高市民素质的重要内容。要充分利用市民学校、社区报、宣传栏等载体，加强法制宣传和文化文明素质宣传，不断提高他们的文化水平和文明素养。

5. 探索新型社会动员机制

所谓社会动员，是指有目的地引导社会成员积极参与重大社会活动的过程。社会动员的目的是为了增加参与的广泛性，提高社会活动的实效性。社会动员的主体是政府组织和社会组织，客体是体制内外的、不同社会阶层的广大公民。

政府组织是社会动员的主要发动者。在我国，政府是进行社会动员的强力部门，具有传统的政治优势，积累了丰富的社会动员经验。要通过党和政府的行政体系，对所辖范围内的全体公众进行广泛的参与动员。在当前城乡一体化的过程中，发挥政府组织社会动员的作用至关重要。

公众参与是一种全新的社会动员路径。在社会动员过程中，要吸引公众自觉参与，发挥公众自我教育、自我宣传、自我管理的作用。在城乡一体化进程中，公众参与可以增强公众对城乡一体化的认同感和归属感。购买民间组织的社会服务也是新型社会动员的一种方法。朝阳区新型经济组织和新社会组织发展快，涉及行业多、系统广、数量大，宣传思想工作要善于发挥非公经济和社会组织的作用。

大力倡导志愿服务。志愿服务是现代社会文明程度的重要标志，在社会动员工作中引进、借助和运用志愿服务，可以极大地提升社会动员效率，节约社会动员成本。

（四）宣传思想工作的新内容

宣传思想工作的内容也必须创新，要注重促进人的心理和谐，加强人文关怀和心理疏导，加强心理健康教育和保健，引导人们理性平和地正确对待多元的利益格局。

1. 实施立体宣传战略

城乡一体化是朝阳区既定的发展目标。要通过各种形式大力宣传城乡一体化对朝阳区发展、对改善民生的重要意义，发挥宣传思想工作在旧村拆迁中的重要作用。在拆迁过程中，要加大相关法规和政策的宣传力度，通过实施立体宣传战略，广泛利用报纸、广播、宣传车、展板、橱窗、横幅、标语、彩旗、公开信、座谈会、咨询会等形式，使相关法规和政策家喻户晓，努力减少城乡一体化过程中的拆迁难度。要主动走访，深入沟通，将腾退补偿安置的有关奖励政策宣传到位，对被腾退人的具体问题解释到位，对不按期腾退造成的个人损失计算到位，引导村民及时签约并获得应得利益。

2. 加强对先进人物和单位的宣传

要大力宣传城乡一体化过程中涌现的先进事迹，通过电视、报纸、网络、书籍、图册等途径，大力宣传表彰先进人物和先进单位，形成正确的舆论导向，促进城乡一体化进程的顺利完成。

（五）宣传思想工作的新载体

现代媒体拥有信息传播的巨大优势，是宣传思想工作的重要平台和载体。朝阳区的传媒产业发展很快，新兴媒体不断涌现。截至 2009 年底，朝阳区规模以上传媒产业单位共计 698 家。朝阳区传媒产业的飞速发展为宣传思想工作拓展载体创造了良好的条件。

1. 高度重视和利用互联网络、手机短信等现代技术平台

互联网和手机短信具有传播信息快捷、传播面广、传播信息丰富等优势，已经成为现代传播信息的一种重要技术平台。互联网络及衍生的信息化产业为宣传思想工作提供了一种崭新的、高端形态的媒体载体。现在，3G 网络已经覆盖全区，网民众多，互联网在朝阳区电子政务建设、公共服务业、农村信息化建设、安全生产监督信息系统建设、各业务部门系统建设、宣传思想建设等领域发挥了巨大的作用。要加强宣传思想工作领域互联网的应用及信息化建设，实行宣传思

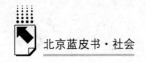

想工作的精细化服务和管理。

2. 充分利用街头媒体等传统平台

户外媒体包括广告牌、宣传栏、橱窗等，具有宣传效果直观、成本低廉等特点和优势。要进一步加强和改进广告牌匾、社区宣传栏、橱窗的管理，加强对街头媒体的宣传利用，扩大宣传思想阵地。

3. 发挥有线电视平台作用

要进一步扩大朝阳有线的宣传，争取延长播出时间，提高节目播出质量，提高收视率。要努力办出朝阳特色，体现朝阳文化。要重点报道和反映朝阳基层状况、朝阳城乡发展、朝阳百姓的身边事。

三　城乡一体化背景下宣传思想工作创新的保障措施

（一）加强组织领导

城乡一体化建设是社会转型期的一个敏感阶段，也是建设朝阳世界城市试验区的一个重要方面。区委、区政府需要对这一时期的宣传思想工作更加重视，将其摆在更加重要的位置，经常听取工作汇报，进行专门研究，在增强机构、人员等方面都给予有力支持，经费投入逐年增加。

作为地方一级党委领导下的宣传部门，要提高对民生问题和朝阳国际形象的认识，认真贯彻中央和上级宣传部门的有关精神和部署要求，从实际出发，结合地方党委的中心工作要求，协调各部门，整合资源，充分调动各方面力量，创造性地开展工作。宣传思想工作要把握好正确的舆论导向，把握好个人利益与公众利益的宣传尺度，坚持以民为本，重视维护农民和被拆迁人的合法权益，维护法律的尊严和社会的正义公平。

朝阳区各委、办、局部门的领导，也要增强对宣传工作重视的程度，对本部门的宣传思想工作给予更加科学的指导和更大力度的支持，并且对全区的整体宣传思想工作更好地进行配合。

（二）强化队伍建设

做好宣传思想工作，关键在有一支高素质的队伍。要努力建设一支政治强、业务精、纪律严、作风正的宣传思想工作队伍。要引入竞争机制，创新激励机制，调整和优化人才结构，抓住引进、培养和使用人才的各个环节，努力培养高水平的宣传思想干部，造就一批优秀的通讯员、记者和编辑。

首先要稳定和壮大队伍。宣传思想工作是一项专业性很强、能力要求很高、影响力很大的工作，从业者需要具有比较广博的知识、比较厚重的理论基础、对事物新闻价值有敏感性，以及很强的观察能力、研究能力、交际能力、策划能力、写作能力，等等。因此，宣传思想工作的人才是很宝贵的，也是很难替代的。宣传思想工作队伍应该保持比较高的稳定性。领导干部要关心宣传思想工作者的生活和工作，帮助他们解决遇到的困难或问题，尽可能地考虑提高他们的工资、福利待遇和职务提升问题，使他们能够安心顺心、积极热情地进行工作。其次在稳定的基础上，还需要不断壮大队伍，每个街道和乡镇都要配备 1 ~ 2 名专职或兼职通讯员。

加强队伍建设，还要不断提高宣传思想工作者的素质。宣传思想工作的质量、舆论导向水平的高低，归根到底取决于宣传思想工作者的素质。正确的政治方向、坚定的政治立场、敏锐的政治观察力、扎实的理论功底、较高的政策水平，应该是对每一个宣传思想工作者的基本要求。宣传思想工作者，必须努力提高文化素质、政治素质和业务素质，打好理论根底、政策法律根底、群众观点根底、基础知识根底、新闻业务根底，发扬党的宣传思想工作的优良作风、实事求是的作风、艰苦奋斗的作风、清正廉洁的作风、严谨细致的作风和勇于创新的作风。要提高文化素质、政治素质和专业素质，关键是要提高学习研究能力，唯有不断学习，才能与时俱进，不断创新，才能具备快速应变能力，适应新形势新任务的要求。

除了对宣传思想工作队伍的从业人员要做好上岗把关和提出自学要求之外，还要有计划有组织地对他们进行定期的系统的培训。人员培训应包括基层通讯员和业余通讯员，区和街道、乡镇两级宣传干部，党委和政府主管领导与相关部门领导三个层次。其中，对基层通讯员和业余通讯员的培训，重点是提高业务能力；对区和街道、乡镇两级宣传干部的培训，重点放在策划、审定、编辑和公关能力的提高。

（三）完善规章制度

宣传思想工作创新必须有制度安排和制度建设作为保障，完善宣传思想工作

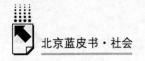

各项规章制度、加强制度建设成为宣传思想工作创新的重要条件和基本保障。

完善规章制度，首先要对宣传思想工作领域的各项制度进行系统的梳理、清理和条理化。对行之有效的制度要强化落实执行，对需要改进的制度要与时俱进地进行修订和完善，对新的管理对象、新的管理领域要及时制定规章制度，使宣传思想工作有章可循、有规可依。

完善规章制度，就是要把宣传思想工作领域近年来重大的创新工作、创新做法、创新活动、创新经验和创新成就等，进行系统总结、提炼和固化，使之制度化、规范化，推动宣传思想工作创新活动持续开展下去，形成宣传思想工作不断创新的内生动力。

完善规章制度，重点要放在体制和机制建设上。通过规章制度建设，理顺宣传思想工作各种体制机制，形成宣传思想工作的强大合力，形成按制度办事、用制度管人的良好管理体制和机制，推动宣传思想工作的不断创新。

大 事 记

Chronicle of Events

B.28

2010 年北京市社会大事记

戴建中　吕 昂 整理

1月1日

2009 年全市地方财政收入 2026.8 亿元，比上年增长 10.3%，完成全年财政收入增长 10% 的任务目标。地方财政支出完成 2135.0 亿元，增长 14.8%。地方财政共投入资金 125.9 亿元，专项用于落实市政府为民办实事项目。

2009 年北京市职工平均工资 48444 元，比 2008 年增加 3729 元。工资最高的三个行业是金融业，信息传输、计算机服务和软件业，电力、燃气及水的生产和供应业，分别为 174183 元、81319 元和 74071 元；平均工资最低的三个行业是居民服务和其他服务业，农、林、牧、渔业，住宿和餐饮业，分别为 21454 元、24881 元和 25078 元。职工年平均工资水平最高的是外商投资法人单位，为 82239 元；其次是港澳台商投资法人单位，职工年平均工资为 68266 元；内资法人单位职工年平均工资水平相对较低，为 44168 元。

市公安局透露，2009 年本市盗窃汽车、抢劫案件得到有效遏制，发案总量降至 10 年来最低。

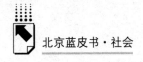

1月2日

2009年本市已形成政府部门监督、企业自检、第三方抽检"三位一体"的北京食品安全监控体系。

1月3日

北京127家重点监测样本企业统计数据显示，元旦3天，全部样本企业销售额达到21.03亿元，比上年同期增长25.8%。汽车、家具、家电等各类卖场更是实现了47.26%的迅猛增长。

1月4日

全市2009年因各类安全生产事故造成1121人死亡。因生产安全事故死亡的122人中，建筑业死亡63人，事故高发态势仍未得到有效遏制。

1月8日

市人力资源和社会保障局公布《北京市基本医疗保险药品、医院制剂报销范围变更内容（五）》，对67种基本医疗保险药品的剂型、报销范围等进行了调整，抗艾滋病用药、青蒿素类药物、开塞露（甘油）3种药品列入甲类可报销范围。

2009年全市市民申办出入境证件146万余件次，较2008年上升10%。其中办理护照50万余件次，赴港澳地区通行证及签注83万余件次，赴台证件13万余件次。

2009年本市广播影视业创收达96.06亿元。2009年北京地区电影票房达到8.04亿元，相比2008年增幅超过50%。61家营业性演出场所全年演出收入达9.33亿元，比2008年增长了59.5%。

1月10日

市总工会启动"两节送温暖"活动，主要关注的有六类特殊群体：一是困难职工、困难劳动模范；二是受国际金融危机冲击至今生产经营仍很困难企业的职工和农民工；三是改制重组和关闭破产企业的职工（包括内退职工）；四是因自然灾害或突发事件致困的职工；五是奋战在一线的职工和代表性人物；六是退休职工。

1月11日

市慈善协会公布，北京2009年共募集慈善资金9940万余元，发放善款7580万元，使4万余位困难群众直接受益。

1 月 17 日

2009 年，本市完成集体经济产权制度改革的乡村累计达到 812 个，52 万农民成为农村集体资产的股东。

1 月 18 日

2009 年，首都公安监管系统实现了"监所安全无事故、民警队伍无违纪"的"双零"工作目标。目前，全市共设立公安监管场所 43 个，其中看守所 22 个，拘留所 19 个，收容教育所、强制隔离戒毒所各 1 个。

北京目前有家庭月人均收入低于 410 元的城市低保对象共 7.4 万户 14.7 万人，家庭年人均收入低于 2040 元的农村低保对象共 4.6 万户 8.3 万人。全市共有生活困难补助对象 4360 多人。

2009 年全市公园风景区共接待游人 2 亿人次，比 2008 年增加了 11%。

1 月 19 日

市人力资源和社会保障局透露，全市已经形成了职工和居民两大相互衔接的养老保障制度，实现了养老保障制度城乡全覆盖，参保人员达到 1163.9 万人。2009 年末，全市参加基本养老、基本医疗、失业、工伤保险人数分别为 827.7 万人、938.4 万人、675.7 万人和 747.1 万人，比上年末净增 69.6 万人、67.4 万人、61.4 万人和 80.5 万人。参加农村新型合作医疗的人数达到 275 万人，净增 2.5 万人，参合率为 95.7%。

1 月 21 日

2009 年，北京实现地区生产总值 11865.9 亿元，比上年增长 10.1%。2009 年北京市人均 GDP 突破 1 万美元，按照世界银行最新划定标准，北京处于中等富裕城市行列。

市纪委公布数据，2009 年北京惩治腐败工作共立案 686 件，结案 455 件，给予党政纪处分 460 人，其中局级 12 人，处级 70 人，挽回经济损失 8068.8 万元；查处各类商业贿赂案件 261 件 278 人，涉案金额 2.77 亿元。

1 月 24 日

2009 年北京政策房完成投资近 300 亿元，比上年同期增长 90%；新开工政策房共 938 万平方米，比上年增加了 135 万平方米；新开工项目包括廉租住房、经济适用住房、限价房及公共租赁房。

1 月 25 日

北京市十三届人大三次会议召开。

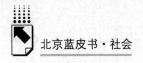

1月26日

2009年北京地区高校毕业生就业率为96.04%，已就业毕业生签约率为82.72%。

2月1日

2009年城镇居民人均可支配收入达到26738元，比上年增长8.1%；农村居民人均纯收入11986元，比上年增长11.5%。全市居民消费价格比上年下降1.5%。其中，低收入层居民消费价格下降1%；食品价格上涨2.4%，非食品价格下降3.4%；消费品价格下降0.3%，服务项目价格下降5.2%，全市商品零售价格下降2.2%。

2月2日

企业退休人员基本养老金按人均200元的标准增长，调整后养老金水平将从月人均1832元提高到2032元，此次调整惠及186.5万人。

2010年工伤职工伤残津贴月人均增加237元，供养亲属抚恤金待遇每人每月增加135元。

2月3日

本市非公经济退休人员将纳入社区管理，与企业退休人员一道享受养老、日常生活照料等社会化服务。

2月4日

北京市2009年为120万妇女免费查两癌。本市女性乳腺癌发病率为59.64/10万，排在女性恶性肿瘤的第一位；子宫颈癌发病率8.78/10万，排在第九位。

2月6日

北京非公经济已成新增就业主体，吸纳了46.2%的单位从业人员。

2月8日

统计显示，北京零售业开放程度居内地城市之首，全球280家世界一流零售商中的101家已经在北京落户，国际零售知名品牌入驻率达到36%。

2月9日

今日晚20时27分，中央电视台新台址在建的文化中心大楼发生火灾，1名消防队员牺牲，6名消防队员和2名施工人员受伤，建筑物过火、过烟面积21333平方米，直接经济损失16383万元。

2 月 16 日

全市近 30 万志愿者春节假日期间上岗。

2 月 17 日

今天本市开始开展节后来京务工人员监测服务工作。今年本市将为至少 2 万名来京务工人员提供免费培训，春节后率先对家政、护工等紧缺行业启动。

2 月 19 日

北京市旅游局发布统计数据显示，春节期间北京旅游总人数达 765 万人次，比上年同期增长 5.1%；旅游总收入达 29.18 亿元，比上年同期增长 11.8%。

交通委发布数据显示，春节假期，本市客运量达 8882.13 万人次，地铁和郊区客运客流增长明显，轨道交通客运量比上年同期增长 16.6%，郊区道路客运量比上年同期增长 34.9%。

工商部门通报，本市节日期间食品合格率为 99.29%。

2 月 22 日

今年开始，农民工高校毕业生可获得政府免费创业培训，培训时间不少于十天。

2 月 23 日

北京出台系列调控性政策抑制房价过快上涨：二套房贷严格执行四成首付比例；境外个人只能在本市购买一套住房；商品房单宗土地出让不超 20 公顷；开发商三日内一次性公开全部房源。

2 月 24 日

北京医院增加护士人力配置，使各医疗机构病区床位与护士比至少达到 1：0.5。一些医院的试点病区陪护率控制在 10% 以下，绝大多数工作要由护士完成。

本市高招体检中将不再检测乙肝表面抗原，仅对高考考生进行转氨酶一项肝功能检测。

3 月 1 日

《北京市绿化条例》正式开始实施。

根据市卫生局的统计，本市手足口病发病率有所上升，2 月 22 日至 2 月 28 日本市共报告手足口病 48 例，比前一周上升 200%，比上年同期上升 37.14%。

3 月 2 日

北京大学公布对北京、上海、广东三地学生学习时间的调查，调查结果显

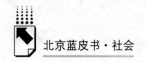

示，北京学生学习时间最长，每天达 12.7 个小时。

3 月 3 日

卫生部公布《医院处方点评管理规范（试行）》，将单张门急诊处方超过五种药品、无正当理由开具高价药等多种处方判定为不合理处方。

市社会办表示，社区服务站今后要逐渐加载心理辅导功能。

3 月 5 日

第十一届全国人大三次会议开幕。

今年北京地区高校应届毕业生将达 21.9 万人，比上年增加 1 万多人。

3 月 7 日

今年本市报名参加高考统招的考生仅有 7.4 万人，再创历史新低。

3 月 9 日

今年，市属高校将增加 30000 在京外招生数量，以缩小地区间高等教育入学机会差距，促进教育公平。

据香港 SAT① 考务部门统计，与 2009 年相比，今年参加美国高考的北京考生增加了 20%。

3 月 10 日

1 月 30 日至 3 月 10 日的 40 天春运中，北京西站上下车旅客达 1065.8 万人。其中上车旅客 518.2 万人，下车旅客 547.6 万人，再创春运历史新高。

卫生部公布新版《医疗知情同意书》范本。范本根据病情不同，引用了近 300 个不同的样板，使患者更好地理解病情，并在其中增加了拒绝治疗选项。

3 月 12 日

2009～2010 采暖季对居民用户供暖时间延长一周，至 3 月 22 日结束。

3 月 14 日

市疾控中心宣布，2010 年 3～5 月份全市将开展外来务工人员流脑疫苗和麻疹疫苗接种。

---

① SAT，全称 Scholastic Assessment Test，中文名称为学术能力评估测试。由美国大学委员会（College Board）主办，SAT 成绩是世界各国高中生申请美国名校学习及奖学金的重要参考。SAT 考试在中国大陆不设考点，只在香港和台湾有考点，因此大陆的考生要到香港或台湾去考。

3 月 15 日

今天，本市持卡就医定点医院再增 109 家。至今，社保卡的使用范围已经覆盖城八区 414 家医院。

北京市总工会透露，今年起，劳模推选将首次采取自荐的模式，在京工作 3 年以上的外来务工者也可参评。最终评选出北京市劳动模范和先进工作者 1200 名，北京市模范集体 200 个。

3 月 17 日

市老龄办介绍，今年全市计划招聘 2000 个养老员，为社区老人提供更优质的养老服务。养老员工资每月千余元。

市人口和计划生育委员会今年将在全市初高中生中发放 75 万册性健康教育读本。

截至目前，北京已完成住宅用供地 670 公顷，其中政策房用地 400 公顷，占到供地总面积的 60%。政策性住房工程预计全年让利于民 500 亿元。

3 月 23 日

首都综治委卫生行业综治工作协调委员会成立。今后，连续发生多起医患纠纷、处理不当而造成当地不稳定的医院将被追究责任。

市卫生局公布数据，2009 年全市新增肺结核患者近 5000 例。目前，肺结核免费治疗政策已经覆盖了本市全部常住人口。

3 月 24 日

3 月 19～23 日，本市遭受了 2006 年以来两次最强的外来沙尘侵扰，连续 5 天大气污染物超标，其中 20 日为今年首次 5 级重度污染。

本市设立 660 个食品安全监测点。

3 月 25 日

本市 2009 年节水 1.1 亿立方米。本市再生水利用率达 65%，居全国领先水平。

3 月 26 日

在外省市发生了几起持刀进入校园砍伤师生事件之后，市公安局文保处下发通知，要求相关单位对本市中小学加强安保。

3 月 31 日

北京市发改委公示 146 种药品最高限价。

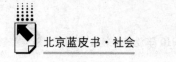

4月1日

市卫生局公布抽样调查数据，71%的居民表示对一般常见病、诊断明确的慢性病愿意先到社区就诊。目前北京市社区卫生服务机构的门急诊总量占全市医疗机构门急诊总量的22%。

北京13个重点地区停车费今起上调。

4月2日

本市将实施新一轮工作日高峰时段区域限行交通管理措施，实施时间为2010年4月11日至2012年4月10日。限行措施包括尾号限行和党政机关、企事业单位错峰上下班等一系列综合措施。

本市共有410所高级中等学校具备招生资格，其中包括278所普通高中、36所中专、64所职高、24所技校以及8所五年制高职。普通高中数量连续三年递减，比上年减少10所。

4月5日

清明小长假3天全市160万人扫墓。

本市平均每百户居民拥有36辆汽车，千人汽车保有量为228辆，接近国际大都市的中等水平。

4月7日

本市首批廉政教育基地授牌。

本市义务教育阶段共有超过40万流动儿童就读，其中68%的孩子在公办中小学就读，在经审批的正规打工子弟学校就读的学生约5.2万人。本市将为外来务工人员子女建临时学籍，所在区县教委有义务安排他们进入公办校接受义务教育。

4月8日

市卫生局公布数据，本市恶性肿瘤的发病率年均增长2.58%，已由本市居民死因的第三位升至第一位，超过了脑血管病和心脏病，成为第一杀手。肿瘤统计一般滞后3年左右，2007年本市共报告恶性肿瘤新增病例32406例，发病率大概为268.99/10万。

4月9日

今年我国将加强外文使用管理，提出对包括英文缩写词在内的外文规范使用方法。国家广电总局要求电视台"屏蔽"NBA、GDP、WTO、CPI等英文缩写词，国家语委也开始了规范英文缩写词使用的行动。

4 月 12 日

市老龄办透露，全市已建成 2000 余个社区托老（助残）所。

4 月 15 日

市地震局针对近日在市民中迅速传播的本市将发生地震的消息进行回应，目前，北京地区的地震活动处于正常水平，近期不会发生破坏性地震。

4 月 16 日

全市 1807 所中小学校视频监控系统覆盖率和法制副校长（辅导员）配置率均达到了 100%。公安机关将把中小学的视频监控系统纳入公安监控平台，强化对 141 万在学未成年人的保护。

4 月 18 日

截至目前，在北京留学的外国留学生人数达到 8 万人，其中来自韩国、美国和日本的留学生最多。

4 月 19 日

本市首支消防应急救援支队成立，救援队主要应对地震、水灾、化学品泄漏等 11 项"天灾人祸"。

4 月 22 日

医疗保险职工医保住院最高封顶线将提高，从一个年度 17 万元调整为 30 万元。在职职工住院报销比例从 70% 调整为 85%，退休人员报销比例由 85% 提至 90%。同时门诊报销比例也将提高，在职职工在大医院看病报销从 50% 提高到 70%，在社区看病，无论是在职职工还是退休人员都能报销 90%。

《北京市 2010～2011 年深化医药卫生体制改革实施方案（征求意见稿）》开始上网征求意见。方案主要针对四个方面：针对优质医疗资源供求；针对群众反映强烈的看病难问题；针对看病贵的问题；针对市民急需健康教育的问题。

本市"小升初"政策公布。海淀区 7000 名打工子弟将和辖区内的北京学生一样参加大派位，在公办学校就读的还可以参加推优入学及特长生录取。

4 月 23 日

北京物业管理行业协会首次发布普通商品住宅物业服务成本，电梯能源费最高，每部电梯每年 17198.02 元，其次是电梯维护检测费，每部每年 9169.86 元，而管理服务人员的平均月薪是 1656 元。

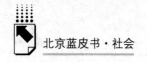

4 月 25 日

执法部门介绍,本市城八区每天约有 2000 多辆"黑车"载客揽活。

首届北京社会公益活动周今天落幕。活动期间,10 万多市民参与公益活动,在活动中感受了"公益北京、温暖之都"的温馨。公益活动周旨在传播社会公益理念、推动社会公益活动。

4 月 26 日

启动山区搬迁工程以来,全市已有 5 万山区农民走出大山,221 个村从北京地图上消失,24 万亩山林恢复生态。24 万亩林地每年可吸收二氧化碳 11 万吨,造林价值相当于 6000 万元。

4 月 27 日

市地税局公布调查数据,纳税人有 69.32% 最关注知情权;其次是税收监督权,占 14.91%,税收救济权占 9.09%,这些反映了纳税人对权益保护问题的期望。

4 月 30 日

今天,《北京市人民政府贯彻落实国务院关于坚决遏制部分城市房价过快上涨文件的通知》公布并开始实施。

市教委今天启动校园安全管理预案,升级校园安防,家长及外来访客进出校园必须由教师接送,以此防止师生在校园内发生安全事故。

5 月 3 日

国家统计局北京调查总队公布 2009 年度公众对城市环境保护满意率调查结果,公众对 2009 年本市环境保护的总满意率为 70.91%,比 2008 年提高了3.95%。这项调查包括空气质量、水环境质量、噪声污染、垃圾、环保宣传教育以及是否知道 12369 为环境投诉热线等六个方面。

5 月 4 日

2010 年"五一"假期,全市共接待国内旅游者 436 万人次,同比增长 17%;旅游总收入 14.2 亿元,同比增长 11.8%。全市 125 家重点流通样本企业的 3279个店铺监测样本企业累计实现销售额 23.9 亿元,同比增长 18.3%。

5 月 7 日

本市按住建部、国家发改委和环保部三部委联合下发的《生活垃圾处理技术指南》要求,大力推进生活垃圾分类工作。本市将通过地方立法,提出严于全国的要求，强制推进垃圾分类。

5 月 9 日

北京市社情民意调查中心进行的调查显示，北京户籍人口占租房者的 45%。

5 月 11 日

市委组织部等 10 家单位联合发布《"海聚工程"2010 年人才引进专项工作计划》，将在全市教育、科技、卫生系统，国有企业、非公经济组织和重点产业功能区引进一大批海外高层次人才和海外专业技术人才。海外人才在入选"海聚工程"后，可享受 100 万元奖励，在出入境手续办理、子女入学等方面享有优惠政策。

5 月 12 日

2000 人的专业化校园安保队伍今天在全市 500 所中小学及幼儿园上岗。由专业保安看护校园将成为长效机制。

朝阳警方通报，天上人间、名门夜宴、花都、凯富国际等 4 家娱乐场所因有偿陪侍和消防安全问题，被责令停业整顿。

5 月 14 日

本市正式启动农村贫困残疾人免费体检活动。

5 月 17 日

市住建委等 10 部门共同发布《北京市房地产开发企业经营行为专项检查实施方案》，哄抬房价、捂盘惜售、不执行房价"一套一标"等开发商违规行为将面临更严厉的打击。

5 月 19 日

本市医保制度已覆盖城乡 1400 多万人，低保制度实现了城乡困难群体的应保尽保，养老保障制度在全国率先实现了城乡全覆盖。

5 月 20 日

本市再生资源日均回收 1.3 万吨。

市国土局今天公布 2010 年的土地供应计划，全年将供应住宅土地 2500 公顷，比上年的实际供应量增加 968 公顷，增幅为 63%。土地供应向城南倾斜，约占全市土地供应量的 30%。新增面积中 7 成以上都是政策性住房及 90 平方米以下的中小套型商品房用地，将用于居民的自住型和改善型住房需求。

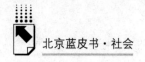

5月23日

北京青年压力管理服务中心发布《2010中国大学生就业压力调查报告》。调查结果显示，期望月薪主要集中分布在2000元至5000元范围内，有18%的被调查者表示"愿意"接受"零月薪"，大大超出上年1.3%的比例。

5月24日

新版《北京市中小学校学生学籍管理办法》正式启用，新规扩大了本市接收借读生的范围，进一步保障流动人口子女在京接受义务教育的权利；此外，中小学今后将没有"开除"这一处罚。

北京警方将集中在全市幼儿园、小学为学生办理身份证，以方便少年儿童办理社会保险及出行、入学、申请出境等事宜。本市有5.4万名少年儿童有办理身份证需求。

5月26日

《北京市物业管理办法》公布。

5月31日

北京市中小学幼儿园图像监控报警联网主体工程建设完成。校园图像监控初步实现了校园与警方的联网，公安机关可对校园内部及周边治安动态实现全天候远程监控。

6月1日

北京市发改委通知，本市县及县以上医疗机构销售药品，将严格执行以实际购进价为基础，加价不超过15%的作价规定。

6月2日

12345政府服务热线自2007年开通至今，被北京市民拨打的有效次数达447万次，这些来电通过当即答复、电话转接转办、升级诉求等方式得到及时办理，其中90%约400万个反映的问题得到解决。

6月3日

市环保局发布《2009年北京市环境状况公报》，本市主要污染物排放量继续下降，大气环境质量连续11年持续改善，地表水环境质量略有改善，声环境质量基本稳定，辐射环境质量保持正常，生态环境状况良好。

6月5日

本市残疾人就业规模已达8.7万人，其中有3.9万残疾人在社会企业实现就业。市残联透露，5 年来，全市累计新增残疾人就业 21193 人，今后还将以每年 3000 人的速度递增。

6 月 7 日

今天 9 时，8 万多名考生参加本市高中新课程教学以来第一次高考。

6 月 10 日

国家统计局公布房地产市场运行情况数据，北京房价 15 个月来首次回落。

市卫生局发布健康播报显示，北京是全国无偿献血量最大的城市。截至目前，全市累计有 300 余万人次参加过无偿献血，超过 10 次的献血者达到 1.5 万人，其中有 614 人无偿献血 20 次以上。

6 月 17 日

北京市公布《北京市实施〈中华人民共和国节约能源法〉办法》。

市科委发布《关于加强北京市科普能力建设的实施意见》，意见中计划在本市公园、商店、书店、医院、影剧院、图书馆、体育场所等公共场所逐步引入科普宣传设施，将科普知识融入人们的日常休闲、购物、健身生活中。

6 月 28 日

卫生部发布，从今年 8 月 1 日开始，医疗服务中患者使用的药品、医用耗材和接受医疗服务的名称、数量、单价等，医院要向患者提供查询服务或提供费用清单，并实行住院病人费用"一日清"制度和查询制度，千元以上的诊疗项目应当事先告知患者。

6 月 29 日

截至 2009 年底，北京市中国共产党党员 173.9 万名，比上年增加 6.2 万名，增长 3.7%；党的基层组织 7.9 万个，比上年增加 2004 个，增长 2.6%。

国家统计局北京调查总队发布对北京城镇居民住房需求及满意情况调查。调查结果显示，逾七成城镇居民家庭拥有房产。

6 月 30 日

本市所有小煤矿至今已全部停止作业，北京彻底告别延续千年的小煤窑采矿历史。京西房山、门头沟将在原小煤矿分布地区恢复自然环境，发挥其首都生态涵养区功能。

7 月 1 日

北京市撤销原东城区、崇文区，设立新的北京市东城区，以原东城区、崇文

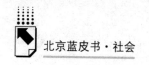

区的行政区域为东城区的行政区域；撤销北京市西城区、宣武区，设立新的北京市西城区，以原西城区、宣武区的行政区域为西城区的行政区域。

本市最低工资从每月 800 元上调至 960 元，预计此次调整将直接惠及 10 万人；非全日制从业人员最低工资标准也由每小时 9.6 元提高到 11 元。

本市再次提高城乡社会救助标准，城市低保标准由家庭月人均收入 410 元调整到 430 元，农村低保最低保障标准从年人均收入 2040 元（月人均 170 元）调整为 2520 元（月人均 210 元）。

从 4 月 11 日起到今天，警方开展的严打卖淫嫖娼专项行动打掉 240 多个卖淫嫖娼团伙，刑事拘留组织、容留、介绍卖淫嫖娼人员 150 余名，39 家娱乐场所因存在涉黄问题被责令停业，445 家涉嫌招嫖发廊遭取缔，卖淫嫖娼警情同比下降 30%。

7 月 7 日

市委常委会研究通过《首都中长期人才发展规划纲要（2010～2020 年)》。

市人力资源和社会保障局发布 2010 年企业工资指导线，即基准线、上线（预警线）和下线分别是 11%、16% 和 3%，对应企业工资增长的平均、最高和最低幅度。

今年高考录取通知书开始送达。

7 月 8 日

71 家医院试点优质护理服务，控制家属陪床率降至 10% 以下。目前大部分医院的护理人力还远远满足不了需求，全市缺少护士 7000 人左右。

7 月 9 日

市政协主席会通过关于提高企业一线职工收入水平的建议案，提出应建立最低工资标准与消费价格指数联动的调整机制，将最低工资标准逐步提高到本市城镇单位职工平均工资的 40%。2010 年政协调查发现，44% 的职工工资不足 2000 元，其中一线职工月平均工资（包括加班费和提成）只有 1670 元，仅为全市城镇单位在岗职工平均工资水平的 35.6%，12.8% 的一线职工 5 年没涨工资；目前已建立工资集体协商制度的企业仅有 1.7 万家。

7 月 11 日

中共中央办公厅、国务院办公厅近日印发了《关于领导干部报告个人有关事项的规定》，今后每年须报告：本人婚姻变化和配偶、子女移居国（境）外、从业等，收入、房产、投资等事项。

7 月 12 日

本市共有 24 所独立设置的高等职业院校，毕业生就业率连续三年超 96%。

"政府购买社会组织公益服务项目推介展示暨资源配置大会"举办。2010 年全市社会组织把社会组织公益项目纳入统一规划，共有 1846 个社会组织申报了 2706 个项目，共筹集社会资金 22.98 亿元，其中已有 177 个社会组织正式启动了 231 个服务民生项目，已使 58 万人次受益。

7 月 13 日

教育部和卫生部联合下发加强学校控烟工作的意见，包括高校在内的任何学校均被禁止在校内出售香烟。目前我国"烟民"超过 3 亿，被动吸烟受害人高达 5.4 亿，其中 1.8 亿是 15 岁以下的儿童，每年约有 100 万人死于吸烟导致的疾病。

市卫生局公布"首都社区居民烟草使用状况调查"结果显示，现在的吸烟者占调查人群的 27.8%，半数不吸烟者被动吸烟。

7 月 18 日

北京市第十三届运动会隆重开幕，比赛时间为 7 月 18 日至 8 月 15 日，共有 6423 名运动员报名参赛。

7 月 21 日

《2010 年北京市引进国内人才专项工作计划》发布，835 个高层次管理和专业技术岗位全国招贤。截至 2009 年底，10 年来共引进国内外各类高层次人才 31866 人。

全市已有 322 个社区卫生服务中心和 1640 个社区卫生服务站正式运行，共建立了 2648 个以医生、护士、预防保健人员为骨干的社区卫生服务团队。152 家二、三级医院对口支援社区卫生服务中心，包括专家到社区出诊、远程提供会诊咨询等。

7 月 22 日

2010 年，北京市人大、政协分别对本市人口问题开展专题研究。根据最新的统计数据，2009 年末本市户籍人口 1246 万人，登记流动人口在京居住半年以上的 726.4 万人，实际常住人口中 1972 万人，《北京城市总体规划（2004～2020年）》所确定的到 2020 年常住人口总量控制在 1800 万人的目标已经提前十年被突破。如果将驻京部队、在社会上散居未登记的和短期来京探亲、旅游、就医的流动人口估算在内，北京的流动人口总量已超过1000万。登记流动人口763.8万人，其中在京居住半年以上的有726.4万人，占95.1%；居住五年以上的有123.2万人，占16.1%；举家迁移的比例逐年提高，达到41.2%。2008年在京接受义务教育的流动人口子女有41.8万人，占学生总数的40%。据市相关主管部门统计，2005~2009年全市成交的商品住宅中，外埠个人购买的有26.6万套，占总量的32.3%。流动人口登记为已就业的占57.4%，其中从事第三产业的有305万人。全市流动人口涉案数由2001年的35314件增加到2008年的56098件，占全市案件的比重由71.4%上升到89.5%。

7月24日

截至2009年底，全市高中教育毛入学率达到99%，高等教育毛入学率接近60%，高考录取率连续10年保持在70%以上。本市人口平均受教育年限已达11.1年，新增劳动力平均受教育年限达到14年，每10万人口中有6700名在校大学生。

2010年196家劣势国有企业重组改制和关闭破产，近10万国企职工需要分流安置。

7月28日

目前，全市共有405个公共卫生与基层医疗卫生事业单位，职工3.4万人。其中，市属单位7个，职工4041人，年平均工资7.03万元；区县事业单位398个，职工3万人，年平均工资5.4万元。今天市委常委会通过了《关于公共卫生与基层医疗卫生事业单位实施绩效工资的意见》，今后这些单位的正式工作人员将领取绩效工资，其工资水平按照与事业单位工作人员平均工资水平相衔接的原则核定。

7月31日

2010年本市各项社保缴费基数从7月份起随职工年平均工资调整，由上年的3726元调整为4037元，上调了311元。

8月1日

从今日起，廉租房申请标准由人均月收入697元调整为960元。截至2010年6月底，本市廉租住房保障家庭已累计达到2.4万户。

8月20日

从1994年至今，本市组织了5次大规模搬迁，把山区采空区、泥石流易发区、生产条件恶劣地区的 13 万余农民搬出大山。市级财政已投入 12 亿元。2010 年共涉及 6000 余农民，其中的散户搬迁已经全部完成，15 个新建村已经开工。

8 月 31 日

北京市的临床用血每年以 10% 的速度递增，无偿献血基本满足本市医疗用血需求。2010 年 1 月 1 日至 8 月 31 日，全市无偿献血人数达 267266 人，采血量 473099 单位（一个单位为 200 毫升）。

2010 年来京的外国留学生比 2009 年增加万余人，目前在京就读的留学生达到 8 万人。

9 月 1 日

今天，全市中小学正式开学。从今年起，本市义务教育全免费，在公办学校借读的打工子弟也将享受免教科书费的待遇。打工子弟在公办学校借读的比例将逐年增加，2010 年将达到 70%，三年内将提高到 90%。

9 月 8 日

市总工会日前发出《关于进一步加快推进工资集体协商工作的通知》，工会将派出工资指导员进入职工月收入低于 1100 元的企业，逐一开展工资集体协商，力争年内全部建立工资集体协商机制。总工会二季度职工队伍状况分析，10% 的职工群体月收入低于 1100 元，60% 的职工群体月收入在 2000 元左右。2009 年北京市劳动仲裁部门受理各类劳动争议案件 73463 件，同比增长 48%，其中因劳动报酬引发的争议约占案件总数的 60%。

9 月 10 日

继 1986 年、2000 年、2005 年调查之后，从今天起到 10 月 31 日开展"第四次全市交通综合调查"，走访 16 个区县的 5 万户约 15 万人，涉及居民出行目的、时间、距离、交通方式，家庭地址、成员、拥有车辆、联系方式，以及家庭成员的职业、年龄、单位地址等各种与出行行为有关的信息。

9 月 13 日

今天，全市近 12 万儿童接种了麻疹疫苗。

9 月 17 日

中午开始出现交通拥堵，19 时左右达到峰值，拥堵路段高达 143 条，创下近几年来拥堵路段最高纪录，拥堵直到 23 时左右才结束。本市机动车持续迅猛增长，截至 9 月 12 日，机动车保有量超过 451 万辆。

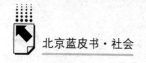
9月29日

市委书记刘淇在今天召开的全市领导干部会议上，强调认真领会最近中央领导同志对北京工作的一系列重要指示，切实解决好以下问题。第一，对人口总量要实施有序管理。要树立起严格控制人口增长的理念，强化控制人口在首都经济社会发展中的基础性作用。要把控制人口过快增长作为首都产业发展的一条重要原则，发挥产业发展对人口规模的调控作用。第二，对交通拥堵要实施有效治理。缓解城市交通拥堵问题要标本兼治，多措并举。要坚持公交优先的方针，加大公共交通建设投入力度，加快重点交通基础设施重点工程建设。特别是要加快构建以轨道交通为骨干、地面公交为主体的公共交通体系，自行车、步行等多种交通方式协调运转的绿色出行体系。第三，经济发展要实现创新拉动。

10月1日

今天是国庆节，40万游客文明有序逛公园。

截至2010年9月底，央行个人征信系统收录自然人数计7.1亿，其中有信贷记录人数约为2.2亿。截至2010年6月底，央行个人征信系统共收录北京地区自然人数1636万人。

10月9日

"2010年10月10日"在新人眼中是个"十全十美"的好日子，11230对新人今天拿到结婚证书。北京市2009年的主动婚检率不超过30%，2010年略有提高，但仍不到四成。

10月10日

科普作家方舟子8月29日在北京住所附近被殴打报案，幕后指使打人的华中科技大学同济医院附属协和医院泌尿外科主任、曾任国家重点基础研究发展规划（973）首席科学家肖传国9月21日被警方抓获，今天被北京市石景山区人民法院判处拘役5个半月。

10月14日

本市首次评选出的10000名"孝星"今天受到集体表彰。"孝星"评选是《北京市市民居家养老（助残）服务（"九养"）办法》的一项重要内容，也是"做文明有礼的北京人"的一项重要活动。

市老龄办发布了《北京市2009年老年人口信息和老龄事业发展状况报告》，

截至 2009 年底，本市户籍人口中 60 岁及以上老年人为 226.6 万人，占全市户籍人口总数的 18.2%，其中百岁老人 417 人。

10 月 17 日

2010 年本市大力推进社会领域党建全覆盖：141 个街道全部建立了街道社会工作党委，1249 座商务楼宇建起了 978 个党建工作站，非公经济组织中创建了 105 个示范点。

10 月 21 日

市卫生局今天发布健康播报，2004～2009 年，本市梅毒报告发病率年均增长 17.51%。2009 年，梅毒在性传播疾病中已超过淋病，位居首位，患者中 20～39 岁这一性活跃人群最多，其次是 50 岁以上年龄组。本市推出十项措施防控梅毒，免费咨询检测纳入日常服务中。

10 月 26 日

2010 年北京市财政投入 1771 万元，用于计划生育药具免费发放。

10 月 27 日

北京警方今天抓获 10 月 21 日在东直门外天恒大厦北侧路边制造爆炸案的犯罪嫌疑人雷森。

11 月 1 日

第六次全国人口普查今天开始正式入户登记。北京市 10 万多名普查员将调查全市 800 多万户居民家庭。

截至 2010 年 10 月底，本市义务教育阶段来京务工人员子女共有 43.3 万人，其中 70% 在公办中小学就读。2004 年以来，市级财政已投入近 6 亿元，保障随迁子女接受义务教育的权利。

11 月 2 日

继 2005 年之后，本市第七次园林绿化资源普查已历时近两年完成。全市林地面积为 104 万公顷，其中森林面积 65 万公顷。全市的林木绿化率、森林覆盖率分别为 52.6% 和 36.7%。郊区 90% 以上的宜林荒山已经披绿；城镇绿地率为 42.6%，城镇绿化覆盖率为 44.4%，各种类型的园林绿地总面积已经达到 6.1 万公顷，大小相当于 212 个颐和园。但森林资源质量总体不高，城市中心区的绿地总量还不够多。

市国土局公布《北京市 2010 年度土地储备开发计划》，本市新增土地储备开发 8000 公顷，其中城乡结合部 50 个重点村整治为 3000 公顷，轨道交通沿线周边将储备 1500 公顷，另有为永定河绿色生态发展带 1000 公顷，通州新城核心区 300 公顷，首钢新兴产业基地 500 公顷，其他区域 1700 公顷。计划拆迁安置农居民约 13 万户 30 万人，疏解流动人口 120 万人。新增的土地储备中，居住用地占 65%，商服及其他用地占 35%。2010 年内住宅用地计划供应量为 2500 公顷，其中一半为商品房供地。在土地储备投资方面，本市 2010 年安排土地储备开发投资 1000 亿元，继续实施政府主导土地储备开发的模式，比例不低于95%。

11 月 3 日

目前全市有 339 家注册公园，分为国家重点公园、北京重点公园和一般公园三级。今天，北京市公布首批重点公园名录，包括圆明园、玉渊潭、地坛、奥林匹克森林公园、石景山游乐园等 36 家公园。颐和园、香山等 10 家市属公园，早已被评为国家重点公园。

11 月 4 日

市卫生局介绍，近十年来，本市肺癌的发病率及死亡率均居"众癌之首"，从 2007 年起，发病率已达到 53.36/10 万。肺癌的发病首位因素是吸烟，90% 以上的肺癌被认为是由于主动吸烟或被动吸"二手"烟所致，和吸烟者生活在一起的人群患肺癌的风险上升 20% 到 30%；此外，大气污染、居住环境的空气污染、烹调油烟等也是重要诱发因素；一些肺部慢性疾病患者，肺癌的发生率也高于其他人群。

11 月 11 日

《北京历史文化名城保护条例》评估报告已经市人大常委会主任会议通过。本市分两批公布了 40 片历史文化保护区，其中旧城区内有 30 片，总占地面积约 1278 公顷，占旧城总面积的 21%，旧城区的历史文化保护区和文物保护单位保护范围及其建设控制地带总面积为 2617 公顷，约占旧城总面积的 42%。目前旧城区范围内共有 1571 条街巷胡同，位于历史文化保护区内的只有 600 多条，其余 900 多条如何整体保护还不明确。

2010 年全市登记犬只数量已经突破 100 万只，养犬人数约 400 万，中老年人是养犬人的主体，约占养犬人总数的 61%。近年来本市登记犬只数量每年增加约 10 万只，还有大量犬只未登记，尤其农村地区登记率很低。

11 月 13 日

1 时，清华大学清华学堂修缮工地发生火灾，过火面积达 800 平方米，楼顶和地板部分坍塌，无人员伤亡。清华学堂属于国家级文物保护单位，市文物局表示："清华学堂是中国近现代教育史最具代表性的建筑之一，火灾对清华学堂的木结构造成了严重损毁。这把大火是十余年来，北京文物古迹遭遇的最大一次灾害。清华大学校领导对于文物管理不够重视是（发生火灾的）主要原因。"

11 月 16 日

市安全生产监督管理局通报本市今年以来的安全生产工作情况。1 ~ 10 月，本市共发生生产安全、道路交通、火灾、铁路交通死亡事故 831 起，死亡 922 人，同比事故起数和死亡人数分别下降 0.8% 和 1%。发生一次死亡 3 人以上事故 20 起，62 人死亡。

11 月 17 日

国务院召开常务会议，部署稳定消费价格总水平、保障群众基本生活的政策措施：增加越冬蔬菜供应，降低农副产品流通成本；对困难群众发放价格临时补贴；增加对家庭经济困难学生和学生食堂的补贴；建立社会救助和保障标准与物价上涨挂钩的联动机制；逐步提高基本养老金、失业保险金和最低工资标准；把握好政府管理价格的调整时机、节奏和力度；抑制过度投机，严厉查处恶性炒作；必要时实行价格临时干预措施。

11 月 18 日

市政府已经批准在集体土地上建租赁房的试点方案，近期已有 5 个农村集体经济组织申请建设租赁住房 1 万多套。利用农村建设用地建设的租赁房，可以市场价格向没有北京户籍的流动人口出租，收益归村集体经济组织所有。

11 月 20 日

2010 年北京地区高校毕业生 21.9 万人，其中京籍毕业生在 9 万人左右。今起至 12 月 30 日，北京地区将开办 80 场招聘会，提供的就业岗位超过 10 万个。

2011 年硕士研究生招生报名结束，全国报名考生 151.2 万人，报考北京地区硕士研究生的也创造历史纪录，达到 26.37 万人。

2010 年，北京市政府提出：政策性住房建设用地占全市住宅供地的 50% 以上；新开工建设和收购各类政策性住房 13.6 万套以上，占全市新开工住宅套数

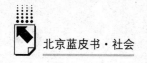

的 50% 以上；加快在建项目建设进度，年底竣工交用 4.6 万套以上。截至今天，上述任务已基本完成。

环渤海流动人口计划生育服务管理区域包括北京、天津、河北、山东、辽宁、黑龙江、吉林、山西、内蒙古、河南十地，区域内流动人口规模超过 5200 万，占全国流动人口总量近 30%，2010 年初启动一系列流动人口计生服务"一盘棋"工作。北京市已婚育龄妇女孕检率达 85%，在京居住半年以上的流动人口计划生育率达到 87.3%。

本市接受人工流产的妇女，户籍人口占 51%，流动人口占 49%；25 岁以下者占 74%，而 18~20 岁的女性比例又占到其中的 82%；未育比率为 55%，首次妊娠的占 31%。人口计生部门一直努力落实计生药具发放工作"进院校、进机关、进工地"，但进校园仍较尴尬，各方反应不一。

11 月 25 日

在京备案的 1100 家劳务企业，建立工会组织的有 800 多家，农民工会员数达到 33 万人。但农民工劳务队伍流动性很高，今后将加大劳务企业工会组建力度，落实农民工"一次入会、持证结转、全国通用、进出登记"的工会会员会籍管理制度。市总工会、市住建委、市人保局联合调研组，3 月份深入 30 家劳务企业的 50 个建筑工地，对 3000 名农民工进行了问卷调查：农民工中 83.22% 能够按时拿到工资，83.08% 签订了劳动合同，47.66% 远离家人感到孤独，23.05% 认为曾经受到城里人歧视。

11 月 30 日

截至今日，全市政策性住房用地供应 1332 公顷，完成计划的 107%，占住房供地的 67%；新开工各类政策性住房 22.5 万套，完成计划的 165%，占住房新开工的 63.5%。

12 月 1 日

今天起全市二级以上公立医院药品同城同价，涉及药品 2.6 万种，药品整体价格平均下降 16% 左右，预计年让利 36 亿元。

截至 2010 年 11 月底，全市 16 个区县的 2646 个社区和 3944 个村全部建立了"妇女之家"，在全国率先实现全覆盖。

12 月 3 日

市志愿者联合会团体会员总数达到 400 家。

12 月 5 日

本市登记在册的社区志愿者已经达到 52 万人，志愿服务内容包括在社区里扶贫济困、扶幼助老（残）、治安巡逻、法律援助等。

12 月 7 日

截至 2010 年 10 月 31 日，本市累计报告艾滋病病毒感染者及病人 8395 例。2010 年 1 ~ 10 月，本市检出艾滋病感染者 1099 例、艾滋病患者 134 例。性传播已成为本市艾滋病传播的首要途径，2010 年新增的感染者及病人中，经性传播的比例高达 79.97%，其中异性传播比例为 25.96%，同性传播的比例为 54.01%。通过对全市 10 万高危人群的早期筛查，监测到本市同性恋人群艾滋病毒的感染率为 7.26%，新发感染为 5.66/100（人·年）。从基因检测来看，人群中大约有 3% ~ 5% 的人具有同性恋倾向，作为艾滋病的重要传播者，男同性恋人群尤其值得关注。

北京市出台 12 条措施稳物价、保供应。

12 月 8 日

市人力资源和社会保障局发布《城镇居民基本医疗保险办法实施细则》，城镇老年人在外埠居住一年以上、学生儿童在外省市居住或就读，在异地就医可回北京报销；本市各类全日制高校（包括民办）中接受普通高等学历教育的全日制非在职非京生源学生也可参加居民医保。

12 月 18 日

本市已有 8592 座高层建筑，其中高度超过 100 米的超高建筑有 58 座，目前最高建筑国贸三期高 303 米。北京消防水平已达到 300 米高度。

12 月 20 日

本市国家助学金标准自今年新学年上调，最高一等助学金由每生每年 3200 元涨至 4500 元。市属高校所有学生都能领到学生生活物价补贴，普通高校每人每年 600 元，师范院校每人每年 1000 元，农业院校每人每年 1160 元。本市对包括部属高校在内的每位家庭经济困难大学生发放一年 185 元的饮用水、洗澡、电话费补助。2010 年为家庭经济困难学生发放 10 个月的临时伙食补贴，每人 400 元。

12 月 21 日

两节送温暖活动今天在全国统一启动，本市将对 1.6 万困难职工家庭发放

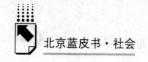
1000 元生活补贴，以应对物价上涨等状况。

12 月 22 日

北京市高清交互数字电视用户已达 130 万户，成为全国高清交互数字电视用户拥有量最多的城市。

市消防局通报，全市 2010 年共发生火灾 5161 起，同比下降 3.03%；死亡 26 人，同比减少 6 人；伤 11 人，同比减少 38 人；直接财产损失 3867.2 万元，同比下降 75.62%。火灾形势总体稳定，生活用火、用电、用气不慎依然是导致火灾的主要原因，占总数的 50.51%。

12 月 23 日

今日公布《北京市人民政府关于进一步推进首都交通科学发展　加大力度缓解交通拥堵工作的意见》，本市将采取完善城市规划、以摇号方式无偿分配小客车配置指标、适当提高一类区域停车费等综合方式缓解交通拥堵。

12 月 24 日

2010 年市政府拨款 1500 万元资金，购买 300 个社会组织提供的公益项目，其中直接由非营利性组织承担的项目约 90 项，占总数近 30%，另有 130 余项通过枢纽型社会组织实施。各区县也出台政策，扶持社会组织，其中东城、西城、海淀 3 个区购买民生服务的资金达 3160 万元。市财政购买的公益服务项目，共吸引各社会组织相关投入超过 22 亿元，发挥了财政的导向、激励作用，建立了政府和社会组织良性互动合作关系，促进了社会组织自身建设。

北京家政协会今天发布了《家政服务员入户工作规范》，对一般家务、照顾老人、照料半自理病人、产妇和新生儿护理等七项家政服务提出了服务标准。

12 月 25 日

北京网民总数已达 1160 万人，占全市常住人口的三分之二。

12 月 30 日

地铁大兴线、亦庄线、房山线、15 号线一期、昌平线一期和城市高等级道路蒲黄榆路、阜石路二期、温榆河大道今天建成开通，本市轨道交通运营里程从 228 公里跃升至 336 公里。2010 年北京地铁全年客运量 15.95 亿人次。

2010 年八类严重危害社会治安案件、侵财类案件同比分别下降 4.4%、2.1%；全市信访总量同比下降 16%，重复信访同比下降 11.9%；城市推行网格化社会管理，443 个村庄已实行社区化管理。

北京市居民拥有完全产权自有住房率为 72.4%，多套住房拥有率达到 18.3%。央行营管部公布北京城镇居民中认为房价太高或偏高的分别为 64% 和 29.8%，总计逾九成。

12 月 31 日

2010 年全市地区生产总值达 13777.9 亿元，比上年增长 10.2%。

城镇居民人均可支配收入 29073 元，比上年增长 8.7%，扣除价格因素后，实际增长 6.2%。工资性收入和转移性收入分别增长 9.4% 和 7%。城镇居民人均消费性支出 19934 元，增长 11.4%。农村居民人均纯收入 13262 元，比上年增长 10.6%，扣除价格因素后，实际增长 8.1%。其中，工资性收入和财产性收入分别增长 10.1% 和 13.4%。农民人均生活消费支出 10109 元，增长 10.6%。

2010 年北京居民消费价格指数（CPI）比上年上涨 2.4%，物价较快上涨的原因主要是居住类和食品类价格推动。全年房价比上年攀升 11.5%。

2010 年全市城镇新增就业 44.6 万人，同比增长 5.1%；失业人员再就业 21.2 万人，就业率达 68.2%；城镇登记失业率为 1.37%，同比下降 0.21%。9.7 万名北京生源高校毕业生实现就业，就业率达到 97.6%。加大农村劳动力转移就业帮扶力度，促进 9.6 万人实现就业，帮助 82% 的"纯农就业家庭"实现至少一人转移就业。帮助 16 万名城乡就业困难人员就业，实现了城乡"无零就业家庭"目标。

2010 年企业退休人员基本养老金、最低工资、失业保险金、工伤职工伤残津贴月人均水平分别达到 2098 元、960 元、686 元和 2203 元。

2010 年，北京警方共破获各类刑事案件 79600 件，同比提升 11.7%；抓获犯罪嫌疑人 48500 余名，同比提升 7.8%；打掉各类犯罪团伙 3500 余个，抓获团伙成员 12400 余名。公安机关共破获八类危害严重刑事案件 7500 余起，抓获犯罪嫌疑人 8600 余名。全年命案破案率达到 92.48%，绑架案件及枪击、爆炸案件破案率达到 100%。警方先后打掉恶势力团伙 400 余个，抓获犯罪嫌疑人 3700 余名。警方共破获各类侵财案件 5 万余起，抓获犯罪嫌疑人 17300 余名，打掉侵财犯罪团伙 800 余个。警方破获电信诈骗案件 5700 余起，抓获犯罪嫌疑人 490 余名。

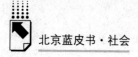

2010 年全市食品安全统一监测合格率为 96.73%。工商 12315 热线全年共受理消费者投诉 23733 件，为消费者挽回经济损失 1579.82 万元，受理群众举报 17973 件，立案查处 4645 件。

2010 年北京地区电影票房收入 11.8 亿元，北京地区影院达到 102 家，银幕数达到 510 块。2010 年全市 82 家营业性演出场所共演出 19095 场，票房总收入达 10.9 亿元。大型场馆的平均票价为 772 元。

图书在版编目（CIP）数据

北京社会发展报告.2010~2011／戴建中主编.—北京：
社会科学文献出版社，2011.4
（北京蓝皮书）
ISBN 978-7-5097-2242-8

Ⅰ.①北… Ⅱ.①戴… Ⅲ.①社会发展-研究报告-
北京市-2010~2011 Ⅳ.①D671

中国版本图书馆 CIP 数据核字（2011）第 052454 号

北京蓝皮书

北京社会发展报告（2010~2011）

主　　编／戴建中
副 主 编／高　勇　冯晓英　朱　敏

出 版 人／谢寿光
总 编 辑／邹东涛
出 版 者／社会科学文献出版社
地　　址／北京市西城区北三环中路甲 29 号院 3 号楼华龙大厦
邮政编码／100029
网　　址／http：//www.ssap.com.cn
网站支持／（010）59367077
责任部门／皮书出版中心（010）59367127
电子信箱／pishubu@ssap.cn
项目经理／周映希
责任编辑／秦静花　任文武
责任校对／岳书云
责任印制／董　然
品牌推广／蔡继辉

总 经 销／社会科学文献出版社发行部
　　　　　（010）59367081　59367089
经　　销／各地书店
读者服务／读者服务中心（010）59367028
排　　版／北京中文天地文化艺术有限公司
印　　刷／北京季蜂印刷有限公司

开　　本／787mm×1092mm　1／16
印　　张／23.5　字数／402 千字
版　　次／2011 年 4 月第 1 版
印　　次／2011 年 4 月第 1 次印刷

书　　号／ISBN 978-7-5097-2242-8
定　　价／59.00 元

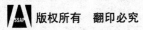

盘点年度资讯 预测时代前程

从"盘阅读"到全程在线阅读
皮书数据库完美升级

·产品更多样

从纸书到电子书，再到全程在线网络阅读，皮书系列产品更加多样化。2010年开始，皮书系列随书附赠产品将从原先的电子光盘改为更具价值的皮书数据库阅读卡。纸书的购买者凭借附赠的阅读卡将获得皮书数据库高价值的免费阅读服务。

·内容更丰富

皮书数据库以皮书系列为基础，整合国内外其他相关资讯构建而成，内容包括建社以来的700余部皮书、20000多篇文章，并且每年以120种皮书、4000篇文章的数量增加，可以为读者提供更加广泛的资讯服务。皮书数据库开创便捷的检索系统，可以实现精确查找与模糊匹配，为读者提供更加准确的资讯服务。

·流程更简便

登录皮书数据库网站www.i-ssdb.cn，注册、登录、充值后，即可实现下载阅读，购买本书赠送您100元充值卡。请按以下方法进行充值。

充值卡使用步骤：

第一步
· 刮开下面密码涂层
· 登录 www.i-ssdb.cn
  点击"注册"进行用户注册

第二步
登录后点击"会员中心"进入会员中心。

SSDB
社科文献资源库
SOCIAL SCIENCE
DATABASE

社会科学文献出版社 皮书系列
SOCIAL SCIENCES ACADEMIC PRESS (CHINA)

卡号：30965699870453

密码：

（本卡为图书内容的一部分，不购书刮卡，视为盗书）

第三步
· 点击"在线充值"的"充值卡充值"，
· 输入正确的"卡号"和"密码"，即可使用。

如果您还有疑问，可以点击网站的"使用帮助"或电话垂询010-59367071。